polar
VERLAG

Wayne Johnson

Das rote Kanu

Aus dem Amerikanischen von Karen Witthuhn
Herausgegeben von Wolfgang Franßen

Polar Verlag

Originaltitel: The Red Canoe

First published by Polis Books.

Deutsche Erstausgabe, 1. Auflage 2024
Aus dem Amerikanischen von Karen Witthuhn
Mit einem Nachwort von Jon Bassoff, übersetzt von Karen Witthuhn

www.polar-verlag.de

Redaktion: Tobias Schumacher-Hernandez
Korrektorat: Andreas März
Umschlaggestaltung: Robert Neth, Britta Kuhlmann
Coverfoto: © MichaelThomas / Adobe Stock
Autorenfoto: © Wayne Johnson
Satz/Layout: Martina Stolzmann
Gesetzt aus Adobe Garamond PostScript, InDesign

Druck und Bindung: CPI Books GmbH, Ulm, Deutschland

ISBN: 978-3-910918-02-3

Zu jener Zeit wird Michael auftreten, der große Engelfürst,
der für dein Volk einsteht …
Und die Verständigen werden leuchten wie des Himmels Glanz und
die vielen zur Gerechtigkeit weisen, wie die Sterne immer und ewiglich.

Das Buch Daniel

Für die,
die zum Schweigen gebracht wurden,
die kein Gehör fanden,
die keine Stimme hatten.

HERBST

1
Buck

Das Mädchen kam am Nachmittag desselben Tages zu ihm, an dem man ihm die Scheidungspapiere überbrachte – Erhalt durch Unterschrift quittiert – und ein Wunder ihm das Leben rettete.

Den Vormittag über arbeitete er in seiner Garagenwerkstatt, deren Tor, breit wie zwei Autos, offen stand, für einen Softwaredesigner aus Seattle an der Nachbildung eines Ruderboots aus den 1880ern, als er Schritte auf der Einfahrt hörte.

»Michael Fineday?«, dröhnte eine Stimme, die etwas von einem Herold an sich hatte.

Er drehte sich um und stand einem harmlos aussehenden Mann mittleren Alters gegenüber, ganz in Schwarz gekleidet, als würde er nicht auffallen wollen, das schmutzigblonde, fettige Haar zum Seitenscheitel gekämmt. Es dauerte einen Moment, bis der Name Sinn ergab – es war nicht seiner, aber wenn Ärger drohte, und das war in den vergangenen Jahren oft vorgekommen, dann drohte er immer Michael. Dem Erzengel, der, wie Schwester Seraphim in der katholischen Internatsschule außerhalb des Reservats ihm beigebracht hatte, sein Namensvetter war.

Nach all den Jahren, vier Jahrzehnten, schob sich Michael immer noch vor ihn, und ihm blieb dann nichts anderes übrig, als ihm zu folgen.

»Unterschrift bitte?«, sagte Ganz-in-Schwarz und hielt ihm ein Clipboard und einen Stift hin. »Hier unten.«

Er nahm die Thermoskanne vom Zeichentisch, schenkte ein und griff nach dem Clipboard.

»Wenn es Ihnen nichts ausmacht«, sagte er blinzelnd, versuchte zu erkennen, was das jetzt wieder war, »werfe ich da erst mal einen Blick drauf. Bevor ich meinen Erstgeborenen verkaufe oder – « Ganz oben stand: DRITTES BEZIRKSGERICHT, darunter: *Naomi Louise Weston, Antragstellerin.*

Mo, dachte er, *verdammt*, und in seinem Kopf ging eine Bombe hoch. Um Zeit zu gewinnen, schaute er auf, sagte scherzend: »So, wie Sie gekleidet sind, wie soll ich da wissen, ob Sie nicht irgendein Whiskeypriester sind, der mich auf Abwege führen will?«

Ganz-in-Schwarz hielt einen Ausweis an einem gelben Band hoch, *Gerichtsbeamter*. So ein Typ war das, kein Wort zu viel.

»Wenn Sie dann bitte unterschreiben würden«, sagte er.

Er stützte das Clipboard auf seiner Hüfte ab wie ein Flügel, aber nichts rettete den Moment, und in ihm die schreckliche Starre, an der er litt, seit er bei Naomi ausgezogen war. »Wenn ich unterschreibe, heißt das nur, dass ich es bekommen habe, nicht mehr, stimmt's?«

Ganz-in-Schwarz nickte.

»Sie kennen die alte Geschichte über den Überbringer schlechter Nachrichten, oder?«

Ganz-in-Schwarz kannte sie zur Genüge und gestattete sich den Schatten eines Lächelns, als wollte er einen Schlag abwehren.

Hinter ihm standen windschiefe Grabsteine auf Rasenflächen, hingen Geister in Bäumen, lauerten Papphexen und Vampire auf Türschwellen. Halloween stand bevor. Aber mit dem Clipboard in der Hand in der Tür seiner Werkstatt erschien *alles* an diesem Vormittag unwirklich, die überstille Luft, der zu gedämpfte Verkehr drüben auf dem Highway. Dass Naomi vor einigen Tagen vorbeigekommen war, um »ein paar Dinge zu holen«, wie sie es ausgedrückt hatte – Fotos, Geschirr, Kleinkram, den er bei seinem Auszug im Juni versehentlich in die Kisten gepackt hatte – hatte ihn nicht beunruhigt. Schließlich gehörte *ihr* das Haus in St. Paul, und als sie ihm mitteilte, dass sie »Raum brauche«, hatte er seine Sachen zusammengesammelt und war hierhergekommen, in das Haus, das sein Vater ihm hinterlassen hatte.

Wenn man die früheren »Eingewöhnungsphasen«, wie Naomi sie scherzhaft genannt hatte, mitzählte, war das hier die dritte.

Aber jetzt? Er betrachtete das Clipboard. Juristenjargon, alles Kauderwelsch. *Das* hier war etwas anderes.

»Einfach unterschreiben bitte?«, sagte Ganz-in-Schwarz. »Unten rechts.«

Er tat es, mit zornigem Schwung, und gab das Clipboard zurück. Ganz-in-Schwarz lächelte, riss die Kopie des Antrags heraus und hielt sie ihm mit einem leichten Nicken hin.

»Und was soll ich damit machen?«, fragte er. »Die Wände tapezieren oder – jetzt weiß ich – mir den Hintern damit abwischen?«

»Danke sehr«, sagte Ganz-in-Schwarz und hielt ihm immer noch den Antrag hin. »Einen schönen Tag noch.«

»Ihnen auch«, sagte er und nahm ihn entgegen.

Er schmiss das Papierbündel in eine Ecke seiner Werkstatt, sodass die Seiten, wie viele es auch sein mochten, auseinanderflogen, ging dann in die Hocke und betrachtete das Ruderboot der Länge nach. Eine geradere Linie konnte man sich nicht vorstellen.

Aber der Kiel ist in der Mitte eine Winzigkeit zu hoch, dachte er und griff zum Hobel.

Irgendwann später trat er verschwitzt und erschöpft vom Boot zurück, dabei war erst später Vormittag. Noch länger konnte er nicht warten, es war nicht zu ertragen, Naomi war in jedem Strich seines Hobels, jedem Raspeln seines Schleifblocks, jedem Kreisen der Stahlwolle, mit der er den Rumpf polierte. Er betrachtete das Boot und biss in das immer noch klebrig-frische Zimtbrötchen, das er in der Bäckerei gekauft hatte. Auch durch das Essen des Zimtbrötchens zögerte er das Unausweichliche hinaus. Noch ein kleines bisschen länger, wenn er es aushielt. Das Brötchen hefig, fett, von

Adern aus Butter und Zimt durchzogen und dick glasiert. Normalerweise ein Genuss, jetzt wie Pappe in seinem Mund, fade, fast eklig. Er aß es trotzdem. Er hatte den Brötchen abgeschworen, als Naomi meinte, er würde eine »Plauze« bekommen, aber heute Morgen war er Stunden vor Ladenöffnung zur Hintertür der Bäckerei gegangen und hatte sich zwei geholt. Hatte sie noch heiß in der Tüte zur Garage getragen und – schlaflos um vier Uhr morgens – das erste gegessen, da war es tatsächlich ein Genuss gewesen, und das zweite auf die Werkbank gelegt, als Belohnung für die schwierige Arbeit, die ihm bevorstand.

Und jetzt, nachdem er den Bootsrumpf vorbereitet hatte, war es Zeit für das zweite Brötchen, obwohl er beim Essen fast eine Art Schwindel verspürte, den er aus Erfahrung misstrauisch wahrnahm.

Wenn er sich in der Vergangenheit diesem Gefühl hingegeben hatte, danach gehandelt hatte, war Schlimmes passiert.

»Der Weg zur Hölle ist mit guten Vorsätzen gepflastert«, hatte Naomi ihm mitgeteilt, bevor sie ihn zum letzten Mal zum Ausziehen aufgefordert hatte.

Er griff zur Thermoskanne. Spähte in ihre Dunkelheit hinein, wusste nicht, warum. Leer war leer.

In der Küche setzte er den Kessel auf, und während der gluckerte, rauchte er an der Spüle eine Zigarette. Der Rauch zog durch das Haus, na und? Wer störte sich daran? Naomi jedenfalls nicht! Das Telefon lag neben seinem Ellbogen, er dachte: *Nein, ruf sie nicht an, es ist noch zu früh.* Er besaß noch einen Rest Würde, oder nicht?

Sie jetzt anzurufen, würde … verzweifelt wirken. Oder war sie nicht anzurufen einfach nur feige?

Nach dieser Erkenntnis wählte er. »Also«, sagte er, »was hat der Gerichtsbote zu bedeuten, den du ausgesandt hast?«

»Ja, darüber reden wir gleich«, erwiderte sie. »Aber kann ich dich erst um *eine* Sache bitten?«

Er würde ihr geben, was sie wollte, dachte er. Oder es versuchen, und dann würde alles von vorn losgehen. Aber er würde nicht betteln.

»Um was denn?«, fragte er.

Früher hatte sie ihn gebeten, nicht noch mehr Streuner – menschliche oder tierische – mit nach Hause zu bringen, keine Sorgenkinder mehr anzuschleppen, von denen es im Lauf der Jahre einige gegeben hatte. Daher trat er jetzt fast mit einem Gefühl der Freude von einem Fuß auf den anderen, wartete darauf, dass es weiterging, auf die nächste Runde.

»Diesmal: Lass. Mich. Gehen«, sagte Naomi mit einer Verdrossenheit in der Stimme, die mehr als endgültig klang.

Er wickelte die Telefonschnur um sein Handgelenk und zog so fest zu, dass das Blut aus seiner Hand wich. Scheiße. Das *war* anders. Als sie zu lange nichts gesagt hatte, sagte er: »Komm schon, Naomi, lassen wir den Blödsinn, ja?« Bettelte, wie er es absolut nicht hatte tun wollen.

»Du kapierst es einfach nicht, wie?«

»Was?«

»Mit dir zu leben … ist wie … als wäre man ein *gottverdammtes Menschenopfer*. Ich halte es nicht mehr aus. Nicht. Eine. Sekunde. Länger. Ich hab dir gesagt, dass ich deinen Scheiß nicht mehr ertrage, und dann –«

Nun, er konnte nicht leugnen, dass Menschen ihn aufsuchten, und wenn sie kamen, dann steckten sie ihn Schwierigkeiten. Wie Naomi auch, vor seinem letzten Schlamassel.

»Hör zu, du hast gesagt, jemand würde dich verfolgen, und jetzt – tja, jetzt bist du sauer, weil ich mich darum gekümmert habe?«

»Du hast versprochen, so was nicht mehr zu tun.«

»Was sollte ich denn dann tun?«

»Die Polizei rufen. Ganz einfach. Herrgott, er wurde mit einer Halsmanschette auf einem Spineboard eingeliefert.«

»Wenn das alles war, was du wolltest, warum hast du dann nicht selber die Polizei gerufen? Warum hast du mich gebeten, mir ›mal anzusehen‹, wer der Typ ist?«

»Du hast es versprochen«, sagte sie, »aber das bedeutet gar nichts.«

»Und du hörst nicht auf die Stimme der Vernunft, Nina«, sagte er, sie bei ihrem Kosenamen nennend, es war einer der Sätze, die sie immer zu ihm gesagt hatte. *Ninamuch* – Liebling – aber nur in den allerinnigsten Momenten.

»Halt den Mund, geht das? Halt einfach mal den Mund und hör mir auf – mit deinem Vernunfts…blödsinn.«

»Die Rolle Klebeband und das andere Zeug im Kofferraum dieses Typen waren nicht zum Wändestreichen gedacht, Nome, das ist dir klar, oder? Und wenn –« Als sie seufzte, brach er ab.

»Wenn du mich wirklich liebst, musst du mich gehen lassen.«

»Klar«, sagte er, »aber wenn du bei deinem Lebensplan bleibst, erhältst du frei Haus ein Silberbesteckset für sechs Personen und das dazugehörige Geschirr. Und damit –«

»Buck?«

»Was, Liebling?«

»Deine Art zu leben macht mir Angst. Ich halte es nicht mehr aus, mit dir zusammen zu sein. Nicht eine Minute länger.«

»Also?«

»Lass. Mich. Gehen«, sagte Naomi und legte auf. Er stand mit dem Hörer in der Hand da und hörte die automatische Stimme sagen: *»Wenn Sie jemanden anrufen möchten, legen Sie bitte auf und wählen Sie erneut. Wenn Sie jemanden anrufen möchten, legen Sie bitte auf und –«*

Er drückte auf Rückwahl, es klingelte und klingelte und klingelte, er kratzte sich beim Warten den Bauch. Das rote T-Shirt, das er trug, hatte ein Loch, er pulte mit dem Zeigefinger darin herum, zog daran. Der rote Stoff riss auf, sodass er wie ein Latz, wie Fleisch vor seinem Bauch hing, und er hatte tatsächlich eine kleine Speckrolle, obwohl er jeden zweiten Tag joggen ging, fünf Kilometer die River Road hoch und zurück.

Er legte auf, wickelte den roten Stoffstreifen um seine Finger. Geschockt.

Er öffnete die Schublade unter dem Telefon und nahm den Revolver heraus, den er dort aufbewahrte, eine .38-Spezialanfertigung für die Polizei. Sechs glänzende Messingpatronen in metallisch blauem, gefrästem Stahl, hübsch. Er summte eine muntere Melodie, schob den Revolver in die hintere Hosentasche, den Zeigefinger durch den Henkel des Kaffeebechers, stieg die Treppe zum Dachboden hinauf, ließ sich in den Stuhl hinter seinem Schreibtisch fallen, und schaute durch das Fenster in den Hof. Sein Nachbar Jerry hatte einen Wagen aufgebockt und fummelte an den Bremsen herum.

Als Jerrys Vermieter irgendwann versucht hatte, Jerry rauszuschmeißen, weil er auf der Einfahrt sein kleines Geschäft betrieb, hatte Buck eingegriffen.

Aber in diesem Moment sah er Jerrys Grundstück durch die Augen des Vermieters, ein regelrechter Schrottplatz aus Autoleichen mit aufgeklappten Motorhauben, und überall Verteiler und Motoren und Reifen und Räder und Glas.

Das ganz normale Leben in Shakopee und im Reservat mit seinem Casino.

Er legte den Revolver auf den Tisch und lachte leise in sich hinein. *Tja, Idiot, jetzt hast du's geschafft.* Er nahm einen Quarter aus der Schale, die Naomi ihm für sein Kleingeld hingestellt hatte und in der passenderweise ein Bild von ihr war. Ein Münzwurf. Warum nicht? Bisschen Risiko und Spaß, Kopf, und er würde sich *nicht* erschießen, Zahl, Lichter aus. War ja nicht schlimm, nur ein Jux.

Er balancierte den Quarter auf dem Daumen, hielt sich den Revolver an den Kopf, schnippte die Münze weg. Sie flog im

Bogen über den Schreibtisch, drehte sich in der Luft und fiel auf die Schreibtischunterlage, wo sie weiterrollte und schließlich liegenblieb. Er beugte sich vor. Kopf. Tja, das löste gar nichts. Was nun, aller guten Dinge sind drei?

Wieder setzte er den Quarter auf seinen Daumen, schnippte die Münze weg, aber diesmal, noch bevor sie auf dem Schreibtisch aufkam, zog er schon fast den Abzug und jaulte leise auf, als er sah, dass schon wieder Kopf oben lag.

Er kratzte sich den Bauch und sagte fast kichernd: »Wenn es hart auf hart kommt, machen sich die Harten auf den Weg …«

Tja, steck dir das sonst wohin, Schwester Seraphim. »Gott hat einen Plan für dein Leben«, hatte sie gesagt. Verdammt. Wie oft würde er diesem verfickten »Plan« noch folgen müssen?

»Deine Art zu leben macht mir Angst. Ich halte es nicht mehr aus, mit dir zusammen zu sein. Nicht eine Minute länger.«

Und er hatte vor langer, langer Zeit beschlossen, dass er einen Plan Gottes oder des Universums oder Was-auch-immer-da-war, das ihn hier unten hielt, nicht für ausgeschlossen hielt.

Solange er gebraucht wurde, was, wenn Naomi meinte, was sie gesagt hatte, nicht mehr der Fall war, vielen Dank auch.

Bei dem Gedanken schnippte er die Münze ein drittes Mal, aber diesmal verstärkte er den Druck auf dem Abzug noch ein kleines bisschen, mogelte, jedoch – die Münze fiel auf die grüne Schreibtischunterlage, und wieder: Kopf.

Er hatte einen Revolver mit schwerem Abzug gekauft, damit Naomi sich nicht versehentlich erschießen konnte, so was kam nur allzu häufig vor. Schnippte die Münze ein viertes Mal. Beugte sich vor. Kopf. *Im Ernst?* Ein fünftes Mal, Kopf. Ein sechstes, Kopf. Und ein siebtes, immer nur Kopf, verdammt noch mal, bring's endlich hinter dich, ja?!

Setzte sich wieder den Quarter auf den Daumen, acht, seine Glückszahl, rief: »Aber jetzt, acht!«, schnippte die Münze so hoch, dass sie an die Decke stieß, dann auf den Tisch fiel und sich immer und immer wieder im Kreis drehte, bis sie erschöpft auf die Seite kippte, und er, den Revolver an die Schläfe gedrückt und die Augen zusammengekniffen gegen den Lärm und die Brutalität der zu erwartenden Kugel, warf einen heimlichen Blick darauf.

Kopf.

Er schob den Stuhl nach hinten, dachte, tja, er hatte mit dem Ding noch nie geschossen. Vielleicht funktionierte es nicht?

Er richtete den Revolver auf den braunen Kunstledersessel in der Ecke, den er immer gehasst hatte, sagte leise kichernd: »Nimm das, hombre«, zog den Abzug durch und schoss ein faustgroßes Loch in die Kopfstütze, die Polsterung flog in alle Richtungen, und ein Sonnenstrahl fiel durch das Fenster.

»Meine Güte«, sagte er.

Mit klingelnden Ohren ging er ans Fenster, um nachzusehen, ob sein Nachbar den Schuss vielleicht gehört hatte.

Aber – nichts, Jerry stand über das Auto gebeugt, und im Hof streckte sich die rothaarige Streunerkatze, die er oft fütterte, in der Sonne.

Er schob den Revolver in die mittlere Schreibtischschublade, verschloss sie mit einem Schlüssel, der an seiner Schlüsselkette hing, und ging mit dem Kaffeebecher in der Hand runter in die Werkstatt, stand in der Tür, das spätvormittägliche Licht fiel durch die Blätter der Straßenbäume, die von innen heraus zu leuchten schienen.

Ihm ging auf, dass jetzt alles so aussah, ein Licht, das aus dem Abgrund seines Lebens strahlte.

Er schauderte. Vielleicht würde er eines Tages wissen, wozu das alles gut war – dass er nicht in seinem Arbeitszimmer gestorben war. Aber bis dahin – und wann hatte er je gewusst, zu was irgendwas gut war? – hatte er einiges zu erledigen. Die Schraubzwingen am Boot mussten abgenommen werden. Blieb nur zu hoffen, dass der Holzleim keine Flecken hinterlassen hatte – und dass die Linie vom Vorsteven zum Heck dem Augenmaß standhielt, was heute Morgen noch nicht der Fall gewesen war.

Der Kiel war eine komplexe Kurve, eine Linie durch drei Vektoren, das Heck den Wünschen des Designers entsprechend wie ein Champagnerkelch geformt, und da das Boot aus Eschenholz gebaut war, war es besonders leicht. Genau das machte es einzigartig. Ein Whitehall 14 war elegant wie ein Schwan, hielt eine Ewigkeit, drehte sich bei umgekehrtem Rudereinsatz voller Leichtigkeit, lag tief im Wasser und wich kaum vom Kurs ab.

Ein wunderschönes Whitehall, wie es sie in den Häfen von New York seit über einem guten Jahrhundert gab, und dieses hier war ein Fliegengewicht.

Mit diesem Gedanken und fast einer gewissen Ehrfurcht griff er zu seinem Werkzeug.

Er arbeitete bis weit in den Nachmittag hinein, nahm die Schraubzwingen ab und schmirgelte die Leimreste weg, erst am Rumpf und den Ruderbänken, dann an den Bodenplatten. Als er fertig war, stellte er sich in die Tür der Werkstatt, Schmirgelblock und Sandpapier noch in der Hand, als würde er auf eine Erscheinung warten. Oder war jetzt alles so? War dies einer *jener* Momente? Die Sonne, buttergelb, fiel durch die Blätter am Ende der Einfahrt, Holzrauch hing in der Luft, Vögel flitzten zwischen den Bäumen hin und her und zwitscherten einander zu. Bineshi, pashkandamo, segibanwanish, i okanisse odamaweshi. In ihren Namen die Stimmen der Toten und lange Verlorenen, und eine Brise ließ die Pappeln rauschen, schüttelte Blätter ab, die in Spiralen zu Boden sanken und auf der Straße umherwirbelten wie kleine gelbe Boote.

Und genau in dem Moment trat ein Mädchen in einem schmutzigen pinken Hoodie dazwischen. In ihrer Haltung lag etwas Verletztes.

Sie streckte das Gesicht in die fallenden Blätter, und daran war etwas so … Melancholisches, das Mädchen in den fallenden Blättern, unter der Kapuze verborgen wie eine Messdienerin, und er trat zurück in die Garage, um ihr diesen Augenblick zu gönnen. Nur, als er das tat, bemerkte sie ihn. Das Mädchen, vierzehn oder fünfzehn, das eigentlich in der Schule sein müsste – wahrscheinlich drüben in der St. Francis Xavier, der Schule außerhalb des Reservats.

»Hallo«, rief sie ihm zu. Nur das. Sie wandte sich zum Gehen, hielt dann inne und schaute zurück.

»Was ist das da hinter Ihnen?«, rief sie.

Ihre Direktheit amüsierte ihn, sie versuchte, hart und erwachsen zu wirken, und er winkte sie heran. Die Einfahrt hinauf.

»Ein Boot«, sagte er, als sie auf halbem Weg war.

Er trat beiseite, damit ihr, wenn sie an ihm vorbei in die Werkstatt ging, ein Fluchtweg zur Straße blieb. Sie strich über den Bootsrumpf, berührte den Süllrand, zog leicht daran.

»Es riecht gut hier drinnen«, sagte sie. Das überraschte ihn. Er wollte gerade etwas sagen, als sie hinzufügte: »Haben Sie für den Süllrand Dampf benutzt oder die Planken eingeweicht?«

»Eingeweicht, aber nicht hier. Hab sie dann hergefahren und um die Formen da hinten gebogen.«

Sie nickte. »Cool«, sagte sie, und er dachte schon, das wäre alles. Sie würde sich umdrehen und gehen.

Als sie blieb, steckte er sich eine Zigarette an, blinzelte in den Rauch, zupfte ein bisschen Tabak aus seinen Zähnen.

»Kann ich eine haben?«, fragte sie.

Er zuckte die Achseln. »Schlechte Angewohnheit.«

»Ich weiß. Aber Sie rauchen.«

»Wie gesagt, schlechte Angewohnheit.«

»Also?«

Jetzt hatte er die blauen Flecke an ihren Unterarmen bemerkt und würde sie nicht einfach so wieder gehen lassen. Er klopfte eine Zigarette aus der Packung und gab sie ihr, und sie beugte sich vor, ein unbehaglicher Moment, bis er begriff, dass er mit einem brennenden Streichholz aufwarten sollte. Was er tat.

Sie zog einmal an der Zigarette, täuschte Erfahrung vor, unterdrückte ein Husten, wandte sich dafür von ihm ab.

»Wohnen Sie schon lange hier?«, fragte sie.

Auf ihrem Gesicht waren Schlieren. Sie hatte geweint. Wussten ihre Eltern, wo sie war? Oder waren sie das Problem? Oder jemand in der Schule?

»Meinst du hier im Haus oder in Shakopee?«, fragte er. Es lag außerhalb des Reservats, aber ganz in der Nähe.

»Beides«, sagte sie.

»Im Haus erst seit Juni. Aber früher hat mein Vater hier gearbeitet, und ich war viel bei ihm.«

»Tja«, sagte das Mädchen, »Sie sollten die Garage abschließen. Hier treibt sich jede Menge Gesindel rum.«

»Meinst du?« Machte irgendein Gesindel ihr Schwierigkeiten?

»Das ist ein ziemliches Drecksloch, wenn ich das so sagen darf.« Sie schaute weg, wandte ihm den Rücken zu. »Ich meine, vor allem weiter nördlich. Arschlöcher. Die nehmen alles mit, das nicht niet- und nagelfest ist.«

»Aha«, sagte er. *Die.*

Um sie vom Thema ihres Weißseins abzubringen – was sie nicht war, und das war das eigentlich Traurige, er sah ihren Augen auf den ersten Blick an, dass sie Native war –, zeigte er auf die Werkstatt. Wer weiß, womöglich waren sie sogar verwandt.

Schmeiß in der Nähe eines Reservats einen Stein in eine beliebige Richtung, und du triffst auf jeden Fall einen Vetter, einen Onkel oder eine Tante.

»Kannst dich gern umsehen, wenn du willst«, sagte er, trat in die Garage und holte ein Furnier aus dem Gestell.

»Ahorn«, sagte sie.

»Ja? Wieso?«

»Das sieht man an der Faser. Die ist fein, sehen Sie?« Sie zog den Nagel ihres Zeigefingers über die glatte Oberfläche. »Und sie gibt nicht nach. Pinienfasern sind breiter. Und die hier ist auch nicht so weich wie Linde oder Lärche. Und dann gibt es noch die superharten Hölzer wie Eisenholz und Eiche und …«

Sie gab sich alle Mühe, und er hatte Mitgefühl mit ihr, alles an ihr gab sich alle Mühe, gut genug zu sein. Von ihrem Lass-mich-mit-deinem-Scheiß-in-Ruhe-pinken Hoodie über die Stacheldrahttattoos auf ihren Händen bis zu den zerfetzten Löchern an den Knien ihrer Jeans. Und die abgenutzten schwarzen Stiefel.

Das Mädchen machte auf viel zu hart, und man konnte nur ahnen, in welche Art von Schwierigkeiten sie hineingeraten war.

Was ihn, als sie sich umwandte, wie ein Schlag traf. Sie hatte einen kleinen Blutfleck zwischen den Oberschenkeln – ein Unfall mit ihrer Regel? Nein, da sie nicht versucht hatte, sich sauber zu machen, musste etwas anderes dahinterstecken.

»Du kennst dich also aus mit Holz?«, fragte er.

Sie zuckte die Achseln. Das tat sie häufig. Es war zu einer Art Reflex geworden, auch das verhieß nichts Gutes.

»Ich würde gern lernen, wie man Boote baut«, sagte sie, doch kaum ausgesprochen, wurde sie verlegen, und in diesem stillen, traurigen Moment lagen seine Verzweiflung und ihre, aber keiner verlor ein Wort darüber.

»Ach ja?«

»Ihre Arbeit ist … wunderschön. Ich meine, das Boot da ist toll. So was macht doch heute keiner mehr. Das ist ein Whitehall, stimmt's?«

Das überraschte ihn wirklich. Wer wusste heutzutage noch über Boote Bescheid, geschweige denn über die, die er baute?

»Kluges Mädchen«, sagte er.

Natürlich zuckte sie auch da die Achseln, aber sie stand jetzt aufrechter, hatte ein bisschen von der Niedergeschlagenheit verloren. Errötete.

»Mein Dad ist verrückt nach diesem – « Sie hatte »Scheiß« sagen wollen, kriegte aber die Kurve. »*Zeug.* Na ja, so Motoren und Boote und Kanus und so. Und Waffen.«

Etwas war an die Oberfläche seiner Gedanken gestiegen, aber er war nicht sicher, ob er dem vertrauen konnte. Sie steckte in Schwierigkeiten, in echten Schwierigkeiten, aber welche genau das waren, konnte sie nicht sagen, und das machte es noch schlimmer.

Und da war das Blut und – nun, er konnte sehen, dass sie eine Spätentwicklerin war, das war es also nicht, es war das andere, das Schreckliche.

»Wenn du willst, bringe ich es dir bei«, sagte er zu seiner eigenen Überraschung. Und der Tonfall – was war das, Einsamkeit? Oder schlimmer, Bedürftigkeit? Wo er doch nur helfen, dem Mädchen eine Chance geben wollte.

»Sie meinen, hier – «

»Hier. Klar. Warum nicht?«

Sie überlegte. »Wann?«

Jetzt zuckte er die Achseln. »Nächste Woche?«

Sie rechnete nach. Ihr Blick schoss nach oben und in die Ferne, ihr Gehirn arbeitete.

»Und nur, wenn du meine Anweisungen befolgst«, fügte er lächelnd hinzu. »Meine Werkzeuge sind zum Teil so scharf, dass sie dich umbringen, wenn du Mist baust. Also. Wenn du nicht aufpasst oder zu spät kommst – « Er wollte sie nicht kränken. »Du musst hoch konzentriert sein, ›ich bin noch nicht ganz wach‹ zieht nicht. Das akzeptiere ich nicht.«

»Im Ernst?«, sagte sie. »Sie sagen das nicht einfach nur so?«

»Ja. Niemand sonst will in die Lehre gehen, also hast du den Job. Ich bringe dir alles bei, wie ich es gelernt habe.«

Er streckte die Hand aus, das Mädchen ergriff sie, schüttelte sie einmal und ließ sie los. Der Handschlag eine Formalität, die ihr nicht lag. Ihm auch nicht.

»Also gut«, sagte sie, nickte einmal, zog die Kapuze über ihrem Kopf zurecht und marschierte die Einfahrt hinunter.

Er steckte sich eine weitere Zigarette an und sah ihr nach, als sie die entgegengesetzte Richtung zum Reservat einschlug. Clever. Entweder wollte sie sichergehen – was er für eine gute Idee hielt –, oder er sollte nicht wissen, dass sie drüben am Casino wohnte, in den verwahrlosten Wohnwagensiedlungen.

Er zertrat die Zigarette mit der Schuhspitze. Schaute hoch in die Bäume, blinzelte ins Licht. Er hatte ihren Namen nicht erfahren. Aber was soll's? Es war alles nur Gerede gewesen.

Und Naomi? Er würde die Papiere unterschreiben. Ihr geben, worum sie ihn bat, weil, wie ihm aufging, er genau das auf dem Dachboden getan hatte.

Oder nicht?

2
Lucy

Als sie den Trailer betrat, war er weg, aber ein widerwärtiger Metallgeruch hing in der Luft. Da nichts auf dem Herd stand, schaute sie aus dem Fenster.

Die Pfanne stand draußen auf dem Verandageländer, schwarz verbrannt, der Griff von ihr weggedreht wie ein Uhrzeiger. Zwei, kurz vor drei. Nur dass es jetzt fast vier war. Sie hatte den Vögeln eine Schale mit Wasser hingestellt, auf deren Rand jetzt Spatzen hockten und sich um die Plätze balgten, ein paar hüpften hinein und badeten, andere tranken.

In den Bewegungen lag Freude, die Brüste waren aufgeplustert, lauter Vögel flatterten um den Futterspender herum; es war der einzige Luxus, den sie sich gönnte, die Vögel zu füttern, und seit sie damit angefangen hatte, erkannte sie viele wieder, die Meise mit dem krummen Flügel, die stolzierende Taube, den Albino-Eichelhäher, der immer die kleineren Vögel verscheuchte, die Winterammern und Schwarzkopf-Phoebetyrannen und Finken und Spatzen. So viele, viele Spatzen. Nichts Besonderes, genau wie sie selbst, trotzdem liebte sie sie. Ein Schwarm futterte den Futterspender in einem Tag leer, und das Geld, das sie an den Schulnachmittagen durch das Einräumen von Büchern verdiente, reichte gerade dafür aus.

Die Vögel waren das, worauf sie sich freute, wenn sie zum Trailer zurückkehrte. Und dann war da noch der Essikan, der Waschbär, der unter der Veranda hauste – genannt Söckchen, wegen seiner schwarzen Pfoten. Sie hob jeden Tag ein Stück Hamburger oder einen Chickenwing oder so für ihn auf. Seine Ohren waren abgefroren und unterschiedlich groß, das linke bestand nur noch aus Knorpel. Was sie jetzt, als sie ihn unter der Veranda hervorschlüpfen sah, nachdenklich stimmte. Der Winter rückte näher, sie würde sich irgendwas überlegen müssen, um ihm einen Unterschlupf zu bauen – einen, gegen den ihr Vater keine Einwände erheben würde –, oder aber, kam es ihr in den Sinn, sie könnte ein Verlängerungskabel unter die Veranda legen und irgendeine Heizquelle anschließen.

Eine Erhaltungsheizung, wie man sie für Vogelbäder benutzt, dachte sie, *das würde reichen,* und sie nahm den Rucksack ab, holte ihr Notizheft heraus und schrieb auf: *Baumarkt, Verlängerungskabel.* Die Heizung konnte sie zum Briefkastenschuppen des Trailerparks schicken lassen, auch wenn sie gute Gründe hatte, nicht dorthin zu gehen.

Im Trailer war es still, dann ging knackend der Heizlüfter an und surrte, kurz danach kam das Geräusch des zündenden Gasbrenners. Eine Art Dröhnen. Sogar im Fußboden zu spüren. Ein kontrolliertes Brennen. Wie spät war es? Viertel nach vier. Sie würde eine Stunde lang lernen und dann das Essen vorbereiten. Alles, um nicht an das zu denken, was der Polizeifreund ihres Dads, Arn, getan hatte.

Sie zog die Bücher aus dem Rucksack. Die grüne *Einführung in die Literatur*, das Geometriebuch mit den Eselsohren, das blaue, viel gelesene *Länder und Völker* für den Soziologie-Unterricht, der Band *Unsere Demokratie* für Politik.

Sie drehte sich um und sah die blaue Polizeiuniform ihres Vaters an dessen Schlafzimmertür im hinteren Teil des Trailers hängen. Das Zeichen, dass sie die Waschmaschine anstellen musste. Sie tapste durch den Flur, nahm die Uniform von der Tür, warf sie sich über die Schulter, holte den Wäschekorb und duckte sich dann durch die Tür in den Schuppen, wo der Waschtrockner mit aufgeklapptem Deckel bereitstand. Das übliche Ritual.

Um die Klamotten in die Maschine zu werfen, musste sie den Korb hochstemmen, was ihr Körper mit fast ängstlicher Erschöpfung verweigerte, denn der Waschtrockner schien unerreichbar hoch zu sein.

Also trat sie zurück und sammelte ihre Kräfte wie ein Gewichtheber – der Wäschekorb war aus dickem Sperrholz und schwer – und in der Tiefe ihrer Seele protestierte eine Stimme: *Das ist zu viel, viel zu viel.*

Aber das war es nicht. Nie. Und das wusste sie auch. Er hatte ihr beigebracht: »Plan deine Arbeit, arbeite deinen Plan ab«, und fügte stets hinzu: »und selbst wenn du keine Kraft mehr hast, Bebbe Gurl, was kannst du dann tun?«

Noch mehr aus mir rausholen.

So hielt er sich über Wasser, seit der Armee. Hatten die ihm das beigebracht?

Also, Ordnung. Rituale. Aber darin auch Blindheit, sodass er das, was nicht passte, einfach ignorierte oder übersah.

Er timte alles mit seiner Armbanduhr, sogar, wie lange es dauerte, bis im Restaurant das Essen kam. »Zwölfeinhalb Minuten für Eier mit Hash Browns, von der Bestellung bis zum Servieren«, informierte er dann leichthin die arme Bedienung, und Lucy spürte, wie sie bis unter die Haarspitzen rot anlief.

Mist! Echt?! Was ihr das Frühstück irgendwie vermieste.

Oder sie stand unter der Dusche, und wenn sie rauskam, sagte er: »Ganz schön viel heißes Wasser, Luce. Denk dran, wir sparen für ein neues Haus, stimmt's? Das Wasser lief jetzt – «, und dann sagte er ihr, wie viele Minuten sie geduscht hatte, und sie wollte schreien – oder weinen.

Sie hasste es, dass er alles überorganisierte, aber war auch froh darüber, weil er sich, wenn er nicht überorganisierte, über die Flaschen hermachte, die er überall im Trailer versteckt hatte. Und dann nachlässig und schlampig und gefährlich wurde.

Und nach dem Aufwachen Probleme hatte, zur Arbeit zur kommen. Dann stieß er in der Dunkelheit im Wohnzimmer gegen die Möbel und fluchte.

»Du verdammter Idiot, warum hast du das gemacht?«, fragte er sich dann selbst, und ihr Herz schwoll an.

Alles hatte an seinem Platz zu sein. Genau so. Geschirrtücher hingen vor dem Herd – genau so, die Nähte nach hinten.

»Ein Mädchen sollte so was wissen, genau wie ihre Mutter«, sagte er.

Ja, klar.

Das Essen nicht mischen. Die Socken zu Paaren. Die Hosen so zusammenlegen, dass die Falte vorn ist. T-Shirts dreifach falten. Uniform: gewaschen, links an der Stange im Schrank, Jacke, Hemd, Hose, Gürtel.

Freitags Fisch. Reste eintuppern, um sie mit zur Arbeit zu nehmen, rechte Seite des zweiten Kühlschrankfachs.

Tja, es funktionierte. Wirklich. Bis auf die vier Drinks, auf die er sich beschränkte, bei denen es aber nie blieb. Und wie sollte sie sich beschweren? Sie liebte ihn, aber manchmal, so wie jetzt, war sie auch sauer auf ihn oder hasste ihn sogar.

Oder nicht?

Mit diesem Gedanken stemmte sie den Korb nach oben, warf seine Uniform und Klamotten in das offene Maul der Maschine, schüttete eine Kelle Waschmittel hinterher und stellte die Maschine an.

Kurz darauf lag sie ausgestreckt auf dem Bett, das Licht war an, und vergrub sich in ihren Soziologie-Text, ins weit entfernte Afghanistan. Sie las konzentriert und mit echtem Interesse über den Krieg und die Menschen, weil ihr Vater dort drüben stationiert gewesen war, und ihr Vater stellte für sie ein schreckliches Geheimnis dar. Vielleicht fand sie in ihrem Buch irgendeinen Hinweis darauf, was bei ihm schiefgegangen war.

Und während sie über den Hindukusch und die Paschtunen las, kam ihr eine Idee, die sie überraschte.

Vielleicht konnte der Bootstyp – seltsam, dass sie seinen Namen nicht rausbekommen hatte, sonst war sie in solchen Dingen besser – ihr helfen?

3
Buck

In der Küche wandte er sich vom Herd ab, in der Hand einen vollen Teller, und war merkwürdig stolz auf sich; er würde nicht zu einem geschiedenen Mann mittleren Alters mit Schmerbauch mutieren, der sich von Mikrowellenfraß vorm Fernseher ernährte.

Schweinebraten in Granatapfelmarinade. Kürbis mit einem Klacks Butter. Brokkoli. Und Salat. Die Vinaigrette hatte er selbst gemacht: zwei Esslöffel Olivenöl, ein Esslöffel Rotweinessig, eine gehackte Knoblauchzehe, eine Prise Thymian und Basilikum. Was war so schwer daran? Aber wenn er ehrlich war, dann *war* es schwer, nur nicht so, wie man meinen würde. Weil, wozu war das gut, sich so viel Mühe zu geben, wenn doch alles sinnlos war?

Hätte die Münze – ein einziges Mal – Zahl gezeigt, wäre er nicht mehr hier, aber achtmal Kopf?

Und er aß, mit tiefer Dankbarkeit. Nein, dachte er, fast glücklich, er würde versuchen, ihr zu helfen, aber er musste vorsichtig sein.

Nichts übereilen, dachte er und lachte über sich. Warf einen Blick auf die alte Küchenuhr: halb sieben. Warten machte ihn irre.

Das Fleisch war zart. Natürlich. Sechzehn Jahre lang hatte er das Kochen übernommen, Naomi war als Unfallchirurgin am Fairview Hospital rund um die Uhr eingespannt gewesen.

Er hob den Kopf. Lärchenholzschränke. Grüne Linoleumarbeitsflächen. Der Herd mit dem einzelnen Licht über den Platten.

»Wenn du hierbleibst, musst du renovieren«, hatte Naomi gesagt, als sie ihre Sachen abgeholt hatte.

Draußen war es dunkel geworden, das Laternenlicht dunstig vom Nebel, der vom Fluss heranrollte. Mit raschem Griff nahm er die Frischhaltefolie aus dem Schrank und deckte seinen Teller ab, drehte sich zum Kühlschrank um und zog die Tür auf. Auf dem oberen Boden standen zwei ebenso verpackte Teller, beide hatte er essen wollen, bevor er sich etwas Neues zubereitete.

Angst kroch ihm über den Rücken, er stellte den Teller von heute Abend auf die anderen beiden und begab sich ins Wohnzimmer, wo er zu dem Buch griff, das er gerade las, ohne sich darauf konzentrieren zu können.

Er nahm die Fernbedienung, wählte den Nachrichtenkanal, den Naomi seit Jahren schaute. Nur wegen der Geräusche, damit im Haus Stimmen zu hören waren.

Schlug das Buch auf und las: »Der Zweifler steht am Scheideweg …«

Er legte das Buch beiseite, starrte ins Nichts, die aufgebrachten Stimmen aus dem Fernseher schienen aus einer anderen Welt zu kommen.

Nein, das Blut an der Hose des Mädchens war kein Unfall gewesen. Sie war sogar zusammengezuckt, als sie unabsichtlich die Beine gekreuzt hatte, hatte ein »Is nix«-Lächeln aufgesetzt, um ihren Schreck zu verbergen.

Jemand hatte *sich an ihr vergriffen*, wie man es damals genannt hatte, als er auf der St. Mary's Boarding School gewesen war; und wenn er eins jetzt tun würde, dann herausbekommen, wer das gewesen war.

Alles weitere würde sich finden – sonst würde er sich darum kümmern.

4
Lucy

»Das ist gut«, sagte ihr Vater mit der Gabel in der Hand. »Aber mach nächstes Mal weniger Brot rein. Wie deine Mutter früher. Okay?«

»Okay«, sagte sie. »Klar, mache ich. Möchtest du mehr?«

»Nur einen Löffel.« Sie tat ihm auf, er nickte. »Wie war's in der Schule? Hast du im Geometrietest eine Eins?«

Hatte sie, würde es aber niemals sagen. »Ich hatte ein paar Punkte Abzug.« Stimmte nicht. Nur einen. Sie hatte die beste Note der ganzen Klasse bekommen.

Er sagte nichts, aß noch konzentrierter, als würde er genau das Thema verdrängen wollen, das er versehentlich angeschnitten hatte. Ihre Mutter. In ihm lief irgendein Vier-Augen-Gespräch ab, was sie, obwohl er aß, seinem Mund ablesen konnte. Immer war es der Mund, den sie besonders beobachtete, denn wenn er anfing, mit sich selbst zu streiten oder mit wem auch immer, dann schlug er sie irgendwann.

Er hatte auch ihre Mutter geschlagen. Also hielt sie nach den typischen Anzeichen Ausschau, um notfalls aufspringen und fliehen zu können.

»Was ist mit den anderen Fächern?«, fragte er und sah sie an. »Kommst du klar?«

»Ja, Daddy«, sagte sie, erleichtert, die Zeit am Esstisch mit diesem Thema vertreiben zu können, und erzählte.

Und während sie redete, um die Stille zwischen ihnen zu füllen, passte sie auf, nichts zu sagen, das ihm missfallen könnte, machte Witze über ihren Sozialkundelehrer Bill Opitz, den sie B.O. Pitts nannten, und ihre Sportlehrerin, Popeye Lahey, die durch die Lücke zwischen ihren Schneidezähnen pfiff, und als sie sie nachmachte, lachten beide.

Und so plauderten sie über die albernen kleinen Dinge, die am Tag passiert waren, und alles war gut, weil sie sich über die Schule lustig machte.

Lucy wusste, dass ihr Vater, obwohl er schlau war, früh angefangen hatte zu arbeiten, um seine Familie zu unterstützen, und nach einem Jahr auf der Highschool hatte er bei der Armee angeheuert, um sich als Mechaniker ausbilden zu lassen, hatte ein falsches Alter angegeben, wollte Fahrzeuge reparieren. Hatte die Ausbildung »mit fliegenden Fahnen«, wie ihre Mutter es ausgedrückt hatte, absolviert, in Friedenszeiten, und war gleich danach zur National Guard gegangen, um »mit seinen Armeekumpels zusammen zu bleiben« und das monatliche Gehalt einzustreichen. Nur dass wenig später, er hatte gerade seinen ersten echten Job begonnen – als Schrauber für ein Fuhrunternehmen –, der Golfkrieg begann und er wieder einberufen wurde, direkt in die Höhle des Löwen.

Straßen voller Schutt. Und die Menschen. Nicht nur Soldaten, auch normale Leute, tot in ihren Häusern, tot in ihren Autos, tot in einer Wäscherei. Sie hatte die Fotos von ihrem Vater gesehen. Darauf stand er mittendrin, in einem sandfarbenen Kampfanzug, Gewehr vor der Brust, Schweißstreifen wie Kriegsbemalung auf dem staubigen Gesicht und eine grimmig entschlossene Miene. Von dieser Entschlossenheit war nichts mehr zu sehen gewesen, als er am Lindberg Terminal angekommen war. Nein, ganz und gar nichts.

Sie, damals erst fünf, hatte ihn nicht erkannt und geschrien, als er sie in den Arm genommen hatte.

»Erinnerst du dich daran, Bebbe Gurl?«, sagte er jetzt.

Anstatt zu fragen, wovon er gerade gesprochen hatte, sagte sie: »Erzähl's mir noch mal!« Wie früher immer, als sie klein und alles gut gewesen war.

Und das tat er, lehnte sich im Stuhl zurück, und sie lachten, sodass er der Vater war, den sie geliebt hatte. Vorher.

Der Hunde mochte und gern Gitarre spielte und rührselige Country-Western-Songs sang. Der sie auf seine Schultern gehoben und gesagt hatte: »Jetzt bist du eine Prinzessin, Luce! Was siehst du von da oben?!«

»Ich habe Apfelknusper gemacht«, sagte sie jetzt. Stirnrunzelnd witzelte er: »Warum heißt das Knusper, wenn es nie knusprig ist?«

Es verletzte sie, und er merkte es.

»Hey, Bebbe Gurl, ich hab nur Spaß gemacht, okay?«, sagte er. »Hör zu, Süße, es war ein langer Tag, und ich glaube, das Spiel läuft schon.«

Er ging zur Couch vorn im Trailer und ließ sich vor den Fernseher plumpsen.

»Willst du mitgucken?«

Seltsam, dass er fragte, denn er kannte die Antwort. Sie hasste Football. Oder vielleicht auch nur Football-Spieler, wie Arn, den Freund ihres Vaters. Es tat immer noch weh da unten. Sie tastete unter ihrem T-Shirt nach der Kette, die *Er*, der vor Arn, der Erste, ihr vor Wochen über den Kopf gezogen hatte, nachdem *Er* endlich – und an der Kette ein Kreuz. *Nimm es nicht ab*, hatte *Er* sie gewarnt. *Und zeig es niemandem, du weißt, was sonst mit deinem Vater passiert.*

Sie fing mit dem Abwasch an, brachte dann ihrem Vater den Apfelknusper mit einer Kugel Eis.

»Danke«, sagte er, sein Blick hing am Bildschirm, daher war sie überrascht, als er über die lauten Kommentatoren hinweg sagte: »Kommt deine Freundin heute vorbei? Um dir in Geometrie zu helfen?«

»Jean?«

»Ja, die«, sagte er. »Das ist die mit den rot gefärbten Haaren, stimmt's? Die sich für besonders schlau hält?«

»Darf sie?«

»Ruf sie an«, sagte ihr Vater und widmete sich wieder dem Fernseher, und Lucy, glücklich, tat genau das.

Jean lag rücklings auf Lucys Bett, einen Arm theatralisch über die Stirn drapiert. »Oh – Mein – Gott«, sagte sie. »Das hat er *echt* getan?«

»Lass es, Jean«, sagte Lucy flehend. »Ich will nicht darüber reden.«

»Du hast also«, sie machte eine Stoßbewegung mit ihren Hüften, und Lucy errötete entsetzt. Ja, das.

Sie blutete da unten immer noch. Nachdem Jean den Fleck auf ihrer Hose bemerkt hatte, hatte sie sich umziehen und dann etwas erfinden müssen.

Der alte Typ mit dem Boot, der hatte es sicher auch gesehen, aber kein Wort gesagt, was bedeutete, dass er nett war, und es machte sie traurig, dass es ihr jetzt zu peinlich war, um jemals wieder hingehen zu können.

»Weißt du was«, sagte Jean und schlug ihr auf die Schulter, »wenn du so weitermachst, bekommst du noch den Ruf, *die Art Mädchen* zu sein.«

»Aber das bin ich nicht«, protestierte Lucy, und das war sie wirklich nicht. Sie hatte nur eine Lüge über sich und den seltsamen Ryan erzählt, damit Jean die Klappe hielt.

»Tja.« Jean zuckte die Achseln. »Und ihr habt … hier, als dein Vater Nachtdienst hatte, ja? Dein Dad mit dem Schlafzimmerblick?«

»Jean«, sagte Lucy, »bitte!« Sie zeigte auf ihr Schulbuch, sie beugten sich wieder darüber, Lucy tat so, als würde sie lesen, aber ihre Gedanken rasten. Sah Jean ihren Vater wirklich so?

Gerade jetzt, bei all dem anderen, konnte sie Jeans Interesse an ihrem Vater nicht brauchen. Und was, wenn Jean irgendwas zu ihm sagte, und sei es nur auf ihre übliche Art, im Spaß?

Gott! *Igitt!* Das wäre einfach zu schrecklich.

Klar, ihr Vater »sah gut aus« und konnte charmant sein, wenn er wollte – wenn er grinste, hatte er Grübchen in den Wangen. Die Frauen zeigten auf ihn, vor allem, wenn er Uniform trug, das Polizisten-Blauschwarz oder die olivfarbene Armeejacke mit den ganzen Einsatzabzeichen aus Afghanistan, wie Orden – Arn hatte auch so eine, und das ließ sie wünschen, ihr Vater würde seine nicht tragen.

Wenn er sie von der Schule abholte, fragten die anderen Mädchen manchmal: »Ist das dein Vater? Er sieht aus wie ein Schauspieler.«

Tja, stimmt, er war Schauspieler, und zwar ein guter. Aber das würde sie niemals sagen, und wer genau hinsah, erkannte sowieso, dass die Strahlemann-Show nichts anderes war: eine Show, die jemand abzog, der sein Leben kaum im Griff hatte. Nachdem vor vier Jahren ihre Mutter gestorben war, bei einem Unfall mit Fahrerflucht auf einem Zebrastreifen in Shakopee, hatte er eigentlich gar nichts mehr im Griff. Nur das Versprechen, für ein besseres, ordentliches Zuhause zu sorgen, hatte das Jugendamt dazu bewogen, sie wieder in seine Obhut zu geben, und Lucy war in den Trailer zurückgekehrt.

Und danach war er zu einer verdammten Mrs. Doubtfire mutiert, mit der Wäsche und seinen Regeln.

Nein, sie konnte nicht zulassen, dass Jean ihre Nase in diese Dinge steckte und alles nur schwieriger machte, indem sie irgendwas sagte.

Dass ihr Vater, aus Angst, sie wieder zu verlieren, Doppelschichten schob, um sie aus dem Reservat rauszuholen, machte es nicht besser, und der »Schlafzimmerblick«, von dem Jean gesprochen hatte, war genau das. Er litt unter Schlafmangel, war gereizt, aufbrausend, wurde schnell jähzornig, und sie hatte nicht den … was immer es brauchte gehabt, um es ihm zu sagen, nachdem *Er* zum ersten Mal nachts zu ihr gekommen war. Und weil ihr Vater Arn den Hausschlüssel gegeben hatte, damit er »nach ihr sah«, und, Gott, sie hatte nicht geahnt, dass es nicht aufhören würde und dass da noch andere waren, und weil sie diesen sturen Sinn für widerwärtige, ekelerregende … Verantwortung hatte – sie musste irgendwas *getan* haben, um das zu verdienen –, hatte sie ihm immer noch nichts gesagt.

Vor allem nicht, was Arn jetzt getan hatte, weil sie sicher war, dass ihr Vater komplett und vollkommen ausrasten würde – und sie ihn verlieren würde.

Neben ihr Jean; sie malte sich aus, was er tun würde, wenn sie es ihm sagen würde, und ihr stockte der Atem.

Jean schlug ihr auf die Schulter. »Mann, Lucy«, sagte sie, »jetzt sei nicht sauer.« Sie lächelte. »Das mit deinem Dad war nur Spaß. Jetzt krieg keine Krise. Gott, Lucy! Ich wollte nur witzig sein, okay? Ich bin deine Freundin. Ich würde alles für dich tun, das weißt du doch, oder?«

»Mhm.« Sie warf Jean einen Blick zu, die ihre Ellbogen aufgestützt hatte, in einem hautengen Popcorn-Shirt.

»Wir schreiben Freitag einen Test«, sagte Lucy. »Können wir jetzt endlich mal lernen?« Alles, um Jean von ihrem Vater abzulenken, und von Ryan.

»Spielverderberin.«

»Und du, Jean, wirst in einem Trailer wie diesem enden, wenn du nicht aufpasst und – «

Lucy beugte sich vor, drohte scherzhaft, war endlich wieder ihr heiteres Selbst, und Jean küsste sie. Lucy war schockiert. Jean schmeckte nach Traubenkaugummi, und es fühlte sich seltsam *gut* an. Wirklich gut. Sie hatte den Gedanken nie bewusst gedacht, aber jetzt war er da – sie war mehr als ein bisschen verliebt in ihre Freundin.

Und das zu wissen, tat weh, weil sie Jean nicht in ihr Leben lassen konnte. Obwohl sie so gern wollte.

Lucy schmiss das Algebra-Buch auf die Bettdecke. »Jean? Hier und jetzt!«

»Mann, Lucy«, sagte Jean.

»Welche Supplementärwinkel ergeben zusammen hundertachtzig Grad?«

»Alle.« Jean schnitt eine Grimasse. »Weißt du, Lucy, ich mag Blödsinn machen, aber ich bin nicht blöd.«

Es klopfte an der Tür, und Lucy zuckte zusammen, rückte von Jean ab. Schreckliche Dinge würden geschehen, wenn ihr Vater auch nur ahnte, was gerade passiert war.

»Ja?«, sagte sie.

Er öffnete verlegen lächelnd die Tür und lugte hinein. Die Grübchen. Der nette Vater. »Ich wollte nur mal nach euch sehen.«

»Warum?«

»Morgen ist Schule«, sagte er, zog sich auf den Flur zurück, ließ die Tür aber offen. »Das wisst ihr, oder?«

»Jahaa«, rief Lucy. Erleichtert, weil er gegangen war und weil er sie unterbrochen hatte.

»Ich gehe besser.« Jean zog sich den Hoodie über und sammelte ihre Bücher vom Bett.

Lucy ging vor ihr durch den Flur. Jean holte sie ein, tat so, als wollte sie ihr etwas zuflüstern, und leckte sie am Ohr. *O mein Gott!*

»Gute Nacht, Mr. Walters!«, rief sie Lucys Vater zu, der die Hand über den Kopf hob.

Und damit verließ Jean den Trailer und ließ Lucy hinter der Tür stehen, sorgenvoll und verblüfft.

Als sie aufwachte, war es dunkel, der Fernseher lief, und ihr Vater weinte – harte, herzzerreißende Schluchzer. Sie schwang die Beine über die Bettkante, stand auf, stellte sich an die Tür und horchte. Sie sollte ihr Zimmer eigentlich nie abschließen, wegen der

Brandgefahr, sagte ihr Vater immer, aber die schlimmen Dinge passierten immer dann, wenn ihr Vater so war wie jetzt. Früher war ihre Mutter aufgestanden und zu ihm gegangen, ihre Stimme hatte so tröstlich geklungen, und sie hatte es immer geschafft, ihn zu beruhigen, sodass Lucy oft zu diesen Geräuschen eingeschlummert war. Die wunderschöne, melodiöse Stimme ihrer Mutter, und manchmal hatte sie in der alten Sprache gesungen, Lieder, die sprangen und rannten, die wie Licht schmeckten und ihr Herz mit Hoffnung füllten.

Aber irgendwann hatte das nicht mehr gewirkt, und der Klang seines Schluchzens wurde unendlich gequält, und dann kamen laute, klatschende Geräusche. Morgens sah sie manchmal Schatten unter der Schminke im Gesicht ihrer Mutter, und sie flitzte umher, während die beiden Abstand zueinander hielten. Als ehemaliger Verhörspezialist wusste ihr Vater, wie man Leute schlug, ohne dass Spuren blieben.

Einmal hatte sie ihre Mutter über die Küchenschublade gebeugt ertappt, in der die Pistole lag.

Lucy hatte in ihrem Flanellschlafanzug dagestanden, sich den Schlaf aus den Augen gerieben und gesagt: »Mom?«, und ihre Mutter hatte sich umgedreht, die Schublade mit dem Po zugeschoben, ihre Kaffeetasse genommen und gesagt: »Wie läuft es mit Mr. Lincoln, Lucy? Gehst du immer noch so gern in seine Klasse? Was lest ihr gerade?«

Sie kroch ins Bett zurück, die Bettwäsche pillte. Sie würde sich im Goodwill-Laden neue – na ja, neue alte – besorgen. Aber ihre Vögel, ohne die konnte sie nicht leben, also keine neue Bettwäsche.

Sie lag im Dunkeln auf dem Rücken, starrte die rissige Decke an, und ihr Herz schlug so heftig, dass sie es im Hals spüren konnte. Fürchtete, die Schritte ihres Vaters würden sich wieder nähern.

Er war immer noch da draußen und schluchzte. Gab tierähnliche Laute von sich, die sie sowohl ängstigten als auch traurig machten.

So hatte er gejammert, nachdem ihre Mutter getötet worden war, und sie hatte in der ersten Zeit nachts leise in ihrem Bett geweint.

Sie atmete tief ein und aus, versuchte, sich zu beruhigen. Um schlafen zu können, denn sie war völlig erschöpft. Und dann war es still, und sie spürte in der Dunkelheit Jeans Lippen auf ihren. Was wie … das Licht war. Sanft. Und nach Trauben schmeckte. Jean. Sie hatte nur rumgeblödelt, sagte sie sich, typisch Jean. Jean, ein Jahr älter, fast sechzehn, die eine Klasse wiederholte, weil sie fast ein Jahr lang den Unterricht verpasst hatte, nachdem sie bei einem Brand fast gestorben wäre. Darüber redete Jean nicht, auch nicht, wie sie ihre Eltern verloren hatte. Und auch nicht über die Narben an ihrer linken Seite, neben dem Schlüsselbein, netzartig, rosa, die nur zu sehen waren, wenn sie ein zu weites Oberteil trug, was sie nur dann tat, wenn es draußen warm war, und –

Auf dem Rücken liegend und die fleckige Decke anstarrend sehnte sich Lucy danach, Jean genau dort anzufassen, die Haut an Jeans Schulter mit ihren Lippen zu berühren, dort, wohin Jean immer die Hand legte, um die Narben zu verdecken, und auch weil – wie Lucy sehen konnte – es wehtat; weil sie von allen Menschen vor allem Jean liebte.

Vielleicht nicht auf *die* Weise – oder nur deswegen nicht, weil sie wusste, was die Leute sagen würden? Was es bedeuten würde? Und ihr Vater? Er hatte null Verständnis für solche Sachen, lag es daran?

»Man sollte einfach die Schnauze halten über solche Leute«, hatte er mal geschnaubt. »Man sollte einfach nicht darüber reden.«

Ihre Mutter hatte ganz einfach gesagt: »Lee, die sind völlig in Ordnung, und das weißt du auch.«

»Jaaa«, hatte er gedehnt gesagt. »Aber müssen sie uns das unter die Nase reiben?«

»Sie haben Rechte, genau wie wir, Lee. Aus genau dem Grund warst du doch da drüben, oder nicht?«

Ryan war auch irgendwie so, irgendwie *falsch*, deswegen war es blöd von ihr gewesen, das zu behaupten … dass sie *es getan* hätten, weil er so nicht war. Aber er war eben anders als alle. Obwohl sie nicht genau wusste, ob es daran lag, dass er Koreaner war – oder Chinese? – oder weil er schon fast aspergermäßig in sich gekehrt war, aber superintelligent, und sie schien die Einzige zu sein, die seinen schrägen Humor verstand.

Aber er hatte auch etwas Mürrisches an sich und wurde in der Schule oft gepiesackt. Beim Mittagessen flogen ihm Milchkartons an den Kopf – gefolgt von Gegröle am Tisch der Sportlerjungs.

»Hey, Mongo«, brüllten sie, »warum bist du nicht in der Reinigung, wo du hingehörst?«, und Ryan ignorierte die rassistischen Beleidigungen, die dem folgten.

Was Lucy gern Ryans Mutter erzählt hätte, aber natürlich nicht konnte. Weil die Art, wie sie einen ansah, wirklich zum Fürchten war – als würde sie Dinge wissen, schreckliche Dinge. Oder hätte schreckliche Dinge getan.

Da hörte sie auf zu denken. Denn immer erinnerte sie alles an *das*. Ihr schreckliches Geheimnis.

Sie stellte es sich in einer Schachtel vor. In einer Schachtel, die sie Gott überreichte, obwohl sie nicht an ihn glaubte.

Es war ein Weg, um nicht an *Ihn* oder Arn oder die beiden anderen zu denken, und sie drehte sich um auf den Bauch, den Kopf unter dem Kissen, und berührte sich in der völligen Finsternis selbst, stellte sich vor, Jean würde sie berühren, und war schockiert, wie schnell es kam, ganz anders als mit *denen*, obwohl sie jetzt nicht daran denken wollte, an all das, so wunderbar war Jeans Berührung. Sie stellte sich vor, sie würde Jean ebenfalls berühren, und sie fühlte sich, als wäre sie nicht sie selbst, und so rollte es durch sie hindurch, durch ihren ganzen Körper, ihr stockte der Atem, und dann Jean in ihr, in ihrer Berührung, ihren Fingern, und sie gab sich hin, Jean in ihr, und genau da erlebte sie ein Gefühl wie ein Kitzeln, das stärker wurde, größer, sie mitriss, sich ausdehnte, bis es, als könnte sie es nicht länger in sich halten, nach außen explodierte – Oh Gott! Jean! – wie ein Blitz, und sie streckte sich, keuchte.

Danach, in dem schwebenden gelösten Zustand, träumte sie, ihre Mutter käme durch die Tür.

Wie ein Engel, wie der, der so wunderschön gesungen hatte, und sie weinte im Schlaf, weinte um sie.

5
Buck

Er war vor dem Morgengrauen auf den Beinen und trug eine Schale Futter hinter das Haus, stellte sie neben den Trocknerabzug auf den Betonboden, aber dieses Mal ein winziges Stück dichter an der Hintertür.

Er hob die Hände über den Kopf, streckte sich, war zwar angezogen, aber noch nicht wach, und seine Gedanken wanderten.

Die rote Katze, die erfrorenen Ohren gespitzt, kam hinter den Eiben hervor, die seinen Hof von dem des Nachbarn trennten, wie an den meisten Tagen.

Wenn er sich nicht bewegte, würde die Katze vielleicht heute – nach all den Monaten – endlich am Haus fressen, während er sich draußen aufhielt. Dann wäre er nicht allein, hätte die Katze bei sich, was ihm seltsam wichtig war.

Die Rote kam näher, schlich vorsichtig über das Laub, und auch die Vögel begannen sich zu regen, und er – die Katze beobachtend und kaum atmend – kratzte sich unbewusst am Bauch, und die Katze erstarrte auf halbem Weg, und er erinnerte sich: an sein Gespräch mit Naomi, an *all das da oben im Arbeitszimmer*, und dass das Mädchen aufgetaucht war.

Und dabei hatte er hier auf die Katze gewartet, als wäre nichts geschehen. Aber das war es.

Er schnalzte der Katze leise zu, kniete sich dann hin, um kleiner zu wirken, aber die Katze rührte sich nicht.

Mit dir zu leben … ist wie … als wäre man ein gottverdammtes Menschenopfer. Ich halte es nicht mehr aus.

Die Katze, den Schwanz nach oben gebogen, kam keinen Schritt näher. Dabei war sie hungrig. Stummelohren, die goldenen Augen auf ihn gerichtet. Was für eine Heldin. Auf ein Knie gestützt, streckte er die Hand aus, soooooo langsam, und hob die Schüssel an und schob sie über das Gras.

Die Katze schlängelte den Schwanz wie ein Fragezeichen. Ließ ihn nicht aus den Augen. Er hielt den Atem an und zog sich zurück.

Die Katze trippelte vorsichtig weiter. Dann, stets fluchtbereit, fraß sie.

»Gaagige«, sagte er zu ihr. Leben. Das war ihr Name. Abgekürzt Gyg. Und in der Katze lag die Lösung für das Problem mit dem Mädchen.

Abstand und Zeit. Nur dass er fürchtete, die könnte knapp werden, denn er wusste, wie diese Dinge liefen.

6
Lucy

Eine Hand griff über ihre Schulter und schlug ihr die Bücher aus dem Arm, sie fielen zu Boden. Ryan, der neben ihr ging, drehte sich um, aber zu langsam, um zu sehen, wer das gewesen war.

»Du bist so schwul, Einstein«, sagte Booker und baute sich dicht vor Ryan auf, der zurückwich. Booker in seiner weiß-braunen Collegejacke, die Haut so schwarz, dass sie fast lila wirkte. Gut aussehend, der Scheitel akkurat rasiert.

Dass Ryan nie kapierte, dass Booker bloß Spaß machte, eine Rolle spielte, schien ihn nur weiter anzustacheln.

Also übertrieb er wieder, wie so oft schon, tauchte zum x-ten nervtötenden Mal anscheinend aus dem Nichts auf, aber keiner der drei spielte bei diesem kleinen Theater so richtig mit.

»Booker«, sagte Lucy ergeben.

Er war da gewesen, in der Nacht, in der sich alles geändert hatte, aber er hatte nichts unternommen, und das zermürbte ihn. Fast hätte er eingegriffen – was eine Katastrophe gewesen wäre – Arn war in Uniform und bewaffnet gewesen –, aber sie hatte ihn niedergestarrt, über Arns verdammte Schulter hinweg, während Arn *es* tat, während *es* passierte.

Aber es machte ihn fertig, er kam nicht klar damit, selbst jetzt schien er noch etwas sagen zu wollen.

»Booker, bitte?«, sagte sie, sollte heißen *Lass es.* Sie sagte es auch um Ryans willen, denn auch Ryan war dabei gewesen. Er und Booker waren ihrer Wege gegangen, wie immer, wie auch jetzt, Ryan zum Trailer seiner Mutter und Booker zu … wohin auch immer, und Arn hatte gedacht, sie wäre allein, war aus der Dunkelheit gekommen, aber hatte … etwas in ihr gesehen?

Hatte es an ihren Klamotten gelegen, hatte er sie deswegen – anstatt zu tun, was er schon vorher getan hatte – zerrissen?

Und Booker hatte ihren Schrei gehört und war umgekehrt, und Ryan hatte ebenfalls gesehen, wie Arn sie gegen den Schuppen mit den Briefkästen gedrückt hatte.

Booker war aus der Dunkelheit auf sie zugelaufen und hatte gebrüllt: »HEY! JA, SIE! WAS TUN SIE DA?!« Sie hatte ihn über Arns Schulter hinweg drohend angesehen, mit den Lippen das Wort »Nicht« geformt, und Arn hatte den Kopf umgedreht und Booker einen langen, harten, wütenden Blick zugeworfen.

Dass Booker erstarrt war, sagte alle möglichen Dinge über sie beide aus, die nicht ausgesprochen wurden. Über Leute wie sie. Und der fette Arn hatte seine Hose hochgezogen und war in die Dunkelheit hinein zu seinem Streifenwagen gestolpert, den Booker, daran bestand kein Zweifel, hatte kommen sehen.

Ein Polizist. Der *das* getan hatte, und Lucy, panisch über das Brennen in ihr, war zum Trailer gerannt.

»Booker?«, sagte sie jetzt.

Er zuckte die Achseln. Bückte sich, hob ihre Bücher auf und gab sie Ryan, der völlig verblüfft zu sein schien.

»Trag du die mal ein bisschen, ja?« Er grinste. Perfekte weiße Zähne. »Schließlich hast du deine in 'nem Rucksack.«

Sie liefen weiter, nur ging jetzt Booker neben Lucy, und Ryan zuckelte hinter ihnen her.

»Leg'n Schritt zu, Einstein«, sagte Booker. »Ist kalt. So wie du schleichst, isses dunkel, bis wir zu Hause sind, klar?«

Booker wechselte beim Gehen von einer Seite auf die andere. »Alles okay?«, fragte er. Natürlich wusste er, dass gar nichts okay war. Lucy hätte gern ihre Bücher im Arm gehabt. Um sie zwischen sich und alles andere zu halten. Ihr Körper veränderte sich, sie wurde Jean ähnlicher und fand das gleichzeitig aufregend und peinlich.

Als Lucy nichts sagte, schaute sich Booker nach hinten um. »Was is mit dir, Sir Chow Yun Fat?«

»*Chen*, nicht Chow«, erwiderte Ryan. »Und mir geht's gut.«

Ryan hatte Gummistiefel und eine Jacke an, die zwei Nummern zu groß war. Booker streckte den Arm aus, packte Ryans Arm und schwang ihn nach oben. Sodass Ryan jetzt wie Booker ging, aber ohne es zu wollen.

»Läufst wie'n Pimp, Einstein.«

Ryan murmelte etwas.

»Ich kann dich nicht hören.«

»Tut mir leid.«

»Hör auf, dich ständig zu entschuldigen. Was tut dir leid?«

Tja, dachte Lucy, so ungefähr alles. So war Ryan, immerzu entschuldigte er sich, als hätte er kein Existenzrecht. Dass er der Intelligenteste in der Klasse war, half auch nicht, es machte ihn nur noch mehr zum Außenseiter. Ryan lebte in seiner eigenen Welt, hinter seiner Brille.

»Wir sind echt die drei Musketiere«, scherzte Booker, aber angesichts dessen, was zwischen ihnen stand, zündete der Witz nicht.

Sie erreichten die Trailersiedlung, in der Lucy und Ryan lebten. Ryan in einem Einfachtrailer. Seine Mutter arbeitete drüben in der Green-Giant-Fabrik und war nachmittags nie zu Hause. Manchmal gingen sie zu Ryan und lernten. Mehr nicht. Und wenn Ryans Gesicht aufleuchtete – das liebte sie an ihm, diesen Gesichtsausdruck, wenn er irgendwas Neues entdeckte, das auch ihr neu war, und er ganz aufgeregt darüber war, über die Welt und sein Leben, so schrecklich es sein konnte, und sie brauchte das, Ryans faszinierten Blick über das »Wunder der Welt«, wie er es nannte – seine Begeisterung für alles. Ein einziger Abend mit Ryan hob ihre

Laune wochenlang. Und Booker war kein dummes Sportlerarschloch, auch wenn er so wirken wollte.

Seitdem es passiert war, tauchte er nachmittags auf, machte Witze und zog sie auf, dabei hielt er nach Arn Ausschau, blieb bei ihr, bis sie ihren Trailer erreicht hatte.

Beim dritten Mal hatte sie sich völlig entnervt zu ihm umgedreht und gesagt: »Booker, was machst du da eigentlich?« Booker hatte sich umgeschaut und war in Sekundenschnelle ein anderer geworden.

»›Wir wissen, dass Gott bei denen, die ihn lieben, alles zum Guten führt, bei denen, die nach seinem ewigen Plan berufen sind‹«, hatte er mit ernster Miene gesagt, dann gelacht und Ryan auf den Rücken geschlagen.

»Stimmt's, Einstein?«

Und Ryan, in seinen jämmerlichen grünen Gummistiefeln und der hässlichen, langärmeligen, erbseneintopfgrünen Jacke, hatte zu Booker aufgesehen und gesagt: »Jeder ist ein Genie. Aber wenn man einen Fisch an der Fähigkeit misst, auf einen Baum zu klettern, wird er sein ganzes Leben lang glauben, dass er dumm ist.«

In all den Jahren, die sie ihn kannte, hatte sie das noch nie erlebt, aber Booker war rot geworden.

Sie hatten sich gegenseitig ertappt, und das änderte etwas zwischen ihnen.

Einen Moment später hatte Booker die Achseln gezuckt und gesagt: »Ja. Du, Einstein, bist ein kluger Kopf, aber dein Klamottenstil könnte mal gepimpt werden, okay? Wie wär's, wenn wir daran mal arbeiten?«

Jetzt waren sie an den Briefkästen angekommen, wo, nachdem sie sich an dem Abend, als es passiert war, getrennt hatten, Arn aus der Dunkelheit gekommen und sie geschnappt hatte.

»Ryan«, sagte Booker, und Ryan trabte von dannen, und Booker begleitete sie bis an die Tür ihres Trailers.

»Also dann«, sagte Booker, »du gehst da jetzt rein und schließt die Tür ab, okay? Schönen Abend noch, ja?«

Er stapfte zwischen den Trailern davon, unter den zu blauen Quecksilberdampflampen hindurch, seine Schultern schwangen. Als er den verkehrsreichen Highway 13 erreichte, schaute er in beide Richtungen und überquerte die Fahrbahnen.

Und Lucy, die Bücher an sich gedrückt, ging hinein, zog hinter sich die Tür zu, schloss ab – wozu es auch gut sein mochte – und hielt den Atem an, bis sie das Licht angemacht hatte.

WINTER

7
Buck

Er holte die Post aus dem Briefkasten und sortierte die Werbung aus – was für eine Holzverschwendung –, fand eine Rechnung von seiner Versicherung und klemmte sie sich unter den Arm. Außerdem einen offiziell aussehenden Umschlag, mit einem Logo, das er nicht kannte, unten stand *Enthält wichtige Rechnungsinformationen, bitte nicht wegwerfen.* Von Naomi war auch etwas dabei, er schob es zwischen die anderen Briefe, verzog das Gesicht und schaute nach Westen.

Die Sonne stand niedrig, die Uhren waren auf Winterzeit umgestellt worden. In ein, zwei Stunden würde es dunkel sein, die Bäume an der Straße waren bereits kahl, nachdem ein heftiger Regen in der vergangenen Woche die Blätter heruntergerissen hatte. Schaudernd, als wäre ihm kalt, trat er in seine Werkstatt zurück, wo er die Hände in die Hüften stemmte und über die Arbeit nachdachte, sich aber nicht entschließen konnte, was er machen wollte, solange der Brief von Naomi – oder einem Anwalt? – in seiner Hosentasche steckte.

Er legte die Hand auf den Heckbalken des Boots, die gebogene Form erinnerte ihn seltsamerweise an Naomi, wie sie morgens auf der Seite lag, mit dem Rücken zu ihm, und die wunderschöne Kurve zwischen Schulter und Hüfte.

Er strich mit der Hand über den Süllrand, glatt wie Haut, und ermahnte sich, dass er eine Deadline einzuhalten hatte.

Heute Morgen hatte er die Rudergabeln eingesetzt, plan mit dem Süllrand, aber die Dollen waren zu groß gewesen und stecken geblieben, und er hatte sie an der Drechselbank zurechtfräsen müssen. Eine schwierige Sache, es hatte einige Mühe gekostet, die Dollen auf der Drechselbank zu zentrieren. Jetzt sah er das als Geschenk. Arbeit. Schwierige Arbeit, die ihn ablenkte.

Seit kurz nach fünf war er frei gewesen von Gedanken an Naomi, als er – widerwillig – aufgestanden war, ein paar von Halloween übrig gebliebene Süßigkeiten gegessen hatte, sich einen Pott Kaffee gekocht und sich, obwohl die Temperatur draußen unter dem Gefrierpunkt lag, an die Arbeit am Boot gemacht hatte. So konzentriert, dass er das Mittagessen hatte ausfallen lassen.

War er deswegen so müde? Er musste Naomi aus der Versicherung für seinen Truck nehmen. Und auch andere Verbindungen, geschäftliche und alle möglichen, mussten gekappt werden. Telefon. Kreditkarten. Kundenkonten für Heizung, Strom. All das, was sie verband.

Mit dem Gedanken ging er durch die Seitentür ins Haus und nahm all das mit.

Das Telefon in der Küche klingelte, er nahm ab, wie dumm. Als könnte es Naomi sein.

»Hier ist Holly Jorgenson, ich rufe an im Namen des Polizeifonds«, und so weiter. Unterstützte er ihre »Initiativen zum Schutz der Rechte von –«

Er legte auf. Mit schlechtem Gewissen, aber auch wieder nicht. Seit er das erste Mal aus der St. Mary's Boarding School weggerannt war, hatte er immer wieder Ärger mit der Polizei gehabt, der ihn wie ein Fluch bis in seine Baseballjahre verfolgte, aber richtig schlimm war es erst danach geworden.

Nachdem der ältere seiner beiden Brüder erschossen worden war und er dem hatte nachgehen müssen. Und noch später, als seine Tochter in Schwierigkeiten gewesen war.

Nein, die Polizei war nicht sein Freund und Helfer.

Er legte die Umschläge auf die Arbeitsplatte, der oberste bettelte ebenfalls um Geld: *Die Hand reichen. Für Familien in Not. Die*

Hand reichen für ein warmes Heim. Denen würde er etwas geben. Wie viel, zwanzig, dreißig? Obwohl er so gut wie pleite war. Aber auch er hatte mal im Kalten gehockt.

Und um es nicht zu vergessen, lehnte er den Umschlag auf die Arbeitsfläche neben der Tür, wo er ihn nicht übersehen konnte.

Er saß vor einer Schüssel mit übrig gebliebenem Eintopf, den er nicht noch mal aufgewärmt hatte. Er hatte sowieso keinen Appetit. Seit gestern erschien ihm das Haus auf einmal neu und bedrohlich, die zu dunklen Küchenschränke schienen ihn zu erdrücken. Sollte er sie anstreichen? Weiß? Die Küche würde dadurch größer wirken. Dann dachte er an den Dachboden, daran, dass er mit dem Revolver rumgespielt hatte, und damit auch an das Mädchen.

Das waren keine Rußflecke auf ihrem Gesicht gewesen. Und damit musste sie klarkommen.

Er tauchte den Löffel in den Eintopf, tat so, als wäre er froh, allein am Tisch zu sitzen. Die Katze erschien an der Tür zum Windfang und betrachtete ihn aus goldenen Augen. Er nahm die Futterdose von der Arbeitsfläche, bückte sich und streute eine Linie bis zu der gefüllten Schale auf dem Boden, schob die Tür auf und saß ruhig auf dem Linoleum, kalte Luft strömte herein und brachte den Geruch von verrottendem Laub und Holzrauch und noch etwas anderem mit sich.

Die Katze kam näher, überquerte die Schwelle, der Ofen loderte, und sein Herz klopfte wild. Wenn die Katze reinkam, würde er weiterleben, dachte er, aber das war Blödsinn, sagte er sich. Oder nicht? Weil es kein Zufall war, dass er Gyg in ihr sah, seit einiger Zeit schon. Leben. Sie beobachtete ihn, hockte auf dem Gummidichtungsstreifen der Schwelle, wie ein Feuer, orange und gelb.

Leben oder sterben? Die Katze kam fast herein, aber nicht ganz. Und huschte dann mit einer entschlossenen Bewegung zur Schale.

Um gleich wieder rauszuflitzen, sich in das Lichtviereck im Hof zu kauern, ihn anzustarren.

Und er stand mit einer gewissen Ambivalenz auf und schloss die Tür. Nun, er würde sehen.

8
Lucy

»Morgen, Bebbe Gurl«, rief Lucys Vater durch ihre Zimmertür. »Zieh dich lieber warm an, bevor du rausgehst, okay?«

Lucy stützte sich auf die Ellbogen. Sie hatte geträumt. Im Traum wollte sie vor jemandem davonlaufen, konnte sich aber kaum bewegen. Und in dem Moment, als – es oder er oder *Er* – sie fast gepackt hatte, war sie hoch in die Bäume geflogen, und dieses Gefühl wollte sie festhalten. Des Fliegens. Des Freiseins von allem. Um dann geweckt zu werden von – was wollte er, ihr Vater?

Sie ging ins Bad und pinkelte im Dunkeln. »Keine Zeit mehr zum Duschen«, rief ihr Vater durch die Tür. »Außerdem wirst du wahrscheinlich duschen wollen, wenn wir zurückkommen.«

»Kann ich mir das Gesicht waschen?«

»Deine Eier werden kalt.«

Als sie rauskam, sah sie, dass er ihr einen Teller hingestellt hatte. Rührei, zwei Scheiben Toast mit Butter. Sie aß kein Brot, erst recht keinen Toast mit Butter, was sie ihm schon x-mal gesagt hatte. Aber sie setzte sich und aß alles auf, es wäre nicht klug, ihren Vater zu provozieren, nicht, wenn er etwas vorhatte.

Und er hatte immer irgendetwas vor, wirkte aber jetzt aufgedrehter als sonst. Hatte er wieder getrunken?

Hinter ihr wurde die Trailertür geöffnet. »Bist du fertig?«, fragte er und steckte den Kopf hinein.

»Komme gleich«, erwiderte sie, wusch den Teller und das Besteck in der Spüle ab und stellte sie ins Gestell.

Sie schaute auf das Thermometer am Fenster der Eingangstür, minus drei Grad, zog sich an und trat hinaus. Ihr Vater stand in seiner braunen Jagdkleidung auf der Einfahrt, er hatte zwei Messer bei sich.

»Arn hatte Glück in der Lotterie, also sind wir gleich in der Früh los«, sagte er, »weil ich meine Krankentage aufgebraucht habe.«

Und damit wandte er sich ab, die Hände in die Hüften gestemmt, drehte ihr den Rücken zu – *ja, weil er auf Sauftour gegangen war.*

Ihr Vater deutete nach rechts, sie folgte ihm um den Trailer herum, wo ein Elch an den Hinterbeinen von einem Baum hing. Auf Sägeböcken lag eine ein Meter fünfzig mal zwei Meter fünfzig große Sperrholzplatte, darauf die Art von Plastikplane, die sie im Januar vor die Trailerfenster klebten, wenn es zu kalt wurde.

Kurz spürte sie, wie ihr das Frühstück hochkam. Verdammt noch mal, dachte sie und setzte ihr Pokerface auf, er war losgezogen und hatte Bullwinkle abgeknallt, sie machte für sich einen Witz daraus, wie so oft bei ihrem Vater.

»Genug Fleisch, um uns fast über den Winter zu bringen.« Er schlug gegen die verfilzte Flanke des Elchs. »Koteletts. Gehacktes. Rippchen. Das ganze Menü. Das Gehackte für Spaghetti mit Chili. Damit fangen wir an.«

Sie atmete tief ein. »Toll«, brachte sie heraus. Sie musste es sagen. »Das ist toll, Dad.«

»Tja, es ist Zeit, dass du lernst, wie man Wild ausnimmt, Luce, denn wenn wir ein bisschen mehr sparen, sind wir hier schneller raus«, sagte ihr Vater, was bei ihr die Alarmglocken schrillen ließ.

Sparen? Und *mehr?* Sie kamen so schon nur knapp über die Runden, oder etwa nicht?

Und er hatte getrunken. Bis eben hatte sie es nicht gemerkt, aber jetzt, der chemische Geruch in seinem Atem. Wodka. Gefolgt von Tomatensaft. Also war es klug gewesen, dass sie gute Miene zu seinem Elch gemacht hatte.

»Und Elchhaut, wenn man die weich genug gerbt, kann man sie

als Decke benutzen, auf deinem Bett. Letzten Winter war dir kalt, hast du gesagt.«

Dass er an sie dachte, rührte sie irgendwie, aber da war auch noch was anderes.

»Kommt Arn rüber, um sich seinen Anteil zu holen?«, fragte sie.

»Hat selber einen geschossen. Wieso? Ich dachte, du und der gute alte Onkel Arn wärt so – « Er hielt die Hand hoch, Zeige- und Mittelfinger verschränkt. »Wie ihr beide aneinanderhängt.«

»Er ist *nicht* mein Onkel.«

»Stimmt, aber du hast ihn immer so genannt. Weißt du nicht mehr?«

Sie spürte sie am Hals, die Wärme, aber vielleicht hatte ihr Vater zu viel getrunken, um es zu bemerken.

Onkel Arnold. Von wegen! Nein, Arn hatte sie mit aller Sorgfalt ausgewählt, wie ein Hühnerhabicht. Arn, der ihnen nach dem Tod ihrer Mutter geholfen hatte, der jeden Tag, jede Woche, jeden Monat vorbeigekommen war, mit vollen Einkaufstüten, oder der gekocht hatte, wenn ihr Vater mal wieder seinen Rausch ausschlief, sodass er am Ende des Jahres unentbehrlich geworden war, und als ihr Vater, um die Schulden abzustottern, die er angehäuft hatte, und um sie aus dem Reservat rauszuholen, anfing, die besser bezahlten Nachtschichten zu übernehmen, hatte Arn seinem alten Armeekumpel wieder Hilfe angeboten, war abends vorbeigekommen, um »nach ihr zu sehen«, obwohl sie manchmal, wenn er sie umarmte und dann ging, dieses … unheimliche, unangenehme Gefühl bekommen hatte.

Und die Dinge, die der gute alte Onkel Arnold gesagt hatte, beiläufig, hatten auch dazu geführt, dass sie sich unwohl fühlte, weil die eigentliche Frage war: Würde sie ihrem Vater weitererzählen, was er ihr anvertraute?

Zum Beispiel als Arn ausgeplaudert hatte, dass Esther Ruhland ihren Mann Walter erschossen hatte, »das war kein Selbstmord«, aber da er sie geprügelt hatte, drückte die Polizei von Shakopee beide Augen zu.

Und veränderte sogar den Tatort, sodass ihr Vater, zuständig für die Ermittlung, verwirrt war, weil er »einfach nicht richtig aussah«.

All das, während sie und ihr Vater unter dem Bleigewicht des Todes ihrer Mutter untergingen. Und wenn ihr Vater nicht arbeitete, soff er. Lucy, selbst wie betäubt, wandelte durch die Tage wie im Schlaf.

Und dann war *Er* zu ihr gekommen, in einer Nacht, in der ihr Vater Dienst hatte. Sie war aufgewacht, weil ihre Decke weggezogen wurde.

Zuerst hatte er nur seine Finger in sie reingesteckt und ihr zu ihrem Ekel und ihrer Scham gezeigt, dass sie darauf reagierte.

Und am Ende des Monats, in dem *Er* sie zum ersten Mal erschreckt hatte, war zu ihrem Horror Arn aus der Dunkelheit aufgetaucht.

Wirklich krank war, dass sie am nächsten Morgen zu ihrem Vater in die Küche gegangen war.

Er war gerade von der Nachtschicht gekommen – ein Dreifachmord/Selbstmord, Frau und zwei Kinder, und ein entfremdeter Vater, berichtete er.

»Was ist denn los?«, fragte er und wirkte so deprimiert, wie sie es noch nie erlebt hatte. Nie.

»Ich liebe dich, Daddy«, hatte sie gesagt, und das war alles gewesen.

»Luce?«, sagte ihr Vater jetzt. »Bebbe Gurl?«

Sie hob die Hand, griff nach einem Messer. Sie musste es tun. Auch wenn sie fürchtete, kotzen zu müssen.

»Zeig es mir«, sagte sie und trat mit ihrem Vater an den Elch heran, die Klinge glänzte, und seine Stimme wies sie an, wo sie die Haut aufschneiden sollte, um das erste Hinterbein zu lösen.

Schon nach Sekunden waren ihre Hände mit Blut und Fett

verschmiert, aber sie spürte keine Übelkeit, sondern Wut. Sie dachte an Arn und was er getan hatte und hieb in die Flanke des Elchs hinein, in das Fleisch.

»Hey, Bebbe Gurl«, sagte ihr Vater und hielt ihre Hand fest. »Was ist denn in dich gefahren?«

Sie schaffte es gerade so, nicht hysterisch zu werden, wie in der Nacht, als Booker sie hatte wegrennen sehen, durch die Dunkelheit stolpernd, die Arme um sich geschlungen und in Tränen aufgelöst.

»Komm schon, du weißt, dass man so nicht mit einem Messer umgeht. Was ist denn los?«

»Nur … Scheiße in der Schule«, log sie. Sie wandte den Blick ab, versteckte sich in ihrem Hoodie.

»Soll ich mich darum kümmern?« Mit dem Blick, der ihr Angst machte.

»Nein«, sagte sie.

»Sicher?«

Fast bockig riss sie sich von ihm los, bevor er ihr ins Gesicht sehen und die Wahrheit aus ihr herauskriegen konnte, wie schon früher manchmal. »Können wir das hier einfach erledigen? Bitte?«

»Also gut«, erwiderte er, und sie nickte und lächelte, ihr bestes falsches Lächeln, und dann machten sie sich wieder an dem Elch zu schaffen.

Er schnitt ein Stück Filet ab. Hielt es ans Licht. »Siehst du die Marmorierung? Das ist das Beste.« Er schob sich das Fleisch in den Mund und kaute. »Elchtartar«, sagte er scherzend. Stieß Lucy mit dem Ellbogen an. »Mal probieren?«

Er schnitt ein weiteres Stück ab und gab es ihr, und sie kaute nachdenklich. Sie hatte bei Ryan einen Film gesehen, eine Doku über eine Frau, die Kaninchen züchtete. »Haustier oder Fleisch?«, hatte die Frau in die Kamera gefragt, ein flauschiges Kaninchen hochhaltend. Wie der Elch.

»Gut?«

»Ja«, sagte sie. »Danke.« Aber in Gedanken lief sie die Straße hoch zu dem Mann mit dem Boot.

Bevor ihr Vater das Mittagessen machte, stand Lucy im Bad des Trailers und betrachtete sich im Spiegel. Wo sie sich mit dem Handrücken über das Gesicht gewischt hatte, waren Blutspuren – warum juckte einem immer genau dann das Gesicht, wenn man sich nicht kratzen konnte? Ihr Blick war leer – also kniff sie die Augen zusammen wie das Mädchen Carrie in dem gleichnamigen Film, bevor es sich für den Eimer Schweineblut, den die Scheißkerle auf dem Abschlussball über sie gegossen haben, mit einem höchst befriedigenden – seit dem Anfang des Films erwarteten – Blutbad rächt.

Das wünschte sie auch dem guten alten Onkel Arn an den Hals. Und noch viel mehr … *Ihm*. Das, oder – und sie hasste sich für den Gedanken – sie könnte eine Flasche von dem Wodka ihres Vaters trinken und sich eine Plastiktüte über den Kopf ziehen, wie einer ihrer Klassenkameraden es getan hatte.

Armer Toni. Nachdem die Football-Arschlöcher ihn gnadenlos als »Schwulenköder« verhöhnt hatten, hatte er seinem Leben ein Ende gesetzt. Am Tag davor hatte sie noch mit ihm gesprochen und ihm bei den Mathehausaufgaben geholfen.

Seit seiner Beerdigung hatte sie immer wieder daran denken müssen, wie er sich getötet hatte.

»Luce!«, rief ihr Vater.

»Gib mir fünf Minuten!«, schrie sie zurück, durch die geschlossene Tür, mit einem leicht rotzigen Unterton – wenn er nur *leicht* war, gab ihr Vater nach.

Sie zog sich aus, stellte sich unter die Dusche und drehte das Wasser so heiß, dass sie fast verbrüht wurde. Wenn sie nur alles abwaschen könnte, all das mit … *Ihm,* und mit Arn und … aber dann dachte sie: Das kann man nicht abwaschen, nie mehr – und das Lachen auch nicht. Arn, der über die anderen beiden witzelte, die er in den Trailer gelassen hatte. Das war das Schlimmste. Oder konnte man es doch abwaschen? Wenn man nur den Schneid hätte, um sich zu rächen? Aber dann lächelte sie.

Der Mann mit dem Boot, der stand weit über all dem. Das spürte man. Er war echt, ihn lachte niemand aus.

Am Montag in der Schule zerrte Jean sie durch den Korridor nach draußen, weg vom Speisesaal, in dem die anderen schnatterten wie Affen. Es war hell, sie blinzelte in die Sonne. Sie liefen eine grasbewachsene Böschung hinunter zu einer Gruppe von alten Eichen, deren Blätter – sie verloren sie immer erst im Frühling, wieso eigentlich? Ryan würde es wissen – im Wind raschelten.

Jean drehte einen Joint und hielt ihn ihr mit schiefem Lächeln hin. Lucy schüttelte den Kopf.

»Ich sollte auch nicht«, sagte Jean, »aber ich habe gleich Sozialkunde bei B.O. Pitts, und, hey, irgendwie muss ich das überstehen, oder?«

Dass Mr. Pitts an einer beschissenen Schule wie der ihren unterrichtete, zeugte angesichts der Gehässigkeit der Schüler von echtem Mut.

»Ich weiß, du stehst auf den alten Bill«, neckte Jean sie. »Oh, Bill, gib's mir, Baby, zeig mir deinen – «

»Jean«, sagte Lucy.

Jeans Blick wurde weicher. Sie schwang den Kopf hin und her und zog eine alberne Grimasse unter ihrem lila Kapuzenpulli, zu dem sie kniehohe Stiefel trug.

»Hier.« Sie drückte Lucy einen abgepackten Donut in die Hand. »Für dich aus dem Automaten geklaut.«

Sie machte eine Drehung und tat so, als würde sie den Automaten treten. Einer von Jeans Tricks. Lucy biss ab. Puderzucker. Sie hatte keine Ahnung, warum sie den Donut aß, außer weil Jean ihn ihr gegeben hatte.

Eine Horde Jungs kam schubsend und boxend die Böschung runter, sie waren von der Schule aus nicht zu sehen.

Jean zupfte an ihrem Hoodie. »Komm«, sagte sie, »hauen wir ab, bevor die uns entdecken und rüberkommen.«

Sie liefen geduckt durch das Straußgras bis zu einem Kanal und setzten sich dort hinter einen Haufen kaputter Betonblöcke. Hier waren sie windgeschützt, und die Sonne wärmte sie. Jean gähnte und streckte die Arme nach hinten. Ihre Brüste waren wunderschön. Kein Wunder, dass sie einen Freund aus der Highschool hatte. Alle Jungs scharwenzelten um sie rum.

Lucys Handy meldete sich in ihrer Tasche, sie zog es heraus und sah nach, wer anrief. Ihr Vater.

»Da muss ich rangehen«, sagte sie, und während ihr Vater ihr mitteilte, dass er später kommen würde und sie ruhig schon essen sollte, schnitt Jean Grimassen, ihr Mund formte ein verzücktes *»Oh«*.

»Fertig!«, sagte Lucy und schob das Handy wieder in die Hoodietasche, und Jean beugte sich dicht zu ihr.

»Was?«, fragte Lucy, dann küsste Jean sie.

Aber diesmal hielt sie die Augen geschlossen, und es lag Zärtlichkeit darin. Jean hielt ihr Gesicht in den Händen, und als sie sie wegzog, saßen sie still da, denn jedes Wort hätte alles kaputtgemacht.

Und in der Sonne so viel Wärme. Vielleicht würde sie nicht sterben, vielleicht würde sie kein schreckliches Ende nehmen. Vielleicht –

Da ertönte die Schulglocke, drang durch das Geschnatter der Mittagspause bis zu ihnen.

9
Buck

Er war in der Werkstatt. Obwohl Minustemperaturen herrschten und er kalte Hände hatte, stand die Tür offen.

Der Transporter, der das Boot abholen sollte, würde jeden Moment eintreffen, und er redete sich ein, darauf zu warten. Währenddessen räumte er auf. Furnierholz. Dann Schraubzwingen. Säuberte die Hobelbank, die Oberfräse und die Kreissäge. Schärfte die Klinge am Hobel mithilfe seines Schmirgelblocks, Öl und Leder, strich mit der Klinge über seinen Daumennagel, schnitt eine Scheibe ab, so dünn und durchsichtig wie eine Zwiebelhaut.

Er nahm den Eimer und füllte ihn mit Wasser – gab Seife hinzu, die nach Wintergrün roch – und wischte den Betonboden. Sogar in den Ecken, wofür er einige Dinge beiseiteschieben musste.

Als er fertig war, holte er einen Klappstuhl und setzte sich in die Kälte, in den Pinien an der Straße lärmten die Eichelhäher. Roch die Luft: verrottetes Laub und Trocknerabluft.

Und da, in der Kälte, kam das Mädchen die Straße entlang, in ihrem Hoodie. Kam die Einfahrt hinauf.

»Hunger?«, fragte er.

Sie zuckte die Achseln. Wandte das Gesicht ab. Bereit, beim kleinsten Anlass zu flüchten.

»Sekunde«, sagte er und ging ins Haus. Erst als das Sandwich fertig auf dem Teller lag, bemerkte er, dass die Wände ihn nicht zu erdrücken schienen. Dass er die ganze Zeit gewartet hatte – auf das Mädchen.

Draußen drehte er den Stuhl mit dem Fuß in ihre Richtung.

»Setz dich«, sagte er, und sie tat es, und er gab ihr den Teller.

Sie aß, aber zuerst knabberte sie nur – als würde sie essen, aber versuchen, es nicht zu tun. War es das? War sie so? Naomi war als Teenager fast daran gestorben. Und sie aß auch so.

Die Katze kam um die Ecke geschlichen. Setzte sich zwischen sie auf die Einfahrt. Hob den Kopf, schnupperte. Sah von einem zur anderen und trippelte auf das Mädchen zu.

Das Mädchen zog ein Stück Beef aus dem Sandwich, hielt es auf der ausgestreckten Hand, und die Katze strich an ihrem Bein entlang und nahm es. Das Mädchen beugte sich ganz langsam nach unten und streichelte den Kopf der Katze, und die Katze streckte sich und schnurrte.

»Ja, du bist eine Hübsche«, sagte das Mädchen. Sie sah Buck mit schiefgelegtem Kopf an. »Hat sie einen Namen?«

»Gyg?«

»Leben.« Das Mädchen nickte. »Das passt. So orange und gelb, wie sie ist.« Sie biss von ihrem Sandwich ab.

Sie kaute gedankenverloren. Dachte nicht mehr übers Essen nach und aß daher wirklich.

Die Sonne brach durch die Wolken und tauchte die Bäume in ein so gelbes Licht, dass sie zu leuchten schienen. Und darin dieses schicksalhafte Zusammensein, das Mädchen, die Katze, er selbst.

In seiner Tasche klingelte das Handy – verdammt, dachte er –, und die Katze flüchtete und verschwand hinter dem Haus.

»Wollen Sie nicht drangehen?«, fragte sie.

»Nein.«

»Aber wenn es wichtig ist?«

»Es ist wichtig.«

Das sechste Klingeln. »Also – «

Das Klingeln hörte auf, und er zwinkerte ihr zu, was ihr irgendwie nicht gefiel, ganz und gar nicht.

»Die Welt ist nicht untergegangen, oder?«, sagte er scherzend und hoffte, sie irgendwie wieder besänftigen zu können. »Tut mir leid, nur – Probleme. Die darf man nicht zu ernst nehmen, sonst bringen sie einen um. Man muss wissen, wann es sich zu kämpfen lohnt, stimmt's?«

Das Mädchen war die Einfahrt hinuntergegangen, sie standen da, wie ihre Leute es immer taten, halb abgewandt.

Sie war besonders – und jemand hatte ihr wehgetan, diesem Mädchen, und ihr Gesicht im Profil, wie ein Küken, aus dem bald ein Schwan werden würde. Und ihr dunkles Haar, das in der Sonne bläulich schillerte.

»Ich sollte gehen«, sagte sie.

»Komm wieder vorbei«, erwiderte er, »wenn dir danach ist. Wenn du Hunger hast, hier gibt's immer was zu essen.«

Sie standen jetzt so weit voneinander entfernt, dass man bequem etwas sagen konnte, ohne die Stimme zu heben.

»Wirklich?« Das Mädchen machte ein paar Schritte nach hinten, schaute in die eine Richtung, dann in die andere, dann wieder ihn an.

»Jederzeit«, sagte er.

Sie nickte, ging dann auf der Straße davon, duckte sich an der Ecke unter der Weide hinweg, als wäre sie nie da gewesen, und er dachte daran, ihr zu zeigen, wie man eine Weidenpfeife schnitzte.

Mit weichem Holz anfangen. Mit einem Messer, das sie, wie er wusste, in nicht allzu ferner Zukunft brauchen würde.

10
Lucy

Als sie den Trailerpark betrat, heftete sich Booker an ihre Seite, aber ohne Ryan kam er ihr zu nah vor. Sie wusste nicht, was er wollte.

»Booker«, sagte sie.

»Macht es dir was aus, wenn ich dich begleite?«

»Gar nicht«, antwortete sie und wurde überrascht von dem Gedanken, sich bei ihm unterzuhaken.

Bookers Förmlichkeit amüsierte sie, sie freute sich darüber. Er führte sie an dem umgekippten Cadillac vorbei und am Grenzschild des Reservats:

SIE BETRETEN
HEILIGEN BODEN
ALKOHOL UND
DROGEN VERBOTEN

»Das verdammte Ding hat mehr Einschusslöcher als ein Schweizer Käse«, scherzte Booker.

Lucy lachte, trotz allem, was zwischen ihnen stand. Booker gab sich Mühe. Und sie war entgegen ihren Befürchtungen nach dem Besuch bei dem Bootsbauer immer noch guter Laune. Dass sie es nicht fertigbrachte, ihn nach seinem Namen zu fragen, und dass er sich auch nicht nach ihrem erkundigte, sprach für eine tiefe Verbindung, ungewöhnlich, aber beunruhigend. Dort konnte sie alles sein. Oder auch sie selbst, was sich beängstigend anfühlte, weil sie wusste, wohin das führte. Und, schlimmer, welchen Preis es hatte.

Daher war es gut, Booker ihren Namen sagen zu hören. Mit ihm war sie jetzt einfach nur Lucy.

Sie schlängelten sich zwischen umgekippten Kühlschränken, alten Farmgeräten, Bettgestellen und anderem Müll am östlichen Ende des Reservats hindurch. Lucy lief vor Booker her, um abzuwehren, was er wollte.

Als sie darüber nachdachte, was der Bootsbauer gesagt hatte, nachdem sein Handy geklingelt hatte und er nicht drangegangen war und auf die Unterbrechung einfach nicht reagiert hatte – »Die Welt ist nicht untergegangen, oder?« –, drehte sie sich so plötzlich um, dass Booker fast gegen sie stieß. Sie war ihm lange genug ausgewichen.

»Booker«, sagte sie, »was willst du? Ehrlich?«

»Nur auf dich aufpassen«, gab er zurück. Sie waren fast bei ihrem Trailer angekommen.

»Tja«, sagte sie und hasste sich dafür, »ich brauche deine Hilfe nicht«, doch ehrlich gesagt war das gelogen.

Immer wenn sie nach Hause kam, hatte sie panische Angst, dass es wieder passieren würde. Oder Schlimmeres. Unten in der Ebene, die der Fluss manchmal überflutete, standen verwachsene Schwarz-Pappeln, zwischen denen eine Leiche für immer verschwinden konnte, und den Gerüchten nach lagen dort schon einige. Immer wieder verschwanden Reservatsmädchen spurlos, und die Eltern redeten sich ein, sie wären nur weggelaufen.

Gänse flogen in V-Formation über ihre Köpfe hinweg, hoch über den Lücken zwischen den Schwarz-Pappelblättern.

»Die fliegen ins Warme«, sagte Booker.

»Sei nicht so fies zu Ryan, okay?«, sagte sie streng. »Ich weiß, du hältst dich für witzig, aber …«

»Okay.«

»Okay?«

»Ja«, sagte Booker. »Okay. Also, es tut mir leid. Soll ich mit ihm reden?«

Das rührte sie so sehr, dass sie weg von ihm und in den Trailer rennen wollte – um ihn vor ihr zu schützen, aber vor allem vor ihrem Problem – weil irgendwer, oder auch mehr als einer, sterben würde.

»Wirklich, Booker, das ist nicht nötig, mir geht's gut«, sagte sie, obwohl es ihr nicht gut ging.

»Es ist nicht wegen Ryan.«

»Booker, bitte. Lass es einfach!«

»Das war nicht okay.«

Sie spürte Tränen kommen. Verdammt noch mal. Es war irgendwie okay gewesen, bis er es ausgesprochen hatte. Es öffentlich machte. Es tat immer noch weh. Da unten, so schlimm, dass sie manchmal Angst bekam.

»Booker«, sagte sie, »du hast keine Ahnung, wie er ist.«

»Ich weiß genau, wie er ist. Ich habe es gesehen.«

»Ich kann nicht zur Polizei gehen, du weißt, warum, und was könnte man denn jetzt noch tun?«

Die Art, wie er sie ansah, sie hatte Angst, gleich etwas ganz Schreckliches zu sagen, etwas, das ihr und sein Leben zerstören könnte, denn sie wusste, wie schnell die Dinge aus dem Ruder laufen konnten.

»Ryan kann dich nicht beschützen«, sagte er.

Sie kniff die Augen zusammen. *Sag es nicht*, dachte sie. *Tu's nicht.* Aber dann tat sie es doch. »Ach ja, echt?« Da, sie hatte es getan, ohne es zu wollen, hatte es angedeutet.

»Du musst weg von hier, das ist mein Ernst. Das ist deine einzige Option, verstehst du?«

»Ach ja?« Sie war erleichtert, weil sie innerlich fast Ja gesagt hätte zu dem, was sie beide dachten. Dass Booker ihr helfen könnte.

»Hör zu«, sagte er. »Ich weiß, dass du deine Mutter verloren hast und so, aber sie wäre diejenige, zu der du jetzt gehen würdest, die bis zum Äußersten für dich kämpfen würde. Nur dass sie schon lange nicht mehr da ist, und, nein, verdammt, zu deinem

Dad gehst du nicht. Klar, du könntest mit dem Schulpsychologen reden, was die Hölle wäre, aber das würde auch nichts bringen, würde nur schiefgehen, du weißt genau, warum, und ich auch. Deswegen tust du all das nicht. Weil, wie wir beide nur zu gut wissen, da höchstens eine einstweilige Verfügung bei rumkommen würde. Und die meisten würden dir eh nicht glauben, dich nach dem ganzen Scheiß noch als Lügnerin beschimpfen, stimmt's?«

Sie kniff die Augen zusammen. »Tja, Booker. Und warum nicht mein Dad?«

»Bei deinem Dad fehlt nur noch ein brennendes Streichholz, dann explodiert er und reißt alles um sich herum mit, und dass seine perversen Kumpels Bullen sind, na ja, das ist eine Riesenscheiße. Also brauchst du Hilfe von außen.«

»Meinst du?«

»Wenn abends der Wagen deines Alten nicht in der Einfahrt stand, bin ich an deinem Trailer vorbeigegangen. Ich hab den fetten Bullen reingehen sehen, und manchmal sind auch welche von seinen Kumpels reingegangen. Also weiß ich, es ist nicht bloß … er, verstehst du? Der Fette, der dich so rangenommen hat.«

Ihr Gesicht glühte, als würde es brennen, sie drehte sich auf dem Absatz und stapfte davon.

So beschämt, dass sie wieder daran dachte, sich umzubringen.

»Ich will nur helfen!«, rief Booker ihr nach, und sie hob die Faust, den Mittelfinger ausgestreckt.

»Lass es!«, rief sie zurück. Obwohl sie einen Moment lang nichts anderes gewollt hatte, als weinend in seine Arme zu sinken.

Kaum hatte sie die Tür hinter sich zugemacht, griff sie zum Telefon. Ihr Vater hatte wieder die Heizung runtergedreht. *Fuck. Ist das scheißkalt hier drinnen,* dachte sie, den Hörer am Ohr, und schaute auf das Thermostat an der Wand. Neun Grad. Noch so eine Unart ihres Vaters, um Geld zu sparen, um sie rauszuholen aus diesem verfickten Trailer.

Ryan nahm ab. »Chen.«

»Kann ich rüberkommen?«

Gedämpftes Gemurmel, Ryan hielt die Hand über den Hörer, Gesprächsfetzen.

»Du kannst nicht lange bleiben«, sagte er, »nicht wie das eine Mal.«

Da hatte sie geblutet, nach dem, was Arn getan hatte, und weil sie furchtbare Angst gehabt hatte, dass es nicht aufhören würde, hatte sie nicht allein sein wollen. Es war völlig surreal gewesen. Ryans Mutter hatte ferngesehen, und sie und Ryan hatten am Küchentisch gesessen und ihre Matheaufgaben gemacht, als wäre alles in Ordnung mit ihr. Und die ganze Zeit hatte sie sich gefragt, ob sie sterben würde oder – ob sie irgendwie zerstört oder gebrochen wäre.

»Versprochen«, sagte sie. Und dann, als wäre es nichts, fügte sie hinzu: »Kannst du mich danach nach Hause begleiten?«

Nur dass sie sich furchtbar dabei fühlte, weil es, nach dem, was Booker gesagt hatte, egoistisch war.

Ausgestreckt auf dem dreckigen grünen Teppich der Chens vor ihrem Sozialkundebuch liegend, während der Fernseher lief, meinte sie fast, sich ganz okay zu fühlen. Es tat immer noch weh, aber sie blutete nur noch selten. Aber ob es *daher* kam oder von dem anderen, wusste sie nicht. Und es war, als wäre sie innerlich gespalten, die eine Seite schrie: *Ich bin zerrissen! Da drinnen stimmt was nicht!* Und dann war da das Mädchen, das auf dem Teppich lag und sich immer wieder sagte: *Du bekommst endlich deine Tage, Blödi. Du hast Glück, dass du nicht* – was sie nicht war, da war sie sich ziemlich sicher – *schwanger bist.*

Sie beugte sich über das Foto im Sozialkundebuch. *Margaret Mead mit drei interviewten Mädchen* lautete die Bildunterschrift.

Vielleicht kann ich wie Margaret Mead sein, dachte sie, einfach alles zusammenpacken und irgendwo hinreisen, aber … wohin? Die Mädchen auf dem Foto waren so wunderschön, mit Mandelaugen und kaffeebrauner Haut. Nackte Brüste, aber das Foto war kurz unter den Schultern abgeschnitten.

»… und die Natur-versus-Erziehung-Debatte, die wird im Test auch vorkommen«, sagte Ryan.

Na und? Sie hing an der Zeile »unvermeidliche Phase der Anpassung«.

»Hast du gehört, was ich gesagt habe?«, fragte Ryan.

»›Diskussionen über Familie, Adoleszenz, Gender, soziale Normen und Einstellungen‹, die hat Mead aufgeworfen.«

»Das kommt im Test dran.«

»Ich weiß.«

Sie warf einen Blick nach rechts, wo Ryans Mutter auf der Couch lag, Mrs. Chen hatte zu viel getrunken – ihr Gesicht war schlaff, der Fernseher quatschte vor sich hin und warf blaues Licht auf sie. Ryan las laut vor: »Franz Boas« und dieses und jenes, und dabei fiel ihr ein, was sie Jean über sich und Ryan erzählt hatte, und sie rollte sich auf den Rücken.

Was, wenn?

Ein braunroter Fleck an der Decke hatte genau den Umriss von Italien, bis hin zum Stiefelabsatz, wo sich die Deckenplatten trafen.

Sie nahm seine Hand, mit der er die Seiten umblätterte, und legte sie auf ihre rechte Brust. Der Ofen sprang an, warme Luft wurde in die Bodenheizung unter ihnen geblasen. Als Ryan regelrecht erstarrte, zog sie seine Hand runter zu ihren Rippen, und als er sich nicht wehrte, schob sie seine Hand in ihre Jeans und unter das Gummiband ihrer Unterhose.

»Fass mich an«, flüsterte sie.

Die Peinlichkeit, die in diesem Moment lag, lenkte ab, aber das andere war größer.

Ryan ging tiefer, wo sie geblutet hatte. Sie musste wissen, ob da unten alles okay war. »Nein«, sagte sie. »Nicht da.«

Da er nicht zu wissen schien, was er tun sollte, setzte sie seine Fingerspitzen genau darauf.

»Einen Kreis. Im Kreis. Nicht … obendrauf, drumherum.«

Er tat es.

»Sanft. Nicht so fest. Weicher.«

Das Ganze fühlte sich so seltsam an, als wenn sie fallen würde, durch feine Schichten von … von was, wusste sie nicht genau, und, ja, es fühlte sich jetzt okay an, und der Geruch der Zigarette von Ryans Mutter im Zimmer und der muffige Teppich und das Fernsehgequake, sie fing alles ein, wie eine Welle.

»Nicht aufhören«, sagte sie, hielt seine Hand fest, drückte sie nach unten.

Sie schloss die Augen und forderte den Moment heraus, *was, wenn* – aber sie war jetzt in jenen anderen Raum eingetreten, so groß und oh-so-hungrig, aber nicht mit *denen*, es war Ryan, der sie berührte – und es war, als würde sie sich hingeben, hineingleiten, und sie drückte die Augen zu.

Sagte mit heiserer Stimme: »Jetzt schneller. Drück fester. Genau – « Sie schob seine Fingerspitzen leicht seitlich. »Da.«

Und dieses wunderbare Etwas erhob sich schwerelos in ihrem Kopf, jetzt irgendwie richtig, hier, jetzt, und ihr ganzer Körper weitete sich, hob ab, und nichts, gar nichts hatte noch Bedeutung, und sie umklammerte seine Hand, führte sie, drückte und drückte und drückte, bis es in ihr explodierte, und sie riss die Augen auf, ihre Blicke trafen sich, sie liebte ihn, in genau dem Augenblick, dachte sie, wirklich, und als es aufhörte, drehte sie sich um und nahm ihn blitzschnell in die Hand, Arn hatte sie flink werden lassen, und in dem Moment, in dem Ryan kam, stolperte seine Mutter Kitty in den Flur, und er sprang vom Boden auf. Zog seine Hose hoch, verfing sich, fiel schwer zu Boden, wand sich, um wieder aufzustehen, und seine Mutter, die sich mit betrunkenem Blick umsah, betrachtete Lucy und sagte:

»Du gehst jetzt.«

Lucy saß auf dem Boden, das Buch auf irgendeiner Seite aufgeschlagen, weiß der Henker wo. Sie musste erst hinschauen.

Sie setzte die leere, ahnungslose Miene auf, die sie ihrem Vater zeigte, am Morgen nach Arns Besuchen.

Sagte munter über die Schulter hinweg: »Wir sind gerade fertig, Mrs. Chen. Es ging um *Kindheit und Jugend auf Samoa.* Ryan hat mir echt geholfen.«

Das hätte von Jean stammen können, aber dann wies sie sich zurecht dafür. Sie war nicht Jean, würde es nie sein.

»Sisss fast elf«, sagte Mrs. Chen und hatte alle Mühe mit dem S, »morgen issss Schule.«

Sie stand auf. Ihre Beine zitterten. Sie spürte eine Verträumtheit in sich.

»Bringst du mich nach Hause?«, fragte sie Ryan, nahm ihren Hoodie vom Kleiderhaken hinter der Tür und nickte Mrs. Chen zu. »Danke, dass ich vorbeikommen durfte, zum Lernen. Das hat echt was gebracht. Ryan ist einfach so – «

Trotz ihres glasigen Blicks veränderte sich Mrs. Chens Gesicht: Aus Misstrauen und Ärger wurde starke Liebe zu ihrem Sohn, und, ja, sogar zu ihr.

Der Helferin ihres Sohns.

»Gute Nacht«, sagte Lucy, dann ging Ryan hinaus mit ihr in die schneidende, beißende Kälte.

Im Trailer war alles dunkel. Ihr Vater war auf Doppelschicht und würde nicht vor vier nach Hause kommen. Auf der Vordertreppe gab es einen peinlichen Moment. Ryan trat von einem Fuß auf den anderen, trat dichter heran und machte sich bereit, sie zu küssen, aber so hölzern, dass sie ihm zuvorkam und ihm einen Kuss auf die Wange gab.

Er betrachtete sie mit seinem fast reptilienhaften Blick, für den die anderen ihn verspotteten.

»Mach es nicht kaputt, indem du was sagst, okay?«, sagte Lucy.

Sie spürte, dass sie lächelte, und fühlte sich in dem Moment tausend Jahre alt und legte ihm unwillkürlich die Hand auf die Wange. »Gute Nacht, Ryan«, sagte sie.

Sie schloss die Eingangstür ab, legte sogar alle drei Ketten vor, denn sie war allein in der Dunkelheit, und *Er* war da draußen. Sie ging durch den Flur. Da, das Thermostat. Immer noch neun Grad. Ihr Vater würde sich freuen. Sie würde mit Klamotten ins Bett steigen und morgen früh kochend heiß duschen. Und zur Schule irgendwas Warmes anziehen.

Sie schloss die Zimmertür hinter sich – »Schließ niemals deine Tür ab, Bebbe Gurl«, hatte ihr Vater sie ermahnt. »Wenn diese Sperrholzschachtel hier anfängt zu brennen und du schläfst, dann hole ich dich raus. Okay?«

Aber warum sollte der Trailer anfangen zu brennen? Sie schob sich unter die schmutzige Decke. Zog sie über ihren Kopf, als ihre Ohren kalt wurden, sodass nur der Mund frei war, damit sie atmen konnte. In der Dunkelheit zusammengerollt, fiel sie aus der Welt, als bestünde sie nur aus Geist, und was sie mit Ryan gemacht hatte, und weiter fallend war da irgendwie etwas Befriedigendes, aber Unfassbares darin, eigentlich schön, aber auch falsch, das wusste sie, und sie schlief fast.

Sie würde Ryan nie sagen, dass sie in der Schule – normalerweise – besser war als er, es würde alles kaputt machen.

Sie würde versuchen, hilfsbereiter zu sein. Eine bessere Lernpartnerin. Und Ryan, ihr höchstwahrscheinlich schwuler Freund, der diese strahlende Zukunft vor sich hatte, zu der sie, wenn sie bei ihm war, gehörte.

Was die Welt für sie bedeutete.

11
Buck

Er arbeitete – wieder – bei offener Tür in der Werkstatt, als das Mädchen zum dritten Mal am Ende seiner Einfahrt auftauchte.

In schwarzen Lederstiefeln, die ihr bis zu den Knien reichten, und einem neuen, noch größeren Hoodie – eher fleischfarbenrosa als das Schmuddelpink des alten, auf der Brust stand in schwarzen Buchstaben *Abercrombie*, darunter *Fitch*.

Er trat auf die Einfahrt, erinnerte sich, was er beim letzten Mal getan hatte, hob den Zeigefinger. Lief ins Haus, kam mit einem Teller zurück, darauf ein warmes Zimtbrötchen.

Er hatte einen Klumpen Butter und ein Messer dazu gelegt. Als sie den Teller vorsichtig nahm, sagte er: »Gönn dir was. Schmier Butter drauf. Schmeckt noch besser. Sonst iss es erst gar nicht. Geschenke soll man annehmen, stimmt's?«

Dass sie ihn danach nicht ansah, ließ ihn – eine Sekunde lang – denken, er hätte einen Fehler gemacht. Kids, vor allem so welche wie dieses Mädchen, reagierten sensibel auf Anweisungen. Aber als sie das Brötchen mit Butter bestrichen hatte, biss sie hinein, und ihr Gesicht leuchtete auf, ein Moment der Verzückung, fast, und dann ein breites Lächeln, das Mädchen trat von einem Bein aufs andere, leckte sich die Finger ab und zuckte schüchtern die Achseln.

Sie nickte. Schluckte. Biss wieder ab und sagte mit der Hand über dem Mund: »Also«, sah ihn scheinbar vorwurfsvoll an, »ich dachte, wir wollten an dem Boot arbeiten.«

»Das ist weg«, sagte er.

Sie verzog das Gesicht, schob die Zuckergusskrümel in den

Mund, nickte und hielt ihre verklebten Finger hoch. Er hatte daran gedacht und gab ihr eine Serviette, und sie tupfte sich den Mund ab.

»Danke«, sagte sie. »Was? Wohin weg?«

»Seattle.«

»Ah«, erwiderte sie. Ehrlich enttäuscht, aber bemüht, es nicht zu zeigen. Darin war sie gut. »Wer?«

»Ein Software-Milliardär.«

»Bill Gates.«

»Schön wär's.«

Sie schaute weg, ließ die Schultern hängen. »Tja, ich hatte eh keine Zeit, also –«

»Wie wär's mit einem Kanu?«

»Wie … was?«

»Du baust eins.«

»Ich?«

»Ja. Du. Ich zeige es dir.«

Das Mädchen lächelte, etwas Geheimes darin. Etwas, das sie glücklich machte. Etwas Beglückendes, fast Magisches an diesem Moment, das er deutlich spürte.

Woher hatte sie eigentlich den neuen Kapuzenpulli und die Stiefel? Und auch eine neue Hose, wie er jetzt sah.

»Gab's einen Anlass?«, fragte er. Das Mädchen drehte ihm den Rücken zu. Wägte ab. »Na komm«, sagte er aufmunternd. »Wenn es was Gutes ist, sollte man davon erzählen.«

Sie wandte sich ihm halb zu. Kam näher. Schaute ihn immer noch nicht an. Sie würde es ihm sagen, wenn er nur den Mund hielte. Heute war sie ein sehr, sehr hübsches *Indian* Mädchen, ein hübsches Mädchen in Schwierigkeiten.

Sie drehte den Kopf hin und her. Wenn er sich ebenfalls ein bisschen abwenden würde, auf die Straße schauen wie sie, vielleicht – er tat es.

Sie warf ihm einen Blick zu. »Ich habe heute Geburtstag, bin jetzt fünfzehn.«

»Hey«, sagte er und warf die Arme hoch, »Happy Birthday – «, er wusste ihren Namen nicht. »Bist du Abercrombie oder Fitch?«, sagte er und fügte augenzwinkernd hinzu: »Oder beide oder weder noch?«

»Lucy«, sagte sie. Sie hätte fast die Hand ausgestreckt, aber mit der hielt sie den Teller.

»Buck«, sagte er, und sie taten amüsiert so, als würden sie sich aus der Entfernung die Hände schütteln. »Soll ich eine Kerze in dein Brötchen stecken, dann ist es offiziell? Oder wollen wir mit dem Kanu anfangen?«

Lucy war so überrascht, dass sie mit vollem Mund irgendetwas murmelte, dann sagte sie verlegen: »Also, irgendwann mal, oder?«

»Nein«, sagte er. »Nicht *irgendwann* mal. Was ist mit jetzt? Wo du doch Geburtstag hast und so?«

»Echt?«

»Ja, echt.«

»Kann ich erst Ihr Bad benutzen?«

»Hinten durch«, sagte er, »erste Tür links.«

Sie kam Minuten später zurück, folgte ihm in die Garage, er knipste das Licht an und zog eine Holzplatte heraus. Legte sie auf den Werktisch.

»Fichte. Feine Faserung. Keine Astlöcher. Aber ein bisschen zu weich. Vor allem, wenn du mehr willst als nur auf Teichen rumpaddeln.«

»Die ist schön«, sagte sie.

Er schob die Platte zurück ins Gestell. Zog eine andere heraus. Legte sie auf den Tisch.

»Tanne. Ein bisschen widerstandsfähiger. Genauso dick. Keine Astlöcher. Gut zu beizen.«

Das Mädchen trat näher heran und betrachtete das Holz unter dem Licht. »Sieht für mich genauso aus.«

»Ja. Die gleiche Farbe, aber feiner gefasert. Halb so breit. Siehst du?«

Das Mädchen beugte sich vor und nickte. Er holte eine dritte Platte. Viel bunter, beige und ein wunderschönes Rotbraun.

»Die roten Teile werden beim Beizen dunkler«, erklärte er. »Was hübsch aussehen kann, aber es meistens nicht tut, deswegen beizt man den ganzen Rumpf.«

»Was ist das?«

»Rote Zeder. Zäh wie Stahl, aber flexibel.«

Sie trat an seine Werkbank, über der die Valentinskarten an der Wand hingen, die Naomi ihm über die Jahre geschenkt hatte, und Lucy betrachtete sie nacheinander, von der ersten bis zur letzten.

»Die sind wunderschön«, sagte sie. Sie warf ihm über die Schulter hinweg einen Blick zu, war sich bewusst, dass er sie beobachtete.

Sie drehte sich um, senkte den Blick, ließ wieder die Schultern hängen.

»Was ist?«

Sie runzelte die Stirn. »Ich sollte besser gehen.«

»Oh«, sagte er. Endlich begriff er. *Geld.* »*Das.* Na ja, weißt du, ich kann damit Werbung machen.«

»Wirklich?«

»Klar. Du musst nur allen erzählen, dass es aus meiner Werkstatt stammt, dann gehört es dir. Was hältst du davon?«

Sie schaute auf die Uhr – eine Art, das Gesicht zu wahren, weil sie nicht wusste, was sie von all dem halten sollte, und weil sie Gründe hatte, gute Gründe, niemandem zu trauen. Und es war ihr peinlich.

»Hören Sie, ich muss wirklich los.« Sie stellte den Teller auf die Werkbank, ging dann die Einfahrt hinunter, aber das Gesicht ihm zugewandt. »Also. Sie … zeigen mir … wie man das ganze Werkzeugs benutzt und so? *Wenn* ich wiederkomme?«

»Versprochen«, sagte er, und das Mädchen drehte sich um und lief die Straße entlang und warf die Hand in die Luft.

Ja, du auch, dachte er und trat in die zu stille, staubige Leere des Hauses.

12
Lucy

Genau pünktlich, dachte sie im Stillen, als sie auf den Trailer zuging, *und das Licht ist aus.* Tja, er hatte wieder mal ihren Geburtstag vergessen, jedenfalls fast, hatte ihr nur secondhand die Klamotten besorgt, aber das war besser, als so eine peinliche Verkrampftheit ertragen zu müssen, stimmt's?

Vor der Tür blieb sie stehen. Halb verrückt vor Angst, weil sie draußen war, aber reingehen wollte sie auch nicht. War er da drinnen besoffen? Oder –

Sie legte den Kopf schief, horchte nach den üblichen Geräuschen, die man immer hörte, wenn ihr Vater zu Hause war: der Fernseher und das Klappern des Abluftsystems, durch das er den Zigarettenrauch nach draußen blies.

Hörte nichts, roch keinen Rauch. Und seit wann machte er so früh das Licht aus?

Irgendwas stimmte nicht, ihre Nackenhaare stellten sich auf, sie hielt den Atem an, schloss die Tür auf, trat leise ein, zog die Tür hinter sich zu und schloss ab, nur um zu merken – vor ihren Augen drehten sich blaue Spiralen, und ihr Herz raste –, dass das, was ihr draußen Angst gemacht hatte, hier *drinnen* war: der chemische, strenge Geruch nach Brut, das Arn benutzte, und als sie in die Küche schlich, auf den Messerblock zu, einen Schrei in der Kehle, da gingen plötzlich die Lichter an, so grell, dass sie sich den Unterarm vor die Augen hielt. Brüllendes Gelächter brach aus, und ihr Vater, aufgeputscht, packte sie unter den Armen und drehte und drehte sie im Kreis, immer wieder und wieder, und da, in dem viel zu kleinen Raum waren die Polizeifreunde ihres Vaters, manche sogar in Uniform, lächelnde Gesichter und ein Kuchen auf der Küchentheke.

»Hey, Bebbe Gurl! Wer hat dich lieb?«, rief ihr Vater, und alle stimmten im Chor »Happy Birthday« an.

Während sie sangen, stand Arn hinter den anderen von der Couch auf, diesen Unschuldsblick im Gesicht, und machte am Ende des Lieds gleich mit »For She's A Jolly Good Fellow« weiter, völlig bizarr, das alles, und ein Gedanke in Lucys Kopf: *Ich könnte es sagen, jetzt, hier. Es vor all diesen Leuten sagen – vielleicht wäre es dann vorbei.*

In dem Moment kamen Ryan und seine Mutter herein. Und damit starb der Gedanke. Irgendwas zu sagen. Es wäre zu beschämend, und Ryan hatte eine rosa eingewickelte Schachtel mit einem blauen Band in der Hand.

Sie hatten alle gewartet und getrunken, und der Boden des Trailers hüpfte unter dem Extra-Gewicht wie ein Trampolin. Sie und Ryan wechselten einen kurzen Blick, verdrehten die Augen. Beide hassten solche Situationen, außerdem waren alle schon besoffen, und sie hasste es, unter Besoffenen zu sein, vor allem, wenn ihr Vater besoffen war, und Jackson, ein Freund ihres Vaters, stieß gegen die Lampe am Beistelltisch, es war zu eng im Trailer, und als sie runterfiel, ging sie kaputt. Oder vielmehr, der Lampenschirm ging kaputt, sodass die Lampe, als ihr Vater sie wieder auf den Tisch stellte, Schatten warf, und sie tanzten, ihr Vater und seine Freunde, machten Faxen mit den Schatten, und Ryans Mutter schnitt den Kuchen an, und dann die Sache mit den Kerzen, sie zündete alle fünfzehn an, und der Perverse, Arn, versuchte, sie nicht anzusehen, und brüllte: »Wünsch dir was, Miss Lucy«, was sie in Todesangst versetzte, weil jetzt, da sie alle betrunken waren, der kleinste Anlass die Katastrophe auslösen konnte.

»Ich wünschte, du wärst tot«, dachte sie, »und in hunderttausend kleine Stücke geschnitten.«

»Du darfst nicht verraten, was du dir gewünscht hast, Bebbe Gurl!«, schrie ihr Vater und hakte sich bei Arn unter. »Sonst geht es nicht in Erfüllung.«

Sie beugte sich über den Kuchen. Wünschte sich im Stillen wieder, dass Arn tot sein möge, aber noch mehr der, mit dem alles begonnen hatte. *Er.*

Sie blies die Kerzen aus, und sie tanzten im Kreis zu »Standing Outside the Fire«, was sie grauenhaft fand. Und sie wurde hineingezogen, von ihrem Vater in den Kreis gezerrt, in den ganzen nach Bier stinkenden, nach Alkohol stinkenden Haufen von Menschen, die durch ihren scheißverdammten Trailer torkelten – ihr Vater, als sie gerade an der Küchenschublade mit der Pistole vorbeikamen, zog sie an sich und schrie fast in ihr Ohr:

»Du rätst nie, was du von mir zum Geburtstag bekommst, Bebbe Gurl, nicht heute Abend, aber du wirst schon sehen!«

Er wandte sich ab, grinste, hob die Hände und rief: »Meine Damen und Herren!«, und die Musik erstarb, alle wandten sich ihnen zu, und er zeigte auf Lucy und sagte mit einer Aufrichtigkeit, die sie zerriss: »Seht euch mein …«, und da versagte ihm die Stimme, und alle lachten, »Ich wollte ›kleines Mädchen‹ sagen, aber seht sie euch an, fünfzehn, sie ist eine wunderschöne Frau! Ist sie nicht einfach … wunderschön? Und –« Tränen standen ihm in den Augen, »– und ich bin so stolz auf sie!«

Alle schauten sie an, klatschten, sie ertrug es nicht eine grauenvolle Sekunde länger, verbeugte sich und rannte zur Tür hinaus, unter allgemeinem Gelächter, ließ den armen Ryan allein zurück.

»Verdammt Scheiße! Scheiße noch mal!«, sagte sie auf der Vortreppe und schlang die Arme um ihren Oberkörper. Und, das musste sie zugeben, ihre Kehle war wie zugeschnürt vor Rührung.

Es war kalt hier draußen, Holzrauch lag in der Luft. Wenigstens wusste sie jetzt, dass Arn da drinnen war.

Aber *Er?*

Und während sie es dachte, tauchte unerwartet Booker aus dem Schlund von Bäumen jenseits der Auffahrt auf.

»Booker«, sagte sie, »was machst du hier?« Das sagte man eben so, aber sie meinte genau das.

Der Mond schien, fast voll, halb hinter Wolken verborgen, sodass Mondstrahlen dahinter hervorschossen.

»Hab 'nen Werwolf gesehen, sah aus wie ein Mann«, sagte Booker. »Ist in deinem Trailer verschwunden, bevor dein Dad und die anderen aufgetaucht sind.«

Sie legte eine Hand an die Stirn. »Booker.«

»Happy Birthday und so.«

Sie seufzte. »Im Ernst, Booker. Warum bist du hier?« Sie wollte sagen: Hau ab. Du machst alles nur schlimmer. Aber sie sah, dass er das nicht tun würde.

»Wieso? Wieso ich?«

»Man fragt nicht, warum einem was in den Schoß fällt, verstehst du? Wenn ich eine Minute später da gewesen wäre, hätte ich dich und ihn gar nicht gesehen, oder besser früher, und er hätte das nicht mit dir gemacht. Mein Pech, also – «

Sie spürte, dass sie rot wurde. Es war eine Sache, zu denken, dass er es wusste, eine andere, dass er es tatsächlich aussprach.

»Woher weißt du, dass ich Geburtstag habe?«

»Meine Mutter arbeitet im Büro deiner Schule. Hab sie um Informationen über dich gebeten. Ja, deine blauen Flecken sind denen aufgefallen, und es gibt da auch jemanden, der auf dich aufpasst, Mr. Opitz, dein Sozialkundelehrer.«

»Booker«, sagte sie, »du brauchst das alles nicht zu tun, verstehst du nicht? Und es könnte alles – sag mir, dass du nichts unternommen hast, bitte, bitte, bitte, lass es, das ist mein Ernst.«

»Meiner Mom, der musste ich sagen, dass du in Schwierigkeiten bist, damit sie vielleicht mal nachforscht, weil – «

Sofort liefen ihr die Tränen, sie kämpfte gegen eine Art Hysterie an. GOTTVERDAMMT! Sie hatte es so lange verborgen.

»Was hat sie gesagt?«

»Tja, er hat das schon öfter gemacht. Meine Mom hat nachgeforscht, und wenn sie sich erst mal in so was verbeißt …«

Aus dem Trailer kam ein dumpfes Geräusch, dann ein Krachen, dann Gelächter.

»Dein Arn ist da an der Tankstelle aufgekreuzt, an der wir auf dem Nachhauseweg immer vorbeikommen, du weißt schon, wo das –« Er zuckte die Achseln, suchte nach den richtigen Worten, »– dieses Mädchen wie du sich 'ne Cola geholt hat und verschwunden ist. Vor etwa vier Jahren? Überall hingen Fotos von ihr, weißt du noch?«

»Rose L'Rieux«, sagte sie fast zornig, »sie war auf meiner Schule, klar weiß ich das noch.«

Sie wollte nicht glauben, dass Arn noch gefährlicher war, als sie ohnehin dachte. Und, echt jetzt? Sie hatte Arn nie mit Roses Verschwinden in Verbindung gebracht. Und ihre Mutter war eine Freundin von Roses Mutter gewesen, beide hatten oft auf das Kind der anderen aufgepasst.

Rose war einige Jahre älter gewesen, also war natürlich nicht mehr gewesen, als dass sie zusammen ferngesehen hatten.

»Sie ist ausgerissen, hat aus Chicago oder so eine Postkarte geschickt«, sagte sie und hasste sich dafür.

»Tja, na ja … nein. Sie ist nicht ausgerissen, und die Karte, die sie geschickt hat, das war wohl nicht ihre Handschrift. Und Arn war da, er war auf dem Überwachungsvideo zu sehen.« Booker nickte. »Dieser Polizist, Lyman Dye, ein Freund von meiner Mom? Native, wie du. Er ist drauf gekommen, hat ein Muster erkannt, das geht schon jahrelang so, Arn kreuzt auf und jemand verschwindet. Aber als er sich Arn vorgeknöpft und nachgefragt hat, stellte sich raus, dass Arn ein wasserdichtes Alibi hat, jedes Mal.«

»Tja, das war's dann wohl, oder?«

»Nein, Lucy«, sagte Booker, »darum geht's ja, deswegen bin ich hier. Sein Alibi war viel zu wasserdicht. Also ist Arn nicht allein. Die haben sich *organisiert*, Arn und seine Kumpane. Deswegen bringt es gar nichts, nur Arn dranzukriegen. Das würde die Scheiße, die man dir antut, nur noch viel, viel schlimmer machen.«

Sie wandte sich um und wollte in den Trailer gehen, trieb in der Dunkelheit, als Booker sagte: »Hey, ich bring dich weiterhin nach Hause. Und geh *nie* allein raus, bis wir uns was ausgedacht haben. Um sie alle auszuschalten, okay?«

Sie schaute über die Schulter, sagte: »Danke«, und begab sich in die Fänge der lauten, bierseligen Party ihres Vaters.

13
Buck

Er erwachte früh, setzte in der Küche Kaffee auf, kramte dann durch die Post auf der Arbeitsfläche. Ein Kratzen an der Tür, aber als er sie öffnete, huschte die Katze wie immer zurück auf den Hof.

Wenn das Mädchen da war, folgte die Katze ihr ins Haus, und sie stellte ihr Futter hin.

Er zog den letzten Umschlag aus dem Stapel. *Überfällig*, in bedrohlich roten Buchstaben gestempelt. Er steckte den Daumen unter die Ecke der Lasche, riss den Umschlag auf und zog die Rechnung heraus. Las die oberste Zeile, überflog die Seite, kapierte. *Zahlung verweigert.* Er rief den Kundendienst an und wurde durch ein Labyrinth unnützer Weiterleitungen gelotst, die ihn, als er ihnen folgte, wieder zurück zur Begrüßung führten. *Hallo, Sie haben den Kundendienst …*

Er brüllte: »Mitarbeiter!«, und erlebte kurze Befriedigung, als ein Klingeln ertönte, doch dann hörte er wieder nur *Hallo, Sie haben den Kundendienst …*, und die Begrüßung begann von vorn.

Die Rechnung war für Naomi, er knallte frustriert den Hörer auf und bemerkte dabei, dass das Licht am Anrufbeantworter blinkte.

Er drückte Play, schüttete Futter in die Schüssel, hörte die Nachrichten ab. Die erste stammte von dem Softwaredesigner. Das Boot sei ein Kunstwerk, sagte er, »es rudert sich wunderbar«. Nach der Hälfte drückte er auf *Nächste Nachricht.* Die zweite war von Leif, der ihm mitteilte, dass seine Bestellungen angekommen waren. »Warte nicht wieder drei Wochen.« *Nächste Nachricht.* Die letzte war ein Anruf wegen Schreinerarbeiten, ein großer Auftrag, man bat um einen Kostenvoranschlag.

Auf der Rufnummernanzeige: *Unbekannter Anrufer.*

Könnte er bitte schnellstmöglich zurückrufen? »Ich bin nicht im Büro, Sie erreichen mich unter –«, dann nannte der Anrufer eine Nummer, Buck schaffte es, sie auf seinem Notizblock mitzuschreiben.

Als der Anrufbeantworter nach der letzten Nachricht piepte, schaute die Katze ihn an, nicht weit von der offenen Tür entfernt.

Und da war er wieder, der Gedanke: Wenn die Katze es tat, wenn sie ins Haus kam, würde er weiterleben.

Den Blick auf die Katze geheftet, den Hörer zwischen Schulter und Ohr geklemmt, wählte er die Nummer, trat zurück von der Arbeitsfläche und der Schüssel, und die Katze – den Bauch dicht über dem Boden, kam näher, dann noch näher, und es klingelte vier, dann sechs Mal – und gerade, als er auflegen wollte – den Blick auf die Katze gerichtet, gerade als sie über die Schwelle ins Haus kam –, antwortete jemand.

»Ja?«, sagte sie, die Stimme schockierend vertraut.

Ein Summen am anderen Ende. Verwirrt beugte er sich über den Anrufbeantworter.

»Hallo?«, sagte Lucy. »Wer ist da? Hallo? Hallo, sind Sie da? Sind Sie das? *Buck?*«

Bestürzt hielt er den Hörer von seinem Ohr weg, als hätte etwas Böses die Hand nach ihm ausgestreckt und ihn berührt, und als er nicht wusste, was er sagen sollte, knallte er den Hörer auf die Gabel.

Drückte auf den Rückrufknopf, fand die Nummer, von der aus dieser … potenzielle Kunde angerufen hatte, rief an.

»Lord Fletcher's on the Lake«, meldete sich ein Mann, »möchten Sie eine Reservierung machen?«

»Falsche Nummer«, erwiderte er und legte auf, seine Gedanken verworren, warum wollte jemand, dass er Lucy anrief?

Sollte er sie noch einmal anrufen? Er sah auf die Uhr, er wusste, dass morgens ihr Vater zu Hause war. Also nein. Das konnte er nicht riskieren – er würde warten müssen, sie fragen, wenn sie vorbeikam.

Er zog die Jacke über und ging in seine Werkstatt, die Katze schoss quer über den Hof davon. Es war zu kalt, um die Tür offen zu lassen, daher arbeitete er bei geschlossener Tür, diesmal an einer Kommode.

Während er sie sorgfältig, penibel zusammenbaute, dachte er irgendwo im Hinterkopf an den Anruf bei Lucy.

Er ließ sich als Beweis für irgendetwas verwenden … belastend, aber warum, war ihm schleierhaft.

Warum hatte jemand gewollt, dass er sie anrief?

14
Lucy

Lucy fühlte sich den ganzen Morgen nach Bookers Auftauchen abwechselnd panisch und seltsam umsorgt, und sie konnte es nicht erwarten, mit Jean zu reden, ihr zu erzählen, was sie für ihn empfand, nicht nur … *das*, warum er gekommen war, und jede Stunde schien eine Ewigkeit zu dauern, die Lehrer blablablaten über dies und jenes, und die ganze Zeit über war in ihrem Kopf eine Art lichterfüllte Herrlichkeit, wobei sie sich – trotz ihres Schwärmens – davon abhielt, zu tief hineinzufallen.

Booker passte auf sie auf. Und Buck – warum musste sie immer wieder überlegen, wie er hieß? – auch, auf seine Weise. Er hatte sie angerufen, aber der Anruf war unterbrochen worden.

Sozialkunde: »Lucy, wie viele Sitze hat das Repräsentantenhaus?«

»Vierhundertfünfunddreißig, Mr. Opitz«, antwortete sie.

In Biologie zeigte der Lehrer auf einem Bildschirm auf eine Zelle: »Lucy, was ist das für eine Struktur?«

»Ein Mitochondrium.«

»Was ist das?«

Auch sie machte jetzt Blabla: »Kraftwerk der Zelle, produziert Adenosintriphosphat durch Elektronentransport von NADH oder FADH2 durch eine Reihe von Elektronenträgern.« Blablabla. »Oxidative Phosphorylierung.« Blablabla.

In Geometrie: »Lucy, was sagt der Satz des Pythagoras aus?«

»Dass die Summe der quadrierten Katheten gleich dem Quadrat der Hypotenuse ist, Mr. Branson.«

Das Goth-Mädchen hinter ihr bohrte ihren Finger in sie hinein, direkt ins Schulterblatt, wo es wehtat. »Halt's Maul!« Lucy starrte Mr. Branson mit großen Augen an.

»Lucy, möchtest du noch etwas hinzufügen?«, fragte er.

»Nein, Sir«, erwiderte sie.

Es klingelte, sie sammelte ihre Bücher ein und schob sie in den Rucksack. Fast rannte sie hinaus, wo Jean auf dem Parkplatz unverfroren rauchte, den Rücken der Schule zugewandt.

»Mal ziehen?«, fragte sie und hielt Lucy die Zigarette hin; sie nahm einen tiefen, tiefen Zug, blies eine Wolke aus, und dann zogen sie zusammen los. Jean hakte sich bei Lucy unter und hüpfte.

»We're off to see the Lizard«, sang sie, »the wonderful Lizard of Oz, because because because because because – because of the wonderful things he does!«

Lucy wurde von Jeans Übermut angesteckt. Weit genug vom Parkplatz entfernt, unter den Bäumen, warf Jean den Kopf zurück.

»Es LEBT!«, schrie sie in den blauen, offenen Himmel hinein.

Sie zog Lucy mit zum Kanal, und sie hockten sich wie immer hinter die kaputten Steine.

»Sally Watts geht mit Tom Lister«, verkündete Jean und verzog ihr koboldhaftes Gesicht zu einer Miene des Schreckens.

»Was?«

»Zum Tanzabend.«

»Ach so«, sagte Lucy und nahm wieder die Zigarette.

»Hat dich jemand gefragt?«

»Nein, wieso sollten sie?« *Indian* Mädchen wurden irgendwann nicht mehr eingeladen. Ihre Mutter hatte sie gewarnt, dass das passieren würde.

»Lucy …«

»Ich finde tanzen sowieso blöd.«

»Nein, tust du nicht.«

Lucy zupfte sich einen Tabakkrümel von der Lippe, gab Jean die Zigarette zurück, die sie betrachtete und dann aufschaute.

»Warum gehen *wir* nicht? Zusammen?«, sagte sie. »Und zetteln einen Skandal an? All diese Idioten. Machst du mit? Bitte?«

Lucy atmete schockiert ein. Das war jetzt wirklich riskant. Sie wusste genau, was ihr Vater davon halten würde, und irgendwie würde er es erfahren – weil, tja, alles, das so öffentlich stattfand, kam raus, und sie war nicht sicher, dass sie dem gewachsen wäre. Und was schlug Jean da überhaupt vor? Aber sie konnte es nicht leugnen, sie war aufgeregt.

Jean beugte sich schnell vor und küsste sie, und Lucy wich zurück. Es war kein Abwehren, sie wollte nur verstehen, was … immer das war.

»Jean, nicht«, sagte sie, und Jean, abgewiesen, lehnte sich zurück, stützte die Hände hinter sich auf die Steine und schaute sich um.

Ihr Sitzplatz lag geschützt und wurde von der Sonne sogar erwärmt. Es war einer von diesen Tagen. Jeans Miene stellte klar, dass sie keine Witze machte, sie rutschte rüber zu Lucy, legte ihr die Hand hinter den Kopf und küsste sie richtig … und als Lucy unwillkürlich den Mund öffnete, Minzzahnpasta, und Jeans flackernde Zunge fühlte, spürte sie so was wie Leichtigkeit oder Glück in sich – und Jean schob ihre Hand in ihre Unterhose, aber nicht wie Ryan. Jean wusste genau, was sie tun musste, und Lucy dachte: *Stopp, Stopp, Stopp, Stopp!*, aber das lustvolle Gefühl und so seltsam, wunderbar entblößt zu sein hier draußen in der Sonne, und Jeans Finger machten genau das Richtige, bis sie keuchte, und Jeans wunderschöner Mund auf ihrem, da war es, wie ein Lichtblitz.

Sie öffnete die Augen. Jeans wunderschöne Augen sahen sie an, langsam zog sie sich zurück.

Sie wusste nicht, was sie sagen sollte. Ihre Beine zitterten. Jean gab ihr noch eine Zigarette, und sie reichten sie schweigend hin und her.

Als es klingelte, standen sie auf.

»Also?«, sagte Jean.

Sie wollte Jean jetzt so gern berühren, zurückgeben, was sie gerade bekommen hatte, es schmerzte fast.

Als Lucy nichts erwiderte, sagte Jean: »Tja, dann geh eben mit Ryan hin. Schließlich hast du – du weißt schon, mit Ryan, also warum nicht? Hat er dich nicht gefragt?«

»Jean, nein.«

»Wir können«, sie machte eine Bewegung mit dem Kopf, »ihn mit meinem Date an der Bowleschüssel stehen lassen. Ich finde irgendwen, und sie kriegen nichts mit, und wir laufen in den Mondschein hinein.«

Das auch nur zu denken, kam ihr fies vor. Ryan war ihr Freund. Sie wollte ihn nicht ausnutzen. Aber hey, er würde sicher hingehen wollen.

»Okay«, sagte Lucy, und sie liefen Hand in Hand zurück, bis sie die Böschung zum Parkplatz erreichten.

Als sie nach Hause kam, war ihr Vater da, kramte rum, warf seine Klamotten in den Wäschekorb, starrte finster das Geschirr in der Spüle und die allgemeine Unordnung im Trailer an und sagte, es sehe hier aus, als wäre eine gottverdammte Bombe hochgegangen.

»Bebbe Gurl«, sagte er, »ich dachte, wir hätten besprochen, dass, wenn ich weg bin, du dich um alles kümmern musst? Wir brauchen Ordnung.«

»Du bist früh zu Hause«, fauchte sie, stapfte auf ihn zu und riss ihm den Wäschekorb aus den Händen. »Ich *wollte* ja, aber dann kommst du –«

»Ich weiß, ich hatte früher Dienstschluss. Und ja, es ist viel verlangt, und das tut mir leid, aber willst du nicht auch hier raus?«

Das schockte sie. Sie würde sich nicht auf dieses Gespräch einlassen. Wie dringend sie hier rausmusste.

»Ich fange mit dem Abendessen an«, sagte sie. »Mach du einfach, wozu du Lust hast, okay?« Was war los mit ihm?

»Also gut.«

»Ist alles Ordnung? Ist bei der Arbeit alles okay?«

Ihr Vater legte den Hals schief, sodass die Wirbel knackten. Alles schlechte Zeichen. Er starrte die Arbeitsfläche an, trommelte mit den Fingern darauf herum, hatte eine Entscheidung getroffen.

Dann lächelte er sie an, Grübchen inklusive. »Es ist nichts«, sagte er. »Ich kümmere mich drum«, und nickte auf eine Art, die sie in Panik versetzte.

15
Buck

Es war fast acht und dunkel, der linke Scheinwerfer des Trucks war durchgebrannt, die Straße kaum zu sehen, die sich wie ein Tunnel durch die Bäume wand. Und es regnete. Der Asphalt glänzte vor Nässe und überzog sich mit Eis. Aber erst als der Truck seitlich wegschlitterte, während gleichzeitig ein Auto überholte, trat er auf die Bremse und steuerte gegen das Rutschen an. Das überholende Auto hätte ihn fast gestreift, jagte an ihm vorbei, der Fahrer tief über das Lenkrad gebeugt, die Truckreifen fanden gerade noch Halt, der Truck zog nach rechts. Sein Herz klopfte ihm bis zum Hals, als die Rücklichter des anderen Wagens hinter einem kleinen Hügel verschwanden. Er hielt auf dem Seitenstreifen und saß reglos hinter dem Steuer, die Scheibenwischer kämpften gegen den Regen an.

Ein Fuchs tauchte auf der Straße auf. Sah ihn an, schüttelte den Regen ab und verschwand zwischen den Bäumen.

Er würde wie geplant zu Leif fahren, aber den Abstecher in den Supermarkt verschieben. Er wollte nicht, dass das Mädchen in die Werkstatt kam und er nicht alles da hatte, was sie brauchten, um anzufangen, also lenkte er den Truck auf die Straße zurück.

Er dachte an Lucy und die blauen Flecken an ihren Unterarmen und den Fleck auf ihrer Hose, als vor ihm ein Wagen auf dem Seitenstreifen sichtbar wurde.

Das Auto, das ihn fast gestreift hätte? Oder … er beugte sich im Vorbeifahren vor. Ein silberner Taurus. Er kramte in seinem Gedächtnis.

Es war mit Sicherheit ein Ford gewesen, da hinter ihm in der Dunkelheit. Wurde er etwa beobachtet?

Und war es Paranoia, oder hatte es etwas mit Lucy zu tun?

Oder lag es nur daran, dass er gerade wieder an sie gedacht hatte?

Zu Hause drückte er auf den Garagentoröffner unter der Sonnenblende, und das Tor hob sich. Er stieg aus dem Truck, zog die erste Holzplatte von der Ladefläche, trug sie mit weit ausgestreckten Armen in die Garage und stellte sie aufrecht an die Wand. Drei Platten. Und Holz für den Kiel und die Spanten. Bug- und Heckplatten, Duchten und Spitzen. Ganz einfach. Er trug alles in die Garage, trat dann zurück und betrachtete zufrieden das Holz. Keine Knoten oder Risse. Wunderschön. Rote Zeder. Ein Versprechen lag darin … er lächelte bei dem Gedanken an die Arbeit am Kanu. Dann fiel ihm das Auto auf der Straße wieder ein.

Nun, was immer es damit auf sich hatte, er würde damit fertig werden. Achselzuckend drückte er auf den Knopf an der Wand, duckte sich unter dem sich senkenden Garagentor durch und ging durch die Seitentür ins Haus.

Dort war es dunkel, trotzdem wusste er sofort, dass etwas nicht stimmte. In der Küche hing ein leichter Duft, wie Rasierwasser. Vielleicht Werbung mit einer Probe. Er beruhigte sich damit, dass das alles nur Einbildung wäre, und knipste auf dem Weg nach oben das Licht auf dem Dachboden an.

Ging die Treppe hoch, betrat sein Arbeitszimmer und spürte – nur eine kurze Sekunde lang –, dass sich seine Nackenhaare aufstellten. War jemand an seinem Schreibtisch gewesen? Seine Tastatur stand normalerweise leicht schräg, damit er bequem die Rechnungen aus der Ablage links eingeben konnte, jetzt lag sie gerade vor dem Computer.

Der ewige Papierkram – so musste es sein, er hatte die Rechnungen mit hochgebracht und am Schreibtisch bearbeitet, oder?

Er setzte sich, kramte durch die Papierstapel, sortierte Umschläge nach rechts und links. Bestellformulare, Steuersachen, Quittungen. Rechnungen. Ging die Stapel ein zweites Mal durch.

Er würde die stinkende Werbung schon noch finden, sagte er sich. Auch hier roch es merkwürdig. Oder war es Holz? Für manche Rasierwasser wurden Holzdüfte verwendet. Brut zum Beispiel – war da nicht Sandelholz drin, das wie Zeder roch?

Er legte den Kopf schief, um an der Schulterpartie seiner Jacke zu riechen.

Oder Seife? Das würde es erklären. Er roch an seiner Hand. Er war bei Leif auf die Toilette gegangen und hatte die Seife benutzt. Seife an einem geflochtenen Band, die man sich beim Duschen über dem Kopf schwingen konnte oder was auch immer.

Egal. Er griff zu einer Versicherungsmahnung. *Überfällig.* Sie war für Naomi und an ihn weitergeleitet worden, als Naomi sich nicht darum gekümmert hatte. Warum bezahlte sie nicht einfach? Er las das Kleingedruckte. Alle möglichen Drohungen, und das für eine Rechnung über neunundsechzig Dollar fünfzig. Besser, das Geld einfach zu überweisen, als sie anrufen zu müssen.

Er legte die Arme auf den Tisch, dann den Kopf auf die Arme und war in Sekundenschnelle eingeschlafen.

Am Morgen wachte er früh auf und humpelte, steif von seiner Nacht auf dem Schreibtischstuhl, die Treppe in die Küche hinunter. Er stand an der Spüle, beobachtete durch das Fenster die Katze, die im Hof auf ihr Futter wartete, beugte sich dann runter zum Wasserhahn, klatschte sich Wasser ins Gesicht und trocknete sich ab. Besser. Was war gestern Abend so wichtig gewesen und liegen geblieben? Er zuckte die Achseln. Sobald er richtig wach wäre, würde er nachsehen und die stinkende Probe bestimmt finden. Eigentlich sollte er duschen, sich rasieren und die Zähne putzen, aber er tat nichts von all dem – möglicherweise der schleichende Auftakt zu schlechten Gewohnheiten. Der seltsame Typ, der von seiner Frau verlassen worden war, kriegt nichts mehr auf die Reihe. Er strich über sein Kinn. Stoppeln. Nein, kein merkwürdiger Geruch in der Küche.

Kaffee, er brauchte Kaffee.

Er schaltete die Maschine ein und stellte der Katze die Schüssel nach draußen, stand dann mit der Tasse am Fenster. Vögel flatterten um den Futterspender herum, die Katze an der Futterschüssel schaute an ihm vorbei.

Geistesabwesend aß er das Maisbrot, das er gestern hatte stehen lassen. Es roch nach Sägemehl.

Naomis Rechnungen, das musste er endlich angehen. *Daran hat es gestern Abend gelegen.* Er war abgelenkt worden. Er hatte rausfinden wollen, wieso es im Haus nach Brut roch, und zu der Rechnung gegriffen.

Er schnüffelte, roch nichts. Verdammt noch mal, es musste die Seife bei Leif gewesen sein.

Rätsel gelöst. Er kam sich fast clever vor. Und dass man ihn fast von der Straße gedrängt hätte? Das hatte nichts mit dem Anruf des potenziellen Kunden zu tun.

Der Anruf war eher ein Streich, den ihm jemand gespielt hatte, einer seiner Konkurrenten oder irgendein Witzbold.

Und dass er bei Lucy gelandet war? Wahrscheinlich hatte sie von seinem Telefon aus bei sich zu Hause angerufen, irgendwann mal. Deswegen war die Nummer im Telefon gewesen. Das verdammte Ding wählte manchmal automatisch, was ihn wahnsinnig machte.

Technik war ein Wunder – bis sie Ärger machte.

Früher, als er sich zum ersten Mal in den Gelben Seiten hatte listen lassen, gleich unter dem Toy Emporium, hatte er immer wieder Scherzanrufe von Kindern bekommen. In denen sie seine Werbung abspielten, und die Kinder hatten sich bepisst vor Lachen.

»Ich würde gern einen Baumstamm kaufen. – Sorry, da müssen Sie in unser Stammhaus. Wir sind nur die Zweigstelle.« Gefolgt von hysterischem Gelächter, das ihn fast neidisch werden ließ, die Freude darin.

»Ich produziere jetzt Holzdildos und nenne meine Firma ›Astrein‹.«

Tja, er musste eine Kommode bauen für ein Paar in New Haven, Connecticut. Und mit dem Gedanken trat er mit der Tasse in der Hand vor die Tür.

Stunden später, das Mittagessen hatte er ausfallen lassen, hatte er das Gefühl, die Enge der Werkstatt nicht mehr zu ertragen, also arbeitete er bei offener Tür weiter, mit Handschuhen, deren Fingerspitzen abgeschnitten waren, und in gefütterten Stiefeln, Winterjacke und Wollmütze. Er trug sogar seinen dicken Pulli, der am Hals einen Reißverschluss hatte. Er war hässlich, aber warm. Aber niemals einen Schal – der könnte sich in den Maschinen verfangen.

Und es fühlte sich gut an, die Tür offen zu haben, aber er wartete. Bestand das Leben nicht größtenteils aus Warten?

Er zog ein Holzbrett aus dem Gestell und nahm Augenmaß. Plan und gerade. Legte es unter die Kreissäge, betätigte den Schalter. Die Säge surrte los. Vor seinem geistigen Auge tauchte – wie so oft – ein Bild auf, sein Arm, mit ausgestreckter Hand, die Säge schnitt durch sein Handgelenk, trennte seine Hand ab. Warum dachte er daran? Er wollte sich nicht den Tag verderben, freute sich fast auf das Arbeiten, und versicherte sich:

Ich bin nicht abgelenkt.
Denke nicht daran, verfolgt worden zu sein.
Mache mir keine Sorgen um das Mädchen.
Bin nicht beunruhigt, dass vielleicht jemand im Haus gewesen ist.

Nur dass ihm in dem Moment Newts Warnung in den Sinn kam, sein einstiger Lehrmeister und Freund.

An seinem ersten Tag in der Werkstatt hatte Newt seine Hand genommen, sie flach auf ein Holzbrett gedrückt, das er gerade hatte zuschneiden wollen, und mit dem Schreinerstift seine Finger nachgezeichnet.

»Warum machst du das?«, hatte er gefragt.

Newt tippte mit dem Finger auf das Holz, wo jetzt eine Art Kinderzeichnung seiner Hand zu sehen war.

»Damit du dich an deine Finger erinnerst, wenn du sie abgeschnitten hast«, erwiderte Newt.

»Was?«

»Mach das niemals«, sagte Newt, »schieb niemals Holz in die Säge mit deiner Hand vor dem Sägeblatt, wie du es eben tun wolltest, ohne auch nur hinzuschauen. Wenn das Holz verkantet, zieht die Säge deine Hand rein und schneidet dir die Finger ab, bevor du überhaupt kapierst, was da passiert. Verstanden?«

Hatte er. Er hatte die Lektion nie vergessen. Beug dich nie über das Holz. Wenn die Säge an irgendwas hängen bleibt, einem Nagel, einem Astloch, was auch immer, kann sie zurückprallen, auch nach oben. Und trifft dich ins Gesicht. Beim Sägen kein Radio. Keine Tagträume. Du arbeitest. Konzentrier dich. Arbeite nach dem richtigen Entwurf. Gott steckt im Detail, und diene *immer* Gott, wenn du arbeitest. Miss doppelt, schneide einmal.

Und damit leerte er seinen Kopf, vertrieb alles, das darin herumpolterte, auch das vage, aber hartnäckige Gefühl, sich etwas vorzumachen, und widmete sich der Arbeit, brachte eine Papierschablone auf dem Holz an, und dann, als würde er in heiliges Wasser tauchen, fertigte er die Oberseite der Kommode an, schnitt aus einem zweiten Brett die Beine aus, die er in eine konkave Form schliff, um die »Klobigkeit abzuschwächen«, legte die Seiten an und schliff eine ansteigende Schräge um die Unterseite, dem Winkel der Beine proportional angepasst, »um Leichtigkeit zu erzeugen«, wie Newt es ihm beigebracht hatte.

Mit Holz zu arbeiten war wie früher das Baseballspielen, wenn er ganz darin aufgegangen war und es auf der Welt nichts anderes als Bewegung gegeben hatte und darin Anmut.

Wenn er sich verlieren konnte, dann war er, für den Moment zumindest, frei.

Als er gerade die Rillen an dem gebogenen Fuß hinbekommen hatte und ihn begutachtete, stand Lucy da, am Ende der Einfahrt.

»Nur Mut«, rief er ihr zu, »komm einfach rein.«

Das tat sie. Stand in ihrem neuen rosa Hoodie in der Garageneinfahrt, breitbeinig, als würde sie sich verteidigen müssen, und so verlegen.

»Also«, sagte sie und schaute zur Seite. »Sie dürfen mich nie wieder anrufen, niemals. Was, wenn das das Telefon zu Hause gewesen wäre und mein Vater wäre drangegangen? Er ist … er dreht bei so was durch. Okay?«

Er hatte vorgehabt, ihr zu erklären, warum er angerufen hatte – aber verdammt, jetzt war alles klar.

Irgendjemand trieb ein Spiel mit ihm, und zwar mit Absicht – war in seinem Haus gewesen und hatte dort irgendwas gemacht. Aber laut ausgesprochen würde es wie Unsinn klingen, oder schlimmer, wie eine Lüge.

Also nickte er nur, was sie als Zustimmung auffasste, und sagte: »Ich hab das Holz geholt.«

Lucys Miene hellte sich auf. Deswegen hatte er angerufen, ging ihr durch den Kopf, obwohl beide spürten, dass sie um etwas Seltsames oder einfach nicht ganz Richtiges herumeierten. Vielleicht sogar Gefährliches.

Aber weil es Hoffnung gab für sie, versuchten sie, einen Weg drumherum zu finden.

Sie beschloss, es auf sich beruhen zu lassen, zuckte die Achseln und sah ihn an. Ihre Vorsicht schmerzte ihn.

»Hör zu«, sagte er, »du kennst mich kaum, aber …«

»Was?«

»Na ja, hier draußen kann ich es dir schlecht zeigen, oder? Die Sachen liegen alle auf den Regalen hinten in der Werkstatt.«

Und damit folgte sie ihm in die Garage, und er zog eine der Zedernplatten vom obersten Regal und legte sie auf den Anreißtisch.

»Der ist groß genug, um Pingpong darauf zu spielen«, sagte das Mädchen. Sie strich mit der Hand über das Holz. Lächelte. »Das ist wie«, sie kniff die Augen zusammen, »Haut, stimmt's? Als wäre es lebendig.«

»Ja.« Er nickte. »Riech dran.«

Sie beugte sich vor, schnüffelte, riss überrascht die Augen auf. »Das riecht nach Zimt, und Wald und – «

Auf dem Tisch in der Ecke lag ein Buch über Kanus, er holte es und schlug ein Hochglanzfoto ganz hinten auf.

»Wie wäre es mit dem?«, fragte er und stellte sich neben sie, das Buch offen in der Hand.

Sie betrachtete es. Seufzte.

»Was?«

Sie zuckte die Achseln.

»Sag schon, was?«, hakte er nach.

Sie schrubbte mit dem Schuh über den Boden. Sie war wie die Katze, nur dass ihre Narben nicht sichtbar waren, kein abgefrorenes Ohr oder Hinken, aber wenn man ihr zu nahe kam, wich sie zurück und zog abwehrend die Schultern hoch.

»Hör zu«, sagte er, »du kannst jederzeit herkommen, und wenn ich nicht da bin, hinterlässt du eine Nachricht. Falls du was brauchst.«

Sie erstarrte. *Verdammt.* Er hatte es schon wieder getan. Selbst das Angebot, ihr zu helfen, war zu viel gewesen.

Sie wandte sich dem Tisch zu. »Wie fangen Sie an?«, fragte sie.

Sie sahen aneinander nicht an. Was eine Erleichterung war.

Merkwürdig, die Katze war in die Werkstatt gekommen. Gyg putzte sich, und Lucy bückte sich und hob sie hoch, einfach so.

Drückte sie an sich, und die Katze gab nach, Lucy strich ihr über den Rücken, und die Katze schnurrte.

»Nun«, sagte er, »du musst die Platten zurechtschneiden.« Er nickte. »Willst du eine fertigmachen?«

»Und wie?«

»Mit der Kreissäge.«

Er zeigte ihr, wie sie den Druckkamm ansetzen musste, nahm sie dann wieder mit an den Anreißtisch, und nachdem sie die Katze auf das Regal gesetzt hatte, wo er ihr ein Bett gemacht hatte, legte er ihre Hand flach auf den Tisch, so schnell, dass es sie erschreckte, zog den Schreinerstift hinter seinem Ohr hervor und umriss ihre Finger.

Genau wie er vor all den Jahren zuckte sie zurück, und er lachte. Newt, lange tot, wäre stolz auf ihn.

»Damit kannst du dich an deine Finger erinnern«, sagte er und trug die Zedernplatte zur Säge, »wenn du sie abgeschnitten hast.«

Sie wich zurück, die Hände unter die Achseln gesteckt, genau wie er einst.

»Du *sollst* Angst haben«, sagte er. »Okay? Damit du dich konzentrierst. Also, hörst du zu?«

Sie nickte.

»Gut«, sagte er und zeigte ihr, wie man das Holz an die Führungsschiene anlegte, während man weit weg von der Säge stand, und dann ließen sie zusammen die Platte durchlaufen, der Länge nach unter schrillem Kreischen, bis sich keine weitere Latte mehr abschneiden ließ und er die nächste Platte holte, die sie ebenfalls zurechtschnitten, den ganzen Nachmittag lang, bis sie einen Stapel Latten hatten, um die achtzig, und er die Säge ausschaltete.

Das Mädchen betrachtete sie mit glänzenden Augen.

»Klingeln dir die Ohren?«

»Nein, es ist bloß …«

»Immer noch Angst?« Sie nickte, und er sagte: »Vergiss dieses Gefühl *nie*, wann immer du mit einer Kreissäge arbeitest. Und bei allem Gefährlichen. Du baust ein Kanu und musst dafür Holz zuschneiden, und ich zeige dir, wie. Eins nach dem anderen.«

Natürlich war es nie um das Kanu gegangen, ihre traurigen Augen wurden feucht, sie wandte sich ab. Machte diese Kopfbewegung. Schaute über ihre Schulter. »Ich muss los«, sagte sie. »Es ist spät.«

»Dann geh«, erwiderte er.

Und sie ging, die Einfahrt hinunter und auf die Straße, wo sie, zu seiner Erleichterung, noch mal die Hand hob.

16
Lucy

Als sie in den Trailer kam, reinigte ihr Vater am Küchentisch gerade sein .30-06. Das Gewehr war in seine Einzelteile zerlegt, er hob den Lauf, zog die Bürste durch, hielt den Lauf vor die Deckenlampe, eine grauenhafte – fand sie – Plastikananas, wie auf einem Kinderglas.

»Was gibt's zu essen, Bebbe Gurl?«, fragte ihr Vater und grinste. »Hast du eine Idee?« Wenn er getrunken hatte, machte er, wenn er *Beb-be Gurl* sagte, den Mund auf eine bestimmte Weise rund, die sie schaudern ließ.

Okay. Abendessen. »Spaghetti?«

»Das wäre perfekt.«

Sie lächelte, aber mit Mühe. *Perfekt.* Starrte den Herd an, die vier schwarzen Platten auf der weißen Oberfläche wie Löcher ins Nichts. Wie konnte man so genervt sein von jemandem und ihn trotzdem lieben?

Sie schaute über die Schulter. Polizisten lieben ihre Waffen, und ihr Vater war keine Ausnahme. Die Glock 9 und die kurze .38 – die er meistens am Fußknöchel trug, sein »Ersatzeisen« – hatte er bereits gereinigt.

»Bebbe Gurl?«

Er schob das .30-06 in die schwarze Segeltuchtasche mit den vielen Seitentaschen und schwang sie über seine Schulter.

»Ich muss ein paar Arbeitsformulare ausfüllen, ich bin in meinem Zimmer«, sagte er. Er ging mit der Tasche an ihr vorbei und gab ihr einen Kuss auf den Hinterkopf. Die Glock steckte er in die Schublade unter dem Toaster.

Unwillkürlich schnüffelte sie – kein chemischer Geruch nach Wodka – und wie lang war es her? Ein paar Tage.

»Sag Bescheid, wenn das Essen auf dem Tisch steht, okay?«

»Okay«, sagte sie.

Spaghetti waren ihr Standardgericht, das sie fast automatisch zubereitete, ein Pfund Hack in den Topf, geschnittene Zwiebeln – die rechte vordere Platte hochdrehen, und nicht weggehen bis, Achtung, das Fleisch zischt. Die Platte auf vier stellen, ein bisschen Basilikum und Thymian dazu. Während sie wartete, dass das Fleisch bräunte, holte sie einen zweiten, größeren Topf unter der Spüle hervor, füllte ihn halb mit Wasser, setzte ihn auf die linke hintere Platte und drehte sie auf.

Schüttelte den Salzstreuer darüber, siebenmal, mehr wäre versalzen, holte drei Scheiben Weißbrot aus dem Brotkasten, strich Margarine aus der gelben Packung darauf, gab eine Prise Knoblauchsalz darüber und legte die Scheiben auf das Gitter im Ofen. Stellte ihn an.

»Ein Topf unter Beobachtung kocht nie«, hatte ihre Mutter früher im Scherz gesagt. »Also schau nicht hin. Tu was anderes.«

Sie sah auf ihre Armbanduhr. Okay. Viertel nach fünf. Um fünf Uhr fünfundzwanzig würde sie das Brot aus dem Ofen holen. Die Spaghetti ins Wasser werfen.

Was tun? Es lag keine Post auf dem Tisch, also trat sie hinaus in die Kälte, um im Briefkasten nachzusehen, den der Briefträger nicht beliefern wollte, weil er alles am Schuppen einwarf. Der Briefkasten saß schief auf einem Pfahl, auf der Seite stand in reflektierenden Buchstaben *The Walters*. »Herrgott«, wollte sie sagen. »Dad, können wir dieses … *Ding* wenigstens gerade hinstellen? Das sieht aus, als würde hier ein Haufen Besoffener wohnen.«

Sie spähte in die Dämmerung, lauschte. Nur Verkehrsgeräusche. Niemand schlich um die Trailer herum.

Kein Arn. Konnte sie es wagen, in den Briefkasten zu schauen?

Manchmal hinterließen die Leute dort Nachrichten, Ryan oder Dads Polizeifreunde.

Sie lief mit langen Schritten auf den Briefkasten am Ende der Einfahrt zu, das Herz schlug ihr bis zum Hals, der Schnee knirschte unter ihren Stiefeln, der Himmel schimmerte wunderschön in den letzten Rosa-Blau-Tönen des Tages.

Sie erreichte den Kasten und riss ihn auf. Werbeflyer – *Verteidigt euer Recht auf Waffenbesitz* – und irgendwas über Schneepflügen und die Autos von der Straße holen. Sie nahm alles mit. Mist, den die richtige Post nicht zustellte, wie den Flyer ganz oben, Werbung für eine Baumschnittfirma.

Sie sah auf die Uhr – es waren gerade zwei Minuten vergangen – zurück zum Trailer, dem hässlichen Metallkasten, von dem die weiße Farbe abblätterte, mit dem grässlichen hellblauen Flügel über dem Rad, als würde so ein Scheißding wie ihr Trailer irgendwohin fliegen können.

Da in der Kälte, der Himmel weit und verloren über ihr, schwoll etwas in ihrer Brust an, Lucy war erschöpft und wollte einfach nur fliegen, irgendwohin, Hauptsache weg, und es brach als Schluchzen aus ihr heraus, und sie weinte.

Und als sie gerade fürchtete, ihr Vater könnte sie hören, drang aus dem Trailer ein schrilles, gedämpftes Jaulen herüber.

SCHEISSE! Sie hatte das Scheißbrot vergessen! Sie stopfte die Flyer in ihre Hoodietasche und rannte in den Trailer. Ihr Vater kam in den Flur gelaufen, fast wären sie übereinander gestolpert, Lucy sprang zum Ofen und riss die Tür auf, Rauch quoll heraus.

»WAS ZUM TEUFEL?«, brüllte ihr Vater über den Feuermelder hinweg. Er hatte diesen Blick in den Augen.

Daneben, hatte ihre Mutter das genannt, und kurz davor, irgendwas zu schlagen, sogar sie. PTBS-irre und drüber.

»ICH HAB DIE POST GEHOLT!«, schrie Lucy zurück und drückte ihm die Flyer in die Hände, sodass er – wie man es eben tat – danach griff. Er schaute die Umschläge an wie etwas völlig Unverständliches, und dann kam die Veränderung, er war wieder bei sich. Er blinzelte, von sich selbst schockiert.

»DAS IST DAS BROT!«, schrie sie, zog den Hoodie aus und wedelte damit vor dem Feuermelder an der Decke herum.

Kalte Luft strömte durch die offene Tür herein, der Feuermelder verstummte. Zurück blieb eine klingende, aufgeladene Stille.

»Habe ich dir nicht gesagt, dass du aufpassen sollst, Bebbe Gurl?! Die Arbeit planen, den Plan abarbeiten, klar?«

Sie fegte die drei verbrannten Brotscheiben zusammen und hielt sie ihm vors Gesicht, und ihr Mund war hart.

»SIE SIND VERBRANNT, OKAY? ICH HABE SIE VERBRANNT. DREI SCHEIBEN BROT IM WERT VON ... WAS? ZEHN CENT?«

Genau das hatte ihre Mutter gesagt, als sie zum letzten Mal etwas verbrannt hatte. Die Erkenntnis schockierte Lucy.

»Mach die Tür zu, geht das?«, sagte ihr Vater. »Wie sollen wir je hier rauskommen, wenn du die ganze Gegend heizt?«

»Geh«, sagte Lucy, wieder wie ihre Mutter, »zurück zu dem, womit du gerade beschäftigt warst. Ich sage Bescheid, wenn das Essen fertig ist.«

Ihr Vater runzelte die Stirn, begriff, wie merkwürdig das war, was gerade zwischen ihnen passierte.

»Los!«, sagte sie und verscheuchte ihn mit einer Handbewegung.

Und er ging. Den Flur hinunter und verschwand. Es verblüffte sie. Und gleichzeitig musste sie fast lächeln.

Sie hatte gerade etwas gewonnen. Aber machte es auch irgendwas schlimmer? Weil, so erleichtert sie sich fühlte, sie war auch erschreckt. All das hatte ihrer Mutter am Ende nichts Gutes gebracht.

Schlimmer noch, sie hatte das Gefühl, die Erinnerung an ihre

Mutter verraten zu haben – und in gewisser Weise verdüsterte das alles.

Also würde sie sich Mühe geben. Damit sie das nicht noch mal machte, was sie gerade gemacht hatte. Auch wenn es der einzige Weg war, zu ihrem Vater durchzudringen.

Sie verteilte das Essen auf die Teller, stand am Herd, versuchte, das, was eben passiert war, hinter sich zu lassen, es zu zerstreuen, sagte: »Also, soll ich Truthahn machen? Mit allem? Das wäre doch schön. Zu Thanksgiving, meine ich.« Und dann, wie ein Schluckauf, fügte sie zu ihrem Entsetzen hinzu: »Wie Mom ihn immer gemacht hat, weißt du?« *Mom.* Schon wieder hatte sie getan, was sie sich geschworen hatte, nicht zu tun. Hatte ihre Mutter heraufbeschworen, um bei ihrem Vater etwas auszulösen. Es war einfach rausgerutscht.

»Ich meine nur, Daddy«, sagte sie, während sie die Teller auf den Tisch stellte, »ich muss alles vorbereiten, und wenn wir … *Leute* einladen wollen, muss ich planen, weißt du?« Sie konnte den Namen nicht aussprechen: Arn.

Aber er stand jetzt zwischen ihnen, als wäre er anwesend, groß und breit. Ihr Vater aß mit zusammengezogenen Augenbrauen. Er sagte: »Komm schon, Bebbe Gurl, du weißt, dass Arn mehr ist als ein Freund. Natürlich habe ich ihn und Caroline und die Kinder eingeladen. Er ist wie ein Bruder, und –« Er hob die spaghettiumwickelte Gabel. »Ich stehe in seiner Schuld, er hat mir damals das Leben gerettet, als alles schiefging und wir das halbe Platoon verloren haben.« Er schaute sie an. »Und wir schulden ihm was für all die Hilfe, nachdem …« Er zuckte die Achseln. »Nach dem Tod deiner Mutter, okay? Ich weiß, dass du ihn nicht mehr so sehr magst, er ist ein bisschen großspurig und – laut und so, tja, so ist Arn eben, stimmt's? Ich verstehe dich. Er kann einem zu viel werden. Aber –«

»Ich mag ihn schon, es ist nur …« Die Lüge blieb ihr fast im Hals stecken, sie drohte zu ersticken.

»Was?«

»Du bist anders, wenn er da ist.«

»Ja«, sagte ihr Vater, »glücklicher.«

Lauter. Und betrunken, dachte sie. Und wollte sagen: *Du hältst ihn vielleicht für einen prima Freund, aber …* Sie aßen in angespannter Stille. In der das Besteck auf den Tellern klapperte, furchtbar.

»Also«, sagte sie schließlich, »kommen Arn und seine Familie nun, oder kommen sie nicht?« Seit Jahren feierten sie Thanksgiving gemeinsam, und es würde etwas heißen, wenn Arn nicht käme.

»Nein«, sagte ihr Vater.

»Wieso denn nicht?« Sie hörte die Panik in ihrer Stimme und versteckte sie hinter Gereiztheit. Da, wieder ihre Mutter. Keifend. Sie musste sich in den Griff kriegen. Hätte sich dafür treten können.

»Carolines Schwester hat sie nach Fridley eingeladen, und ihr geht's nicht gut«, erwiderte ihr Vater. Er schaute auf. »Macht das die Planung etwas einfacher?«

Sie lächelte ihn an. Tja, das klang nach einem Vorwand, oder doch nicht?, dachte sie und zwang sich zu essen, während ihr Vater sich mürrisch die Spaghetti in den Mund schaufelte.

»Hör mal«, sagte er, »ich hab Arn erzählt, dass ich ein Angebot für ein Haus oben in Minneapolis abgegeben habe, und er fand's scheiße. Hat gesagt: ›Wie, bist du zu fein für Shakopee?‹ Hat's in den falschen Hals bekommen oder so.«

»Wann?«

»Arn?«

»Nein, das Haus.« Sie legte den Kopf schief. »Warum hast du mir nichts gesagt?«

»Es war ein niedriges Angebot, Bebbe Gurl«, sagte er, »und ich hab das Haus nicht bekommen, und es war sowieso eine Baustelle.

Wir hätten noch ein, zwei Jahre hier wohnen müssen, während ich renoviert hätte, und ich wollte dir keine Hoffnungen machen.«

Als sie fertig gegessen hatten und sie es keinen Moment länger ertragen konnte, stand sie auf und sammelte die Teller und Gläser ein.

»Ich sollte dir einen Job besorgen«, sagte ihr Vater, aber es klang freundlich, »vielleicht als Kellnerin, vielleicht wären wir dann … schneller hier raus.«

»Dafür muss ich sechzehn sein, Daddy«, sagte sie.

»Süße, ich habe auch ein falsches Alter angegeben, um arbeiten zu können. Mit vierzehn schon. Und du bist viel reifer, als ich es war.«

Ja, und sieh dir an, was mir das eingebrockt hat, dachte sie und lächelte. »Ich gehe zum Lernen rüber zu Ryan.« Sie stellte alles in die Spüle. »Ich wasche nachher ab«, sagte sie und ging in ihr Zimmer.

»Um neun bist du zu Hause!«, rief ihr Vater.

Sie holte ihre Bücher, drückte sie an sich und ging zur Tür.

Sie wollte nicht, dass ihre Brüste schmerzten, aber das taten sie. Was ihr ganz schön viel Angst machte. Sie wollte glauben »ihr Mondzyklus« hätte eingesetzt, wie ihre Mutter sie gewarnt hatte. Und spät, wie bei ihr auch.

»Ich will nicht, dass du so viel Zeit mit Ryan verbringst«, sagte ihr Vater, als sie die Tür öffnete.

»Wieso nicht? Er ist der – «

»Klar, ich weiß, er ist der cleverste Junge in der Klasse, das hast du schon x-mal gesagt. Es ist bloß, na ja, die werden ewig hierbleiben, Luce.«

»Hör zu«, sagte sie, geschockt über das, was aus ihrem Mund kam – SAG ES NICHT! – aber dann sagte sie es doch.

»Du hast Arn, und ich habe Ryan. Okay? Und wann, meinst du, kommen *wir* hier raus?«

Die Augen ihres Vaters wurden schmal. Sie hatte ins Schwarze getroffen. »Das war unter der Gürtellinie, Bebbe Gurl«, sagte er.

»Ich bin um neun wieder da«, antwortete sie, zog die Tür hinter sich zu und rannte hinaus in die Dunkelheit.

Sie machten Mathe und dann Sozialkunde und Politik, und die ganze Zeit wollte sie es Ryan erzählen. Dass sie hier rauskommen würden aus dieser Hölle, irgendwann, dass ihr Vater tatsächlich etwas unternommen hatte, es war also doch nicht bloß Gerede, aber dann fürchtete sie, Ryan könnte gekränkt sein, sie wäre es gewesen, und außerdem hatte sie immer mal wieder Bemerkungen fallen lassen über den Tanzabend – es war nur noch eine Woche bis dahin. Und seltsamerweise drängte es sie, das heute Abend zu klären, und weil ihr vor der Peinlichkeit des Ganzen graute, überlegte sie, worüber sie sonst reden könnte, als Einleitung, damit es nicht so schrecklich wurde.

Die Ferien standen bevor. Hatte er Thanksgiving irgendwas vor? Stellten sie Weihnachten einen Baum auf? Würde er wieder diese komischen Mondkekse backen, wie letztes Jahr? Ryans Stiefvater hatte ihnen den Trailer auf seinem Grundstück überlassen und kam manchmal zu Besuch, wie sah es damit aus?

Und in all dem lag ein verzweifeltes Suchen nach Verbindung, ein Hoffen, dass jemand – irgendwer – zuhörte.

Ihr Vater hatte wirklich und wahrhaftig einen Ort gefunden, an dem sie leben könnten, zwar hatte er das Haus nicht bekommen, aber er bemühte sich, sie von hier wegzubringen, während sie einfach zu sehr in ihren Sorgen versunken gewesen war, um noch zu hoffen, wegen dem, was *Er* getan hatte und danach Arn, und weil Booker Rose L'Rieux erwähnt hatte.

Es war, als wäre sie eingeklemmt und würde sterben, alles war zu viel, als würde ein Gewicht sie erdrücken, und sie käme nicht darunter weg.

Also war sie jetzt aufgeregt und traurig und aufgebracht, ein bunter Gefühlsmix. Ein Umzug würde alles lösen, oder? Wenn sie wegzogen? Vielleicht wäre es dann vorbei?

Nur, als sie an Jean dachte, wurde ihr mulmig, und an Booker, der wunderschöne Booker, ihn liebte sie auch.

Sogar den seltsamen, unmöglichen Ryan.

Eine unendliche Stunde verging, all das schwirrte in ihrem Kopf herum, und sie überlegte auch, ob ihr Vater es diesmal endlich auf die Reihe kriegen würde, sie hier rauszuholen.

Er hatte irrsinnig viel gearbeitet und genug zusammengespart, um den Versuch zu wagen, ein billiges Haus in Süd-Minneapolis zu kaufen.

Vielleicht, wenn sie irgendwann umgezogen wären, würde sie ihm von Arn und *Ihm* erzählen! Wenn sie es ihm jetzt sagen würde, vielleicht würde das den Umzug beschleunigen? Es würde sie zusammenschweißen, nur dass ihr Vater durchdrehen würde, das war ihr klar, wie Booker gesagt hatte, und vielleicht konnte sie es ihm auch nie sagen, weil, was würde es bringen?

Nein, sie konnte es nie *irgendwem* erzählen, dachte sie, und sie würde es nicht tun, weil, wie würde sie dann dastehen? Würde sie als Memme gelten, weil sie es irgendwie nicht geschafft hatte, sich zu wehren? Weil sie nicht geschlagen, getreten und gebrüllt hatte? Sie musste selbst schuld sein an dem, was passiert war. Es gewollt haben. *Von wegen.* Und der ganze Hollywoodscheiß, wo immer irgendein Retter auftauchte, noch bevor wirklich etwas Schlimmes passiert war. Tja, sie war allein gewesen, sie hatten sie sich gegriffen und dafür gesorgt, dass sie den Mund hielt, indem sie sagten, sie würden ihren Vater umbringen, wenn sie »auch nur einen Mucks machte«.

Und dieser tägliche Albtraum, in dem sie lebte? Etwas sagen? Was, im Ernst? Sie hatte mitbekommen, was Frauen zustieß, die »den Mund aufmachten«, und außerdem, wenn es rauskam, hatte man für alle Zeiten Pech.

Und blieb daran kleben, an der ganzen Hässlichkeit.

Und da, als sie keine Sekunden länger darüber nachdenken konnte, über das Chaos in ihrem Kopf, und während Ryan gerade an einer Aufgabe arbeitete, fragte sie: »Ryan, würdest du mit mir zu dem Tanzabend gehen?«

Er blinzelte, fast reptilienhaft, mit seinem Druckbleistift, den kein anderer hatte.

Ihr kam in den Sinn, dass er sich stupide verhielt (das Wort hatte sie gerade bei Mr. Brimley im Englischunterricht gelernt, es gefiel ihr). Oder war er nur verblüfft?

Nein. Er würde ihr sagen, dass er nicht mit ihr zu dem Tanzabend gehen wollte, und ihre Gefühle fielen ins Bodenlose, als hätte jemand die Luft aus ihr rausgelassen, als wäre sie ein Ballon, und sie landete als Haufen auf dem widerlichen, schmutzigen Teppich auf dem Wohnzimmerboden.

Sie fühlte sich in dem Moment gleichzeitig durch diese Erfahrung überlegen und beschmutzt – oder, als sie jetzt noch weiter in sich versank – zerstört.

Sie konnte sich immer noch umbringen. Ein Kinderspiel, mit all den Waffen im Haus. Oder, dachte sie, und bei dem Gedanken stockte ihr der Atem – sie könnte *Ihn* töten, wenn sie nur wüsste, wer *Er* war, dann Arn und dann sich selbst. In aller Öffentlichkeit, auf der Polizeiwache, reingehen, Arn abknallen, nach Columbine-Manier.

Es fühlte sich entsetzlich richtig an. Sie könnte die Glock nehmen, ihr Vater hatte ihr beigebracht, damit zu schießen, und dann könnte sie ihn vor aller Augen erschießen, wie eine Hinrichtung, damit alle wussten, was er ihr angetan hatte.

Sie sah es vor sich. »Hey, Arn!«, würde sie brüllen. »Ja, du, du fettes Stück Scheiße!«, und die Menschen würden um ihr Leben rennen, wenn sie die Glock aus dem Hoodie zog – »Geh dicht ran, Bebbe Gurl«, hatte ihr Vater ihr beigebracht, »wenn du mit einer

Handwaffe treffen willst, musst du dicht dran sein, klar?« – und Arn würde von seinem Schreibtisch aufsehen, und sie würde sagen, »Hey, Arn, hast du Bumsfett an deinem Schwanz?«, was er mal zu ihr gesagt hatte, und erst dann würde sie abdrücken, fünf, zehn Kugeln in ihn reinjagen, um deutlich zu machen, dass ihre Tat *begründet* war, nicht irre, sich dann die Knarre unter das Kinn halten und –

»Ja«, sagte Ryan und fügte mit verwirrter Miene hinzu, »natürlich gehe ich mit dir hin.«

»Gut«, sagte sie, ganz einfach. Damit war die Fantasie erledigt.

Ja, *natürlich?! Natürlich* sagte alles. Gute Güte. Was hatte sie gerade getan, dass Ryan sie so ansah?

Er beugte sich über sein Schulbuch, streckte die Hand aus, als sollte sie sie nehmen, und, na ja, sie sagte sich, er würde schon noch merken, wie er gepolt war, und sie drückte seine Hand, alles andere war undenkbar, und der Moment so unerträglich, dass sie auf die Buchseite starrte und tat, als würde sie auch lesen, seine Hand haltend, aber die Buchstaben schienen auf der Seite zu verschwimmen, ihre Wangen waren furchtbar heiß, ihre Gedanken schweiften.

Ja, natürlich. Herrgott. War sie so hässlich oder so schrecklich?! Oder war Ryan *anders?* Sie würde ihn dazu bringen, sie zu brauchen, dachte sie, so wie sie es bei Arn getan hatte, so war sie ihm unter die Haut gekrochen, und Ryans Mutter pennte auf der Couch, das traurige Mondgesicht ihnen zugewandt, die Augenlider verquollen.

»Komm«, sagte sie, und sie standen leise auf, und im Flur öffnete sie seinen Reißverschluss, nahm ihn in die Hand und erledigte es, in Sekunden, Ryan brach fast zusammen, und seine Mutter regte sich.

Ryan griff nach ihr. »Ich will auch«, sagte er, obwohl es nicht stimmte, wie sie wusste.

Ryans Mutter erhob sich von der Couch. Sie drehte sich von Ryan weg, schob ihn in Richtung seiner Mutter und verschwand im Bad.

Durch die Tür hörte sie die beiden reden, was Ryan genau sagte, wusste sie nicht, aber es war immer wieder dasselbe. *Mom, ich kümmere mich darum.* So was in der Art.

Sie wusch sich Ryans *Zeug* von den Händen, trocknete sie ab, zog dann vor dem Spiegel eine Grimasse. Kämmte sich mit der Bürste von Ryans Mutter die Haare glatt. Nun, Jean würde auch auf dem Tanzabend sein, also.

Sie trat aus dem Bad, da stand Ryans Mutter, und im Vorbeigehen sagte sie: »Hallo, Mrs. Chen, kann ich Ihnen was bringen, wo ich schon auf den Beinen bin?«

»Danke, nein«, sagte sie. »Seid ihr beide fertig mit, was ihr machen wollten?«

»Wir sind vorbereitet auf den Test«, sagte Ryan mit so hoher Stimme, dass er sich räusperte und dann erst hinzufügte: »Alles im grünen Bereich.«

»Gut«, sagte seine Mutter. »Wollt ihr Show gucken?«

Als weder Ryan noch Lucy antworteten, nahm Mrs. Chen die Fernbedienung vom Beistelltisch und stellte den Fernseher an. Zappte durch die Programme, nickte irgendwann und ließ sich auf die Couch sinken.

»Hinsitzen«, befahl sie, und sie gehorchten.

Ihre »Show« war irgendeine wahnwitzige Sendung über ein aufgedrehtes Mädchen mit perlweißen Zähnen und blonden Haaren, das naive Redewendungen falsch daherplapperte, irgendwie fast klug, »Der frühe Wurm holt den Vogel«, war eine, und alles spielte sich in einer Disneyland-Version von New York ab, gelbe Taxis inklusive, bevölkert von Klischeefiguren. Der Werbeboss, scharf auf die ahnungslose Heldin; der geniale Computernerd von nebenan, natürlich autistisch, ein bisschen wie Ryan, aber auf weise

Art, wie einer von Shakespeares Narren, wie … Falstaff im Englischunterricht, dachte Lucy, der Held, der gerufen wurde, um alles in Ordnung zu bringen; die heißblütige und vollbusige Sekretärin, hinter dem Boss her, aber zu verbittert und zu abgeklärt, zu komisch egoistisch, um attraktiv zu sein; und die alberne blonde Heldin aus dem verblödeten Mittleren Westen, die die ganze Zeit Quatsch laberte und wie aus *Fargo* klang, als ob – klang *sie* auch so? Nein, ganz bestimmt nicht.

Oh yeah, klaro, kannste einen drauf lassen, Mann Mann Mann, ist das echt –

Keiner von ihnen sprach so, weder Ryan noch Ryans Mutter noch ihr Vater, Mr. Opitz, Booker, Jean – oder Buck. Fast hätte sie gelacht. Buck ganz bestimmt nicht.

»Ich muss los«, sagte sie, stand auf und ging zur Tür, und Ryan sah ihr von der Couch aus nach, sagte:

»Kommst du klar?«

Sie drückte ihre Bücher an ihre Brust – *es tut nicht weh* – und noch mal fester, um zu prüfen, ob das wirklich stimmte, so wie sie früher als kleines Kind die Zunge in die Zahnlücke gesteckt hatte, was sie daran erinnerte, dass ihre Mutter Zahnfee gespielt hatte, und dann kam noch eine andere, noch ältere Erinnerung, die sie so traf, dass sie fast aufgeschluchzt hätte.

Sie war von einer amoo, einer Biene, gestochen worden, und ihre Mutter hielt sie in ihren Armen, und ihre Mutter sang ihr leise ins Ohr, ein Lied über waawaabigonooji yag, kleine Maus, die nicht ningotaaj, ängstlich, sein sollte, und ihre Mutter roch nach Flieder, das Parfüm, das sie trug, und in dem Moment war trotz der Schmerzen alles in Licht gebadet.

Ein Gedanke, bei dem sie wieder schlucken musste. *Bei mir ist gar nichts gut,* dachte sie, und ihre Brüste waren nur ein Teil davon.

Überhaupt nichts war gut, und dass ihr Vater Arn erzählt hatte, dass sie wegwollten?

Wie Öl ins Feuer gießen.

»Gute Nacht, Ryan«, sagte sie, »Nacht, Mrs. Chen.« Sie trat hinaus in die Kälte und rannte zu ihrem Trailer.

Rutschte, stolperte und stürmte durch die Vordertür, und alles war still im Trailer, sie durchquerte den Flur im Dunkeln und hockte sich auf ihr Bett, die Bücher neben sich.

Lange saß sie still in der Dunkelheit, im Kopf die Weite des finsteren Nichts, Punkte schwammen in ihren Augen.

17
Buck

Er trat mit der Stahlwolle in der Hand von der Kommode zurück, über ihm summte das Neonlicht, hinter ihm rauschte das Heizgerät. Sah auf das Thermostat. Sechs Grad hier drinnen, immer noch nicht warm genug. Draußen minus acht. Er schaute durch das Fenster in den Hof, seine Vögel – Finken und Spatzen und Rotkardinäle – umflatterten den Futterspender.

Die Kommode stand auf einem kniehohen Podest, er betrachtete sie, suchte nach einer glänzenden Stelle, die er mit der Stahlwolle bearbeiten könnte. Nichts. Das Gute soll man ruhen lassen, dachte er. Und stemmte die Hände in die Hüften. Fertig.

In der Werkstatt roch es beruhigend nach Holz, lauter erdige, komplexe Gerüche, Eiche, leicht bitter, aber auch Lärche (die hatte er für die Unterteilungen in den Schubladen verwendet), ein sauberer, fast seifiger Duft, und da die Zeder im Regal, für das Kanu des Mädchens, fast mit Kiefer zu verwechseln, Zeder war ein Fis-Dur zum C-Dur der Kiefer, ein reiner, scharfer Geruch, minomagos, etwas, das fast heilig roch.

Es musste frisch genug sein, um flexibel zu bleiben, um biegbar zu sein, aber nicht so sehr, dass es sich beim Trocknen verzog. Duchten, Süllrand, Steven, vorn und hinten. Schwierige Sache das, das Aushärten von Holz.

Die Katze kratzte an der Seitentür, wollte reingelassen werden; seit das Mädchen sie zum ersten Mal berührt hatte, wollte sie rein. Er öffnete die Tür, und die Katze verkroch sich so weit weg vom Heizer wie möglich. Er stellte das Gerät ab und merkte, dass der Raum jetzt die richtige Temperatur hatte, aber solange die Katze hier drinnen war, konnte er keine Politur auf die Kommode sprühen. Also trat er durch die Seitentür nach draußen, die Katze folgte ihm zum Haus, aber nicht hinein, das Mädchen, dachte er, konnte Gyg später noch reinlocken, und er öffnete eine Dose Katzenfutter, gab ein paar Löffel in eine Schüssel und stellte sie vor die Tür, und die Katze fraß.

In dem Moment dachte er, dass er vielleicht doch leben würde. Wieder. Wegen der Katze. Aber noch mehr wegen des Mädchens. Seltsam, was man für Selbstgespräche führte. Wobei es eher so war, dass da manchmal eine *Stimme* war. Seine otchitchagoma, die, wenn er hinhörte, immer da war. Genau wie es Seraphim, damals in der St. Mary's Boarding School, ihm versprochen hatte.

»›Räder aus Feuer‹, Michael, in dieser Stimme«, hatte sie gesagt, »und darin wirst du ›kosmische, reichhaltige, satte wahre Siege über die Verzweiflung‹ finden.«

Offensichtlich war sie in diesem Irrenhaus da irgendwann durchgedreht – oder vielleicht doch nicht? Denn hatte nicht *sie* am Ende alle gerettet?

Aber zuerst hatte sie ihm die Augen geöffnet. Er war nie ein wabeno oder jessakid oder mide gewesen. Er war kein Schamane. Sondern er hatte nur durch Extremsituationen, vor denen jeder andere bei gesundem Menschenverstand geflohen wäre, sein altes Leben verloren und ein neues gewonnen. Ein Loch in ihm für alle Ewigkeit. Verbunden mit etwas, das ihn zuerst in Panik versetzte und mit dem er sich dann abgefunden hatte. Das er dann sogar suchte.

Sein wahres, unendlich größeres Selbst, sein otchit, das erst sichtbar wurde, wenn sein kleines Selbst zerstört wurde. Immer und immer wieder.

»Wenn man in ›Gottes Königreich‹ lebt, Michael«, hatte Seraphim gesagt, »gehört Schmerz dazu, vergiss das nicht.«

Was für seltsame Wesen wir sind, dachte er, und während die

Katze abgelenkt war, ging er an ihr vorbei und zog hinter sich die Tür zu.

Stunden später war er in der Werkstatt damit beschäftigt, ein letztes Mal in langen, kreisförmigen Bewegungen die Kommode zu polieren. Seidenmatt. Nicht Hochglanz. Das Holz hatte den Lack aufgesogen und eine satte Honigfarbe angenommen, Buchweizenhonig, nicht Klee. Mit warmen Tönen von lilaroten Blüten und Sonnenlicht darin. Als er fertig war, räumte er auf. Schliff die Werkzeuge nach, saugte Staub, setzte sich an den Anreißtisch, fertigte Zeichnungen für eine Essgruppe an, skandinavisch modern, für einen Risikokapitalanleger in Carmel, und als er damit fertig war, ging er ins Haus.

Sein Handy klingelte, er zog es aus der Tasche. Die Nummer erkannte er nicht.

»Buck?«, kam eine Stimme durch den Hörer. Naomis.

Darauf war er nicht vorbereitet, und die Stärke seiner Reaktion überraschte ihn. Sprachlos. Er hatte gedacht, es ginge ihm gut. Sie hatte verlangt, dass er sie gehen ließ, und das hatte er getan. Nicht angerufen, nicht geschrieben. Gar nichts. Und jetzt meldete sie sich bei ihm.

Was war das für eine Nummer? Von der sie anrief? Aber er würde nichts dazu sagen. Das wäre kleinlich, oder einfach nicht richtig. Das Telefon von jemandem, der bei ihr übernachtet hatte.

Deswegen war er drangegangen. Was sie natürlich gewusst hatte. Also sagte er das Einzige, das er zustande brachte: »Kann ich dir helfen?«

»Ich wollte dir nur Bescheid geben, dass meine Mutter gestorben ist.«

»Das tut mir sehr leid«, sagte er.

»Ja, mir auch«, erwiderte sie, im Unterton schwang eine ganze Welt mit, als wäre es seine Schuld, so war Naomi. Ihre Mutter hatte an einer fortschreitenden neurologischen Krankheit gelitten und war am Ende fast gelähmt gewesen.

»Sie hat dir ein paar Sachen hinterlassen«, sagte Naomi mit Zurückhaltung in der Stimme. »In ihrem Testament, meine ich.«

»Oh«, sagte er.

»Ja, oh. Das ist das eine.«

»Was ist mit dir?«, fragte er. »Bist du okay?« Aber wann war Naomi je okay gewesen? Und die Arbeit im OP? All das schien ihre Ängste täglich als real zu bestätigen.

»Buck – «

»Wenn du Sachen aus ihrer Wohnung holen musst«, unterbrach er sie, was sie hasste, »kannst du meinen Truck nehmen. Ist es das? Hast du deswegen angerufen?«

»VERDAMMT NOCH MAL, du …! Kannst du einfach mal aufhören und …« Er hörte sie am anderen Ende der Leitung heftig atmen. »Kannst du einmal, nur ein einziges Mal nicht tun, was du denkst, dass richtig wäre, sondern das tun, was du fühlst?«

»Ich *tue*, was ich fühle. Ich möchte helfen.« *Und wenn es mich umbringt.* Ja. Er wollte helfen. Obwohl, zugegeben, er ein zu offensichtliches doppeltes Spiel witterte, Naomi verfolgte irgendein Ziel.

»Könntest du jemanden herschicken?«

»Wofür?«

»Was Mom in ihrem Mietlager hatte, das Ding, das sie für dich aufbewahren sollte, du weißt schon, damals, als …« Sie fluchte. »Nun, ich musste es hierherholen. Weil – Verdammt noch mal. Und warum musst du alles so …«

»Schwierig machen?«

»Wie ich gerade sagte. Was hast du dir dabei gedacht?«

Nun, sie hatte gerade verlangt, dass er nicht das tun sollte, was er *dachte*, dass richtig wäre, wie also sollte er darauf antworten, ohne dass sie sich noch mehr aufregte? Und was *fühlte* er eigentlich? Tja, im Moment gar nichts. Nur dass er das Gefühl hatte – und hatte sie ihn nicht darum gebeten? –, durch den leeren Raum zu fallen.

Schließlich, was war Liebe sonst, als sich einzusetzen? Da zu sein. Komme, was wolle?

»Was ist mit Leif?«, fragte sie. »Könnte er vorbeikommen?«

»Was, willst du es jetzt sofort loswerden? Unbedingt?« Ihre Entschlossenheit, jedes letzte Bisschen von ihm abzustoßen, und jetzt auch noch etwas, das er einst ihrer Mutter zur sicheren Aufbewahrung gegeben hatte, verletzte ihn tief. »Leif ist in Seattle.«

»Oh. Was ist mit Morrie?«

»Dito.«

»Vielleicht solltest du da auch hinziehen?«

»Naomi …«

»Wie geht's der Katze? Fütterst du sie?«

Seltsamerweise wollte er ihr nichts von der Katze erzählen. Wieso? Warum war er so abwehrend, was verbarg er, sogar vor sich selbst? Tja, das Mädchen, sie hatte sich mit der Katze angefreundet. Wenn sie kam, sprang ihr die Katze regelrecht in den Schoß. Das war es. Er verheimlichte Naomi das Mädchen, weil, na ja, er tat wieder genau das, was sie ihn gebeten hatte, nicht zu tun.

»Ich will dieses Ding aus dem Haus haben«, sagte sie, ihre Stimme kippte fast. »Also, kannst du kommen und es holen?«

»Im Moment nicht.«

»Nun, es ist in MEINEM HAUS, und ich will es da NICHT haben, also …«

Und da war es, was sie nicht hatte ansprechen wollen. Das Haus. Würde er es ihr streitig machen, oder seinen Anteil einfordern, würde er sie in einen – endlosen Rechtsstreit reinziehen?

Das war es, was zwischen ihnen stand, sie ins Stocken brachte, das Haus, das ihr Leben war. Das einstige Inbild von *uns*.

Er wollte sagen, *Naomi, schau dich um, ja, jetzt*. Alles, was er fühlte, lag vor ihren Augen. Durch das Haus hatte sie sich in ihn verliebt. Er war von ihr beauftragt worden, die Holzarbeiten zu erledigen, und hatte alles gegeben, hatte eine hundert Jahre alte Bruchbude in ein wunderschönes viktorianisches Haus zurückverwandelt, eine Painted Lady an der Pillsbury, in dem einst F. Scott Fitzgerald gewohnt hatte und das im Minnesota Historical Register gelistet war, sodass sie für die Renovierung Subventionen erhielt.

Alles ein Werk der Liebe. Das Haus war ein Vermögen wert, und nur durch die Heirat hatte er ein Anrecht darauf, wenn überhaupt.

Er war versucht, sie daran zu erinnern, dass er eigenhändig das Dach neu gedeckt hatte, er hatte – mit der Brechstange – fünf Schichten Dachschindeln entfernt und dann auch noch das Innendach ersetzt. Und die doppelt dicken Schindeln, die er verwendet hatte, jedes Paket gute siebzig Pfund schwer, hatte er bei achtunddreißig Grad Hitze drei Stockwerke rauf auf den Dachboden getragen, in dem Sommer, in dem sie ihre chirurgische Fachausbildung beendet hatte, was sie mit Champagner in der von ihm renovierten Küche gefeiert hatte. Und als die Gäste gegangen waren, als er an diesem Abend im Juli vom Dach gekommen war, dunkel und rot wie immer, wegen der Hitze halb nackt, das Wasser in seiner Thermoskanne ausgetrunken, hatte sie seine Hand genommen und ihn in ihr Schlafzimmer geführt, und sie hatten sich geliebt, während eine Brise in die Vorhänge fuhr, sodass sie sich aufbauschten. Und am Morgen hatte sie ihn gebeten zu bleiben, seine Sachen zu holen, bei ihr zu sein, ihr Geliebter zu sein, und er hatte ihr gestanden, dass er sich auf den ersten Blick in sie verliebt hatte, aber notgedrungen auf Distanz geblieben war. Naomi, dunkel, er liebte ihre Gesichtszüge, die seinen ähnlich waren, so sehr, dass sie einmal, als sie zusammen unterwegs waren, gefragt worden war, ob er ihr Bruder wäre, was sie beide amüsiert hatte. Buck scherzte, er wäre ein Abkömmling jener berühmten verlorenen Stämme Israels, und Naomi lachte.

Als das Haus fertig renoviert war, war er jeden Morgen um fünf Uhr aufgestanden, um in der Garage Küchenschränke für die Firma Sawhill zu bauen, bis Naomi Kontakte zu ihren gut situierten Ärztekollegen herstellte, und damit war er im Geschäft gewesen.

Und im Haus lagen jetzt neue Hartholzdielen, waren neue Rigipswände eingezogen worden – schon damals hatte er Rigips von ganzem Herzen verabscheut. Und hatte trotzdem in dem ekligen, erstickenden Gipsstaub gestanden und gearbeitet, als Liebesbeweis. Und die große Treppe, die er geschnitzt hatte, aus Eiche und nach originalen Vorlagen, Weintrauben und Weinblätter, nach alten Fotos, aufgenommen, als das Haus dem damaligen Geschäftsführer von General Mills übergeben worden war, der es hatte bauen lassen.

Es gab alte Kronleuchter aus französischer Herstellung, die er unten in Baton Rouge entdeckt und auf einem Pritschenanhänger hierhertransportiert hatte, und Schiebetüren, die er gerettet und restauriert hatte, und neue Leitungen, die er gelegt hatte, neue Stromkabel, neue Fliesen in der Küche.

Es hatte kein Ende genommen, war aber im Kontext ihrer Beziehung extrem befriedigend gewesen. Wie groß ist meine Liebe für dich? So groß. Er konnte es ihr zeigen und brauchte kein Wort zu sagen.

Er wollte sagen: *Schau dich um, Naomi, all meine Gefühle sind in diesem Haus. Du brauchst nur die Augen aufzumachen.*

Nur war sie jetzt mitten in einer Art Tirade über ihre Arbeit, eigentlich eine Rechtfertigung, »... und obendrein muss ich die neuen Fachärzte ausbilden und komme daher noch später nach Hause, was ...« Sie hatte ihn gebeten, sie loszulassen, und das würde er tun. Er würde sie nicht unterbrechen, weil er wusste, dass sie das alles aussprechen musste, ihr Leben war so voll, dass darin kein Platz für ihn war, und weil er sie weit über alle vernünftigen Maße geliebt hatte, ließ er sie weiterreden. »Jacobs, du weißt ja, wie schwierig es mit ihm war, der ist hinter mir her, keine Ahnung, warum, und – «

Er sah sich in seiner Küche um, ihre Stimme wurde immer höher, sie sprach immer schneller, sprudelte.

Und das Haus, in dem er jetzt wohnte, diese Bruchbude? Er hatte es behalten, weil sein Vater es ihm hinterlassen hatte. Hatte hier seine Werkstatt eingerichtet, in der Nähe der Familie im Reservat, aber nicht im Reservat.

Nachdem er Naomi kennengelernt hatte, hatte er seine Werkstatt und die Geschäftsadresse hier behalten, auch dann noch, als er bei ihr eingezogen war.

Er strich über das aufgeplatzte Linoleum auf der Arbeitsfläche, das grüne Farnmuster war an manchen Stellen abgewetzt.

Bei den ersten Trennungsepisoden von Naomi hatte das Haus als Wartezimmer gedient, bis sie wieder zu sich gekommen war und eingelenkt hatte, und das war eine Art Buße gewesen, denn, wie er zugeben musste, das Leben mit ihm *war* gefährlich.

Und diese »Dinge«, die passiert waren, die er getan hatte, damals war er nicht in der Lage gewesen, sie ungeschehen zu machen, und jetzt konnte er nicht.

»Mir fehlt die Zeit, jemanden zu suchen, der das Ding zu dir transportiert. Also, kommst du her und holst es oder«, sagte Naomi und platzte dann heraus, »wenn *du* es nicht abholst oder jemanden herschickst – «

»Was? Dann wirfst du es auf die Straße?« Es klang jämmerlich, er bereute es sofort.

»Buck«, sie klang verzweifelt, »du nimmst Dinge an, die nicht stimmen.«

»Wie, dass morgens die Sonne aufgeht? Oder dass du deine

Spiegeleier einseitig gebraten magst?« Er wollte witzig sein. Früher hatte es funktioniert.

»Siehst du? Wir haben darüber gesprochen. Wie du immer ausweichst, wenn wir über was Wichtiges reden.«

»*Wichtig.* Klar«, sagte er, mit dem falschen Unterton.

Tja, jetzt hatte er es gesagt. Aber sie sparte sich die übliche wütende Auflistung seiner vielen Fehler. Die er zugegebenermaßen hatte.

»Ich werde sehen, was ich tun kann«, sagte er, worin etwas schrecklich Endgültiges lag, weil es bedeutete, dass er das Haus losließ, aber vor allem sie. »Und, Naomi«, fügte er hinzu, »das mit deiner Mutter tut mir wirklich von ganzem Herzen leid. Du weißt, wie sehr ich sie gemocht habe.« Sie waren merkwürdigerweise eng befreundet gewesen. Sie hatte sich sogar bereit erklärt, etwas für ihn im Mietlager einer Freundin unterzubringen, anscheinend bis vor Kurzem. »Wenn du mich lässt, würde ich gern zur Trauerfeier kommen.«

»Nein«, sagte Naomi. »Das kann ich nicht.«

»Also gut. Gott schütze dich.«

»Du weißt, dass ich an den ganzen Kram nicht glaube, warum sagst du das immer?«

»Ist so. *Ich* glaube daran. Nein, ich *weiß* es, Nome. Auch wenn es keinen Sinn ergibt.«

»Wenn du selbst es diese Woche nicht schaffst, dann schick jemand her«, sagte sie, und es klang drohend.

»Mache ich«, sagte er, legte auf und stellte erschüttert fest, dass er sich in seiner heruntergekommenen Küche befand, denn während des Anrufs war er im Geist wieder in dem Haus in St. Paul gewesen. In ihrem Haus. Seinem und Naomis.

18
Lucy

Lucy saß im Trailer und grübelte über die rätselhafte Nachricht nach, die ihr Vater ihr auf dem Küchentisch hinterlassen hatte. Typisch, sie las sich wie ein Befehl. *Komm hierher,* hatte er geschrieben, dazu eine Adresse und die Beschreibung der Busroute vom Highway 13 aus. *Sag auf der Polizeiwache Bescheid, dass du auf dem Weg bist.*

Sie war nach der Schule direkt nach Hause gekommen, anstatt noch zu dem Bootsbauer zu gehen – zu Buck, wie sie sich wieder erinnern musste. Es fiel ihr schwer, den Namen zu behalten, weil es nicht sein richtiger war. Zum Glück! Hätte sie nicht auf dem Revier angerufen, hätte ihr Vater sich mit der Schule in Verbindung gesetzt und rausbekommen, dass sie gar nicht in der Bücherei arbeitete.

Sie wäre bei Buck gewesen – oder bei Michael? Das hatte auf einer in der Werkstatt rumliegenden Rechnung gestanden.

Es war düster in der Küche. Sie legte den Zettel mit der Nachricht auf den Tisch, ihr graute vor dem, was ihr Vater vorhatte. Ein Bus? Nach Shakopee? Wieso? Warum holte er sie nicht einfach am Trailer ab? Der Weg zur Bushaltestelle war ziemlich lang und führte durch ein Waldstück, außerdem war es draußen kalt.

Sie schaute auf das Thermometer am Fenster. Minus acht Grad. Ließ sich auf den Stuhl am Fenster plumpsen und zog ihre Stiefel an – Filzdinger aus Armeebeständen und zwei Nummern zu groß, sodass sie hinten an den Fersen Blasen bekam. »Du wächst schon noch rein, Bebbe Gurl«, hatte ihr Vater gesagt. Sie nahm die Stiefel wieder ab, zog drei Paar Socken übereinander, zwei hatten Löcher in den Fersen. Probierte die Stiefel erneut aus. *Geht doch,* dachte sie. Zog ihre blutbefleckte Daunenweste über (das Reh, das sie letzten Herbst geschossen hatte), darüber den Hoodie, dann den Anorak, ebenfalls blutbesudelt (die verdammten Fasane, die sie hinter dem Schuppen ausgenommen hatte).

Ihr Vater hatte todsicher irgendwas Fieses mit ihr vor, so wie damals, als er ihr gezeigt hatte, wie man die Rinde von Zaunpfählen zieht, und sie musste dementsprechend angezogen sein. Für Drecksarbeit. Wie vor Wochen mit dem Elch. Sie zog die alten, aber warmen Lederfäustlinge an. Und den hässlichen gelblila Schal, auf dem Wikinger abgebildet waren (Blödsinn! Wikinger hatten *nie* Helme mit Hörnern getragen, weswegen ihr der Schal ziemlich peinlich war), und trat aus der Tür.

Panisch, und der Schnee quietschte unter ihren Schritten. Knirsch, knirsch, knirsch, knirsch, der Weg zur Bushaltestelle war uneben, sodass sie hier und da mit den Armen balancieren musste. Alle Kinder nahmen die Abkürzung durch den Wald, und manchmal sah man hier auch eine der Mütter aus dem Trailerpark mit Einkaufstüten zurückkommen, beschämt, weil jeder dann wusste, dass sie die Raten für das Auto oder den Truck nicht mehr hatten bezahlen können oder wieder jemand betrunken gefahren und erwischt worden war.

Ihr zusammengewürfeltes Outfit war ihr daher ganz recht. Wer würde sie darin erkennen? Wahrscheinlich nicht mal Arn. Vor allem nicht *Er*. Der den teigigen glatten Handflächen nach irgendein Büromensch oder Lehrer oder … Perverser sein musste. Und während ihre Gedanken schweiften, erreichte sie den Highway 13 und die Bushaltestelle und wartete. Der Verkehr rauschte vorbei, und sie machte sich Sorgen.

Wegen *Ihm*. Er hatte *es getan*, seinen … in sie reingesteckt, und Arn ebenfalls, und seither hatte *Er* sie in Ruhe gelassen, war nicht mehr in den Trailer gekommen, wenn ihr Vater Nachtschicht hatte, was eigentlich eine Erleichterung sein sollte, was sie aber, wenn sie darüber nachdachte, vor Angst lähmte.

Nachdem *Er* es getan hatte, hatte er ihr die Kette mit dem Kreuz umgelegt, und am Ende jener Woche war Arn über sie hergefallen. Und es war nicht wie normal gewesen, wie sonst, wenn sie Arn in die Hand genommen, im Griff hatte, wie sie sich euphemistisch einredete. Und irgendwie noch Kontrolle hatte.

Wo doch *Er* und Arn bis dahin immer so drohend heimlichtuerisch gewesen waren. So vorsichtig. Und die anderen beiden? Hatten nur vorbeigeschaut …

Also, vielleicht, jetzt, nachdem *Er* und Arn es getan hatten, und sie … anders war, eine Frau, vielleicht waren sie jetzt fertig mit ihr?

Und mit all diesen Gedanken im Kopf wagte sie es nicht, an der Haltestelle zu sitzen, sie würde sich nicht in die Ecke treiben lassen, da sie nicht wusste, was die vorhatten, und nicht wusste, ob sie jetzt fertig waren mit ihr, solche Perversen, wenn sie keine Frauen wollten, wollten sie kleine Mädchen – oder Jungs –, und hier draußen konnte sie wegrennen, wenn sie kamen, weil, machten die sich keine Sorgen, dass sie jetzt vielleicht doch etwas sagen könnte?

Vor allem zu ihrem Vater? Das mussten die doch denken, weil sie ja selbst daran dachte, oder nicht?

Sie fragte sich, warum sie nicht mehr *kamen*, haha, Perverse, und nachdem Arn ihr so wehgetan hatte, er musste es doch gemerkt haben, da war so viel Blut gewesen, dass sie es kaum zurück in den Trailer geschafft hatte, und –

Und wenn sie zum Arzt gegangen wäre? Aber nein. Ein Arzt hätte schon längst was unternehmen müssen, also kein Arzt. Aber –

Hatte ihr Vater sich darüber gewundert – wunderte er sich überhaupt über irgendwas? –, dass sie plötzlich mehrere Rollen Klopapier verbraucht hatte? Mehr als einmal die Woche den Müll rausbrachte?

Und was war das jetzt für eine geheimnisvolle Aktion? Dass ihr Vater sie irgendwohin bestellte. Wofür?

Sie marschierte vor der Bushaltestelle auf und ab, schlug die Fäustlinge ineinander, um ihre Hände zu wärmen, der Wind fegte durch sie hindurch, sie beobachtete den Verkehr auf dem Highway. Es war Feierabendzeit, lange Schlangen zorniger Fahrer, sogar hier in diesem Kaff, in Shakopee, und die Füße kalt in den »Bunny Boots«, aber da kam der Bus, pflügte durch den aufgeschobenen Schnee auf dem Seitenstreifen. Die Tür öffnete sich mit einem Zischen, und sie stieg ein in die relative Wärme.

Sie setzte sich direkt hinter den Fahrer, eine von drei Natives im Bus, Unberührbare hier auf der Green Line, alle in zerrissenen, dicken Jacken und in sich gekehrt. Eine Lücke im Verkehr, der Fahrer scherte aus, Lucy saß aufrecht da, als wäre sie auf dem Weg zu einer Hinrichtung. Was immer ihr bevorstand, es war ganz sicher nichts Schönes. Früher hatte ihre Mutter sie beschützt, zumindest vor manchem, aber jetzt stand nichts mehr zwischen ihr und den blöden Sperenzchen ihres Vaters.

Oder vielleicht doch? Weil, was würde Buck davon halten? Von allem?

Und vielleicht konnte sie später mit ihm reden?

An der Haltestelle 128th Street stieg sie aus und stellte überrascht fest, dass sie sich in einer Gegend mit kleinen Firmen und Geschäften befand. Hell erleuchtet, kurz vor Feierabend. Es wurde schon dunkel, und hier kam ihr Vater. Fuhr mit seinem Polizeiwagen auf den Parkplatz, natürlich in Uniform.

»Perfektes Timing«, rief er ihr zufrieden zu und stieg aus dem Wagen, und sie stapfte mit mulmigem Gefühl im Magen durch den Schnee auf dem Mittelstreifen auf ihn zu.

»Hallo, Daddy«, sagte sie und setzte ihre Miene auf. Sie würde nicht fragen, was los war. Er würde nur sauer werden.

»Komm mit«, sagte er, legte den Arm um sie und führte sie über den Parkplatz der Kraftfahrzeug-Zulassungsstelle. Hielt die Tür auf und schob sie mit Schwung hinein, endlich Wärme! Gott sei Dank, sie dachte, sie würden sich kurz aufwärmen und sich dann aufmachen zu seinem bestimmt schrecklichen Vorhaben.

Eine lange Schlange wartete vor der Tür und in der Vorhalle, aber er marschierte daran vorbei bis ganz nach vorn, was ihr peinlich war.

Er nickte dem Sachbearbeiter hinter dem Schalter zu. »Myron«, sagte er, der Mann nickte, sagte: »Lee«, und schob ihrem Vater ein Clipboard und eine Broschüre und einen Stift zu, und er drückte ihr alles in die Hand und zeigte auf die Tische, die an der Fensterfront zum Highway 13 standen.

Fahrerlaubnis stand auf der Broschüre, darunter eins dieser Formulare mit den kleinen Kreisen, die man ausfüllen musste, wie sie es aus Tests in der Schule kannte.

In dem Moment machte sie eine außerkörperliche Erfahrung. So wie dann, wenn ihr klar wurde, dass *Er* im Trailer war, oder Arn, oder einer von den anderen, aber hier summte über ihr das Neonlicht, und die anderen Prüflinge an den etwa dreißig Tischen schauten auf, schauten sie an, und ihr Vater gab ihr einen Stoß.

»Da vorn ist ein freier Platz, Bebbe Gurl, da links«, sagte er und zog sie am Arm zu dem Stuhl.

Alle in der Warteschlange schienen sie anzustarren, die Polizistentochter mit der Sonderbehandlung, und sie dachte, sie würde sterben.

Tests versetzten sie in Panik. Jeder konnte möglicherweise enthüllen, dass der letzte ein Fehler gewesen war, Zufall, dass sie nichts Besonderes war, zu dumm, um aufs College zu gehen oder auch nur die Highschool abzuschließen, dass aus ihr nichts werden würde. Wenn sie allein war, liebte sie Tests und Rätsel, freute sich, wenn ihr Kopf zu tun hatte, spürte es, als würden sich Zahnräder drehen, und die Antworten fielen ihr zu. Deswegen machte sie auch nie viel Gewese um ihre guten Noten in Tests – es war einfach so.

Aber jetzt war sie in Panik. Was, wenn es anders ausging als normalerweise, nicht funktionierte wie sonst?

Und was wusste sie über das Autofahren? Nichts. Sie schaute ihren Vater an. Das Gesicht mit den tiefen Falten, die Grübchen.

»Na los, Bebbe Gurl, das ist doch genau dein Ding, solche Tests, oder? Fang an und zeig denen, was du kannst.«

Hinter ihrem Vater stand ein enorm dicker Mann, der ihren Blick auffing und nickte. Sie schaute die Broschüre an.

Sie fürchtete, sich gleich übergeben zu müssen, hatte aber nichts im Magen. Die Seiten verschwammen vor ihren Augen.

Sie befand sich in einem sehr hellen Raum, schwebte über sich, was furchterregend war, genau wie als Arn das getan hatte – oder die es getan hatten – obwohl, das war das Schlimmste, so schlimm, wie als *Er* sie mit seinen ekligen, zu samtigen Händen angefasst hatte, und sie beugte sich über die Seite, ihr anderes Selbst. Das, das die Dinge hinkriegte. Das Dinge wusste oder zu wissen schien, die sie nicht wusste, also –

Verkehrszeichen: achteckig. Dreieckig. Rund. Rechteckig. *Welche Form war regulatorisch?*

Sie hatte keine Ahnung. Aber *es* wusste die Antwort, auch wenn sie sie nicht wusste, und füllte mit dem Stift einen Kreis aus. Rechteckig.

Das war das Schockierendste überhaupt. *Es* erledigte alles. Mit ihr daneben, als Zuschauerin.

Danach, draußen in der Eiseskälte und dem schneidenden Wind, überquerte sie neben ihrem Vater den Parkplatz. Er quasselte davon, wie gut sie abgeschnitten hatte. »Hab ich's dir nicht gesagt, Bebbe Gurl, du hast *sechsundneunzig* bekommen – und nicht mal dafür gelernt!«

Und sie dachte die ganze Zeit, dass sie, wenn er zur Nachtschicht gefahren wäre und sie zu Hause, die Glock aus der Schublade holen und sich erschießen würde. Sie konnte nicht mehr. Und sie schien auch nicht in sich zurückkehren zu können, was gruselig war.

Sie war wie taub, tief in sich verschlossen, so tief, als wäre sie in einer Höhle, und in dieser Welt spürte sie kaum ihre Hände, ihr Gesicht, ihre Füße, wie damals, als sie versehentlich Jeans PCP genommen hatte.

»Okay, Daddy«, sagte sie, »kann ich jetzt nach Hause?«

Ihr Vater lachte. »Nein, Bebbe Gurl!«, sagte er und legte wieder den Arm um sie.

Sie dachte an das Gefühl der Glock in ihrem Mund. Sie hatte es schon mal ausprobiert. Sich den Lauf der Waffe in den Mund gesteckt. Kaltes, schmieriges Metall, und die Pistole war erstaunlich schwer.

Er drückte sie, verließ mit ihr den Parkplatz der Zulassungsstelle und ging zu dem grell erleuchteten Autohändler nebenan, dabei wollte sie nur noch nach Hause. Und dass er wegfuhr. Und alles hinter sich haben.

Im Schaufenster stand ein Verkäufer. Auf der Scheibe, ihn teilweise verdeckend: *Shakopees Dealmaker, Ron Ready und Dan Done.*

»Daddy«, sagte sie, die Stimme schien zu dem Ding zu gehören, das sie im Moment nicht war, »ich glaube, die haben geschlossen und wollen uns hier nicht.« Sie wollte nur noch nach Hause.

Und es beenden.

»Und da, Bebbe Gurl, irrst du dich!« Der Verkäufer winkte, und ihr Vater winkte zurück.

»Hast du geglaubt, ich hätte es vergessen?«

»Was vergessen, Daddy?«

Aber da kam der Verkäufer in einem engen Parka aus der Tür, und er hielt etwas in der Hand.

»Meine Neunmal-klüger-als-ich-Tochter Lucy«, sagte ihr Vater, und sie streckte die Hand aus, wollte die des Verkäufers schütteln, aber der gab ihr stattdessen Schlüssel. »Sie hat sechsundneunzig bekommen im Test und hatte die Broschüre vorher noch nicht mal gelesen! Hab ich Ihnen nicht gesagt, wir würden gleich danach rüberkommen?«

»Fahr vorsichtig, das ist ein gutes Stück«, sagte der Verkäufer und huschte wieder nach drinnen an seinen Schreibtisch.

Lucy runzelte die Stirn. Sie hatte die Schlüssel in der Hand. Ihr Vater schob sie an einer Reihe von Autos vorbei, an deren Ende eine tomatensuppenrote Limousine stand, mit Radkappen, die wie Pizzableche aussahen.

Ihr Vater stürmte darauf zu, drehte sich um zu ihr, warf die Arme in die Luft. »Happy Birthday, Bebbe Gurl! Er gehört dir. Ein fahrbarer Untersatz, Süße!«

Was sollte sie mit einem Auto anfangen? Und die Fahrerlaubnis war nur gültig, wenn jemand über achtzehn bei ihr war, der ebenfalls fahren konnte. Also?

»Vielen Dank, Daddy«, sagte sie. Sie musste es sagen. Oder alles würde schiefgehen. Und jetzt? Würde ihr Vater den Wagen nach Hause fahren? Aber was war mit dem Polizeiwagen auf dem Parkplatz der Zulassungsstelle?

Aber er hatte ihre Verwirrung bemerkt und kam auf sie zugerannt wie ein kleiner Junge, was süß war, wirklich, sie liebte ihn, wenn er auf diese Art er selbst war, wie früher, als sie noch ein kleines Mädchen gewesen war, und alles anders gewesen war, und jetzt trug ihr Vater sie fast zu dem Auto.

»Ich habe dir eine Ausnahmegenehmigung für die Landwirtschaft besorgt, Süße!«, sagte er und legte die Hand auf das Dach über der Fahrertür. »Ist auf dem Führerschein vermerkt. Du kannst sofort losfahren. Ganz allein. Und das wirst du auch!«

»Jetzt?«

»Ja! Jetzt!« Er öffnete die Tür. »Steig ein«, sagte er, und sie setzte sich ans Steuer. »Sie haben sogar den Preisaufkleber von der Windschutzscheibe abgemacht, das Öl gewechselt, vollgetankt und neue Reifen aufgezogen.«

Er stützte sich mit der Hand auf dem Dach ab und beugte sich in den Wagen. Zeigte ihr, wo man das Licht anstellte. Die Scheibenwischer. Die Heizung. Wo die Handbremse war. Das war alles – überwältigend – und sie war immer noch taub, tief in sich verkrochen.

Ihr Vater hob den Unterarm. Sah auf die Uhr. »Meine Schicht geht gleich los.«

Er hatte das Abendessen ausfallen lassen, um ihr das Auto zu schenken. Sie spürte Tränen aufsteigen. Er liebte sie, auf seine Weise, und sie ihn, und sie sprang aus dem Auto und warf sich schluchzend in seine Arme.

Nicht wegen des Autos, sondern weil er etwas für sie getan hatte. Weil er für sie sorgte. Wenn sie ihm das nur sagen könnte. Aber nicht jetzt, nicht hier.

»Danke dir, Daddy«, sagte sie, in seinen Armen.

Er ließ sie los und erwiderte: »Ich liebe niemanden auf der Welt so sehr wie dich, Lucy.«

»Aber ich kann doch gar nicht fahren.«

Das stimmte nicht ganz, Jean hatte sie einmal den Wagen ihrer Tante fahren lassen. Der hatte eine Schaltung, und Jean fand es saukomisch, wie Lucy gehoppelt war und den Wagen wieder und wieder abgewürgt hatte und in viel zu engen Kreisen über den Parkplatz von Piggly Wiggly Grocery geschlingert war.

»Los, Bebbe Gurl, setz dich ans Steuer und lass ihn an, und dann weißt du genau, was du zu tun hast. Du bist so klug, Lucy, du hast das alles schon mal gesehen. Du bist das klügste Mädchen, das ich kenne, noch klüger als deine Mom, und die war schon schlau wie ein Fuchs und …«

Dass er ihre Mutter heraufbeschworen hatte, ließ sie beide verstummen. Um die Stille zu füllen, sagte Lucy: »Aber selber fahren ist was anderes als nur zuzusehen.«

»Du bist anders, Lucy, auch wenn du es nicht zeigen willst. Und wir beide wissen das, also –«

Sie wollte ihn nicht enttäuschen, er hatte sie dazu gebracht, sich beweisen zu wollen, hatte sogar ihre Mutter erwähnt, also stieg sie ein. Wieder körperlos. Irgendwie in Panik. Aber wenn sie starb, na und?

Und sie dachte nicht mehr daran, nach Hause zu fahren und sich zu erschießen. Nur an das verdammte Auto. Sie könnte in irgendwas reinfahren – gegen einen Brückenpfeiler oder so, das wäre einfacher, und da war auch noch der Zug, der quer durch die Stadt fuhr.

Sie stellte den Rückspiegel ein. Schaute ihren Vater an und lächelte gequält.

»Weißt du noch, was ich dir alles beigebracht habe? Wie man die Bodenhaftung auf Schnee oder Eis überprüft, auf die Bremse treten, um zu sehen, ob das Auto wegrutscht, und dass man bei einem Vorderradantrieb wie hier in die Bewegung reinlenkt?«

Sie erinnerte sich und nickte.

»Dann bring das Ding nach Hause, Luce«, und er holte seine Brieftasche hervor und gab ihr einen Zwanziger. »Nein, besser noch, fahr ein paar Stunden durch die Gegend, gewöhn dich an das Auto. Tank nach, finde raus, wie das geht. Kein Zeitlimit heute, wie findest du das? Du kannst auch um Mitternacht nach Hause kommen, park einfach neben dem Trailer.« Er nickte. »Und ab jetzt gehst du nach der Schule nicht mehr zu Fuß nach Hause, Bebbe Gurl. Kein Rumstreunen mehr, okay?«

Er schloss die Tür, blieb neben dem Wagen stehen, bis sie bereit war. Und als sie losrollte – in einem Zustand schierer Panik, wegen des Autos, aber auch wegen dem, was er gesagt hatte –, warf er ihr einen Kuss zu und stapfte zurück zu seinem Polizeiwagen.

Es dauerte ein bisschen, sich an alles zu gewöhnen, aber das Auto schien zu fahren, wohin sie es lenkte, und ließ sich auch anhalten. Nach einer Stunde ebbte das außerkörperliche Gefühl langsam ab. Und die Panik – zumindest die vor dem Fahren. Als wäre das alles ein grauenhafter Albtraum gewesen, dieses in sich Hineinstürzen und die Gedanken, sich zu Hause umzubringen – was jetzt seltsamerweise die Gedanken von jemand anders waren, jemand, der die Kontrolle über sie übernommen, den Führerscheintest gemacht und am Anfang das Auto gelenkt hatte und immer noch in ihr war, aber jetzt stillhielt.

Über ihrem Kopf schwebte und sie beobachtete. Als hätte sie sich gespalten, und vielleicht würde sie nie wieder völlig ganz werden, als hätte sie mit Gott gesprochen.

Aber Gott war sie selbst, oder dieses weite *Etwas* in ihr, in das sie gefallen war, ihr otchit, das *alles* war. So hatte ihre Mutter es ihr beigebracht, und sie hatte es geglaubt, denn so war ihre Mutter eben gewesen. Von einer unerschütterlichen inneren Ruhe erfüllt. Warum konnte sie nicht so sein?

Wie Buck, der gescherzt hatte, seine Nase sähe französisch aus. Er sah genauso wenig französisch aus wie ihre Mutter.

Buck würde verstehen, und während sie sich auf das Fahren konzentrierte, dachte sie an ihre Mutter und fühlte sich einsam und verloren.

Ziellos fuhr sie weiter, ihre Mutter bei ihr. *Gimikweden ina?*, fragte sie Lucy, die langsam ein Gefühl für das Auto bekam, wie es durch den Schnee am Straßenrand zog. *Ja*, erwiderte sie, *ich erinnere mich, Nima, Mutter, man kommt aus dem Schleudern heraus, indem man hineinlenkt. Wie Daddy gesagt hat.* Und Lucy beschleunigte schnell, lenkte den Wagen auf den trockenen Asphalt, wendete abrupt. Sie fuhr auf den Parkplatz eines geschlossenen Gemischtwarenladens, drehte und wendete und schlitterte, wie sie es bei den Jungs in der Schule gesehen hatte, bekam allmählich den Dreh raus, wie sie rutschen und gleichzeitig vorwärtsfahren konnte, wie lang sie brauchte, um anzuhalten. Alles gut.

Und was war damit, dass sie nach der Schule nicht mehr zu Fuß nach Hause gehen sollte? Ihr Vater wusste doch nichts, wie sollte er?

Hinter dem Steuer sitzend dachte sie: Trotzdem, wie seltsam, dass ihr Vater ihr einen Ausweg geschenkt hatte, aber damit hatte er es ihr gleichzeitig auch unmöglich gemacht, es guten Gewissens zu tun.

Wenn er ihr das Auto auf irgendwie schäbige Weise verschafft hätte, hätte sie kein Problem damit gehabt, abzuhauen. Aber so war es nicht. Es war das Netteste, das er seit Jahren für sie getan hatte. So großzügig. Und die – was? – Freude, die sein Geschenk ihm bereitet hatte!

»Und du hast geglaubt, ich hätte dein Geburtstagsgeschenk vergessen, Luce?« Tja, das hatte sie tatsächlich.

Sie wusste, dass er kein Geld für ein Auto hatte. Wie also hatte er dafür bezahlt? Sein Polizistengehalt reichte kaum für das Leben im Trailer, vor allem, weil er auf ein richtiges Haus sparte.

Sie fuhr bis nach Edina, einem schicken Vorort von Minneapolis, die Haustüren waren mit Kränzen und roten Bändern geschmückt, und Weihnachtsmänner und der ganze Kram, Schlitten und Elfen und Feen auf den Dächern, die Häuser schimmerten in anscheinend unberührtem Schnee, Reiche-Leute-Schnee, das reinste Weiß, und hier bauten Kinder in einem Garten einen Iglu, und sie fragte sich, konnte sie noch Kinder bekommen? Nachdem sie so geblutet hatte?

Und mit einem Achselzucken dachte sie: *Wahrscheinlich erlebe ich das sowieso nicht mehr.* Und an der nächsten Kreuzung wendete sie, Interlachen Boulevard, war Interlaken nicht ein Ort in der Schweiz? Warum buchstabierten die das dann so?

Sie beschloss, nachzutanken. Nur um zu sehen, ob sie das hinkriegte, stand an der Zapfsäule, dachte an ihren Vater, dass er ihr vertraute, und hatte das Gefühl, sein Vertrauen nicht missbrauchen zu können.

Da sie an einer Tankstelle stand, sah sie sich wachsam um und dachte wieder an Rose L'Rieux.

Aber, das musste sie zugeben, ihr Vater hatte recht gehabt. Sie war in der Lage, das Auto zu fahren, fast als würde sie es schon jahrelang tun.

Was auch neu war. Auf seiner Seite zu stehen. Aber sie konnte nicht nach Hause fahren. Es schien zu gefährlich. Sie vertraute sich selbst nicht, noch nicht, und durch Arn hatte sich alles verändert, und die Veränderung war mehr als furchterregend.

Also, wohin?

Die hellen Lichter der Stadt waren zu viel, sie wandte sich gen Süden, fuhr ins heruntergekommene Shakopee hinein, und hindurch, ins Reservat, wo sie irgendwie hingehörte, nur dass alles jetzt viel schlimmer aussah.

Der Schnee türmte sich zu beiden Seiten des Highways auf, eine einsame Gestalt stand verloren am Straßenrand, die Hände in die Taschen gestopft, der Kopf gesenkt, ohne Mütze, und im Vorbeifahren erkannte sie Booker.

Sie hielt ein Stück vor ihm an, die Reifen knisterten über den gefrorenen Schneematsch, sie stellte den Warnblinker an und öffnete die Beifahrertür.

Booker kam näher, spähte in das Auto hinein, seine Augen wurden schmal, seine Miene war verständnislos.

»Steig ein!«, rief Lucy ihm zu, und er setzte sich neben sie, zog die Tür zu und nickte.

»Fahr los, sonst knallt noch jemand in dich rein«, sagte er.

»Okay, Boss«, gab Lucy zurück. Sie stellte den Warnblinker aus, schaute über die Schulter und fuhr auf den Highway. Booker strich mit der Hand über das Armaturenbrett.

»Wo hast du die Karre her?«

»Geklaut«, sagte sie. Wer war das, wer sagte solche Sachen? Jean?

»Hast du nicht.«

»Was machst du hier draußen?«

»Nach Mekka pilgern.«

»Ah.« Sie warf ihm einen Blick zu. »Hast du heute Abend nicht ein Spiel? Warum bist du nicht da?«

Sie wusste von dem Spiel, weil ihre Schule zum Anfeuern eine Party veranstaltet hatte. Die sie geschwänzt hatte. *Go, Gryphons!* Booker spielte bei den Gegnern, The Spartans.

»Booker!«

Er rollte mit den Augen. »Ist Scheiße passiert«, sagte er, »deswegen.«

»Scheiße?«

»Ich will nicht drüber reden.« Er zuckte die Achseln, betrachtete die Mini-Mall, an der sie vorbeifuhren. Pizza. Hamburger. Eine riesige Pillsbury-Doughboy-artige Puppe auf dem Dach, bestimmt drei Meter groß. Auf dem Kopf eine weiße, aufgepuffte Mütze, wie sie Köche in den Filmen trugen.

Sie bog auf den Parkplatz ab.

»Whoa, Mario! Bevor du so den Highway kreuzt, musst du erst mal nach Blindgängern gucken.«

»Blindgänger?« Sie würgte den Motor ab.

»So nennt man die Idioten, die ohne Licht fahren. Glauben, sie würden damit Benzin sparen. Weil sie nicht wissen, dass der Motor den Saft erzeugt, egal ob das Licht an ist oder nicht. Und die kommen dann aus dem Dunkeln geschossen, verstehst du?« Er klatschte die Hände zusammen. »Zack.«

Sie öffnete die Tür und stieg aus. Schaute in den Wagen. »Kommst du mit oder bleibst du hier?«

Booker sah verblüfft aus. Runzelte die Stirn. »Meinst du, das ist klug, Lucy?«

»Ja oder nein?«

Sie hörte ihn hinter sich aussteigen, und als die Tür zuschlug, drückte sie auf den Schlüssel. Die Hupe jaulte auf. Verriegelt. Sogar das klappte. Es war fast zu viel des Guten.

Drinnen, in einer Sitznische, hielt sie die Speisekarte hoch.

»Für mich nichts«, sagte Booker. »Ich hab keinen Hunger.«

Sie bestellte ein Full Breakfast – *rund um die Uhr erhältlich,* stand auf der Karte – Hash Browns, Würstchen, kein Speck, Weizentoast und Pfannkuchen. Spiegeleier, einseitig. Brötchen. Kaffee für zwei. Als die Kellnerin Kanne und Tassen brachte, beugte sie sich zum Einschenken über den Tisch, stellte Booker eine Tasse hin, ohne ihn anzusehen, die andere vor Lucy, fing ihren Blick auf und lächelte.

»Deine Bestellung kommt sofort, Süße«, sagte sie.

Booker sah ihr nach. Verzog das Gesicht. Wenig später kam die Kellnerin zurück, mit einem Tablett auf dem Arm.

Sie stellte es vor Lucy ab, und Lucy sagte: »Mein Freund hier möchte noch was zu seinem Kaffee.«

»Bitte?«

»Booker?«

»Miss, wenn es möglich wäre. Kaffeesahne?«

Sie wandte sich ihm zu. Lächelte. Zum Glück ein echtes Lächeln. »Oh, tut mir leid. Möchtest du die mit Geschmack? Wir haben French Vanilla und –«

»Die normale reicht, Miss, danke«, sagte Booker und nickte. Die Kellnerin eilte davon, und Booker sah Lucy über den Tisch hinweg finster an.

»Wenn du ihr eine Chance gelassen hättest, würdest du sehen, dass die meisten Menschen einfach Angst haben, Booker.«

»Wovor?«

»Vor allem, das anders ist. Darunter falle normalerweise auch ich. Okay?«

Die Kellnerin kam zurück, lächelte sie beide an, stellte ein paar Kaffeesahnekännchen auf den Tisch und verschwand.

»Wenn ihr noch was möchtet, sagt Bescheid.«

Lucy legte Gabel und Messer auf den Teller, drehte ihn um und schob ihn Booker hin.

»Was soll das?«, fragte Booker.

»Weiße Lügen, Booker. Die erzählen wir alle. Iss. Und erzähl mir nicht, dass du keinen Hunger hast.«

»Du bist wirklich anders.«

»Nein. Nicht wirklich. Aber ich ertrage diesen ganzen Blödsinn nicht mehr. Und außerdem ist irgendwie mein Geburtstag. Also, iss.«

Das tat er, während Lucy an einem Toast knabberte. Dann ein halbes Brötchen aß, dick mit Butter bestrichen. Oh Gott, das schmeckte wirklich gut. Als sie fertig waren – und sie ganz aufgeputscht vom Koffein –, legte sie das, was von dem Zwanziger von ihrem Vater noch übrig war, auf den Tisch und stand auf.

Auf dem Parkplatz schneite es so, dass der Schein der Dampflampen wie Schneekugeln wirkte. Sie drückte Booker den Schlüssel in die Hand, und Booker drehte sich überrascht zu ihr um.

»Du fährst.« Wieder der Blick. Ungläubigkeit, genau. »Du hast doch einen Führerschein?«

»Klar hab ich den.«

»Dann schließ auf. Der Knopf auf dem Schlüssel.« Er tat es, Lucy ging auf die Beifahrerseite und stieg ein.

Auch Booker setzte sich in den Wagen, zog die Tür zu und startete den Motor. Er stellte die Heizung hoch und rieb sich die Hände.

Fragte: »Wo geht das Licht an?« Er saß vorgebeugt, suchte auf dem Armaturenbrett nach dem Schalter und hob den Kopf. Und sie war da. Nahm sanft seinen Kopf zwischen ihre Hände und küsste ihn, und diesmal fühlte es sich nicht an wie ein Experiment. Ihr Herz war dabei, und es fühlte sich gut an.

Erschreckt zuckte er zurück, die Hände auf dem Steuer auf zehn vor zwei, als wäre er erstarrt.

Sie legte die Hand auf sein Knie, ließ sie nach oben gleiten, und er hielt sie fest, zog sie weg und sagte:

»Nein, Lucy.«

»Bist du bekloppt?«, fragte sie, tief gekränkt. Das sagte sie, wenn – die zu grob wurden.

»Ich bin *nicht* bekloppt, okay?«, sagte Booker. »Ganz im Gegenteil. Ehrlich. Aber …« Er suchte nach den richtigen Worten. Löste den Sicherheitsgurt und stieg aus dem Wagen. »Das darf jetzt nicht passieren. Und nicht so, Lucy.«

Er beugte sich zu ihr, küsste sie auf die Wange. »Du weißt, was ich für dich empfinde«, sagte er und richtete sich auf.

»Booker?«, sagte sie flehend.

Er wandte sich dem Happy Chef zu, wo ein paar Gäste die Köpfe gehoben hatten und ausdruckslos herübersahen.

»Im Ernst«, sagte er, »bring mich nicht dazu, irgendwelche Scheiße zu sagen, die wir beide nicht hören wollen, Lucy. Okay? Und danke, das meine ich ernst. Also, hoffen wir mal – bis später!«

Er marschierte durch den Schnee davon, auf den Seitenstreifen des Highways zu, wo er in beide Richtungen schaute, die Straße mit den Händen in den Taschen überquerte und auf der anderen Seite weiterlief. Den Kopf gesenkt, wie gegen starken Wind.

Genau, wie er es vor einer Stunde getan hatte, als sie angehalten hatte – als noch nichts passiert war.

19
Buck

Während er mit einem Lieferanten telefonierte, durchsuchte er in der Küche die Rechnungen auf der Arbeitsfläche, und der Lieferant erklärte ihm leicht erbost, dass er seine Bestellung erst abholen könne, wenn er die letzte Rechnung bezahlen würde. Die hatte man ihm vor fast einem Monat zugeschickt, wieso hatte er sie nicht bekommen?

Hatte er aber und – natürlich – hier hingelegt. Oder hatte er sie mit nach oben in sein Büro genommen?

Aber warum noch suchen? Er hatte sich eingebildet, die Rechnung hier hingelegt zu haben, und sich offensichtlich geirrt. Obwohl irgendwas ganz und gar nicht stimmte, aber er verstand nicht, was.

Er bückte sich. Auf Augenhöhe mit der Arbeitsfläche. »Natürlich, ja, entschuldigen Sie«, sagte er. »Ich komme vorbei und regele das, in Ordnung? Und dann brauche ich vier von den zehn Millimetern, fünf Platten dreizehn Millimeter und –«

Die Rechnung lag weder unter dem Toaster noch in dem kleinen Korb, in den er manchmal Kleinkram warf. Auch nicht hinter der Gardine auf der Fensterbank oder in der Kramschublade zwischen Gummibändern, Klebeband, Schere, Klebstoff und Kabelbindern.

»Nein«, sagte er, »diesmal keine Lärche. Weißbirke. Genau. Dreizehn Millimeter sind nicht da? Es ist für eine Kommode.«

Sie verhandelten hin und her, Längen, Anzahl, keine Astlöcher. Und dabei wuchs in ihm die Erkenntnis, dass doch jemand in seinem Haus gewesen war: Der Brut-Geruch stammte nicht von Leif.

Und die Nachricht auf dem Anrufbeantworter, die ihn zu Lucy geführt hatte – gelöscht, und zwar nicht von ihm.

Er hatte immer noch die Gardine in der Hand, als er ihn sah, den Beweis, und ihm so etwas wie ein Stein in den Magen fiel. Wer immer im Haus gewesen war, hatte den Toaster bewegt – und damit auch den Stecker des Toasters – aus der linken Steckdose mit Brandschutzschalter in die rechte, nicht geerdete, normale Steckdose.

Der Toaster war ein Brand- und Stromschlagrisiko, denn er stand neben dem Abtropfgestell und der Spüle, und der Brandschutzschalter war eine nervige Notwendigkeit, weil er leicht ausgelöst wurde und er ihn immer wieder einschalten musste.

Der Eindringling musste beim Herumfummeln am Anrufbeantworter versehentlich die Stecker vertauscht haben.

Aber da tauchte Lucy am Ende der Einfahrt auf. Eine gute Stunde früher als normalerweise, hinter ihr stand ein tomatensuppenroter Toyota.

Gyg war hinter dem Haus hervorgekommen, das Mädchen kraulte sie, ihm kam in den Sinn, dass das hier etwas Schönes war, inmitten von all dem Schrecklichen, mit dem er sich noch befassen musste. Das Mädchen sprach mit der Katze, die Katze reckte den Kopf und genoss es, gestreichelt zu werden.

»Hören Sie, ich muss los. Können Sie zwölf Bretter Schwarznuss bestellen? Ohne Knoten«, sagte er und legte auf.

Er stand am Fenster. Spürte kurz so was wie … was war das? Angst? Um sie, Lucy.

Und dann klingelte das Telefon, und er nahm nicht ab. Der AB quakte: »Sie haben die Nummer von« – seine Stimme, gefolgt von Naomis – »Buck, du musst kommen und dieses Ding abholen. Ich will es NICHT mehr im Haus haben. Typisch, du kommst nicht, obwohl du es versprochen hast, aber du musst kommen und es holen. Und ich fahre es nicht rüber zu dir, ist das klar? Und schicken werde ich es auch nicht, das geht nicht. Du musst nicht mit dem Truck kommen und gleich alles abholen, deine anderen Sachen, meine ich. Du kannst das – «

Aber da fiel ihr ein, dass sie »sein« Auto hatte. Aufteilung des »gemeinsamen Eigentums«. Und was sollte er mit so einem Wagen überhaupt anfangen, ein alter Pontiac, der früher seinem Bruder gehört hatte?

»Notfalls schicke ich eine Umzugsfirma los. Okay? Das wird teuer. Und ich weiß, du willst nicht, dass irgendwer sieht, was – verdammt noch mal! – da drin ist, also …«

Er beobachtete das Mädchen, widerstand Naomi. Drangehen? Nicht drangehen?

»Buck? Ich weiß, dass du da bist. Nimm ab.« Gedämpftes Fluchen, dann legte sie auf.

Lucy hatte etwas mitgebracht: eine Dose Katzenfutter. Sie ging zur Garageneinfahrt, öffnete die Dose, gab etwas in die Schüssel, die er dorthin gestellt hatte, und die Katze flitzte hin. Es war so wunderbar, er wollte die beiden nicht stören, und das zornige Echo von Naomis Stimme waberte durch die Küche.

Früher hatte Naomi immer wieder verbale Wutausbrüche gehabt. Dass er unmöglich wäre, wegen seiner unvorhersehbaren Arbeitszeiten, weil die Arbeit auf Zuruf reinkam, dass es verantwortungslos von ihm wäre, alles stehen und liegen zu lassen, wenn jemand »Hilfe bräuchte«, dass man sich nie auf ihn verlassen könnte. Sie wäre die mit dem echten Job, geregelten Arbeitszeiten und wahrer Verantwortung. In jeder Schicht Tragödien. Es stimmte, Notfallchirurgie war anstrengend, und sie hatten beide geglaubt, es würde leichter werden, aber dem war nicht so. Also hatte er es übernommen, alles im Haus Anfallende zu erledigen, ohne es je zu erwähnen – er tat es einfach.

Trotzdem, dass er in manchen Monaten seinen Anteil an den Rechnungen nicht bezahlt hatte, war ihr gegen den Strich gegangen.

»Produktion und Marketing«, hatte sie ihm beim letzten Mal gesagt, »so funktioniert das in der *realen* Welt.«

Und er, die Ernsthaftigkeit des Moments verkennend, hatte gescherzt: »Du vergisst, dass ich in deiner Welt lebe, aber ihr nicht entstamme. Ein bisschen wie SpongeBob mit Federschmuck, verstehst du?«

»Na, vielen, vielen Dank auch, Buck, verdammte Scheiße noch mal. Im Ernst?«

»Hey, das ist doch alles nur Spaß, oder nicht?«

Die Katze schlich um die Beine des Mädchens herum, und das alles lag in ihm wie ein Riesenstein, seine und Naomis abschließenden – und wie er jetzt wusste, letzten – Worte in diesem Gespräch.

»Stimmt«, hatte sie erwidert, »und du passt einfach nicht in meine Welt. Hast es nie, wirst es nie. Und ich passe auch nicht in deine.«

Das Mädchen fütterte die Katze aus der Hand, und er murmelte leise »Tja«, so wie an dem Nachmittag mit Naomi, dann nahm er seine Jacke vom Haken, stieg die drei Stufen zur Hintertür hinab und ging raus.

»Hab dich letzte Woche vermisst«, sagte er. Die Katze floh und verharrte in sicherer Entfernung.

»Kitty-kitty-kitty, komm her, Kitty. Lauf nicht weg, so schrecklich ist er nicht, er sieht nur so aus, okay?«, sagte Lucy. Sie bückte sich, die Katze kam zu ihr. »Bleib hier«, sagte sie, und die Katze fraß vorsichtig, und das Mädchen, ganz langsam, streckte die Hand aus und kraulte sie am Kopf.

»Hören Sie das?«, fragte sie.

Er hörte es. Die Katze schnurrte. Als sie fertig gefressen hatte, flitzte sie davon, und das Mädchen richtete sich auf. Wischte sich die Hose ab.

»Alsooo?«, sagte sie, ihre Stimme wurde immer höher.

»Ein Auto?«

Sie nickte. »Ich kann jetzt früher hier sein, in Ordnung?«, erwiderte sie, ihre Art, ihm zu sagen, dass sie nicht darüber reden wollte.

»Hast du Zeit, um am Kanu zu arbeiten? Erst mal Mittagessen?«

»Klar«, sagte sie.

In der Küche zog er einen Stuhl an den Tisch. Während Lucy sich setzte, sagte sie: »Das ist schön, normalerweise stehe immer ich am Herd.« Er nickte.

»Schweinefilet mit Birnenconfit und Balsamico. Das wird eingekocht, und dann«, er bückte sich, um eine Gasflamme anzuzünden, »brät man das Fleisch von beiden Seiten scharf an und – «

»Haben wir Zeit dafür?«

»Das dauert nur ein paar Minuten. Die Innentemperatur muss bei knapp achtzig Grad liegen – dann ist es ganz zart, wenn man es nicht überbrät.«

Als hätte er drei Arme, legte er die Filets in die Pfanne, es zischte, er holte den Spargel und die Kartoffeln, die er gestern Abend vorbereitet hatte, aus dem Kühlschrank, wärmte sie in einer zweiten Pfanne auf und häufte Coleslaw auf zwei Teller. Alles sah wie choreografiert aus, bis er schließlich die Gasflammen ausstellte, Filets und Confit, Spargel und Kartoffeln auf die Teller verteilte, Lucys in der einen hielt, den anderen auf dem Unterarm balancierte. So verbeugte er sich, kam an den Tisch, stellte Lucy ihren Teller hin, legte eine Gabel, links, und ein Messer, rechts, daneben, setzte sich ihr gegenüber und wiederholte das, während Lucy belustigt zusah.

»Soll ich Chef sagen? Oder Chief?«, sagte sie scherzend.

»Beides«, sagte er. Und fügte vergnügt hinzu: »Probier mal.«

Sie probierte und setzte sich blinzelnd auf. »Das ist sehr, sehr lecker. Im Ernst, superlecker. Wo haben Sie kochen gelernt?«

»In Restaurants – und später, als ich im Norden Wandertouren geleitet habe, musste ich auch oft kochen. Wenn man das lange genug macht und aufpasst, lernt man so einiges. Nicht überkochen. Das Fleisch ruhen lassen. Nicht zu viel Salz. Nur erstklassige Zutaten.«

Sie probierte die Kartoffeln. »Gut«, sagte sie. »Was ist das? Ich meine«, sie sah ihn an, »ich weiß, dass das Käse ist, aber – «

»Das ist Gruyère, der kommt aus – «

»Frankreich, wie Ihre Nase, stimmt's?« Sie beugte sich vor und hob spöttisch den Zeigefinger. »Ich bin nicht blöd, okay?«

Er zuckte die Achseln, lächelte, sie aßen, dann ging er wieder zum Kühlschrank und holte zwei blaue Souffléförmchen heraus, stellte sie auf den Tisch, setzte sich.

»Kalorienarmer Nachttisch.«

»Bestimmt.«

Er lachte.

»Was ist das?«

»Crème brûlée. Schon mal gegessen?«

Sie rollte mit den Augen.

»Na, aber meins noch nicht, oder?«

Sie schob den Teller weg, zog die Souffléform heran. Er reichte ihr einen Löffel, sie klopfte auf die Glasur.

»Richtig rein damit – die Zuckerglasur macht man mit einem Flambierbrenner.« Sie tauchte den Löffel ein, steckte ihn in den Mund, bekam wieder diesen Gesichtsausdruck. »Schmeckt's dir?«

»Wow«, sagte sie. »Was ist das?«

»Rate mal.«

»Keine Ahnung.«

»Lavendel und Honig«, sagte er.

Er schob den Stuhl zurück und fühlte sich in diesem Augenblick in seiner Küche auf eine Art zu Hause, die er seit seinem Auszug bei Naomi nicht mehr gefühlt hatte. Und dachte auch, du solltest nicht allein wohnen, das ist nicht gut.

Er beobachtete sie mit verschränkten Armen, einen Moment

lang glücklich, und als sie aufstand, sagte er, er würde ihr nachher noch was mitgeben, fürs Abendessen.

Sie folgte ihm durch die Seitentür in die Werkstatt, und er stellte die Heizung an. Während der Raum sich langsam erwärmte, nahm sie die an die Wand gelehnten Zedernlatten in Augenschein, die sie beim letzten Mal zugeschnitten hatten. Und wie erwartet, sah sie beim Anblick der Helling, die er vorbereitet hatte, verwirrt aus.

Sie legte die Hand auf das Heckteil. Die Helling war so lang wie die Garage, über fünf Meter, bis in die Ecke.

»Das sieht aus wie ein Dinosaurierskelett«, sagte sie. Die Gerüstform war oben breiter, unten schmal.

»Tchiman«, sagte er, stellte sie auf die Probe. Kanu.

Sie schüttelte den Kopf, aber nicht, um zu sagen: »Ich verstehe nicht.« Oder doch? Weil sie ihn auch auf die Probe stellte.

Sie schritt die Helling der Länge nach ab, berührte jedes Teil, und er merkte, dass er die Luft anhielt. Darin ein stechender Schmerz, er spannte sich an, als wollte er sich schützen.

Wenn sie nicht verstanden hatte, wäre eine ganze Welt für immer verloren. Eine ursprüngliche Welt aus Gletschermoränen, weiten, endlosen Wäldern und bitterkalten, himmelblauen Seen.

Eine Welt, in der der Legende nach Bäume Wesen waren, Steine sprachen und die Gewässer des djigan von Geistern bevölkert wurden.

»Mangonagad tchiman«, sagte er herausfordernd.

»Enh«, sagte sie endlich. »Nin mangon«, und ihm stockte fast der Atem, so erleichtert war er.

Jemand, *ein* anderer Mensch, dieses Mädchen, Lucy, wusste es. Und würde es wissen, auch wenn er nicht mehr war.

Ja, das würde nicht *irgendein* Kanu werden, sondern eins mit breitem Boden und länger, für offene, raue Gewässer. Ein Big-Lake-Kanu.

Genau das.

»Hier«, sagte er und hob eine Latte hoch, wich ihrem Blick aus, so ergriffen war er, und sie half ihm, die Latte mit Schraubzwingen unten an der Helling zu befestigen, strich dann eine dicke Schicht Leim darüber, und sie legten die zweite Latte an, alle waren angefräst – das hatte er am Tag nach dem Zuschneiden erledigt – und sie arbeiteten, sprachen nur gelegentlich, aber immer in der alten Sprache. »Nin gwekishin«, dreh das, »kawin«, nein, »gwekigin«, dreh es auf die andere Seite, und sie tat es, die Faserung gab es vor, sah sie die? Ein Muster, eins folgte dem anderen, und so, Latte um Latte, erst links, dann rechts, erwachte das Kanu zum Leben, die Werkstatt roch irgendwie nach Weihrauch – ihre Handgriffe hatten etwas von einem uralten Ritus – und als sie den gesamten Rumpf zusammengesetzt hatten, war es geschaffen.

Lucy trat einen Schritt zurück, beinah wie aus dem Nichts war dieses fast lebendige Ding entstanden.

»Es ist«, sagte Lucy, aber hielt inne, als wollte sie den Zauber nicht brechen, und fuhr fort, »gwanatch.« Wunderschön.

Das war es. Das Kanu, so lang wie die Werkstatt. *Eine Erscheinung,* hatte Seraphim gesagt, *du merkst, wenn der Geist kommt, wenn Gott anwesend ist. Und Gott ist immer anwesend.*

»Tja«, sagte Buck.

Er nickte in Richtung der elektrischen Stichsäge, sagte: »Nin widokododimin?« Wollen wir das zusammen machen? Und Lucy folgte ihm um das Kanu herum zum Anreißtisch.

Er gab ihr ein Stück Esche mit Bleistiftmarkierungen, und sie hielt es auf dem Tisch fest, während er einen der Sitze zuschnitt.

»Weißt du was, ich kann nicht schwimmen«, sagte sie, es kam aus dem Nichts, als er fertig gesägt hatte.

Er zog eine Grimasse, Belustigung darin, und als sie die Achseln zuckte, lachte er. Und sie lachte mit.

»Bagwanawizi gichi mookomann«, sagte sie, und sie bogen sich regelrecht vor Lachen. Wie ein Langmesser, ein Weißer, der von nichts eine Ahnung hatte und in die Wälder des Nordens kam und auf große Klappe machte.

»Okay«, sagte er, »jetzt gib mir das da drüben«, und gab ihm das Schleifgerät, um den Sitz zu formen.

»Und hey«, sagte er und sah sie an, »die haben nicht *alle* von nichts eine Ahnung. Vergiss das nie, okay?«

Als sie schließlich ging, fast die Einfahrt hinabhüpfte, hatten sie auch die Süllränder zugeschnitten.

Beim nächsten Mal würden sie sie am Kanu anbringen.

Sie winkte ihm zu, lange Arme, lange Beine: ein hübsches Mädchen neben der Tür ihres Wagens. Er musste an seine Tochter denken. Ihre Mutter hatte Urlaubsfotos geschickt, und darauf hatte sie ausgesehen wie Lucy jetzt, lächelnd.

Sie stieg in den Wagen, fuhr elegant los. Bog um die Ecke und verschwand.

Und er ging hinein. Fühlte sich jetzt leichter. Aber auch unruhiger.

20
Lucy

Jean war verrückt. Oder einfach schräg? Sie waren in der Mittagspause wieder draußen, hatten darüber gesprochen, was sie am Wochenende machen wollten, denn heute war Freitag, aber jetzt war es kalt, wirklich kalt, und während Lucy zitterte, quasselte Jean wie aufgezogen, die Jacke offen, Gänsehaut vor Kälte, aber sie schien es nicht zu spüren.

»Hast du mal daran gedacht, dir einfach diesen kleinen Hammer zu schnappen«, sagte Jean, »und den Feuermelder vor der Cafeteria einzuschlagen, um mal zu sehen, was dann passiert?«

Sie würden bald reingehen müssen, und sowieso war da nichts von *dem*, sie wusste nicht, wie sie es nennen sollte, was sie früher gemacht hatten, es war zu kalt, und Jean sprang jetzt auf. Von dem kalten Betonhaufen runter.

Sie kletterte die Böschung hoch und rollte sich im Liegen durch den Schnee den Abhang runter, lachte, und ihr Rucksack blieb hängen.

Als sie aufstand, rannte sie benommen um Lucy herum im Kreis. Dann noch mal.

»Jean, du machst mir langsam Angst.«

Jean lachte, ein hohes, keckerndes Lachen. »Ach, du kleine Spielverderberin.« Sie sprang Lucy an, küsste sie, ihre Pupillen waren Stecknadelköpfe.

»Hast du irgendwas genommen, Jean?«, fragte Lucy. Es gab Gerüchte, es sei MDMA im Umlauf. Und Kitty – Ketamin.

»Ich bin bloß SOOOOOOOOOOOO«, rief Jean und riss ekstatisch die Arme hoch, »GLÜCKLICH!«

Ein paar Jungs hatten sich oben an der Böschung versammelt und schauten hinunter zu ihnen.

»Kleine Wichswürstchen«, sagte Jean und rannte noch einen Kreis um Lucy. »Was ich brauche, ist ein ECHTER SCHWANZ!«

Lucy spürte, dass etwas über sie kam, etwas Dunkles und Kompliziertes, als hätte sich der Himmel verdüstert.

»ICH BRAUCHE ECHTE LIEBE!«, schrie Jean, rannte dann in Schlangenlinien und knurrend auf Lucy zu. Als Lucy einen Schritt zur Seite machte, fiel sie bäuchlings hin und schlitterte in ihrer dicken Jacke über den Schnee.

»Jean?!«

»Was du brauchst, Lucy, ist ein schöner harter Schwanz. Einen großen. Das sagt er immer, und dann gibt er's mir!« Sie lachte hysterisch, und Lucy fuhr das Grauen in die Knochen.

»Jean, hat er dir was gegeben?«

Jean hob die rechte Hand, zeigte den drei Jungs auf der Böschung den Stinkefinger. Der größte von ihnen, der ganz links, erwiderte die Geste.

»Ja, fick dich auch, Rodney!«, brüllte Jean. Sie drehte sich um zu Lucy. »Tja, du machst ja nichts mit den kleinen Scheißern, also guck nicht so beleidigt. Schließlich hast du«, sie fiel fast über ihre Füße, machte einen Kussmund und klimperte mit den Augenlidern, »Mr. Black Power.«

»Er heißt Booker«, sagte Lucy und wollte so schnell wie möglich weg von Jean, konnte aber nicht. Sie dachte daran, reinzurennen und die Schulkrankenschwester zu holen.

Weil sie spürte, dass alles auf sie zuraste.

»Einmal schwarz, immer schwarz«, bemerkte Jean und rannte erneut im Kreis um Lucy herum.

»Jean?«

»Was?«

»Jean, ist alles in Ordnung?«

»Ich bin – « Sie zeigte den Jungs wieder den Finger, drehte sich um, bückte sich, zog die Hose runter und präsentierte ihnen den nackten Hintern.

Das erregte Aufmerksamkeit. Sie zeigten auf sie. Redeten. Stießen sich an. Lachten, aber auch sie kapierten jetzt. Weil der eine ganz rechts mit Lucy einen Blick wechselte.

Sie erlebten irgendeinen Zusammenbruch mit, und Lucy steckte mittendrin.

»Jean«, sagte Lucy, »was hast du genommen?«

»Auf jeden Fall nicht genug«, gab sie zurück. »Und ich hatte auch was für dich, er ist großzügig, weißt du, hat gesagt, wir sollten es zusammen probieren, total aufgeregt, weil ich ihm von uns erzählt habe, weißt du?« Sie ließ den Kopf in den Nacken fallen und breitete die Arme aus.

»Kreuzige mich, Herr. ICH GEHÖRE DIR!«, schrie sie. »Das sagt er, wenn er kommt! Ist das nicht witzig? Dass *er* das sagt?«

Als würde Lucy davon wissen, aber das war jetzt egal, denn mit Jean ging gerade etwas ganz furchtbar ernsthaft schief.

Der Junge ganz rechts war halb die Böschung runtergekommen, Lucy rannte zu ihm.

»Du Scheißverräterin, Lucy. Wo willst du hin?«, schrie Jean.

Der Junge hieß Rolland, Rolland Spencer. Sie rannte auf ihn zu.

»Hol Mr. Opitz, niemand anderen«, sagte sie. Es war ein Befehl, er gehorchte und rannte los.

Lucy kehrte zu Jean zurück. »Jean?«

»Fick dich, Miss Pretty Pants«, sagte Jean. »Wo zur Hölle ist er, wenn ich ihn brauche?«

Sie sah sich um, als würde da jemand stehen. Was auch so war, nämlich Lucy.

»Wer, Jean?«

Jean brach in Tränen aus. »Warum ausgerechnet du? Wieso, wenn ich doch – « Sie hielt sich die Hände unter die Brüste.

»Ich?!«

»Ja, *du*, Lucy! Du hast alles kaputt gemacht.« Lucy hatte keine Ahnung, wovon Jean redete. »Du, kleine Miss Tittenlos. Du hast doch noch nicht mal deine Tage, oder?«

Die Jungs waren die Böschung runtergelaufen, bekamen alles mit, machten alles schlimmer. Lucy war in Panik, aber auch verlegen – und hasste sich dafür.

Warum sollte sie sich drum scheren, was andere dachten? Jean, das war sicher, steckte in Schwierigkeiten.

»Jean, *was* hast du genommen?«

Jean lief stolpernd im Kreis. »Er sagte, ich soll fünf nehmen, sie sind so schwach, aber, hey, ich hab alle zehn genommen, und schau mich an!«

Sie zuckte, als hätte jemand sie gepackt und geschüttelt, und erbrach sich in den Schnee. Sie hob die Hand an den Mund und kicherte, betrachtete das Erbrochene, wandte sich dann mit aufgerissenen Augen Lucy zu. Lucy drehte sich um, um herauszufinden, was sie sah, da, Mr. Opitz oben auf der Böschung.

»Lucy«, sagte Jean, »ich bin so, so fertig. Ich weiß nicht –«

Und dann rollten ihre Augen zurück in den Kopf, und sie brach zusammen. Mr. Opitz kam angerannt, die Schlüssel in seiner Hosentasche klimperten, und in der Ferne erklang eine Sirene. Er lief direkt zu Jean. Groß wie ein Bär. Legte zwei Finger an Jeans Hals. Brüllte: »GOTTVERDAMMTE SCHEISSE!« Dann, zu Lucy: »Nimm ihr den Rucksack ab und leg sie flach auf den Rücken. Pack ihre Beine und streck sie aus.«

Sie gehorchte, und Mr. Opitz kniete neben Jean. Er legte die übereinandergelegten Hände auf ihre Brust. Drückte. Eins zwei drei. Beatmete sie. Eins zwei drei.

Ein Krankenwagen hielt oben an der Böschung. »Du«, sagte er zu Lucy, »mach weiter.«

Sie übernahm seinen Platz. Tat, was Mr. Opitz mit seinen Händen gemacht hatte. Hielt Jean mit der einen die Nase zu, atmete in ihren Mund, sodass sich Jeans Brust hob. Die Rettungssanitäter rannten zusammen mit Mr. Opitz auf sie zu. Einer hatte eine Tasche dabei und öffnete sie.

»Mach weiter«, sagte er.

Lucy machte weiter, bis er ihre Hand wegzog, sich über Jean kniete und ihr eine Spritze in den Oberschenkel stieß.

Jean riss die Augen auf. Sah Lucy starr an. Sie legten sie auf eine Trage, den Rucksack dazu, rannten mit ihr die Böschung hoch und schoben sie in den wartenden Krankenwagen. Der schoss sofort los, die Sirene jaulte, wurde leiser, war irgendwann nicht mehr zu hören.

Mr. Opitz stand neben Lucy. Er legte ihr den Arm um die Schultern und zog sie an sich.

»Das hast du gut gemacht«, sagte er, »egal was passiert, du hast es versucht«, sagte er, und Lucy brach in Tränen aus.

Alle waren aus der Cafeteria auf den Parkplatz gekommen und standen gaffend und schnatternd rum, und Mr. Opitz führte Lucy zum Eingang der Schule. Hinter der Glastür wartete ein Polizist – groß und kräftig und einschüchternd – und sie folgten ihm zum Büro des Direktors, und als sie sich gerade gesetzt hatten, kam ihr Vater hereingefegt wie ein Hurrikan.

»Lucy, ich bin so schnell wie möglich hergekommen«, rief er, und dann: »Du hast nichts gesagt, oder?« Er wandte sich an die anderen drei: den Polizisten, Mr. Opitz und den Direktor.

Mr. Opitz nickte.

»Was ist der Grund für diese Zusammenkunft?«, fragte ihr Vater, »und warum ist meine Tochter hier?«

»Wir wollen bloß informell ein paar Fragen stellen. Das ist alles, Officer Walters.«

Es machte ihr fast Angst, ihren Vater in seiner beruflichen Eigenschaft zu sehen, so kalt und berechnend.

»Lucy«, sagte er und hielt die Hand hoch, »sag nichts, bei dem du dir nicht sicher bist. Insofern du überhaupt was zu sagen hast.«

Stellte er sich zwischen sie und die anderen Männer im Raum, um sie zu schützen? Oder um das Gespräch zu beeinflussen? Um zu verhindern, dass irgendwas rauskam, von dem er nicht wollte, dass es rauskam?

Auf jeden Fall gab er den Ton an.

»Mache ich nicht, Daddy«, sagte sie fast weinend, jetzt verwirrt und mitgenommen und, tatsächlich, mehr als schockiert.

Er *wusste* etwas, wie damals, als sie beim Trailer angekommen waren und er sehr still geworden war, und als sie die Beifahrertür öffnen wollte, um aus dem Auto zu steigen, hatte er ihren Arm festgehalten.

Sekunden später war aus der Hintertür ein Einbrecher gekommen, und ihr Vater war ihm nachgerannt.

»Also«, sagte er, »Lucy?«

»Ich weiß nicht, was Jean gemacht oder was sie genommen hat. Ich hatte nichts damit zu tun, außer dass … Jean meine Freundin ist.«

»Officer Walters«, sagte der Polizist, und ihr Vater, als hätte er gehört, was er hören wollte, lehnte sich zurück.

Mit Sorge im Blick, aber an der Art, wie er seine Arme vor der Brust verschränkte, sah sie, dass er vor allem erleichtert war.

»Also, dann erzähl uns einfach, was passiert ist, dann sind wir gleich fertig hier«, sagte der Polizist, und als ihr Vater nickte, fing sie an zu erzählen. Was am Morgen passiert war, nur das, was, wie sie wusste, eine Unterlassungssünde war.

Aber was machte es? Sie wusste bereits, was sie tun würde. Und dabei würde Blut fließen.

21
Buck

Der Tag begann wie jeder andere, was ihn tröstete, auch wenn er ahnte, dass ihm irgendetwas drohte. Er setzte Kaffee auf und zog sich an. Als er wieder nach unten kam, war der Kaffee fertig, und er setzte sich in die relative Dunkelheit und schaute gen Osten – es war wichtig, gen Osten zu schauen, und dann betete er. Er war kein »Glaubender«, aber er konnte auch nicht nicht glauben. Nein, Seraphim war ihm unter die Haut gekrochen. Hatte ihn gezwungen zu sitzen, einmal tagelang, und er hatte es für seine Strafe gehalten, weil er die alte Sprache gesprochen hatte – was er schon öfter über sich hatte ergehen lassen müssen –, dabei hatte sie ihn gelehrt, ihr zuzuhören, und dann auch sich selbst. Oder der Stimme in ihm. Nur hatte er damals nicht geahnt, dass Seraphim ihn auf etwas vorbereitete, auf etwas viel Größeres.

Also betete er morgens oft, fing mit Seraphim an, dankte ihr, dann betete er für Naomi, dass sie irgendwie glücklich sein möge, und dann für das Mädchen, Lucy, und dass er Licht in diesen Tag bringen könnte, sich nützlich machen, ihn mit dem Herzen erleben. Und während er betete, ging er zur Hintertür und ließ die Katze rein, die zu der Schüssel flitzte, die Lucy ihr hingestellt hatte, bei ihrem letzten Besuch hatte sie es geschafft, die Katze ins Haus zu locken. Und er drehte sich jetzt vorsichtig zur Seite, wie sie es getan hatte, und ließ einen großen Löffel Futter in die Schüssel fallen, und die Katze fraß. Und ließ sich von ihm sogar am Rücken berühren.

Kurz darauf folgte ihm die Katze in die Werkstatt und rollte sich in der Ecke zusammen, die er für sie ausstaffiert hatte. Ihm fiel ein, dass er sein Handy im Haus gelassen hatte, aber das war gut so. Er musste einen Tisch und ein Stuhlset fertigstellen, der skandinavisch-moderne Auftrag. Das erforderte seine ganze Konzentration, außerdem wollte er auch noch Teile für das Kanu vorfräsen – Sitze und Bug- und Heckplatten.

Trotzdem arbeitete er mit einer Art Vorahnung, verdrängte ein mulmiges Gefühl, bis er am späten Nachmittag wieder ins Haus ging und in der Küche das Telefon klingelte.

Er griff nach dem Hörer, nahm ab. Wer rief da an?

»Hallo«, sagte er und nahm an, es wäre Naomi, denn am anderen Ende war eine Krankenhausdurchsage zu hören.

»Ja?«, sagte er.

»Buck«, antwortete die angespannte, brüchige Stimme einer Frau, die er erst nicht erkannte, dann doch. Nicht Naomi, sondern Lucy.

Gedämpftes Irgendwas am anderen Ende. Er hätte fast gefragt, woher hast du meine Nummer, aber dann fiel ihm ein, dass er sie ja neulich angerufen hatte.

»Lucy?«

Sie schluchzte, keuchte. »Es ist *niemand* hier, und – «

»Wo sind deine Eltern?« Wieder schluchzte sie, schlimmer. Okay. Das war nicht die richtige Frage gewesen. »Wo bist du?«

Sie sagte es ihm, er erwiderte: »Ich bin auf dem Weg«, und legte auf, ohne ihr eine Wahl zu lassen.

Er sah sich in der Küche um. Was brauchte er, brauchte er überhaupt irgendwas? Er sollte sich rasieren, dachte er. Nein. Dafür war keine Zeit. Er beugte sich über die Spüle. Putzte sich mit dem Zeigefinger die Zähne. Sah sein Spiegelbild in der Glasscheibe. Die Verblüffung darin. Wieder holte das Schicksal ihn ein. Er hatte es gewusst. Und die Katze auch – oder eigentlich hatte er es zuerst in der Katze gesehen.

Es würde alles kompliziert werden. Aber sie hatte endlich gefragt, dieses Mädchen, das aus dem Nichts gekommen war.

Und er würde sich jetzt um sie kümmern müssen. Bis zum bitteren Ende.

Wenn er eins hasste, dann Krankenhäuser, er hatte zu viele Menschen dort verloren. Er ging an den Krankenwagen vorbei, durch die Tür der Notaufnahme und durchquerte die Eingangshalle, eilte an Vasen mit roten Chrysanthemen vorbei, und die weißen Wände schienen ihn einzuengen, der Boden glänzte zu sehr, der Gestank nach Desinfektionsmitteln stach ihm in der Nase, er hatte das Gefühl, erdrückt zu werden.

Naomi arbeitete oben im siebten Stock, das galt es zu verdrängen, und auch den Tod seines Bruders hier nach einer Schussverletzung und den seines Vaters nach einem Herzinfarkt, und jetzt den von Naomis Mutter nach dem Schlaganfall, aber am schlimmsten war, dass Naomi in der Nähe war und er sich zusammenreißen musste, um nicht in den siebten Stock zu laufen und … *was* zu sagen?

Er ging zum Empfang und versuchte, sich rauszuholen aus diesem Verlustgefühl, das nichts brachte.

Er erfuhr die Zimmernummer und stand Minuten später in der Tür. Lucy, am Bett, und – ihre Schwester? Freundin? Wer immer da im Bett lag, würde nicht mehr zurückkommen, das sah er sofort, das Mädchen war so hochgestützt, als würde es sitzen, in einem blauen Krankenhauskittel, eine Maske vor Nase und Mund, aus der Schläuche zu einem Gerät in der Ecke führten, das zischte und für das Mädchen atmete. Ein »Indianermädchen«, und zwar ein wunderschönes, ironischerweise starben die immer zuerst.

»Lucy?« Er trat ins Zimmer.

»Warum schließen die ihre Augen nicht?«

Er wandte sich dem Mädchen im Bett zu, streckte die Hand aus und schloss mit den Fingerspitzen ihre Augen.

»Wo ist deine Mutter?« Er sah Lucy an, das quasi tote Mädchen lag zwischen ihnen.

Als sie ihn nur ausdruckslos ansah, sagte er: »Dein Vater?«

»Bei der Arbeit.«

»Kann er nicht herkommen?«

»Er ist Polizist. Er muss, es hat eine … Auseinandersetzung gegeben, und er muss sich darum kümmern.«

»Weiß er, dass du hier bist?«

»Nein.«

»Warum kommst du nicht mit zu mir? Wir können …« Er zog die Schulter hoch. »… uns in die Werkstatt setzen. Du kannst hier nicht allein bleiben.«

»Ich soll gehen, einfach so?«

»Nein.«

»Was dann?«

»Zeig ihr, was du fühlst. Jetzt. Weil du keine weitere Gelegenheit dazu haben wirst. Soll ich raus auf den Flur gehen?«

Sie nahm seine Hand, ihre eigene zitterte heftig, beugte sich vor und küsste das Mädchen auf den Mund. Als sie sich aufrichtete, trat sie vorsichtig vom Bett zurück und sah ihn an.

»Okay«, sagte sie. Als er sie aus dem Zimmer führte, sah sie sich noch ein letztes Mal um.

Und da kam ihr ein Gedanke. Und sie zog ihn zurück zum Bett, wo sie den Kittel des Mädchens anhob, und die Haut des Mädchens, außer da, wo sie verbrannt war, rosenblütenweich, und, da sie Indian war, karamellfarben.

Lucy, die nicht fand, was sie gesucht hatte, atmete die angehaltene Luft aus, drückte seine Hand, und sie gingen.

In der Eingangshalle fiel ihm ein, wo er vielleicht finden könnte, wonach Lucy gesucht hatte, und er bat sie zu warten, ging zurück in das Zimmer, griff unter das Bett und zog Jeans Rucksack hervor.

Durch Naomi wusste er, dass dort die »Habseligkeiten« der Patienten aufbewahrt wurden.

Im Rucksack befanden sich ihre Kleidung, die Schuhe, eine Timex-Armbanduhr und ein billiges Schmuckstück.

Er nahm den Aufzug nach unten, holte Lucy in der Eingangshalle ab, und, den Rucksack unter dem Arm, ging er mit ihr zu ihrem Wagen, wo sie schweigend stehen blieben.

Als sie endlich die Tür öffnete, um einzusteigen, hielt er sie an der Schulter fest und sagte: »Da ist was, das du sehen solltest.«

»Ja?« Sie sah ihn fast wütend an.

Er legte den Rucksack auf die Kühlerhaube, griff hinein, zog heraus, was sie, wie er vermutete, gesucht hatte. Hielt die schäbige Kette mit dem Kreuz hoch, die ihre Freundin getragen hatte, und die man für sie aufbewahrt hatte, und Lucy schlug reflexartig die Hand vor den Mund.

Starrte und versuchte, es nicht zu zeigen.

22
Lucy

Er hatte Klappstühle hervorgeholt, und sie saß in der Garage, während hinter ihr die Heizung dröhnte. Er kam vom Haus rüber und gab ihr einen Becher. Einen großen schwarzen, voll mit starkem Kaffee, und sie nahm ihn und wärmte ihre Hände daran.

»Ihre Verwandten wollten kommen, die Whitehorses.« Lucy sah auf ihre Uhr. »Vielleicht sind sie jetzt gerade da.«

Er nickte bloß und nippte an seinem Becher, der blau war. Darauf in weißen Buchstaben *Fairview Hospital.* Sie saßen eine gefühlte Ewigkeit einfach so da, aber als sie wieder auf die Uhr sah, waren nur Minuten vergangen.

»Hast du Zeit, hier rumzusitzen?«, fragte sie, weil sie meinte, die Leere füllen zu müssen.

Und sie begriff, dass die auch vorgehabt hatten, sie, Lucy, zu töten. *Ich hatte auch was für dich, er ist großzügig, weißt du, hat gesagt, wir sollten es zusammen probieren.* Begriff, dass sie verschont geblieben war, weil Jean so impulsiv gewesen war.

Oder eher egoistisch? Aber so war Jean, und das hatte sie an ihr geliebt. Wie sie die Dinge genießen konnte. Nur dass Lucy ganz anders war, vielleicht waren sie deshalb perfekte Freundinnen gewesen. Und warum musste sie jetzt daran denken, dass sie als Kind mal krank gewesen war und ihre Mutter sie umsorgt hatte? Ihr löffelweise Suppe eingeflößt hatte? Und ihr Vater, hinter ihrer Mutter, zwinkernd, als er noch er selbst gewesen war, und Jeans Mund auf ihrem, der nach Weintrauben schmeckte, und –

Die Dachbalken knackten und knallten, das Dach setzte sich in der Kälte. Sie hatte vergessen, zu Hause im Trailer das Hühnchen aus der Kühltruhe zu nehmen. Sie würden Suppe essen müssen. Ihr Vater würde sauer sein, oder vielleicht was noch Schlimmeres? Er schien ihr zu glauben, dass sie nichts wusste. Aber die Art, wie er vorhin in dem Gespräch Druck gemacht hatte, sagte ihr, dass er nach irgendwas suchte. Er verfolgte eigene Ziele, und irgendwie hatte das, was passiert war, ihn nicht völlig überrascht – nur dass es ihre Freundin getroffen hatte, Jean.

Wieder fühlte sie sich seltsam taub, weil – nun, sie war geschockt, wirklich schockiert darüber, was All-das-was-geschehen-war tatsächlich bedeutete.

»Ich mach die mal aus«, sagte Buck und stellte die Heizung ab, »ist zwar noch ein bisschen kalt, aber das Ding ist zu laut.«

Was kein Problem wäre, nur konnte sie sich jetzt in dem Lärm nicht mehr verstecken, und er griff nach einer Decke und legte sie ihr um Kopf und Schultern, dann über die Knie, sodass sie wie aus einem Zelt heraus ihre Schuhe betrachtete.

Verdammt, die Sohlen waren schon fast durch, und warum um alles in der Welt trug sie mitten im Winter Sneaker?

»Ich weiß nicht, wer mir die Kette gegeben hat«, sagte sie und drehte ihre Schuhe, blutrote Keds. Jeans Idee.

Sie hatte ihm die Kette auf dem Parkplatz des Krankenhauses gezeigt, und er hatte nichts gesagt, nur genickt.

Die Ellbogen auf die Knie gestützt, den Kopf in den Händen, betrachtete sie ihre Schuhe. Sie hatte sich immer gefragt, warum da oben diese zwei leeren Ösen waren.

»Du hast deine für … hm, für so was bekommen, stimmt's?«

Lucy nickte. »Ja, so was.«

»Als Belohnung.«

Sie stieß ein tiefes, erschöpftes Seufzen aus. »Ja. Oder vielleicht auch was anderes, weil«, sie zuckte die Achseln, »wir haben sie *danach* bekommen. Glaube ich.« Da. Sie hatte es gesagt. Es war ausgesprochen.

»Du und deine Freundin.«

Wieder nickte sie. Und dachte erneut, aber jetzt ganz real, nicht bloß als Fantasie, dass sie Arn zur Rechenschaft ziehen würde, und zwar irgendwo in der Öffentlichkeit.

»Erstens«, sagte er, als hätte er ihre Gedanken gelesen, »du wirst rein gar nichts unternehmen.«

»Was genau hatte ich denn vor?« Sie sagte es mit einem höhnischen, sarkastischen Ton und blickte ihn wütend an.

»Genau das, was ich tun würde.«

»Das sind Cops, und ich weiß nicht, wer sonst noch alles dabei ist.«

»Ja. Als du zum ersten Mal hier aufgetaucht bist, habe ich mir gedacht, dass du deine Gründe hattest.«

Sie spürte ihre Wangen heiß werden. Also hatte er das Blut gesehen. Aber Jean ja auch, also …

»Können wir aufhören, darüber zu reden?«, fragte sie. »Fürs Erste?«

»Du musst nichts sagen«, erwiderte er, aber es kam trotzdem alles in ihr hoch, schüttelte sie.

Lucy weinte lautlos, wie jemand, der ertrinkt.

Danach saß sie mit leerem Blick da, erschöpft, als wäre sie in sich zusammengefallen.

»Kann ich das Bad benutzen?«, fragte sie.

Buck, auf dem Klappstuhl, nickte. »Immer noch durch den Flur, erste Tür links.«

Sie verließ die Garage, im Hof saß Gyg, sie ließ die Katze ins Haus, und als sie selbst eintrat, spürte sie das merkwürdige Gefühl, in den Lebensraum eines anderen einzudringen, und dieser hier – obwohl viel besser als der Trailer – war ziemlich unordentlich und ein bisschen schäbig, was sie überraschte, weil er so schöne Dinge herstellte.

Wie das Ruderboot, und er hatte ihr außerdem eine Kommode

und ein Ding namens Kabinett gezeigt, alles Sachen, die sie nie besitzen würde.

Die Katze strich hungrig um ihre Füße, sie ging zum Kühlschrank. Katzenfutter in der Dose, darauf ein blauer Plastikdeckel.

In der Spüle lag ein einziger Löffel, sie nahm ihn, kratzte Futter aus der Dose in die Schüssel, und die Katze fraß, und sie kniete sich hin, streichelte sie, die Katze machte einen Buckel, das vor ein paar Monaten noch räudige, zottige Fell war jetzt seidig, und in dem Moment verspürte sie eine große, bodenlose Liebe zu ihr, der dummen Katze.

Sie wusste, wenn sie auf dieser grauenhaften, kaputten, perversen und hässlichen Welt überhaupt etwas liebte, dann Katzen – oder überhaupt Tiere.

Sie durchquerte den Flur, wie schon früher, schaute aber diesmal im Bad in den Medizinschrank. Aspirin. Zahnpasta. Zahnbürste. Rasierer. Bürste. Nichts, das irgendetwas über ihn aussagte.

Sie pinkelte, kam sich seltsam nackt vor und wusch sich die Hände – blickte in den Spiegel.

Setzte das breite, schreckliche Lächeln auf. Klar. Runzelte die Stirn, schaute sich in die Augen. Bemerkte eine Baseballkarte, die am Spiegel befestigt war. *Cleveland Indians.* Ein Pitcher, in Kappe und Trikot, drehte sich auf dem Wurfhügel.

Sie nahm die Karte ab und drehte sie um, um die Werte auf der Rückseite durchzulesen – ihr Vater, altmodisch wie er war, liebte Baseball. Und – *wow* – dieser Spieler war richtig gut gewesen. Und dann begriff sie, dass es Buck war.

Breite Schultern, scharfe Wangenknochen und ein Blick, der einem Angst machte.

Gott, was man alles nicht über andere Leute wusste, und er hatte auch kein Wort gesagt, sah aber immer noch so aus.

In der Küche klingelte das Telefon, sie ging hin. Nach sechsmal

Klingeln ertönte die Stimme einer Frau auf dem Anrufbeantworter, und aus irgendeinem Grund nahm sie ab.

»Midwestern Wood, Sie sprechen mit Becky«, sagte sie mit singender Stimme. »Wir helfen gern. Mit wem spreche ich?«

Langes Schweigen folgte, und sie rechnete damit, ein digitales Klicken und dann eine Computerstimme zu hören. Als das nicht passierte und sie am anderen Ende jemanden atmen hörte, sagte sie: »Ja?«

»Hier ist Michaels Frau, Naomi«, kam die spöttische Antwort. »Könnten Sie ihm etwas ausrichten?« Eine Stimme voller Zielstrebigkeit und kaum verhohlenem Zorn, mit einem Unterton langen Leidens.

»Ich kann ihn holen«, sagte sie.

»Becky«, sagte Naomi. »Was für ein netter, flotter Name. Und was genau machen Sie bei … *Midwestern Wood?*«

Ich sorge dafür, dass das Holz schön geölt ist, fiel ihr ein, zu ihrer eigenen Überraschung.

»Ich kümmere mich um die Buchhaltung. Beantworte das Telefon. Bestelle Material. Verteile Flyer und so, die Werbung. Leif liefert nicht mehr, also – hole ich die Bestellungen ab.«

»Nun, Becky«, sagte diese Naomi. Sie klang nach schneidend scharfer Intelligenz. »Vielleicht könnten Sie *Michael* dazu motivieren, herzukommen und endlich – « Sie seufzte genervt. »Sagen Sie ihm, wenn er das Ding nicht abholt, werfe ich es auf die Straße. Das ist mein Ernst. Und zwar noch diese Woche. Können Sie ihm das ausrichten? Können *Sie* ihn dazu bringen, zur Abwechslung mal zuzuhören?«

Die Katze strich um Lucys Beine, sie zog das Telefon an der Schnur bis zur Hintertür und ließ sie raus.

»Ja«, sagte sie.

»Und, Becky. Hören Sie auf meinen Rat und lassen Sie sich nicht zu tief in sein Leben reinziehen.«

Sie wusste nicht, ob das eine Drohung war, und weil Naomi danach nichts mehr sagte, erwiderte sie: »Wo soll Buck das *Ding* abholen? Bei Ihrer Geschäftsadresse? Im Büro? Zu Hause?«

»Zu Hause.«

»Und gibt es eine bestimmte Zeit, wann – «

»Ich habe die Schlösser ausgetauscht. Und ich möchte es nicht draußen auf der Veranda lassen. Er weiß, wann ich da bin.«

»Gut, ich richte es ihm aus«, sagte sie so munter wie möglich – um sie abzuwehren, aber auch um – »Muss er mit dem Truck oder einem Anhänger kommen?«

Naomi lachte. »Er hat Ihnen wirklich gar nichts erzählt, stimmt's?«, sagte sie, dann war das Spiel zu Ende.

Nachdem Naomi aufgelegt hatte, erklang ein Wählton, dann sagte eine Stimme: *»Wenn Sie jemanden anrufen möchten, legen Sie bitte auf und – «*

Sie legte den Hörer auf die Gabel. Schaute aus dem Fenster über der Spüle. Buck hatte das Garagentor geöffnet, zwei Sägeböcke rausgestellt, legte eine Furnierplatte darauf und markierte sie mit einem Bleistift.

Angesichts der Wut unter der Oberfläche von Naomis Anruf wusste sie, dass da etwas schrecklich schiefgegangen sein musste.

Sie rannte die Treppe hoch in einen Raum, der offensichtlich sein Büro war, und durchsuchte in Windeseile seinen Schreibtisch. Wusste nicht mal genau, was sie suchte, bis sie in der unteren linken Schublade einen Stapel Rechnungen fand, zusammengehalten von einem Gummiband. Auf dem oberen Umschlag *Naomi Westin* und eine Adresse.

Kurz darauf trat sie aus dem Haus.

»Entschuldige die Unordnung«, sagte er. »Irgendwie bin ich nie richtig eingezogen.«

»Ach, schon gut. So unordentlich ist es gar nicht.« Und es lag ihr auf der Zunge, aber sie sprach es nicht aus: *Naomi hat angeru-*

fen. Sie will, dass du dein Zeug oder Ding oder was auch immer abholst. Weil er das nicht tun würde.

Sie sagte, sie müsse jetzt gehen, stieg in ihr Auto, fuhr um die Ecke und hielt am Straßenrand an. Zog die Rechnung – auf der *Bezahlt* gekritzelt stand – aus dem Hoodie. Die Adresse: *Naomi Westin, 1785 Pillsbury Avenue, St. Paul, MN 55404.*

Sie hielt das Lenkrad fest, und das Lenkrad schien sie irgendwohin bringen zu wollen, nicht nach Hause, aber etwas zwang sie zu warten, obwohl sie diese Naomi unbedingt sehen wollte – ihr Überleben hing davon ab –, aber im Trailer musste das Essen gemacht werden, und jetzt war nicht die Zeit.

23
Buck

Als er am folgenden Morgen aufstand, war es hell draußen, fast zu hell. Er hatte verschlafen, was ungewöhnlich war, und zu allem Überfluss sah er dem Tag mit Grauen entgegen. Schon jetzt sagte ihm sein sechster Sinn, dass irgendwas nicht stimmte. Da draußen lauerte etwas, aber vielleicht hatte das nur mit Lucys Freundin zu tun, Jean, und ihrem schrecklichen Tod? Und so kämpfte er gegen einen inneren Widerstand an. Und klar: Beim Kaffeekochen verschüttete er die Bohnen in alle Himmelsrichtungen, die Eier waren verkohlt, nicht bloß verbrannt, sondern verkohlt, was ihm ewig nicht passiert war. Nachdem er das Chaos beseitigt hatte, stopfte er die Bratpfanne in die untere Schublade, nur damit sie zusammen mit all den anderen Töpfen und Pfannen, die dort kreuz und quer lagen, herausrutschte und unter schrecklichem Getöse auf den Boden polterte, so laut, dass er sich die Ohren zuhielt.

Alles schien ihn provozieren zu wollen. Ein Weckruf. Aber wieso? Seine Gereiztheit kam ihm angesichts seiner Situation fast wie sündhafte Undankbarkeit vor. Was war heute Morgen eigentlich sein Problem? Anderswo in der Welt hatten die Menschen *wirklich* zu kämpfen. Er schaute aus dem Fenster, seine Nackenhaare kribbelten.

War da draußen irgendwas – oder irgendwer –, in einem der Autos am Straßenrand, alle mit Frost überzogen, bis auf das vorderste? Ein Ford Taurus. Der rechte vordere Kotflügel eingebeult. Und war er paranoid, weil er dachte, es könnte das Auto sein, das ihn verfolgt hatte?

Sie hatten die gleiche Farbe, aber war das andere verbeult gewesen? Oder hatte er einfach nicht richtig hingesehen?

Als die Katze an der Tür auftauchte, ließ er sie froh herein, und sie tanzte regelrecht zu ihrer Schüssel. War er so ein Softie? Er liebte diese Katze. Alles an ihr: das halbe Ohr (der Rest abgefroren), das jetzt glänzende Fell (Lucys Sardinen), die korallenrosafarbene Nase (Beweis, dass die Katze aus Fleisch und Blut war), und die Katze schnurrte jetzt so laut, dass es sie regelrecht schüttelte.

Nachdem sie gefressen hatte, suchte sie das Mädchen, und als sie es nicht fand, wollte sie wieder nach draußen. Im Ernst? Draußen herrschten minus sechs Grad, und die Temperatur würde weiter fallen. Die Vorhersage lautete minus dreizehn am Mittag und bis minus achtzehn am Nachmittag.

»Gyg«, sagte er zu der Katze, »ich werde dich *nicht* rauslassen. Okay? Zu deinem eigenen Besten.«

Er redete mit der Katze. Noch war er keine Katzenfrau mit fünf oder zehn Katzen, aber – war der Unterschied so groß? Lucy hatte ein Katzenklo mitgebracht und aufgefüllt, es stand in der Ecke neben der Hintertür. Und wie ging es ihr? Lucy?

Er beugte sich über die Spüle, schaute wieder aus dem Fenster, rechts von ihm schlich die Katze um die Tür herum.

Der Taurus und andere Autos waren weg – zur Arbeit gefahren, bestimmt hatte der Fahrer bloß Zeit totgeschlagen.

Eigentlich, dachte er, hatte er allen Grund, glücklich zu sein. Er hatte den Zuschlag für eine Küchenumgestaltung in Brainerd bekommen, die seine Lebenshaltungskosten für den Rest des Winters decken sollte. Und es bestand nicht mal Eile – wie sonst oft, wenn die Leute auf den letzten Drücker anriefen. Er hatte den Kostenvoranschlag im August eingereicht und gedacht, den Auftrag nicht bekommen zu haben. Aber es hatte nur eine Verzögerung gegeben. Sie hatten den Sockel gegossen, die Wände gezogen, das Dach gedeckt, die Badezimmer eingebaut, und jetzt war er mit der Küche dran.

Dafür benötigte er Holz, und zwar eine Menge, was bedeutete, er musste zu Leif fahren.

Er warf noch eine Handvoll Trockenfutter in die Schüssel, was ein helles, musikalisches Klimpern erzeugte. Auch das das Werk des Mädchens. Das war mal ein schöner Klang, wie eine Engelsharfe.

Er nahm über den Kopf der Katze hinweg seinen Mantel und die Mütze vom Ständer und ging zur Vordertür.

Zum ersten Mal lief ihm die Katze nicht nach, und er trat in seinen Straßenschuhen in die Kälte, auf die Arbeitsstiefel hatte er verzichtet, weil die Katze an ihrer Schüssel darauf gehockt hatte.

Daran würde er später denken, dass die Katze ihn davon abgehalten hatte, seine schweren, fast kniehohen Arbeitsstiefel anzuziehen.

Er stieg in den Truck und fuhr los, sein Atem ließ die Windschutzscheibe beschlagen, es war nicht nur kalt, es war auch feucht. Er tippte auf den Heizungseinstellungen herum. Wieder Gereiztheit: Der Truck fiel auseinander, fast alle Bedienelemente waren kaputt. Warum konnten die nicht einfach Kabel nehmen, wie früher? Wie bei seinem alten Dodge? »Smarte Bedienung«? Als er den Entfroster drückte, wurde alles nur noch schlimmer, und er ließ das Fenster runter, damit der Wind seinen warmen, feuchten Atem davonwehen konnte.

Er dachte an Lucys Freundin und wie sie gestorben war und was das für Lucy bedeuten könnte.

Ansonsten war es ein normaler Tag, und weil der Highway immer ein Albtraum war, Stoßstange an Stoßstange, nahm er wie üblich die Nebenstraßen. Das verlängerte die Fahrt zu Leif zwar um eine halbe Stunde, aber er steckte nie im Stau fest. Und was machte es schon, ein paar Kilometer mehr zu fahren? Er beugte sich über das Lenkrad, in der Windschutzscheibe ein kuchenformgroßer freier Kreis, und erreichte wenig später die Flussebene, wo

Lucy wohnte, hier standen nichts als Trailer. Er fuhr an einer dampfenden Moraststelle nach der anderen vorbei, dann nach Norden auf die Flussmündung zu, die überwinternden Enten drehten hungrige Kreise auf dem offenen Wasser, und er fühlte mit ihnen – wer konnte hier überleben, in dieser Kälte?

Er warf einen Blick in den Rückspiegel. Ein Stück hinter ihm fuhr ein Flüssigpropanlaster.

Er hielt mit der linken Hand das Steuer fest und drehte sich nach hinten, um mit der rechten das Rückfenster freizukratzen, der kaputte Kratzer hinterließ aber bloß diagonale Linien in der Frostschicht. Als er richtig Druck gab, sah er plötzlich den Kühlergrill des Lasters – erschreckend groß – auf sich zukommen. Er drehte sich nach vorn um und duckte sich, dachte, der rast vorbei, der irre Idiot – und wurde mit Wucht gerammt, genau auf der Brücke zwischen den Wasserarmen, sodass er in einer geräuschlosen anderen Welt darum kämpfte, den Truck auf der Straße zu halten, aber mit einem dröhnenden KNALL gegen die Leitplanke fuhr! Sein Gesicht krachte gegen die Windschutzscheibe, und der Truck kippte, wie in Zeitlupe, sein Körper wurde nach hinten geworfen, Glas splitterte und ein breiter Streifen Fluss tauchte vor ihm auf. Die Betonmarkierung an der Böschung gute hundert Meter vor der Kühlerhaube, ein leuchtendes, weißes Band, von 1966, als der Fluss so hoch gestiegen war – und er landete im Wasser, überschlug sich einmal, blieb liegen.

Klammerte sich am Lenkrad fest und hing kopfüber im Sicherheitsgurt wie eine Fledermaus, und dann überkam ihn ein schwarzes – *Irgendwas.*

Er kam zu sich, als die Fahrerkabine sich mit Wasser füllte. Etwas lief ihm in die Augen, er wischte es ab. Blut. Der Truck bewegte sich, das Wasser war, wie er wusste, an dieser Stelle gut sechs Meter tief. Und die Fahrerkabine lief langsam voll. Er sah, dass der Schultergurt gerissen war, aber der Beckengurt hatte gehalten, nur deswegen war er noch am Leben. Die Gangschaltung hing über ihm, der Knüppel sah völlig fremd aus, ein schwarzer Plastikball, und der dreckige Teppich über seinem Kopf, um ihn herum trieben Zigarettenkippen im Wasser wie Angelposen, der Truck rutschte zur Seite und hin und her, wie ein Blatt, das von einem Ast zu Boden trudelt.

Der Fluss war schlammig, er musste aus dem Truck raus, bevor er auf den Grund sank. Er riss am Sicherheitsgurt, drückte auf die Taste des Gurtschlosses. Nichts. *Scheißding!* Immer klemmte sie. Allerdings war sie auch dafür gemacht, unter Gewicht nicht aufzugehen, und er hing im Gurt fest. Er zerrte noch einmal, zog sein Tischlermesser aus der Tasche, zerschnitt den Nylongurt, machte drei tiefe Atemzüge, tauchte ab und durch das Fenster, das er vorhin geöffnet hatte, hinaus. Als er durch das metertiefe Wasser nach oben schaute, sah er eine bedrohlich wirkende Gestalt auf der Brücke stehen und schwamm wie früher als Kind beim Speerfischen nach unten, Arme strecken – Beine treten, strecken – treten – strecken – treten, bis er unter der Brücke war. Er kam hoch bis kurz unter die Oberfläche, seine Lungen schienen zu bersten, aber er zwang sich zu warten, schwamm ans andere Ufer und tauchte erst dann auf.

Sog mit offenem Mund leise die brennende Lunge voll – in seinem Kopf ein weißer Blitz, wie eine Explosion.

Ein Schatten schlitterte die Böschung hinunter – wer immer da oben auf der Brücke gestanden hatte, suchte ihn – und er tauchte wieder ab, ließ sich von der Strömung auf der entgegengesetzten Seite ins offene Wasser tragen und hinein in das Schilf, um das die Enten ihre Kreise drehten.

Er wollte auftauchen – aber der Fahrer des Propanlasters, wer auch immer er war, stand jetzt auf der anderen Seite und zeigte zur tiefsten Stelle des Kanals, und ein Taucher in einem Neoprenanzug begab sich ins Wasser.

Sogar unter Wasser konnte er erkennen, dass der Lasterfahrer eine Polizeiuniform trug.

Er drehte sich um und ließ sich mit letzter Atemluft von der Strömung weiter ins offene Wasser ziehen, wo er mitten zwischen den Enten auftauchte und halb erstickt nach Luft schnappte.

Der Taucher schwamm mit paddelnden Flossen vorbei wie ein Hai, Luftblasen stiegen aus dem Mundstück seines Schnorchels auf, er schwamm nach rechts, dann nach links, dann zur Brücke zurück, wo der Cop wartete, und kletterte aus dem Wasser.

Er und der Cop stritten über irgendetwas. Am Straßenrand stand vor dem Propanlaster ein schwarz-weißer Streifenwagen. Der Polizist stieg ein, wartete, bis der Taucher seinen Neoprenanzug aus- und einen Handwerkeroverall angezogen hatte, auf das Trittbrett des Lasters stieg und sich hinter das Steuer setzte.

Er überholte den Streifenwagen, der Cop nickte, und dann fuhren beide davon.

Nach einer ganzen Weile fuhr der Streifenwagen rückwärts auf die Brücke zurück, der Cop stieg aus, dicker Bauch und kantiger Schädel, kletterte ans Ufer runter und suchte lange die Wasseroberfläche ab.

Als der Cop wieder weg war, schwamm er an Land. Seine Füße, völlig taub, versanken bis zu den Schienbeinen im Schlamm. Hinter ihm quakte eine Ente, quack-quack-quack-quack, als wollte sie ihn ausschimpfen.

Er taumelte die Uferböschung hoch. Er hatte das Handy dabei, entschied sich aber, es nicht zu benutzen. Lieber nicht. Wie konnte er sicher sein, dass seine Anrufe nicht abgehört wurden? Seit seinem Anruf bei Lucy hatte er sich selbst belogen. Das war kein Versehen gewesen. Sie hatten damit *gerechnet.*

Er musste zu ihr, denn – und er brauchte nicht zu raten, was sie da trieben – er musste dem ein Ende machen.

Aber wie standen seine Chancen? Er betrachtete sich. Schon

jetzt hatte sich eine dünne Eisschicht auf seiner Jacke und der Hose gebildet. Er schaute sich um. Das Sumpfland hatte schon vom Truck aus trostlos gewirkt, aber jetzt? Jetzt war es tödlich. Die gefrorenen Spuren von Rotwild, die zum Fluss hinführten. Endloses Eis entlang der Ufer, nur unterbrochen von Schilf und Rohrkolben, und kein einziger Baum, hinter dem er sich verkriechen könnte, um aus dem Wind rauszukommen.

Er versuchte sich verzweifelt zu erinnern, ob sich irgendetwas in Laufweite befand.

Bei dieser Kälte blieb ihm höchstens eine halbe Stunde, bis ihn die Unterkühlung packte. Und niemand nutzte diese Straße. Deswegen hatte er sie genommen. Weit und breit kein Auto zu sehen. Seine Sinne fühlten sich bereits gedämpft an, als wären seine Ohren verstopft. Da fiel ihm die Lösung ein. Er hatte das Gleiche vor langer Zeit schon einmal getan – und ein zufällig vorbeikommender Mensch hatte ihm in jener Nacht das Leben gerettet.

Eine Verzweiflungstat, aber die brauchte es jetzt. Er konnte Lucy nicht allein lassen.

Er stolperte wieder runter an das eisbedeckte Flussufer, wo das Schilf wuchs, und zog dabei seine Jacke aus. Dann riss er mit beiden Händen Schilfrohre aus und stopfte sie unter sein Hemd – so fest er konnte. Er zog die Socken über die Hosenbeine und stopfte auch die Hose voll mit Schilf. Als er seine fast steifgefrorene Jacke wieder anzog, klappte er die Kapuze über seinen Kopf, stopfte weiteres Schilf um seine tauben Ohren herum, arbeitete wie ein Irrer, stopfte und stopfte und stopfte überallhin Schilf, bis seine Kleidung fast platzte. Seine Füße – er spürte seine Zehen nicht mehr – aber darüber würde er jetzt nicht nachdenken.

Er kletterte die Böschung hinauf, wandte sich gegen die Windrichtung und schleppte sich am Straßenrand entlang. Sollte er so sterben, würde er einen ziemlichen krassen Anblick bieten. Und wenn er – irgendwie – hier rauskam, dann auch. Er lachte. Ein dunkles, unheimliches Lachen, denn sogar mit seiner verminderten Denkfähigkeit war ihm klar, dass seine Lage alles mit Lucy und ihrer Freundin Jean zu tun hatte. Sie räumten auf, darum ging es – die perversen Cops und wer auch immer sonst noch.

Wer immer Lucy wehgetan und ihre Freundin umgebracht hatte, war jetzt hinter ihm her, weil er davon ausging, sie hätte ihm erzählt, was da vor sich ging.

Er schaute die Straße entlang, die sich in der Ferne im Nichts verlor. Kein Unterschlupf in Sicht. Der eiskalte Wind brannte auf seiner Haut, er stapfte weiter.

24
Lucy

Am Samstag hatte ihr Vater seinen freien Tag und verbrachte ihn im Trailer, anscheinend vor allem deswegen, um sie endlos über Jeans Tod auszufragen. Man hatte die lebenserhaltenden Maßnahmen eingestellt, Jean war gestorben, es hatte eine Beerdigung gegeben. Merkwürdigerweise ging das Leben weiter, fast, als wäre all das nicht passiert. Jedenfalls für alle außer Lucy, die jetzt an diesem Samstagmorgen, als sie eigentlich nach dem Frühstück rüber zu Ryan hatte gehen wollen, am Küchentisch saß und das erneute Verhör ihres Vaters über sich ergehen ließ.

Und er war gut darin. Saß ihr am Tisch gegenüber, die Hände verschränkt auf dem Linoleum. Irgendetwas wusste er – oder er führte etwas im Schilde –, und seine bohrenden Fragen ließen sie in kalten Schweiß ausbrechen.

Er versuchte wieder und wieder, sie auszutricksen, aber auch sie war gut darin, er hatte keine Ahnung, *wie* gut, ihm nichts zu verraten, gar nichts, bis auf die Nichtigkeiten aus ihrem Leben. Außerdem erzählte er ihr seit Jahren, wie er Verbrecher in die Falle lockte, und obwohl er manchmal meinte, sie würde nicht zuhören, so hatte sie sehr genau zugehört. Und sich jedes Wort gemerkt. Jeden Rat. Und der erste lautete: *Niemals*. Sag *niemals* mehr als das, wonach du gefragt wirst. Erzähle *niemals* eine andere Version der Geschichte. Führe *niemals* näher aus. Lass dich *niemals* einschüchtern. Denk niemals, der Cop sei dein Freund, egal wie nett er zu dir ist.

Was alles nur zu deutlich darauf hinwies, dass er, so wie er lächelte, irgendein bestimmtes Ziel verfolgte.

»Na los, Luce«, sagte er und bedachte sie mit seinem komplizenhaftesten Lächeln, Grübchen inbegriffen, womit er sie früher hatte einwickeln können. »Alle denken, dass du bestimmt was weißt, schließlich wart ihr beste Freundinnen. Wo bekommt jemand wie Jean solche Drogen her? Wer kommt an solche Medikamente ran wie die, die man bei ihr gefunden hat? Du musst sie doch mit irgendwem gesehen haben, oder?«

»Nein«, sagte Lucy.

Und das war die Wahrheit. Sie konnte es mit voller Überzeugung sagen. Das war der Trick beim Schauspielen. Man musste glauben, was man sagte. Im Kopf ein kleines Spiel spielen. Sie hatte nichts gesehen. Aber anhand von Jeans Halskette, die Buck ihr gegeben hatte, hatte sie die Verbindung hergestellt – zwischen Jean und *Ihm*, und jetzt trug sie Jeans Kette mit dem Kreuz und ihre eigene auch, als Versprechen an sich selbst, auch wenn sie noch nicht wusste, wie sie an *Ihn* und Arn rankommen sollte, und alle Optionen ziemlich selbstmörderisch klangen.

»Hör mal«, sagte ihr Vater, »ich weiß, du hast nichts damit zu tun, aber was hast du gesehen? Da muss doch jemand gewesen sein, stimmt's?«

Ihr Vater lächelte, ermunterte sie, sich zu öffnen, ihre Deckung fallen zu lassen. Aber sie war besser. Sie weinte ein bisschen. Das half. Die Tränen fielen ihr leicht, sie brauchte bloß an ihre Mutter zu denken, um »loszuheulen«, wie ihr Vater es in seinen Geschichten genannt hatte.

Ja, wir haben tagelang Guter-Cop-böser-Cop gespielt, und als er losheulte, wussten wir, dass wir ihn am Wickel hatten. Hat alles gestanden und geheult wie ein Schlosshund.

Sie weinte, auf ihrem Teller verbrannter Toast und geronnene Eier, sie bedeckte die Augen mit dem Handrücken, streckte die andere Hand aus, ihr Vater ergriff sie. Sie drückte seine Hand, und er drückte zurück. Was seltsam war, weil, dass er sie auf seine eigene schreckliche und jetzt starrköpfige Art liebte, festigte noch ihren Entschluss, sich selbst um das Ganze zu kümmern. Mit irgendeiner Kamikaze-Aktion. Weil, für das, was *Er* getan hatte, und Arn und manchmal auch noch *andere*, reichte es nicht, dass sie eingesperrt wurden. Oder dass ihr Vater was unternahm. Nein, sie hatte beschlossen, sie alle zu töten.

Das bedurfte ein bisschen der Überlegung und Planung. Und natürlich musste sie rausfinden, wer *Er* war – *Er*, der Erste, der das gemacht hatte, was Arn dann später gemacht hatte – und was Booker gesehen hatte.

Sie hatte Zugriff auf die Waffen ihres Vaters, ein .30-06 mit Zielfernrohr, eine Glock 9 und ein 12-Kaliber mit einem Sechzig-Zentimeter-Lauf. Ein »Kurzes«. Mit einer davon sollte sie es doch hinkriegen? Ihr Vater ließ ihre Hand los, und sie lehnten sich beide zurück. Lucy wischte sich mit dem Unterarm die Tränen ab. Echte Tränen jetzt, für Jean.

Die Zeitung flog mit einem dumpfen Knall gegen die Tür, ihr Vater ging sie holen. Schenkte zwei Becher Kaffee ein, stellte sie auf den Tisch und setzte sich ihr wieder gegenüber.

Sonst gab er ihr immer die Titelseite und die Schlagzeilen, diesmal reichte er ihr stattdessen den Sportteil – die Scheiß-Vikings, die ihr total egal waren – und den *Leben*-Teil, in dem sie einen Artikel über einen neuen Trend entdeckte, das Sammeln von Möbeln, das begehrteste Stück eine mit Wildschweinfell bezogene Chaiselongue von Le Corbusier aus den Fünfzigerjahren. Zwanzigtausend Dollar für eine Liege. Klar, das war die Welt, in der sie lebte.

»Hey«, sagte ihr Vater lachend, »das musst du dir ansehen, Bebbe Gurl. Das wird dich aufheitern. Schau dir diesen Verrückten an!«

Er faltete die Zeitung in der Mitte und legte sie ihr hin. Ein halbseitiges Foto von jemandem, der aussah wie der Yeti. Jemand mit – was war das für ein Zeug, das aus der Kapuze um den Kopf rausquoll wie strubbeliges Fell? Schilfrohre? Und auch Jacke und Hose bis zum Bersten vollgestopft, sodass er aussah wie der Michelin-Mann.

»Was ist das?«, fragte Lucy. »Geht's da um Eisfischen?« Hinter dem Mann war Wasser zu sehen, außerdem ein Streifenwagen und ein Abschleppfahrzeug.

»Lies die Unterschrift«, sagte ihr Vater und tippte darauf.

Sie beugte sich vor und wäre fast durchgedreht.

Michael Fineday aus Shakopee, stand unter dem Foto, *überlebte am Montag einen Autounfall auf der Route 9, bei dem sein Truck in den Minnesota River stürzte. Zu Fuß lief er zwölf Meilen weit bis nach Denby, wo die örtliche Polizei ihn rettete.*

Denk nach, befahl sie sich. Oder irgendwas anderes. Mach irgendwas. Lalalala … Er darf nicht sehen, dass du weißt, wer das ist. *Der Halleluja-Chor.* Das war's. Der Teil am Ende. Sie hörte die Musik in ihrem Kopf. Jubelnd. *Und er wird herrschen auf immer und ewig. Halleluja! Halleluja!* Sie konzentrierte sich darauf, geschockt, weil sie fast losgeheult und das alles nur noch schlimmer gemacht hätte. Händel. Verdammt, hör auf. *Hör auf!*, sagte sie sich. Und dann, als würde sie in irgendein helles Licht hineinstürmen, wurde sie über alle Maßen wütend. Eine blinde, stürmische, offene Wut. Die sie auf den Höhepunkt des immer dramatischeren Chorteils hinauftrug.

Sie würde *Ihn* kriegen, *Ihn* und Arn und die anderen. Bisher war der Gedanke abstrakt gewesen. Als ob. Oder *wenn, dann.* Damit war es vorbei.

»Was in aller Welt, Luce«, sagte ihr Vater, denn sie hatte ihren Mund vergessen – sie knirschte mit den Zähnen.

Sie griff nach ihrem Teller. Kratzte mit der Gabel das geronnene Ei ab und schob es sich in den Mund, kippte Kaffee nach, tat so, als müsste sie würgen, verschluckte sich und musste wirklich würgen, würgte und schluchzte, sodass ihr Vater um den Tisch herum kam und ihr auf den Rücken klopfte, und als das nicht half, hob er sie an den Füßen hoch, sodass sie kopfüber hing, und der ganze Horror in ihr, sie lachte hysterisch und würgte und schluchzte, und ihr Vater schlug auf ihren Rücken ein, bis das Ei aus ihr herausflutschte wie ein Korken, und dann setzte er sie wieder an den Tisch und musterte sie. Setzte sich ihr gegenüber.

»BEBBE GURL«, sagte er, nach vorn gebeugt. »Du hast mir gerade eine Heidenangst eingejagt, und – was zum Teufel war da los, Luce? Ich meine, Süße, du musst doch *aufpassen*, wie du isst, okay?«

Sie nickte.

»Ich glaube, ich habe mich eingepinkelt«, sagte sie, ging in ihr Zimmer und zog sich um – vor ihrem rosa Schminktisch – wie für eine kleine Prinzessin, die sie einst, in einem anderen Leben, gewesen war.

»Kommst du zurück?«, rief ihr Vater.

»Gleich«, rief sie.

Sie setzte sich vor die drei Spiegel. Betrachtete sich. Von vorn, von rechts, von links. Setzte ihre ausdruckslose Miene auf. Schaute sich in die Augen. Sie waren leblos gewesen, nachdem *Er* das erste Mal – und noch toter, nachdem Arn ihr wehgetan hatte – aber jetzt lag eine glänzende Härte darin, ein Glitzern. Das war neu. Sie hatte keine Angst mehr um sich, daran lag es. Sie hatte ein Ziel, was sie bisher nie gehabt hatte. Sie lächelte, setzte ihr Plaudergesicht auf, probierte an ihrem Lächeln herum, öffnete die Augen weiter. Sie hatte in letzter Zeit nur weite Klamotten angezogen, wie den neuen Hoodie, damit niemand etwas merkte. Damit sie verbergen konnte, was mit ihr los war.

Und sie war fast sicher, dass sie wegen Arn nicht in Schwierigkeiten war – aber sie sah, dass es so aussah.

Sie war immer ziemlich eckig gewesen, und jetzt war sogar ihr

Gesicht weicher, runder, und, tja, das, was mit Jean viel früher passiert war, passierte jetzt mit ihr. Sie hatte jetzt Hüften und Brüste. Brüste, die sie nicht verstecken konnte.

Also sah es aus wie *das andere* – sie konnte sich nichts vormachen, und das wäre ein Beweis – oder zumindest dachte Arn das bestimmt, und *Er* und die anderen auch. Ein Beweis, von dem niemand erfahren durfte.

»Luce«, rief ihr Vater, »wir haben noch was zu erledigen!«

»Komme«, rief sie.

25
Buck

Der Schnitt an seinem Kopf war fast wie mit dem Skalpell gezogen gewesen, hatte aber trotzdem mit zwanzig Stichen genäht werden müssen. Die er jetzt abtastete, während Leif, auf der anderen Seite des Tresens, lachend sagte: »Hey, in Minnesota bist du jetzt weltberühmt!« Ein blöder Witz, den Buck schon zu oft gehört hatte.

»Stimmt«, sagte er.

Ein höchst beunruhigender Gedanke, dass sein Foto in der Zeitung abgebildet gewesen war, weil jetzt der, der ihn in den Fluss gestoßen hatte, wusste, dass er am Leben war. Was hieß, sie würden es noch einmal versuchen, nur anders.

Aber hier kaufte er bei Leif Holz ein, als wäre nichts geschehen. Genau das hatte Naomi so an ihm gehasst, dass er sein Leben »aufteilte«. Mitten in der größten Scheiße zog er den Kopf ein und arbeitete. Und je schlimmer es wurde, desto mehr arbeitete er und desto mehr »verschwand« er, völlig konzentriert, nur noch als Hülle anwesend.

Und Naomi? Sie hatte sich nicht täuschen lassen, nie. Von seinem Verschwinden, wenn er sich Menschen angenommen hatte, die er als seine »Projekte« bezeichnete, so wie Lucy.

»Hey! Buck!«, sagte Leif. »Wach auf, Kumpel!«

Lagerhalle. Sechs Meter über ihm Dachsparren. Tausende von Quadratmetern Holz. Gabelstapler rumpelten durch die Gegend, die Fahrer trugen gelbe Sicherheitshelme.

Er holte sein Scheckbuch raus, legte es auf den Tresen. Beim Ausfüllen dachte er: Er musste Naomis Namen streichen lassen, dieses Mal würde er sie nicht zurückbekommen.

»Wie geht es der bezaubernden Naomi?«, fragte Leif. Um Small Talk zu machen. Er hatte niemandem von der Trennung erzählt.

»Gut.«

»Schiebt sie immer noch so viele Überstunden im Krankenhaus?«

»Ja«, sagte er, riss den Scheck heraus und gab ihn Leif, der ihn in die Kasse legte.

»Was macht ihr im Urlaub?«

»Nach Hawaii fliegen, ein paar Ukulele-Stunden bei Don Ho nehmen, ein bisschen surfen, in der Sonne liegen. Und du?«

Leif lachte. »Klar. Ja, ich auch. Für mich geht's an die Riviera.« Er nickte. »Wenn Schweine fliegen könnten. Oh, übrigens war jemand hier und hat nach dir gefragt, ein möglicher Kunde, braucht Schränke. Ich hab ihm deine Karte gegeben. Er meinte, er würde sich bei dir melden.«

Prima. Jemand wollte Schränke, wie in der Nachricht auf dem Anrufbeantworter neulich. Ein Zufall? Oder Einschüchterung, weil er am Fluss noch mal davongekommen war? Dann wären die ziemlich dreist.

»Hast du hier drinnen eine Überwachungskamera?«

Sie gingen nach hinten ins Büro, und Leif spulte das Video zurück, bis der Kunde am Tresen stand. Sogar in Uniform. Dicker Bauch. Groß. Aber keiner der beiden Männer, die er am Fluss gesehen hatte.

Ein Cop. Also kein Zufall und kein Kunde.

»Kennst du ihn?«, fragte Leif.

»Ja, gewissermaßen.«

»Wir sehen uns im Januar?«

»Das ist der Plan«, sagte er, obwohl er keine Ahnung hatte, ob er im Januar noch am Leben sein würde.

Es waren also mehrere – und die Männer, mit denen er es bisher zu tun bekommen hatte, fungierten eher als Laufburschen, die

Drahtzieher hielten sich im Hintergrund, also war der Kreis noch größer. Und sie wussten jetzt, wo er wohnte und wann er arbeitete.

Er verabschiedete sich von Leif mit Handschlag und ging.

Während er das Holz in der Garage stapelte, kam er sich, sobald er der Straße den Rücken zuwandte, ausgeliefert vor. Er stellte sich vor das Garagentor, legte eine Hand auf seine Schulter und dehnte sie. Die alte Verletzung, aus seiner Zeit als Pitcher, die sich immer meldete, wenn er schwer heben musste. Die Rotatorenmanschette musste operiert werden, und zwar bald, hatte Naomi gesagt. Eher fror die Hölle zu. So kalt war es noch nicht.

Er ging mit einer großen Tüte Körner in den Hof und verteilte sie mit großen Schwüngen, die Vögel flatterten auf die Bäume und warteten ab.

Wo war die Katze? Drinnen, fiel ihm ein, und er ging ebenfalls ins Haus. Fast Mittag, er machte sich ein Sandwich, aß es gedankenverloren. Sein Blick fiel auf das Telefon, er drückte *Play* auf dem Anrufbeantworter, dachte über die umzubauende Küche nach und beschloss, mit der Kücheninsel anzufangen.

Zwischen Piepsern ohne hinterlassene Nachricht und Werbeanrufen, »Wir bieten Ihnen ein Ein-Jahres-Abonnement zu siebzig Prozent des Preises …« und »Wounded Warriors, wir könnten …«, fand sich eine Nachricht von Naomi.

»Buck? Buck, ich weiß, dass du da bist.«

War er nicht gewesen, diesmal nicht. Sie legte auf. Meldete sich erneut. »Ich habe das Bild in der Zeitung gesehen. Und musste daran denken … Hör zu, ich weiß, das ist kein guter Moment, aber du *musst* kommen und das Ding holen, wirklich, ich will es nicht im Haus haben. Und diesmal meine ich es ernst. Wirklich.«

Nett. Nein, gar nicht nett. War es ihr egal, dass er fast gestorben wäre? Er wollte sich belügen, sich einreden, dass die Tatsache, dass sie angerufen hatte, das Gegenteil bedeutete. Dass es nicht um das »Ding« ging, das bei ihr im Haus war.

Er hatte Naomi versprochen, sie nie wieder in so was reinzuziehen, und sich daran gehalten – meistens. Aber als er das Telefon wegschob, kam ihm in den Sinn, dass Naomi die ideale Zeugin für Lucys Verletzungen wäre. Schließlich mussten bei so einer Sache Narben zurückgeblieben sein.

Und was war mit Lucy? Sie war lange nicht mehr da gewesen.

26
Lucy

Am Ende der folgenden Woche, ihr Vater war tagelang unterwegs gewesen, war sie wieder in ihrer alten Routine. Früh aufstehen, Frühstück, zur Schule fahren, aushalten, dass Jean seltsamerweise nicht mehr da war. Alle gingen ihr aus dem Weg, und jetzt stand auch noch der blöde Tanzabend bevor, wo sie nicht hingehen würde, weil alle hinter ihrem Rücken über sie redeten und sie komisch ansahen. Und Ryan tat so, als würde ihn das verletzen, dabei wussten doch alle, dass Ryan schwul war, oder war er bi? Oder einfach nur Asperger-Ryan, schräg wie immer? Nach dem Unterricht schleppte sie sich zurück zu ihrem Wagen, fuhr nach Hause und machte das Abendessen. Irgendwas Kohlehydratreiches, das ihr Vater eingetuppert aus dem Kühlschrank holen konnte. Er hatte versprochen, einen Weihnachtsbaum zu besorgen, und es nicht getan. Aber, klar, sie wusste ja, dass die kurz vor Weihnachten billiger waren.

Ho, ho, ho! Alles wurde noch schlimmer dadurch, dass sie es vor sich herschob, Buck zu besuchen.

Das Essen war fertig, es war kurz nach fünf, und sie tigerte durch den Trailer. Sollte sie zu Buck rüberfahren oder nicht? Ihr Vater würde nicht vor elf nach Hause kommen, eher später. Eigentlich sollte sie für die Schule lernen.

Sie ging durch den engen Flur. Als würde sie dort etwas finden. Und wieder zurück.

Das Handy in ihrer Tasche schien zu glühen, so sehr spürte sie es. Zieh es JA NICHT raus, ermahnte sie sich.

Sie breitete die Bücher auf dem Tisch aus. Legte die Textmarker und ihr Schreibheft daneben. Aber ihre Gedanken schlitterten in alle Richtungen, von Bucks Foto in der Zeitung zu dem Schmerz, wenn sie an Jean dachte, und sie stellte sich noch mal die ganze Kamikaze-Nummer vor – die Cops auf dem Revier kannten sie, sie würde problemlos reinkommen, und wenn sie dann vor Arn an seinem Schreibtisch stand, würde sie die Glock ziehen und brüllen: »DAS IST FÜR DAS, WAS DU GETAN HAST!«

Ihm drei Kugeln in den Kopf jagen, sich den Lauf der Waffe in den Mund stecken und fertig.

Was sie in diesem Moment in Panik versetzte. *Warum nicht gleich jetzt?*, sagte eine Stimme in ihr, *bist du nicht tough genug?* Ach, verdammte Scheiße. Natürlich war sie das.

Dass sie es nicht nur denken, sondern es wirklich tun könnte, Arn umbringen, traf sie wie eine Eingebung. Sie hatte die Glock. Sie hatte das Auto. Sie könnte zum Revier fahren. Arn war da, er hatte Dienst. Sie bräuchte jetzt nur die Schublade zu öffnen. Die stand schon einen Spalt offen, sie sah den Griff der Glock.

Während sie durch den Flur lief, machte sie einen weiten Bogen um die Schublade. Es musste einen anderen Weg geben, eine andere –

Booker? Könnte er ihr helfen? Er hatte es gesehen. Aber was genau hatte er gesehen? Klar, er wusste es. Er hatte kapiert. Aber was hatte er wirklich *gesehen* im juristischen Sinn? Ohne jeden Zweifel? Vielleicht nur so viel, dass er glaubte zu wissen – wahrscheinlich war es das. Es war dunkel gewesen. Und er war einen halben Block entfernt gewesen. Und die Cops würden fragen, wenn es so schrecklich war, warum hatte sie sich dann nicht gemeldet? Direkt danach? Vor allem, weil ihr Vater doch Polizist war? Wirklich, sie hatte niemandem davon erzählt? Und wäre Booker ein glaubwürdiger Zeuge, wenn sein Wort gegen das von Arn stand, einem Polizisten? Was wusste sie überhaupt über Booker? Hatte er Gründe, nicht selbst zur Polizei zu gehen? Natürlich hatte er die. Und was war mit *Ihm*, Arns Boss, der als Erster in der Dunkelheit zu ihr gekommen war, als ihr Vater Nachtschicht hatte, etwa ein Jahr nach dem Tod ihrer Mutter?

Sie hatte geschlafen und war aufgewacht, panisch, weil sich jemand in ihrem Zimmer befand. Als *Er* fertig war, hatte er in ihr Ohr geflüstert: »Rühr dich nicht. Sieh nicht hin. Nie. Ein Wort, und dein Vater ist tot.« Danach hatte sie unablässig eine Frage gequält: Woher hatte er gewusst, dass er ihr damit drohen konnte, ihren Vater zu töten? Ihren Vater, der damals gewalttätig gewesen war? Der zu Selbsthilfetreffen ging, wegen seiner Sauferei und seiner Wutausbrüche und Trauer?

Kannte *Er* sie von dort, aus St. Peter's, oder vielleicht durch die Gruppe, zu der ihr Vater da gegangen war? Oder hatte Arn das alles eingefädelt?

Wieder kam sie an der Schublade vorbei, in der die Glock lag, und hielt inne. Booker hatte sein ganzes schönes Leben noch vor sich, sie konnte ihn da nicht mit reinziehen. Und Buck? So, wie er mit seiner Stichsäge, dem Hobel, den Schnitzmessern umging, wusste sie, dass ihm der Tod nicht fremd war. Buck war ein Typ, der die Dinge anpackte und erledigte. Und genau das schon getan hatte. Aber es war einfach zu schrecklich peinlich, alles erklären zu müssen.

Und dann blitzte eine Idee in ihr auf. Die wahrscheinlich schon die ganze Zeit in ihr gelauert hatte, aber sie hatte sich widersetzt. Sie hatte Buck nicht um Hilfe gebeten, weil, na ja, am Anfang der bloße Gedanke sie zu sehr beschämt hatte, und später hatte sie sich eingeredet, dass sie sich vielleicht in ihm irrte. Vielleicht, hatte sie überlegt, sah er ja nur so einschüchternd aus? Und gab es einen besseren Weg, herauszufinden, wie er wirklich war, als durch Naomi?

Okay, sie würde Buck einen Gefallen tun, sie würde das *Ding* abholen, das bei Naomi lag, und mit ihr reden.

Lucy seufzte fast, ihr Plan war gut. Sie würde alles über Buck in Erfahrung bringen, sagte sie sich und schob die Schublade zu, über sich selbst erschrocken.

Aber wenn sie ehrlich war, wollte sie vor allem herausfinden, was für eine Frau diese Naomi war.

Der kleine Wagen schien in der Dunkelheit fast von allein zu fahren, die Wolken am Himmel wurden von den Lichtern von St. Paul erhellt. Sie lehnte sich vor und sah gerade noch das Ausfahrtschild über ihrem Kopf hinwegsausen, Nummer 10, und bog ab, indem sie die Hände am Lenkrad überkreuzte.

»Niemals die Hände überkreuzen«, hatte ihr Vater sie ermahnt, und jetzt hatte sie genau das getan. Sie war nervös.

Zehn Blocks. Durch die Innenstadt, am State Theater vorbei, dann hügelaufwärts in eine alte, alte Wohngegend. In die Pillsbury Avenue. Riesige Bäume und große Rasenflächen, Betonlöwen bewachten auf beiden Seiten breite Betontreppen, die auf Schmuckfassaden und drei Meter hohe Türen zuführten, daran bunte, aber größtenteils geschmackvolle Weihnachtsdekorationen, Kränze und Lichterketten.

Hatte sie vielleicht die falsche Adresse? Buck, der in dieser schäbigen kleinen Bude in Shakopee hauste, sollte hier gewohnt haben?

Sie nahm die Rechnung, die sie aus Bucks Büro mitgenommen hatte, vom Beifahrersitz, konnte aber im Dunkeln die Schrift nicht erkennen. Und sie wollte das Innenlicht nicht anstellen, nicht sichtbar werden.

Noch nicht.

Ein Stück weiter hielt sie am Straßenrand, der Bordstein war hier ungewöhnlich hoch, die Straße kopfsteingepflastert. Das Haus rechts stammte aus der viktorianischen Zeit, hatte geschnitzte Holzgiebel und eine rundherum laufende Veranda. Warmes Licht fiel durch die Vorhänge auf den Schnee, die Fenster waren etwa drei Meter hoch. Alles an diesem Haus war überdimensioniert, aber erhaben schön: das steile Dach mit den hohen Erkern, die gedrechselten Pfosten mit den geometrischen Verzierungen um die Veranda herum, der Stuck über der Doppeltür und die Messingverzierungen.

Die Eingangstür war es schließlich, die sie überzeugte, dass Buck hier gewohnt hatte: auf beiden Seiten geschnitzte Hirsche, das Holz honiggelb und so sorgfältig gearbeitet, dass sie einem unweigerlich ins Auge sprangen.

Die Hirsche hatten etwas Gebieterisches an sich, wirkten aber zugleich einladend. Sie erkannte ihn darin.

Sie schaute in den Rückspiegel. Betrachtete ihr Gesicht. Sie hatte sich für den Amy-Winehouse-Look entschieden, es fanden sowieso alle, sie sähe ihr ähnlich, der dunkle, schwere Eyeliner, dramatisch geschwungen, ließ sie älter wirken. Und Lidschatten, Passionate Plum, von ihrer Mutter. Unter dem offenen pinken Hoodie ein schwarzes Sweatshirt mit breiten beigen Querstreifen, die ihre neuen – und nicht unbeträchtlichen – Brüste betonten.

Ein Look, der deutlich sagte: *mehr gesehen als ihr guttut.*

Sie zupfte den Hoodie zurecht. Zerrissene Jeans und die hochhackigen Schuhe, die ihrer Mutter gehört hatten.

Showtime, sagte sie sich und rückte den Rückspiegel gerade. Also los, finden wir raus, was hier läuft.

Und dann nehmen wir Bucks was auch immer mit.

Sie stieg aus und schwankte leicht. Die hohen Absätze waren ungewohnt, ihre Knöchel gehorchten nicht ganz. Sie erklomm schlingernd die Treppe und schlug mit dem Messingtürklopfer, kalt in ihrer bloßen Hand, gegen die Tür. Sie legte den Kopf schief und wartete, sie wusste, dass Naomi zu Hause war, weil sie von dem Telefon im überfüllten Vorraum des Casinos aus angerufen hatte, wahrscheinlich das letzte noch existierende Münztelefon. Hatte Becky, die Sekretärin, gespielt.

Buck hätte sie gebeten, das Ding abzuholen. Wäre Naomi am Abend zu Hause? Sie wäre fast gestorben, bis Naomi sagte, ja, sie sei da.

Während sie wartete, rieb sie den Fuß an ihrem Unterschenkel, dann hörte sie drinnen ein Geräusch.

Auf der Website des Krankenhauses war kein Foto von Naomi zu finden gewesen, und sie rechnete mit jemandem mittleren Alters mit blonden Haaren. Standen die *native* Typen nicht alle auf Blond? Hinter der Tür wurde hantiert, das Schloss klickte, die Tür schwang auf, eine schlanke, dunkelhaarige Frau in grüner OP-Kleidung mit riesigen mandelförmigen Augen stand vor ihr. Goldkette um den Hals. Rubinrote Stecker in den Ohren. Ein sehr voller Mund.

Ihren eigenen hielt Lucy geschlossen, keine wollte zuerst sprechen – ein Wettkampf darum, beim ersten Blick alles und nichts zu sagen.

»Sind Sie nicht ein bisschen jung, um mit Buck zu tun zu haben, *Becky?*« Naomi gab schließlich nach.

So also würde es laufen, dachte Lucy. Wie stand Buck zu Naomi? Sie waren noch nicht geschieden, nur getrennt, also? Lucy schwieg. Klar, sie war jung, aber sie wusste, wie dieses Spiel lief. Sie wusste, dass sie Naomi einen Stich versetzt hatte, und wenn die jetzt defensiv wirkte, dann nicht, weil ihr alles egal war.

Naomi trat zurück und machte eine Handbewegung.

»Kommen Sie bitte rein.«

»Danke«, erwiderte Lucy und überquerte die Schwelle. Naomi schloss hinter ihr die Doppeltür. Sie roch nach Rosen, ein dezentes Parfüm, komplex – und irgendwie melancholisch.

Innen war das Haus noch prächtiger. Die Decke in der Eingangshalle schien zu schweben, so hoch war sie, dazu ausgefallene alte Glasfenster und Lampenfassungen aus Messing – modernisiert, elektrisch – aber aus dem vorletzten Jahrhundert, echt, eine andere Welt.

Eine wunderschöne, breite, geschwungene Treppe führte in den oberen Stock.

»Das ist wahrscheinlich alles ein bisschen überraschend, wenn man bedenkt, wie Buck da in dem alten Haus wohnt.« Naomi zuckte die Achseln. »Ist er …?«

»Was«, sagte Lucy, »allein?«

Sie würde sie im Unklaren lassen, ob sie und Buck was miteinander hatten. Würde Naomis Frage nicht beantworten. Und sah Naomis abschätzendem Blick an, dass sie neugierig war.

»Ich habe Kaffee aufgesetzt, möchten Sie welchen?«, fragte Naomi.

»Ja, gern«, sagte Lucy. Naomi führte sie in ein Esszimmer, dessen hohe Fenster auf die Straße und die viktorianischen Nachbarhäuser hinausschauten, auf dem Dach gegenüber thronte ein Weihnachtsmann in einem Schlitten mit acht Rentieren davor. So was hatte sie mal in einer alten Coca-Cola-Werbung in einem *Collier's*-Magazin im Reservatsbüro gesehen.

Naomi zeigte einladend auf einen Stuhl, der mit blutrotem Leder bezogen war.

»Ich bin gleich wieder da«, sagte sie.

Kurz darauf kam sie mit zwei Tassen auf Untertassen zurück, gab eine Lucy und setzte sich ihr gegenüber. Sie nippte an ihrem Kaffee und stellte Tasse und Untertasse mit geübter Eleganz auf den Tisch.

»Er hat dich also unter seine Fittiche genommen, ja?« Sie sagte es mit einem feindseligen und enttäuschten Unterton.

»Wie bitte?«

»Du steckst in Schwierigkeiten.«

Lucy spürte ihre Wangen heiß werden, wurde rot, von Naomis Worten gedemütigt.

»Herrje«, sagte Naomi, und jede verletzende Bösartigkeit war verschwunden. »Wie alt bist du, fünfzehn? Aber sehr *alte* fünfzehn, stimmt's?« Sie seufzte. »Weiß Buck das?«

»Das ist es nicht«, sagte Lucy, »es sind nicht solche Schwierigkeiten.«

Naomis Augen wurden schmal, sie runzelte die Stirn. »Aber du hast Angst, dass der, wer auch immer es ist, denkt, dass es das sein könnte. Das ist das Problem.«

Als Lucy nicht widersprach, lächelte Naomi, ein trauriges Lächeln. »Du steckst wirklich in der Klemme, das sehe ich. Weißt du, was, Becky – und, ja, ich weiß, dass du nicht so heißt, aber belassen wir es erst mal dabei – du bist ein sehr, sehr cleveres Mädchen. Ich rufe an, und du nimmst ab und verwandelst dich spontan in Bucks Sekretärin, du machst seine Buchhaltung, erledigst Botengänge, bist seine Assistentin. Du fährst Auto, aber du bist gerade mal fünfzehn. Also hast du es irgendwie geschafft, eine Sondergenehmigung zu bekommen oder so was in der Art. Dein Vater arbeitet nachts. Und deine Mutter ist –« Sie musterte Lucy von unten bis oben. »Ist weg, stimmt's? Die Schuhe sind von ihr.«

Lucys Augen wurden glasig, sie spürte ein starkes Brennen in der Kehle, einen Druck, als würde sie gleich platzen.

Es war großartig, endlich *gesehen* zu werden. Aber auch schrecklich. Sah Buck sie auch so? Natürlich, seit dem ersten Tag, als sie auf seiner Einfahrt gestanden hatte, blutend.

»Ist dein Vater das Problem?«, fragte Naomi. Und las Lucys aggressiven Blick richtig. »Okay. Nein. Er ist es nicht. Er hat keine Ahnung, was mit dir los ist.«

»Wir bauen ein Kanu«, sagte Lucy, ihre peinliche Ausrede, warum sie hier war.

»Du und Buck?«

Lucy nickte, und Naomi lachte, schüttelte den Kopf und seufzte, und als sie Lucy wieder ansah, sagte sie: »Klar, warum nicht. Mit einem Kanu kann man weg, stimmt's? Man kann rumpaddeln. Verschwinden, vielleicht rauf in den Quetico National Forest? Oder den Ontario hoch.«

»Das ist nicht das, was ich vorhabe«, sagte Lucy so kalt, dass sie sich selbst überraschte.

Als Naomi sie nur anschaute, begriff Lucy. Naomi hatte sie dazu bekommen, ihr zu verraten, *was* sie vorhatte.

»Nun«, sagte Naomi, »jetzt sitzt du hier bei mir, und ich kann das nicht zulassen, weder beruflich noch persönlich. Ich werde nicht lügen und behaupten, du wärst nicht hier gewesen, wir hätten nie miteinander geredet, sollte jemand danach fragen.«

»Warum sollten Sie irgendwas sagen?«

»Weil wenn Buck involviert ist, wird die Polizei bei mir auftauchen. Hinterher. Und da du bisher nicht zur Polizei gegangen bist, und er auch nicht, was sowieso das Letzte wäre, was er tun würde, tippe ich darauf, dass die Polizei mit drinsteckt.«

»Niemand würde mir glauben«, sagte Lucy, »wenn ich es irgendwem erzählen würde. Wie denn auch, ich bin ja – « Sie zeigte auf ihren Bauch. »Nicht das. Und der, der mich *entdeckt* hat, der in den Trailer gekommen ist – ich habe keine Ahnung, wer er ist.«

»Und ist das nicht einfach die Hölle?« Naomi stand auf, beugte sich vor, um Tasse und Untertasse aufzusammeln. »Ich lasse dich gehen – unter einer Bedingung, ist das klar?«

»Was?«

»Du musst mir versprechen, dass du dir nichts antust oder irgendwelche Alleingänge unternimmst. Versprichst du mir das?«

»Würden Sie mir denn glauben?«

»Ja.«

»Also, dann … ja.«

Naomi legte den Kopf schief und betrachtete sie. »Du bist hergekommen, um rauszufinden, ob er dir wirklich helfen kann«, sagte sie. »Buck. Tja, ich kann dir sagen, dass mich dieser Gedanke regelrecht in Panik versetzt.«

Und bei diesen Worten fasste Lucy Mut. Naomi hatte ihr gegeben, wofür sie gekommen war. »Wieso?«

»Weil Buck ein Heiliger ist.« Sie runzelte die Stirn, schüttelte den Kopf, wandte den Blick ab.

Langes Schweigen folgte.

»Und?«, sagte Lucy schließlich.

»Du weißt, was mit Heiligen passiert, oder? Ich meine, Heilige, die nie lockerlassen.«

»Was?«

»Die werden zu Märtyrern, und manchmal, wenn es richtig scheiße läuft, auch die, die ihnen nahestehen. Ruf mich hinterher ja nicht an. Melde dich nicht, wenn alles vorbei ist. *Nie*. Ich will es nicht wissen. Ich kann das nicht. Verstehst du? Ich kann mich da nicht mit reinziehen lassen. Früher habe ich das getan, aber ich werde es nicht wieder tun … Komm mit«, sagte sie.

Lucy folgte ihr in die Küche, wo Naomi Tassen und Untertassen abstellte, dann führte sie sie in den Keller, in einen hohen, staubigen Raum.

Auf einem Regal an der Wand lag ein Kasten, fast eine Truhe. Naomi zog ihn herunter und legte ihn Lucy in die Arme. Er war schwer. Bestimmt – was – zehn Kilo? Zwölf?

»Was ist das?«

Naomi sagte traurig: »Das ist das, weswegen du hergekommen bist, was du abholen willst.« Und dann sagte sie etwas, an das sich Lucy später erinnern würde.

»Sag ihm, es tut mir leid«, sagte sie. »Wirklich. Und das da in dem Kasten, und dass ich es ihm gerade jetzt gebe? Er wird es verstehen.«

Sie gingen wieder nach oben, sie brachte Lucy an die hohe, breite Eingangstür, schob sie mit einem ernsten Nicken nach draußen, trat ins Haus zurück und schloss die Tür hinter sich.

Lucy trug den Kasten zu ihrem Wagen, legte ihn in den Kofferraum, setzte sich ans Steuer und fuhr los.

Auf dem Highway in Richtung Süden nach Shakopee und weiter in die Dunkelheit des Reservats hinein wusste sie nicht, ob sie lachen oder weinen sollte. Also tat sie weder das eine noch das andere. Und im Trailer bereitete sie das Abendessen zu.

Als wäre überhaupt nichts passiert.

27
Buck

Später Nachmittag, er war in der Werkstatt mit einem Küchenschrank beschäftigt – die Insel war fertig, stand eingepackt an der Wand und wartete auf Abholung –, er fror beständig und stellte sich in den heißen Luftstrom aus dem Heizer. Blickte durch das hintere Fenster in den Hof. Wie etwa jede halbe Stunde. Um nach dem Transporter Ausschau zu halten, redete er sich ein. Aber das stimmte nicht. Gyg, die Katze, saß auf den Hinterbeinen und beobachtete die Vögel am Futterspender, Finken und Spatzen.

Wer liebte bineshi nicht? Er legte die Hände auf den unteren Rücken. *Es geht mir gut*, sagte er sich zum x-ten Mal, während er den Vögeln zusah.

Aber es ging ihm nicht gut. Sein Rücken und die Hüfte schmerzten wie seit seiner Zeit als Pitcher nicht mehr. Und wenn er sich vor die Heizung bückte und die Hitze seine Schulter bestrahlte, spürte er das Schlüsselbein wieder herausspringen. Er hatte gehofft, die Schwellung würde abklingen, aber das war nicht geschehen. Durch den Truck geschleudert zu werden, hatte seine Schulter beschädigt.

Was die Arbeit am Schrank ziemlich anstrengend machte, aber auch daran lag es nicht.

Also kam es ihm wie ein Wunder vor, als er ein Hupen hörte und zur Tür ging.

Nicht der Transporter, sondern Lucy. Sie war auf die Einfahrt gefahren, was sie sonst nie tat, ging zum Kofferraum, öffnete ihn und hob zu seinem Entsetzen genau das heraus, was er sich geweigert hatte, bei Naomi abzuholen. Ein graugrüner Kasten, sechzig mal sechzig mal eins zwanzig. Als Lucy mit dem Kasten auf den Armen auf die Seitentür zukam, öffnete er ihr, sie trat ein, ging um das Kanu herum und setzte den Kasten auf dem Anreißtisch ab. Dann trat sie mit einem Gesichtsausdruck zurück, der ihm Rätsel aufgab.

Aber darin ein *Da, bitte.* Was angesichts dessen, was sich in dem Kasten befand, bedeutete –

»Sie hat dich damit hergeschickt?«

Lucy nickte, stand vor ihm, die Finger verknotet, sah aus wie ... Sie versuchte, zu dem zu stehen, was sie getan hatte, und hatte gleichzeitig Angst vor seiner Reaktion.

Und sie suchte nach den richtigen Worten. Sagte dann: »Es gibt keine Entschuldigung für das, was ich getan habe, und ich hoffe, du verzeihst mir.«

Sie zog sich die Kapuze vom Kopf, zum ersten Mal in seiner Gegenwart, und er wusste, was die Geste bedeutete. Sie als hübsch zu bezeichnen, traf es nicht, eher beeindruckend und schön, aber die Fürsorglichkeit in ihrer Miene, als sie geradezu entblößt vor ihm stand, und ihre ausgestreckten Hände hatten etwas so Berührendes, wie sollte er sie da abweisen – oder es?

»Ich hab gesehen, was passiert ist, es stand in der Zeitung, und ich konnte nicht herkommen, weil ... na ja.« Sie schloss die Augen, sagte dann: »Es hatte mit mir zu tun und dass ich hier bin. Aber das weißt du.«

Sie sah ihn über den Tisch und den schrecklichen Kasten hinweg an, und er spürte, dass er sich festigte.

»Als ich neulich ins Haus gegangen bin?«

Er nickte.

»Naomi hat angerufen, und ich bin drangegangen. Und ich hab ihr erzählt ...« Sie schaute hoch zur Werkstattdecke. »Ich hab gelogen. Ich hab erzählt, ich wäre deine Aushilfe, würde dich unterstützen, so eine Art Sekretärin, weil ich ... ich sehe ja, dass du den ganzen Bürokram nicht gern machst, und ich dachte, ich könnte helfen … damit. Und nachdem ich gesehen hatte, was dir zugestoßen ist, wollte ich – ich weiß, dass das echt blöd war – ich wollte was für dich tun, etwas, das du irgendwie nicht schaffst.« Sie atmete tief ein. Sie log, und dann auch wieder nicht.

Klar, sie hatte mehr über ihn rausfinden wollen und sehen wollen, was für ein Mensch Naomi war, und der Kasten war eine Ausrede gewesen. Das verstand er.

Sie wagte es, ihn anzusehen, in die Augen, die Lippen zusammengepresst. »Aber jetzt ist mir klar, dass ich mich geirrt hatte, weil ich dachte, es wäre wegen *ihr*. Dass du nicht hinfährst und das Ding abholst, weil sie, na ja, sie hat gesagt, ich soll dir ausrichten, dass es ihr leidtut.« Ihre Augenbrauen zogen sich zusammen. »Jedenfalls hab ich gedacht, ich müsste was für dich tun, als Dank, weil … nach dem, was dir zugestoßen ist, kann ich nicht mehr herkommen.«

Sie sprach den Grund nicht aus, er war offensichtlich: Es wurde zu gefährlich für ihn, und das konnte sie nicht zulassen.

»Und außerdem wusste Naomi irgendwie alles, obwohl sie es … eigentlich nicht weiß. Verstehst du?«

»Glaubst du, das löst irgendwas für dich, wenn du nicht mehr herkommst?«

»Nicht?«

»Nein, und das weißt du.«

»Also?«

Buck ging um den Tisch herum. Stand vor ihr. Legte ihr eine Hand auf die Schulter und sah ihr in die Augen.

»Ich dachte, ich könnte helfen und –« Sie verschluckte sich, bekam Schluckauf, und als er zurücktrat, hörte es nicht auf.

Er schob sie in einen Sessel in der Ecke, in dem er immer saß, wenn er Ausschreibungen las oder Entwürfe zeichnete.

»Bleib hier«, sagte er und ging rüber ins Haus, mit schweren

Schritten – weil er wusste, wohin das jetzt führen würde, er hatte nur noch keine Ahnung, wie es laufen würde –, kehrte in die Werkstatt zurück, reichte ihr einen Becher, holte sich einen Stuhl und setzte sich neben sie.

»Also, wie lange geht das schon?« Als sie nur ausdruckslos vor sich hin starrte, sagte er: »Auch ich habe Unaussprechliches in mir. Okay?«

»Was?« Damit wollte sie sagen: *Nicht so was Schreckliches oder Beschämendes oder Selbstzerstörerisches wie ich.*

Er nickte in Richtung Kasten. »Das da drin gehört dazu.«

Lucy lachte. »Klar, alte Bleiglasweihnachtsdeko oder so was, deswegen ist der so schwer. Naomi kann das Zeug nicht brauchen, weil es viel zu …« Sie zuckte die Achseln. »Sie hat gesagt, du würdest verstehen, was es bedeutet, dass sie es mir gegeben hat, damit ich es dir bringe.« Sie sah ihn an. »Stimmt das?«

Ihre Nase lief, und sie wischte sich mit dem Ärmel des Hoodies das Gesicht ab.

»Ich weiß«, sagte sie, »es klingt schrecklich, wie ein blöder Witz oder so, und es ist nicht witzig, aber –«

Er griff in den Schrank hinter ihnen, zog ein Taschentuch aus einer Schachtel und hielt es ihr hin. Sie putzte sich die Nase, knüllte das Taschentuch zu einem Ball zusammen und wusste nicht, wohin damit. Buck nahm ihr den Ball aus der Hand und warf ihn in den Mülleimer am anderen Ende der Werkstatt, ganz der Profi.

»Netter Trick, aber davon kannst du nicht leben«, sagte sie. »Stimmt's? Nicht wie früher vom Baseball, meine ich.«

Ein Versuch, die Stimmung aufzuhellen, der völlig fehlschlug, aber er liebte sie dafür, dass sie es versuchte. Er hatte schon gemerkt, dass die Karte an seinem Badezimmerspiegel verschoben worden war.

»Also, du musst es mir nicht sagen, wenn du nicht willst, aber was ist in dem Kasten?«, fragte sie.

»Wir reden jetzt über dich, okay?«

Lucy umklammerte ihren Becher und senkte den Kopf.

»Weiß irgendwer Bescheid, was da passiert?«, fragte er.

Sie schaute ihn kurz an, erwiderte: »Jean wusste es.«

»Ja, das hab ich mir gedacht«, sagte er. »Aber sie meine ich nicht, okay? Sondern ... bei wem wohnst du?«

»Bei meinem Vater, und ...« Sie dachte nach, sprach dann weiter. »Die haben gesagt, sie bringen ihn um, wenn ich –« Sie zuckte die Achseln. »Aber ein Freund von mir, er weiß davon. Er hat es gesehen.«

»Und dieser Freund ist wer?«

Sie zuckte die Achseln.

»Aber Jean wusste davon oder war selbst –«, hob er an, und sie rollte mit den Augen, dachte das Falsche, dass er sagen wollte, Jean wäre Teil ihres Problems gewesen. »Hör zu, ich weiß, dass du Jean geliebt hast. Das ist okay. Echt.«

Zum ersten Mal sperrte sie sich, legte die Hände über die Augen, hielt den Kopf gesenkt.

Er erzählte ihr von dem Polizisten, der bei Leif aufgetaucht war. »Und wer immer das war, er ist derjenige, der ...«

»Der hat dich nicht in den Fluss geschubst.«

»Nein?«

»Mein Vater arbeitet mit ihm zusammen, und er war an dem Tag auf dem Revier. Steht im Dienstplan.«

»Also ist er tatsächlich Polizist. Und das ist der, der dir Ärger macht?«

Sie wandte den Blick ab. »Ein Freund meines Vaters, Arn, er gehört dazu, aber er ist nicht der Einzige.«

»Also, bevor Arn *das* getan hat, haben die –«

Sie sah ihn finster an. »Sie haben Dinge mit mir gemacht! Okay? *Davor*. Und ich hab so getan, als würde ich schlafen, zumindest am Anfang, weil«, sie wand sich geradezu, »was sollte ich sonst tun. Und sie haben gesagt, sie würden meinen Dad töten, und – « Sie hob den Kopf, starrte ins Nichts. »Aber wenn ich darüber nachdenke, der, den ich nie gesehen habe, mit dem alles angefangen hat – « Sie zeigte auf ihren Hals, dann zog sie den Reißverschluss des Hoodies auf, über dem T-Shirt zwei Halsketten, Jeans, die er ihr auf dem Parkplatz gegeben hatte, und eine andere, anders aussehende.

»Nachdem *Er* es getan hatte, kurz bevor ich dich kennengelernt habe, hat *Er* mir die hier umgehängt.«

»Arn?«

»NEIN!« Sie hob die zweite Kette hoch. »*Er*, mit dem alles angefangen hat – *vor* Arn, der Erste, der – «

»Der was?«

Ihr Blick war leer. »IHN IN MICH REINGESTECKT HAT! ER HAT MICH *GEFICKT*, KLAR? ER HAT SEINEN SCHWANZ IN MICH REINGESTECKT! BIST DU JETZT ZUFRIEDEN?! Und danach hat *Er* mir *die* um den Hals gelegt, was, oh Gott, wohl heißen soll, da er mich jetzt gefickt hat, können mich *alle* ficken. Verstehst du?« Sie senkte den Kopf, umarmte sich. »Aber Arn, der hat mich zerrissen.« Sie sah ihn wütend an. »Du hast es doch gesehen, ich hab immer noch geblutet, als ich das erste Mal hier war.«

»Hör mir zu«, sagte Buck. Er kniete sich auf den Boden, um ihr in die Augen sehen zu können. »Erstens, benutz nicht dieses Wort für das, was die getan haben. Das nennt man Vergewaltigung. Und du bist – noch ein Mädchen.«

»Arn, eine ›Säule der Gesellschaft‹, so heißt es doch, oder?«, sagte Lucy. »Arn, ein echter Familienmensch.«

»Also, der Erste ist in den Trailer gekommen, als – «

»Mein Dad hatte Nachtschicht. Arn hat einen Schlüssel, damit er nach mir schauen kann, seit meine Mutter … Sie ist nicht mehr da, okay?«

»Heißt das, sie hat euch verlassen oder –«

»Vor etwa vier Jahren, der Unfall mit Fahrerflucht? Diese richtige … Sauerei?« Sie verzog das Gesicht. »›Wieder so eine Reservatstragödie‹, so haben die verdammten Cops es genannt.«

»Das tut mir leid«, sagte Buck. »Also, Arn hat den Ersten reingelassen – oder hat ihm den Schlüssel gegeben?«

»Die sind gut organisiert, Arn und seine ›Freunde‹«, sagte Lucy, »und es macht ihnen Spaß. ›Vorbeischauen‹. Das macht es spannender, weil die alle auch Jäger sind. Die haben keine festen Arbeitszeiten, sie können jederzeit überall sein, verstehst du? Sie verschwinden, tauchen plötzlich in unseren Betten auf. Und ich glaube, wenn sie fertig sind, bringen sie einen um, so läuft das.«

»Okay«, erwiderte er. »Okay. Ich verstehe.« Aber dann sagte er: »Nein, *nicht* okay. Ich muss das wissen. Der Erste, würdest du ihn wiedererkennen?«

»Wie, soll ich bei einer Gruppe Jägercops rumfragen: ›Hey, Arn, Tom, Walt, weiß einer von euch Perversen vielleicht, wer bei mir im Bett war, vor etwa drei Jahren, das erste Mal?‹ So? ›Und übrigens, wer hat mir die Kette gegeben? Als Botschaft an euch, dass ihr mich jetzt – nach *Ihm* – auch *vergewaltigen* könnt?‹«

»Aber die Kette, die kam von *Ihm* – da bist du dir absolut sicher? Von dem Ersten, mit dem –«

»Alles angefangen hat? Ja.«

Sie saßen schweigend da, das Gebälk knirschte in der Kälte.

»Kannst du diesen Freund herbringen?«, fragte er, »der gesehen hat, was der Polizeikollege von deinem Vater, dieser Arn, gemacht hat?«

»Booker?« Sie stand auf. »Ich versuch's. Es wird dunkel. Ich muss nach Hause und so tun, als wäre alles normal, sonst richtet mein Dad nur Chaos an.«

Er sah ihr nach, als sie durch die Werkstatt ging und an der Tür zögernd stehen blieb. »Bist du dort in Sicherheit?«, fragte er.

Sie bedachte ihn mit einem Blick, der sonst bestimmt für die nicht ganz so Scharfsinnigen reserviert war. Nein, natürlich war sie dort nicht in Sicherheit.

»Warte«, sagte er, ging in sein Kabuff, nahm aus einer Schublade, was er selbst früher bei sich getragen hatte, und sein Vater im Krieg. Winkte sie zu sich.

Lucy kam, sah, was er in der Hand hielt. Ein Springmesser mit Guttapercha-Griff. Er drückte den Knopf an der Seite, die Klinge schnellte heraus. Glänzend und scharf wie ein Skalpell.

»Es ist doppelschneidig«, sagte er, »und der Griff ist so geformt, dass du ihn gut halten kannst, er kann dir nicht aus der Hand geschlagen werden.«

Er schob die Klinge zurück in den Griff. »Nimm es«, sagte er, und sie tat es. »Lass das Messer zu, aber greif mich an.«

»Jetzt?«

»Ja, jetzt.«

Lucy runzelte die Stirn. »Ist das dein Ernst? Was soll das bringen, du bist schließlich – «

»Dreimal so groß wie du?« Er nickte. »Mach es. Tu so, als würdest du mich verletzen wollen, und zwar richtig.«

Sie stürmte mit dem Messer auf ihn zu, und er schlug ihre Hand mit Leichtigkeit beiseite. Lucy senkte den Kopf und sah aus, als würde sie gleich in Tränen ausbrechen.

»Okay«, sagte er, »hier ist der Trick, selbst wenn jemand richtig Großes auf dich zukommt. Hörst du zu?« Sie sah so verletzt aus. »Es ist ganz einfach«, sagte er, »du trittst dem Angreifer entgegen. Weich nicht zurück, wie du es eben getan hast. Mit dem linken Ellbogen führst du, fängst von unten seine Arme ab, stößt mit aller Kraft aus den Beinen nach oben und stichst den Scheißkerl ab. Dazu brauchst du nicht viel Kraft, du hast mehr als genug. Und«, er zeigte auf sein Herz, »du zielst hierhin, tief rein, mit der rechten Hand. Mit der Kraft aus den Beinen. Okay? Also los.«

»Noch mal?«

»Nein, nicht noch mal. *Anders*«, erwiderte er, und als sie die Stirn runzelte, sagte er: »Tu es. Mach mich fertig.«

Er wich zurück, ging dann auf sie los, und sie sprang ihm entgegen, riss den Ellbogen hoch, wehrte seine Arme ab und stieß ihm den Messergriff gegen die Brust.

»Siehst du?«, sagte er. »Dein Angreifer hat die Arme ausgestreckt und kann die Hebelwirkung unmöglich abfangen.«

»Ha«, sagte sie verblüfft.

»Das Messer behältst du«, sagte er. Sie steckte es ein, zog sich die Kapuze über den Kopf. Etwas war zwischen ihnen geklärt. »Und du bringst so schnell wie möglich deinen Freund her?«

Lucy nickte. »Aber ihr beiden dürft nie zusammen gesehen werden, niemals, okay? Wenn die rausfinden, wer er ist, na ja, das wäre schlimm. Aber ich lasse mir was einfallen. Versprochen.«

»Gut, sag mir Bescheid«, sagte Buck. Lucy nickte und ging, und die Katze folgte ihr.

28
Lucy

Sie fing Booker um kurz nach ein Uhr nachts ab, als er gerade zwei Mülltüten in den Container hinter dem Supermarkt werfen wollte, in dem er arbeitete. Als sie aus der Dunkelheit trat, erstarrte er. Der Supermarkt wurde regelmäßig überfallen, und seine Miene sprach Bände.

Hätte irgendwo Licht geschienen – wie es eigentlich hätte sein sollen –, er wäre das sprichwörtliche Reh im Scheinwerferlicht gewesen.

»Booker«, sagte sie, »ich bin's. Lucy.«

Er stellte die Mülltüten ab. Sah sie vorwurfsvoll an. Dann seufzte er. Was er nicht sagte: Warum kommst du nicht wie jeder normale Mensch einfach durch die Eingangstür? Und wieder wurde ihr klar, dass Booker klug war. Er wusste, warum sie sich so anschlich. Und genau wie sie bemühte er sich, seinen Grips nicht zu zeigen.

»Ich muss gleich wieder rein. Okay? Die Kameras laufen rund um die Uhr. Ich will nicht, dass die denken, ich würde während der Arbeit kiffen oder so was, und mich dann feuern. Also, die Kurzversion, was gibt's?«

»Du warst Zeuge einer Vergewaltigung, Booker«, sagte sie, »und ich bin jetzt Zeugin eines Mords, dem an Jean. Und du hast ihn gesehen – und das wissen die.«

»Scheiße, ja, so hab ich mir das auch gedacht, und du gehst nicht zur Polizei, weil die die Polizei sind, stimmt's?«

»Aber sie wissen nicht, wer *du* bist, Booker. Das ist der einzige Grund, warum ich noch am Leben bin. Das und – weil ich das

Zeug, das Jean hatte, nicht genommen habe, was«, sie schauderte, »leicht hätte passieren können. Aber sie müssen erst an dich ran.«

»Ich soll als Zeuge vor Gericht aussagen, ja?« Bookers Gesichtszüge verhärteten sich. »Oder ich bringe den Scheißkerl einfach um«, sagte er und schmiss den Müll in den Container, »willst du das?«

Sie hielt seinen Arm fest. »Nein. Weil, wie du schon gesagt hast, er nicht der Einzige ist. Es sind viele.«

Er sah sie stirnrunzelnd an. »Ich muss wieder rein. Aber ich werde dir helfen. Versprochen. Was ist mit Ryan?«

»Was soll mit ihm sein?«

»Er weiß es auch, Lucy. Er war dabei, genau wie ich.« Booker hielt sich die Hand an die Stirn und überlegte. »Hör zu, du musst mit ihm reden, und dann treffen wir uns irgendwo.«

»Wieso?«

Booker stand breitbeinig vor ihr. »Du weißt genau, dass Ryan zu dir hält, egal was passiert. Und dieser Typ, Arn, nachdem ich losgebrüllt hatte? Er ist direkt an Ryan vorbeigerannt. Arn hat ihn da in der Dunkelheit gesehen, genau wie mich, wir stecken da also alle gemeinsam drin, klar?«

Er stapfte in Richtung des Lichts, das durch das kleine kaputte Fenster in der Hintertür fiel.

»Booker?«, rief sie ihm nach.

Er hielt an. »Was?«

»Danke.«

Er nickte und verschwand. Und sie stand neben dem Müllcontainer und dachte: Ryan.

Sie wachte früh auf, kurz nach sieben, ihr Vater war schon auf und klapperte am Herd herum. Sie tappte im Schlafanzug in die Küche, rieb sich den Schlaf aus den Augen und wunderte sich über die Betriebsamkeit.

Draußen schneite es, dicke Flocken fielen vom Himmel, die Kälte kroch durch die Wände des Trailers herein.

»Ich dachte, du hast heute frei«, sagte sie, und es klang unabsichtlich vorwurfsvoll. Er hatte versprochen, mit ihr zusammen Weihnachtsgeschenke zu kaufen; anstatt selbst etwas für sie auszusuchen, hatte er gesagt: »Bebbe Gurl, da du jetzt, na ja …« Er hatte verlegen den Kopf eingezogen und überlegt, was er sagen sollte. »Ich sollte keine Klamotten mehr für dich kaufen, okay? Und ich weiß, dass du welche brauchst, also fahren wir rüber zum Shoppingcenter und du suchst dir was aus, und das wickle ich dann in hübsches Papier ein, okay? Und falls du mir was schenken willst? Leg's einfach in einen Schuhkarton oder so und schieb es über den Tisch, sag deinem Dad, dass du ihn lieb hast, dann ist er der glücklichste Kerl auf Erden. Okay?«

Ihr graute davor, mit ihrem Vater loszugehen, weil sie immer im Erdboden versinken wollte, wenn er zu der Frau an der Information sagte: »Meine wunderschöne Tochter hier sucht …«, und die Happy-Guy-Show mit den Grübchen abzog und fragte, wo sie hinmüssten. Dabei bräuchte er doch bloß auf die Karte vor dem Einkaufszentrum zu gucken.

Es war peinlich, geradezu demütigend. Also hätte sie froh sein sollen, dass aus dem Einkaufstrip nichts wurde, aber das war sie nicht.

Er schlug die Eier in die Pfanne, auf der hinteren Herdplatte fing gerade der Speck an zu knistern. Ihr Vater, in seiner Steppweste über dem blauen Karohemd, in Carhartt-Hose und Stiefeln, sah sie von der Seite an.

»Können wir unseren Ausflug verschieben, Bebbe Gurl?«

»Klar«, sagte sie, »aber – «

»Uns bleibt noch die ganze Woche vor den Feiertagen. Da habe ich normalen Dienst und kann mich endlich um ein paar Dinge kümmern. Wir können abends einkaufen gehen.«

»Und was machst du heute?«

»Ich gehe mit Arn auf die Jagd«, sagte er, rührte die Eier mit einem Holzlöffel um und wich ihrem Blick aus.

Ein Stich in ihrem Herzen. Als wäre es in einer Sekunde von null auf hundert hochgejagt worden.

Er schaute auf. »Das ist so ein Jahresabschlussding. Was für die Kühltruhe, bevor unsere Lizenzen ablaufen.« Er lächelte, es lag eine Entschuldigung darin.

»Wo?«

»Wo?« Er zuckte die Achseln. »Keine Ahnung. Arn kam vorbei, als ich gerade aus dem Revier rauswollte. Ich habe also nicht viel geschlafen, aber man muss das Eisen schmieden, solange es heiß ist, stimmt's?«

»Geht sonst noch wer mit?« Sie bemühte sich, ihre Panik nicht durchklingen zu lassen. Nicht schrill zu werden.

»Nur Arn, ein paar andere Kollegen und ich.« Er sah sie an, nickte, schien sich darauf zu freuen.

Lucy war entsetzt. Wenn ihr Vater mit Arn loszog, war alles, an das sie sich geklammert hatte, alles, was sie erlitten hatte, um ihn zu schützen, vergebens gewesen.

»Was?«, fragte er.

Wieder hatte sie das Gefühl, versagt zu haben. Klebte ein breites Lächeln über ihr Entsetzen, sagte: »Ich geh mich anziehen.«

»Die Eier sind gleich fertig.«

»Sofort wieder da«, gab sie zurück, lief in ihr Zimmer und warf sich auf ihr Bett. Ihre Gedanken rasten.

Sie dachte daran, alle Tabletten im Medizinschrank auf einmal zu schlucken, einen Selbstmordversuch vorzutäuschen. Man würde ihr den Magen auspumpen oder so, aber dann müsste sie zu einem verdammten Therapeuten gehen oder würde zur Beobachtung eingesperrt werden. Eine Freundin von ihr hatte letztes Jahr versucht, sich auf die Art umzubringen, und man hatte sie eingesperrt und ihr Zombiedrogen verabreicht. Sie war immer noch nicht wieder normal. Oder sie könnte den Trailer anzünden. Aber dann hätten sie kein Zuhause mehr. Was auch alles kaputt machte.

Scheiße, scheiße, scheiße, dachte sie. Sie könnte sich am Herd verbrennen, aber wie sollte sie das wie einen Unfall aussehen lassen, wenn ihr Vater gerade am Kochen war?

Und dann fiel ihr die eine Lösung ein, die funktionieren würde. Wirklich funktionieren. Und sie zog sich schnell an. Jeans. Hoodie. Stiefel. Huschte aus ihrem Zimmer, sträubte sich gegen das, was sie vorhatte, und setzte sich in die Essnische. Ihr Vater kam mit der Bratpfanne an den Tisch, machte eine Verbeugung und schob das Rührei auf ihren Teller.

»Chefkoch Michelangelos Eier. Und wenn du mich ein Sekündchen entschuldigen würdest, hole ich dir den Speck, Bebbe Gurl, Licht meines Lebens.«

»Ich esse keinen Speck, Daddy«, sagte sie, und während er sich umdrehte, die eine Pfanne abstellte und die andere vom Herd nahm, sagte er lächelnd: »Komm schon. Erzähl deinem alten Vater nicht, du würdest keinen Speck mögen. Ich kenne dich doch. Bald ist Weihnachten, sei nicht so streng, okay? Und gib deinem alten Dad die Chance, es ein Stück weit wiedergutzumachen, dass wir heute nicht wie versprochen einkaufen gehen, ja?«

Sie liebte Speck, war aber sicher, ihn vor lauter Nervosität gleich wieder auszuspucken. Und als sie kurz davor war, die Nerven zu verlieren, sagte ihr Vater – der seelenruhig neben ihr saß und aß, sodass sie sich fast einredete, sie würde sich irren, die waren nicht hinter ihrem Vater her und auch nicht, wenn er aus dem Weg geräumt wäre, hinter ihr – »Gut?«, und sie gab zurück, als wäre nichts: »Okay. Ja, ich mag Speck.«

»Arn hat ein neues Gewehr, das er einschießen will, das ist wohl der eigentliche Grund für die Hektik. Aber wenn ich jetzt mitgehe, erspart mir das später einen weiteren Jagdausflug, verstehst du? Zwei Fliegen mit einer Klappe. Und wir haben mehr Zeit für uns.«

Sie hätte sich fast übergeben. Der Speck blieb ihr im Hals stecken. Sie hatte den Plan abstrakt gefasst, jetzt würde sie ihn ausführen müssen.

Auch wenn sie sich fast in die Hose gemacht hätte und ihr das Herz bis zum Hals klopfte. Sie setzte das Gespräch fort. Über all das, was sie zusammen unternehmen würden. Weihnachten. Lebensmittel einkaufen. Ein Berg Wäsche. Jaja. Genau. Hmm.

Arn würde ihn in zehn oder fünfzehn Minuten abholen, sagte ihr Vater und grinste sie an.

Wie aus großer Ferne sah sie sich selbst mit den Tellern zur Spüle gehen. Hörte sich mit ihrem Vater reden.

Haha, Daddy. Ja, der war lustig. Und dachte dabei unablässig: *Jetzt, dumme Kuh, jetzt sofort, kein Warten mehr, nicht länger zögern, häng einfach das Handtuch auf den Haken da und raus mit dir.*

»Ich hole ein bisschen Brennholz, Daddy«, sagte sie, und er sagte genau das, womit sie rechnete: »Bebbe Gurl, ich kümmere mich später darum, versprochen. Überlass mir das. Keine Eile, okay?«

Sie schmolz dahin angesichts seiner Güte. Zog ihre Daunenweste über. Stand in der Tür. *Hilf mir,* dachte sie. *Gott, hilf mir.*

»Ich will aber«, sagte sie, »schließlich hast du das Frühstück gemacht. Wir zünden später ein Feuer an, das wird schön, okay?«

Er hob die Hände, nahm ihr Angebot an. »Aber unter einer Bedingung. Nimm nicht die Axt? Klar?«

Sie tippte sich mit dem Zeigefinger an die Stirn – eine Art spaßiger Salut – Jawoll! – und ging nach draußen.

Dort stand ein riesiger Schwarzpappelklotz, auf dem sie Holz hackten, die Axt steckte darin. Und ein Beil. Okay. Sie zog die Axt aus dem Stumpf und legte sie auf den Grill. »Leg Stahl niemals in den Schnee«, hatte ihr Vater ihr beigebracht, »das zerstört die Schneide.«

Sie spaltete mit dem Beil ein paar Holzstücke. Nur um sicherzugehen. Damit es echt aussah. Oder schob sie es vor sich her? Und dann fuhr Arn auf die Einfahrt. Sie stellte einen Kiefernscheit auf den Block. Hielt die Hand so, wie Buck es ihr an der Kreissäge gezeigt hatte, spürte ihr Herz bis zum Hals schlagen. Zweimal messen, einmal schneiden.

Sie hob das Beil hoch bis zur Schulter und schlug zu, auf ihre Hand, trennte das letzte Glied des kleinen Fingers ab. Das Fingerglied wie ein seltsames, fleischfarbenes Wiener Würstchen im Schnee. Samt pinkem Fingernagel. Und Blut – schoss aus ihrer Hand.

Sie schrie, als Arn vorfuhr, schrie ihm direkt ins Gesicht, und ihr Vater kam aus dem Trailer gestürmt.

In der Notaufnahme versteckte sie die Schmerztabletten, die man ihr gab, unter der Zunge. Arn hatte darauf bestanden, sie zu begleiten. Arn mit seinem fetten Bauch sah ganz besorgt drein, lungerte herum, beobachtete die Schwestern, bis er sicher war, dass es nicht – *darum* ging, was es natürlich tat, aber er musste sichergehen, dass sie nicht in irgendeinem narkotisierten Delirium losplappern würde. Und als man sie sediert hatte, mit einer Spritze, und sie fast in dem Stuhl versunken war, in den man sie gesetzt hatte, entschuldigte er sich und ging nach draußen. Ihre Hand pochte ganz furchtbar, aber es war die linke. Daran hatte sie gedacht, danke auch. Ihre Gedanken schweiften, ihr fiel etwas ein, fast hätte sie geweint, es war so absurd, aber sie konnte jetzt nicht mehr Gitarre spielen – oder? Nicht mal zu »Michael Row the Boat« oder »Hallelujah« oder so was mitschrammeln, wie ihr Dad es früher gemacht hatte, und sie sah alles wie aus großer Ferne. Der Schmerz, Gott sei Dank, war etwas, in dem sie sich verstecken konnte, sodass sie tief in sich drinnen war, ihre Hand pochte wie eine verdammte Trommel, und sie betrachtete sich aus einer erschreckenden Ferne, so weit weg diesmal – was hatten die ihr gegeben? Sie hatte Angst, nie wieder zurückzukommen, alle Geräusche erreichten sie gedämpft, als wären ihre Ohren verstopft, und das Dröhnen aus der Lautsprecheranlage, und ihr Vater mit versteinertem Gesicht neben ihr, blinzelnd, als würde er unter Schock stehen – etwas ging in ihm vor, ihr Vater da in seiner blutbesudelten Jacke, das letzte Glied ihres Fingers in einem Big-Gulp-Becher auf Eis gelegt.

Ein Arzt kam herein, quasselte quasselte quasselte mit ihrem Vater, der sie in die Arme nahm und hochhob, und sie klammerte sich an ihn, auch dann noch, als er versuchte, sie in einen Rollstuhl zu setzen, den die grün gekleideten Pfleger gebracht hatten.

Der Arzt, ein Typ aus Indien mit freundlichem Gesicht, kniete neben ihr. »Wie schlimm ist der Schmerz?«

Sie schüttelte den Kopf – sie wollte nicht, dass der Arzt ihr zu nahe kam. Sein trauriges Gesicht rührte sie fast zu Tränen. Was, wenn sie es rausfanden? Was, wenn sie sie untersuchten – da unten?

Das musste sie verhindern und presste die Knie zusammen.

Sie hatten den Stumpf ihres Fingers kauterisiert. Ihn ausgebrannt, um die Blutung zu stoppen oder so, es war ihr egal.

Sie würden sie unter Narkose setzen und es dann machen, aber bei der Vorstellung, derart ungeschützt zu sein, drehte sie innerlich fast durch. Trotzdem, als sie im Rollstuhl sitzend ihre linke Hand vor ihrem Bauch umklammerte, dachte sie mit so etwas Ähnlichem wie Klarheit und sogar einer furchtbaren Art von Stolz:

Tja, sie hatte es hinbekommen, hatte getan, was getan werden musste. Was bewies, dass sie auch all die anderen Dinge hinbekommen konnte.

29
Buck

»Unbewegliches Ziel«, nannte er sich selbst. Und es stimmte, so wie er da in seiner Werkstatt hockte, umgeben von in blaue Decken eingewickelten Küchenschränken, bereit für den Abtransport, und darauf wartete, dass sich Lucy wegen ihres Freundes meldete, dem Zeugen. Warum hatte er noch nichts von ihr gehört? Vor lauter Nervosität hatte er sich einen Nietnagel am rechten Mittelfinger aufgerissen, es blutete, würde bald brennen und anschwellen und pochen. Wieso hatte er das getan? Er hatte sich eingeredet, der Transporter würde jeden Moment kommen und die Schränke abholen, aber das war Stunden her – und direkt vor ihm stand der Kasten.

Wenn er ihn nicht öffnen würde, wenn er damit zum Fluss fahren (was einem Selbstmord gleichkäme, denn genau da würden sie sich ihn schnappen) und ihn ins Wasser schmeißen würde, würde der Kasten irgendwohin treiben, und das konnte er nicht zulassen. Das wäre unverantwortlich. Also müsste er Löcher reinbohren, damit er sank. Aber dafür müsste er den Kasten anfassen, und dann würde er ihn auch öffnen; tatsächlich war er überzeugt, dass er ihn öffnen würde, wenn er ihm auch nur zu nahe käme. Und dann wäre er, das wusste er, – verfrüht – versucht, das »Ding« auch zu benutzen. Und diesem Impuls durfte er auf keinen Fall nachgeben.

Deswegen hatte er den Kasten Naomis Mutter zur Aufbewahrung gegeben, um nicht jederzeit Zugriff darauf zu haben, sondern nur, wenn es wirklich notwendig war, wenn ihn irgendwann wieder möglicherweise lebensbedrohliche Schwierigkeiten einholen sollten.

In den vergangenen fünfzehn Jahren war es manchmal ein Trost, manchmal eine Tortur gewesen zu wissen, dass der Kasten da war.

Er löschte seine Zigarette in der Radkappe auf der Werkbank, in der schon zehn weitere Stummel lagen, und stellte sich vor, wie er Lucys Cop, Arn, unterwegs auf Streife erledigen würde, der Wagen bot keinen Schutz. Bis ihm wieder mit Schrecken einfiel, dass das nicht reichte, weil es noch andere gab, eine ganze Organisation, die erst aus ihrem Versteck getrieben werden musste. Außerdem wäre es die falsche Art von Gerechtigkeit. Richtig wäre, die Typen bloßzustellen und dann –

Also, der Kasten – und auch jetzt schien er ihn auf dunkle Weise anzuziehen – war nicht die Lösung. Noch nicht.

Er sollte ins Haus gehen und sauber machen oder besser noch Rechnungen bezahlen. Die ganzen Rechnungen in dem Ständer neben dem Toaster. Dass die Typen ins Haus gekommen waren und so vorsichtig Dinge verschoben hatten? Er hatte keine Ahnung, wofür das gut sein sollte. Oder auch, dass sie ihn mit einem Trick dazu gebracht hatten, Lucy anzurufen. Es sei denn, sie wollten eine Verbindung zwischen ihm und Lucy herstellen, aber wieso? Oder lautete die Frage, wozu?

Er konnte jedenfalls nicht länger hier rumsitzen, nicht, solange der Kasten da stand, so versucht war er, ihn zu öffnen, also wandte er sich zur Tür, um rüber ins Haus zu gehen. Er würde Lucy fragen müssen, wo ihr Freund Booker zu finden war. In dem Moment hörte er das Gebrumm eines großen Transporters auf der Straße und ging raus in den Schnee.

Der Fahrer stieg aus und kam um seinen Wagen herum, ein Clipboard in der Hand. »Michael Fineday?«

»Ja«, sagte Buck wachsam, aber in dem Augenblick wurden das, was in dem Kasten war, und Michael, Seraphims Michael, eins. »Das bin ich.«

30
Lucy

Sie kam zu sich, als würde sie aus einem warmen Meer auftauchen, in dem es dumpf pochte, wusste nicht, was das war, bis sie begriff, es kam aus ihrer Hand, dieses Pochen, und aus dem Arm, der dazu gehörte. Sie versuchte, sich aufzurichten. Sie hatte einen Albtraum gehabt, in dem sie vor Arn geflohen war, aber Arn war nicht hier, oder? Sie bekam den Arm nicht los, jemand oder etwas hielt ihn fest.

»Lucy«, erklang eine Stimme, die nicht hier sein konnte. Wo war – hier? Übelkeit. Und das Licht stimmte nicht, da war ein Fenster, wo keins sein sollte, links von ihr, und die Sonne fiel schräg durch den Gardinenspalt herein und brachte sie zum Blinzeln.

Und dann fiel ihr mit einem Schlag alles wieder ein – was sie getan hatte.

»Der Chirurg hat deinen Finger wieder angenäht«, sagte Ryan mit seiner monotonen Stimme, und sie wandte sich ihm zu, er saß neben dem Bett. »Na ja, das letzte Glied, meine ich.« Er zuckte die Achseln. »Du wirst ihn nicht gut strecken können, aber – «

»Vielen Dank auch, Ryan«, sagte sie.

»Bitte, gern geschehen«, sagte er.

Herrgott, er begriff es einfach nicht. Sie ließ sich in die Kissen sinken und zog die Krankenhausdecke hoch bis zum Hals.

»Willst du nicht gucken?«, fragte Ryan.

Sie warf einen kurzen Blick darauf – denn sie wusste genau, dass Ryan sonst nicht aufhören würde zu fragen – und schaute dann wirklich hin. Ihr Arm war an einer Schiene befestigt und mit Verbandmull umwickelt, am Ende ihres Fingers ein roter Punkt aus Blut wie ein Auge. War sie erleichtert oder nicht? Ihre rechte Hand war intakt, Zeigefinger inklusive. Sie streckte ihn. Alles gut.

Sie hielt sich den Unterarm vor die Augen. »Ryan, bitte?«

»Was?«

»Die Gardine.«

Er zog sie zu, es wurde dunkel im Zimmer. Sie legte sich zurück ins Bett, als würde sie darin schwimmen.

»Wie bist du hergekommen?«

»Mit meiner Mom.«

»Ja, aber – «

»Ich hab ihr gesagt, wenn sie mich zwingt, in die Schule zu gehen, würde ich eben mit dem Bus herfahren.«

»Super«, sagte Lucy in dem sarkastischen Tonfall, den sie selbst nicht mochte. Irgendwie würde sie dafür bezahlen, vielleicht dürfte sie nicht mehr zum Lernen zu Ryan gehen, und das machte sie traurig.

»Guck mal«, sagte Ryan und hielt ein Buch hoch. »Hab dir was zum Lesen mitgebracht, weil, na ja …« *Der Dorsch: Eine Biografie des Fisches, der die Welt verändert hat.* Machte er Witze? »Die sagen, dass deine Elektrolyte völlig im Keller waren.«

»Toll.«

»Deswegen hängst du am Tropf. Und du warst total dehydriert. Du musst mehr trinken.«

»Klasse.«

»Als dieser Typ, Arn, weg war, da kam noch ein anderer am Trailer vorbei, wie zufällig. Er kam, als dein Dad und du weg waren. Ich habe Fotos von ihm gemacht.«

Sie sah ihn entsetzt an. »Du hast doch nicht mit ihm geredet, oder? Mit dem zweiten Typen?«

»Doch.«

Sie setzte sich auf, war plötzlich hellwach. Sie – bekam – keine – Luft, hier in diesem viel zu stillen Zimmer, nur ein Vorhang zwischen ihr und wer auch immer in dem anderen Bett an der Tür lag.

»Ryan.« Sie winkte ihn dichter heran.

»Booker war auch da.«

»Booker?«

»Ich hab ihn angerufen.« Ryan nickte. »Er tut nur so fies. Und er mag dich.«

»Ryan.«

»Nein, er weiß Bescheid.«

»Worüber?«

»Ich habe es an dem Abend auch gesehen.« Ryan nickte wieder. »Also stecke ich mit drin, genau wie Booker.«

Verdammte SCHEISSE! VERDAMMT NOCH MAL! »Ryan, du hast keine Ahnung, wozu diese Typen fähig sind, echt nicht.«

»Mein Vater wurde umgebracht, weil er Sachen geschrieben hatte. Und meine Mutter haben sie mitgenommen. Fast ein Jahr lang.«

Herrgott noch mal. »Ryan, wer war das?«, fragte sie, und Ryan erwiderte mit einem kurzen Nicken: »Das Umerziehungskomitee.«

»Wo?«

»In China.«

Es dauerte einen Moment, bis Ryans Worte Sinn ergaben. Dann lachte sie. »Nein, Ryan, ich meinte am Trailer. *Jetzt.*«

»Der Polizeichef.«

Sie lachte wieder, diesmal grell und hysterisch. »Klar, und den kennst du, stimmt's?«

Er hielt sein Handy hoch. Ein Foto des Polizeichefs des Shakopee Police Department.

»Ich habe mir die Website des Shakopee PD angesehen.« Er wollte sie ihr zeigen, aber sie sagte: »Kann ich das Foto mal sehen?«

Er gab ihr das Handy, sie betrachtete das Bild. Burgess, eindeutig. Das Arschloch. Auf dem Foto stand er mit Sonnenbrille im Gesicht neben seinem Dienstwagen, eine schwarze Tasche über der Schulter. Eine Knochensäge? Ein Schutzanzug? Bleiche? Plastikhandschuhe?

»Was hat er gesagt?«

»Ich habe so getan, als wäre ich ›zurückgeblieben‹, er hat nichts gemerkt.«

»Was gemerkt?«

»Dass ich ihn mit dem Handy gefilmt habe. Ich hab ihn dazu gebracht zu lügen, was du beweisen kannst, wenn es nötig sein sollte.«

Sie war erstaunt. »Und was für eine Lüge war das?«

Eine Krankenschwester kam ins Zimmer, nahm ein Clipboard von einem Wandhaken und notierte etwas. Sie lächelte ihnen zu und marschierte in ihren weißen Schuhen wieder hinaus auf den Flur.

»Burgess? Was wollte der da?« Als Ryan sie nur ausdruckslos ansah, sagte sie: »Verdammte Scheiße noch mal, Ryan.«

Er nahm ihr sein Handy ab, sagte: »Das Gleiche wie Arn. Er meinte, er würde auf ›eine tätliche Auseinandersetzung/einen Familienstreit reagieren‹. Aber wenn kein Notruf eingegangen ist, war das ein Vorwand.«

Sie runzelte die Stirn. Ryan nickte und sagte: »Es gab keinen. Ich hab's überprüft. Okay?« Er zuckte die Achseln. »Du könntest dich einfach an eine andere Polizeidienststelle wenden. Oder an die Presse, an die *Tribune* oder so.«

»Klar, warum nicht gleich an *Sixty Minutes?*«

»Wieso nicht?«

»Ryyy-an. Herrgott. Womit denn? Was habe ich in der Hand? Und außerdem will ich nicht das Aushängeschild für den ganzen Mist werden, klar? Was für Beweise habe ich denn, selbst mit dir und Booker als Zeugen? Ihr habt irgendwas gesehen. Im Dunkeln. Und wenn ich – wenn das alles öffentlich wird, Ryan, dann werden die versuchen, uns auszuschalten, bevor es vor Gericht geht oder so, meinst du nicht auch? Weißt du, ich glaube, die waren auch hinter meiner Mutter her, weil sie etwas wusste über Rose L'Rieux.«

»Was denn?«

Sie sah finster drein. Sie wollte mit Ryan nicht darüber sprechen. Außerdem war sie nicht sicher, es war bloß … Bildete sie sich das alles nur ein? Allerdings hatte sie ihre Eltern wegen Rose streiten hören.

Irgendwas stimmt mit dem Mädchen nicht, hatte ihre Mutter beharrt, *hör auf mich, Lee.*

»Kannst du mir das Foto schicken?«, fragte sie, und Ryan nickte. »Du bist mein Retter«, sagte sie lächelnd.

Hinter dem Trennvorhang wurde gehustet, Bettfedern quietschten.

Als es eine Weile ruhig geblieben war, sagte Ryan: »Ich lese mal ein bisschen.«

»Ja, ich will alles wissen«, sagte Lucy, »wie Charlie der Dorsch die Welt gerettet hat und so.«

»Charlie ist ein Thunfisch.«

»Herrgott, Ryan. Ich hab Spaß gemacht, okay?«

Er hob ein weiteres der drei Bücher auf seinem Schoß hoch. *Der geheime Garten.* »Ich auch.«

Sie starrte ihn an. Sie kannte Ryan … seit wann? Seit der Grundschule, nein – vorher schon. Aus der Vorschule.

Und hatte die ganze Zeit keine Ahnung gehabt. Er hatte aufgepasst, im Stillen, all die Jahre lang.

31
Buck

Schlaflos. Daher kurz nach vier auf und bei der Arbeit. Die Katze war in der Werkstatt und benahm sich seltsam. Lief zur Seitentür, hockte da, rannte nach hinten ins Kabuff, wo sie in letzter Zeit oft lag, und wieder raus. Er hob die Fräse hoch, mit der er Teile einer Kommode bearbeitete. Was immer da draußen war, es gefiel der Katze noch weniger als das Kreischen der Fräse.

Wenn er sonst mit den elektrischen Werkzeugen arbeitete, hielt die Katze Abstand, lag zusammengerollt in der hintersten Ecke. Aber jetzt stellte das Kanu ein Hindernis dar, und sie lag weiter vorn, im Kabuff.

Er setzte die Fräse auf dem Anreißtisch ab und ging zur Tür. Schaute hinaus. Der Hof leer bis auf die Vögel, die am Futterplatz herumzwitscherten. Er hatte auch ein Vogelbad hingestellt und den Enteiser eingeschaltet. Es machte ihn froh, wenn die ganeshii – Schwarzkopfmeisen, kompakte, kleine Vögel – angeflogen kamen und sich über Trinkwasser freuten und beim Baden mit den Flügeln flatterten. Wie konnte überhaupt etwas in dieser Kälte überleben?

Und dann sah er ihn – einen Schatten, rechts neben der Tür, bedrohlich. Da stand jemand.

Er griff zu seiner .38er, stellte die Füße hüftbreit auf, machte sich bereit, durch die Tür zu schießen. Auch wenn er seinen Möchtegernangreifer nur verletzte, würde der losrennen, und dann würde er ihn im Hof zu fassen bekommen.

Er duckte sich, entriegelte die Tür, drehte am Knauf. Öffnete die Tür. Stellte die Fräse an, die auf dem Tisch lag, sodass sie ratterte und tanzte und kreischte. Perfekte Tarnung – wer immer da draußen war, würde denken, dass er bei diesem Lärm nichts anderes hören könnte.

Jemand huschte auf leisen Sohlen herein. Hoodie. Groß. Breite Schultern. Afroamerikaner.

Und erstarrte, als er begriff, dass er einen Fehler gemacht hatte. Er hatte sich zu weit vorgewagt. Die Fräse rutschte vom Tisch und fiel polternd zu Boden. Der Eindringling drehte sich um. Den Kopf schiefgelegt.

Er hob die Hände, zeigte seine Handflächen. Buck trat gegen die Tür, schloss mit der linken Hand ab, hielt die ganze Zeit die .38er auf ihn gerichtet.

»Weg von der Tür«, brüllte Buck über den Lärm der Fräse hinweg.

Der Eindringling gehorchte, stand aber jetzt näher an der Hartfaserplatte, an der Bucks Schnitzwerkzeuge hingen, allesamt rasiermesserscharf.

Buck ging in die Knie, um die Fräse auszuschalten, plötzlich war es so still, dass er sich atmen hörte.

»Setz dich auf den Stuhl da«, sagte er, und der Unbekannte ließ sich darauf fallen und legte die Hände auf die Knie.

»Ich muss dir wohl nicht sagen«, begann Buck, »wenn du irgendwelchen Ärger machst, erschieße ich dich auf der Stelle. Einbrecher auf frischer Tat. Kein Gericht der Welt würde mir was anhängen. Ich erschieße dich, rufe die Cops, und das war's.«

Der Unbekannte war ein gut aussehender Junge, muskulös, aber schlank – ein Sportler. Aber in seinem Gesicht war etwas, das nicht passte. Eine Art fast enttäuschter Resignation. Das war es.

»Ich bin Lucys Freund Booker«, sagte er.

»Klar.«

Buck war schon mal auf so was reingefallen, aber nur einmal. Aber lief es nicht immer so? Wenn man in irgendwas reingeriet und davon ausging, dass alles so wäre, wie es den Anschein hatte?

»Die wollten Lucys Dad umbringen«, sagte der Junge.

»Wer?«

»*Die*. Das ist doch das Problem: dass Sie nicht wissen, wer die sind?«

Trotzdem, es reichte nicht. Noch lange nicht. »Erzähl mir was, das ich noch nicht weiß.«

»Die glauben, Lucy wäre ›in Schwierigkeiten‹, deswegen sind die hinter Ihnen her. Die brauchen einen Vater, jemanden, den sie ausschalten können, und sie glauben, sie hätte Ihnen vielleicht schon alles erzählt, verstehen Sie?«

Wenn das wirklich Lucys Freund Booker war, dann, das musste er ihm lassen, hatte der Junge Eier, sich hier so anzuschleichen.

»Hören Sie«, sagte der Junge, »Sie müssen hier nicht den Rambo geben, okay? Ist nicht nötig, mit der Kanone da vor meinem Gesicht rumzufuchteln.« Er zeigte auf das Kanu, das auf Sägeböcken neben ihnen stand.

»Das«, sagte er, »ist das Kanu, das Sie mit Lucy bauen, mit dem Sie mit ihr hoch in die Boundary Waters fahren wollen, das haben Sie gesagt. Die Katze da«, er zeigte auf das Tier, das im Holzregal kauerte, »heißt Gyg, was Leben bedeutet. Ich mach Ihnen einen Vorschlag«, sagte Booker oder wer immer das war, »Sie richten weiter die Waffe auf mich, okay, aber nicht schießen.«

»Und dann?«

»Ich gehe zur Tür und rufe Ryan rein. Okay?«

»Ryan?«

»Auch ein Freund von Lucy und von mir, Mann, der erfriert bestimmt schon da draußen. Und Sie stellen sich da in die Ecke, von da aus können Sie alles zu Klump schießen, falls nötig, okay? Ich gehe zur Tür, mache sie auf und rufe ihn rein. Also, erschießen Sie mich nicht, das ist echt nicht nötig. In Ordnung?«

Der Junge – er konnte keine zwanzig sein – schloss die Tür auf und öffnete sie, und Buck wappnete sich.

Herein kam ein asiatischstämmiger Teenager. Dem breiten Gesicht, den Augen, der Nase, den Wangenknochen nach tippte Buck auf Chinesisch-Koreanisch, und, nein, *nicht* alle Asiaten sahen gleich aus, genauso wenig wie Indians. Aber der Junge war der Inbegriff asiatischen Strebertums, die schwarze Brille mit Klebeband repariert und ein Haarschnitt, als hätte man ihm einen Topf auf den Kopf gesetzt. Die Hose zog Hochwasser. Die Jacke passte nicht.

»Du bist Ryan?«, fragte er.

»Ja.«

»Lucys Freund.«

»Ja.«

Herrgott, hatte er es hier mit einer jüngeren Version von *Rain Man* zu tun? Aber dann schaute der Junge ihm in die Augen – Gott sei Dank! – also bloß ein armer Kerl, nicht Fisch, nicht Fleisch.

»Mach die Tür zu«, sagte Buck. Der Junge wollte es gerade tun, als er es sich anders überlegte und sagte: »Kommt mit ins Haus.«

Buck machte Frühstück, und sie saßen im Dunkeln am Tisch und aßen. Niemand hatte Ryan beigebracht, nicht mit offenem Mund zu essen, deswegen tat er genau das, er schmatzte und machte alle möglichen Geräusche, die Buck fast in den Wahnsinn trieben.

Booker dagegen war der perfekte Gentleman. Die Gabel zwischen den Fingern, der Rücken gerade, die Ellbogen nie auf dem Tisch. Was mochte seine Geschichte sein?

Aber Ryan. Es war so schlimm, dass er was unternehmen musste. Er legte Ryan die Hand auf die Schulter, sagte: »Kann ich dir dein Leben etwas einfacher machen?« Der Junge nickte. »Willst du irgendwann mal mit einem Mädchen ausgehen?«

Ryan hob den Kopf, sah Buck an und schob sich mit dem Zeigefinger die reparierte Brille vor die Augen, die hinter den Linsen riesig wirkten. Wie ein Fisch in einem Goldfischglas, ganz das alte Klischee.

»Dann kaue und schlucke *mit geschlossenem Mund.*« Ryan runzelte gekränkt die Stirn. »In Korea oder wenn du mit deinen koreanischen Verwandten zusammen bist, machst du es wie sie«, sagte Buck, »aber hier: Mund zu.«

Ryan wandte sich Booker zu, und Booker grinste, froh, dass er nichts hatte sagen müssen. Der Junge hatte gute Zähne.

Ryan legte plötzlich den Kopf schief, wie ein Vögelchen. Irgendwie wirkte der Junge schwul, aber er mochte ihn.

»Was ist?«, fragte Buck.

»Haben Sie einen Computer?«

Buck lachte auf und schob den Teller beiseite. Ließ klirrend die Gabel auf das Porzellan fallen.

»Lucy hat gesagt, Sie haben sie angerufen«, sagte der Junge.

Jetzt war er wirklich verwirrt. Was hatte sein Anruf bei Lucy damit zu tun, ob er einen Computer besaß oder nicht?

»Ich weiß, was du denkst«, sagte Buck, »ich sollte Kopfschmuck und Lederhose tragen und in einem Tipi wohnen und so, aber, Kleiner, ich hatte schon Computer, bevor du überhaupt auf der Welt warst.«

»Nein«, sagte Booker zu ihm, »glauben Sie mir, er hat irgendwas vor damit.« Er schaute Ryan an. »Der Anruf bei Lucy? Ist das das, worüber wir vorhin geredet haben?«

»Woher hatten Sie ihre Nummer, wenn sie sie Ihnen nicht gegeben hat?«, fragte Ryan.

»Jemand hat eine Nachricht auf meinem Anrufbeantworter hinterlassen, es ging um einen Auftrag, und eine Rückrufnummer genannt –«

»Okay«, sagte Booker, »und das war Lucys Nummer.« Er runzelte die Stirn. »Und Sie haben nicht daran gedacht, die Nummer des Anrufers zurückzuverfolgen?«

»Habe ich. Aber erst, nachdem ich Lucy dran hatte und mich gewundert habe. Er hatte von einem Restaurant angerufen.«

»Gut«, sagte Booker.

»Das ist die Frage«, sagte Ryan. »Wer Sie als Erster angerufen hat.«

Die drei saßen schweigend da, bis Booker Ryan einen Klaps auf den Kopf gab.

»Erde an Einstein, Erde an Einstein, Einstein, bitte kommen. Mach schon, Ryan«, sagte er, »was genau ist die Frage?«

»Ich denke nach.«

»Ja, das sieht man«, sagte Booker, und er und Buck wechselten einen amüsierten Blick.

»Sie haben die Nummer in der Nachricht angerufen, ja?«, sagte Ryan. »Stimmt das?«

»Warum auch nicht? Es ging um einen Auftrag, damit verdiene ich mein Geld«, sagte Buck. »Also habe ich angerufen, und Lucy ist drangegangen. Was – «

»– keinen Sinn ergab. Also haben Sie einen Rufnummernrückruf gemacht und ein Restaurant drangehabt, habe ich das richtig verstanden?«

»Ja.«

»Also, Ihr Computer?«

Sie standen auf, und Buck führte sie in sein kleines Büro auf dem Dachboden. Ryan ließ sich auf Bucks Schreibtischstuhl plumpsen, als würde er hier wohnen, griff zur Maus, schob sie herum und weckte den Computer auf. Buck und Booker standen hinter ihm, Buck stützte sich mit der Hand auf den Tisch und wappnete sich.

Ryan hing vor dem Bildschirm. »Sie brauchen dringend ein Systemupdate.« Er schaute Buck über die Schulter an. »Wieso haben Sie eine so alte Kiste?«

»Was stimmt nicht damit?«

»Sie ist langsam«, sagte Ryan, »hat nicht genug RAM, und Sie haben fast keinen Schutz.«

Auf dem Monitor tauchten Dateien auf und verschwanden wieder, schossen in streifenförmigen Mustern davon. Ryan zog eine zigarettenschachtelgroße Festplatte aus der Tasche und schloss sie an den Computer an. Lehnte sich zurück, während es summte, zog die Festplatte wieder ab und beugte sich erneut vor den Bildschirm.

»Es gibt eine viel bessere Möglichkeit, Ihre Geschäftsdateien zu sichern«, sagte Ryan. »Und zwar so, dass nur Sie rankommen. So wie das andere Zeug, das da jetzt drauf ist? Alles unsichtbar.« Sein Kopf schaukelte hin und her. »In dem, was Sie täglich benutzen, ist nichts.«

»Tja«, erwiderte Buck, »da bin ich ja froh. Und was ist das für ›anderes Zeug‹?«

Booker beugte sich vor. »Zeig's uns einfach, okay, Ryan? Spar dir die Erklärungen.«

Ryan klapperte auf der Tastatur herum, dann noch mal, dann wieder, dann ein letztes Mal, und –

Buck zuckte zurück. »WAS ZUM –« Kinder. Männer. Nackte Haut. Alles entsetzlich. »Mach – das Ding – aus!«

Ryan tippte wild, und der Computer ratterte schrecklich, minutenlang, wie es schien, als würde er sich selbst fressen, bis mitten auf dem Bildschirm ein kleiner Stern erschien, wie eine Supernova, dann wurde er schwarz.

»Was hast du getan?«, fragte Buck.

»Ihren Computer plattgemacht. Alles überschrieben. Deswegen hatte ich gesagt, Sie müssen sich einen neuen kaufen, und –«

Buck bekam große Augen. »Da waren all meine Geschäftssachen drauf, Kleiner«, sagte er. »Gottverdammte –« Leif hatte ihm geraten, Back-ups von all dem Mist zu machen, aber wann hatte er Zeit für so was? Na ja, oft. Er hatte nur keine Ahnung, wie das ging.

»Kleiner«, sagte er so ruhig wie möglich, »ich hoffe bloß, du kannst das erklären.«

Ryan hielt die Festplatte hoch. »Alles hier drauf. Ich hab alles runtergeladen.«

»Alles?«

»Alles, das auf Ihrem Computer war, und vor allem – « Er verzog das Gesicht. »Na ja, das, was die da draufgeladen hatten. Als Beweis, sollten Sie später einen brauchen.«

»Also«, sagte Buck zornig, ihm war schlecht bei dem Gedanken, dass ihm das vielleicht irgendwie angehängt werden könnte, »es ist *weg*. Richtig?«

Ryan klopfte auf den Computer. »Hier ja.«

Booker sah ihn an. »Wenn Sie im Internet sind, wird Ihre IP-Adresse gespeichert, damit kann man alle Websites verfolgen, auf denen – Sie wissen schon – Sie waren. Sie klicken drauf, es wird gespeichert.«

»Man könnte Sie immer noch drankriegen«, sagte Ryan, »falls das FBI hinzugezogen wird, was in solchen Fällen oft der Fall ist, und wenn die mit einem Beschluss bei Ihrem Provider auftauchen – sind Sie bei AOL? Damit ist es auch vorbei. Ab jetzt Dial-up.«

Buck spürte, dass ihm kalt wurde. »Und warum dann – «

Booker nickte. »Erklär's ihm, Einstein.«

»Die brauchen eine Leiche«, sagte Ryan, »die sie mit Lucy in Verbindung bringen können. Die nicht zu finden wäre. Die Leiche des Vaters, aber keine DNA.«

»Jemand, dem man das Baby anhängen könnte«, sagte Booker. »Wenn es nötig wäre.«

»Wie?«

»Sie haben Lucy angerufen, stimmt's? Und wenn Sie dieses Zeug hier auf dem Computer hatten und Lucy hier gewesen ist. Oft hier bei Ihnen war. Die Nachbarn haben bestimmt gesehen, dass sie mit Ihnen ins Haus gegangen ist.«

»Aber die haben versucht, mich umzubringen. Und nachdem ich in den Fluss gestoßen wurde – haben sie mir jemanden hinterhergeschickt.«

»Trotzdem, es sollte nie eine Leiche geben«, sagte Booker. »Verstehen Sie? Der Plan war, einen Unfall zu melden, bei dem Sie im Fluss abgetrieben worden waren. Und Ihnen danach Lucys ›Schwierigkeiten‹ anzuhängen. Um Arn zu schützen. Die wollten Sie nur deshalb finden, um sicherzugehen, dass die Sache erledigt war, anstatt zu hoffen, dass Ihre Leiche weggetrieben worden war und nie wieder auftaucht.«

»Meine Leiche.«

»Genau. Dann hätten die Sie irgendwo begraben oder Sie in ein Säurefass gelegt oder so was.«

»Aber meine DNA wäre doch immer noch an meinem Rasierer oder meiner Bürste oder so –«

»Nicht, wenn das Haus abgebrannt wäre.« Booker nickte. »Und Ihr Truck? Wer hätte den finden sollen, da im Fluss? Und später hätten die dann einfach zufällig Ihren Computer entdeckt, den Sie natürlich versteckt hatten, bevor Sie abgehauen sind. Verstehen Sie?«

Buck fühlte die Last. Die waren noch organisierter, als er gedacht hatte.

Und gefährlicher.

32
Lucy

Sie wartete im Foyer des Krankenhauses, die linke Hand, einbandagiert wie die einer Mumie, lag in ihrem Schoß. Man hatte sie entlassen, und die Nachbarin, die sie auf die Bitte ihres Vaters hin abholen sollte, verspätete sich. Die Lautsprecheransage bellte Informationen raus, in ihrem Kopf ein Gedankenchaos verzweifelter Pläne, sie stritt sich im Stillen mit ihrem Vater, weil sie ihm nicht, niemals erzählen konnte, was da vor sich ging, es war zu schrecklich. Aber wie sollte sie ihn dazu bringen, mit ihr zu kommen, alles zurückzulassen und zu fliehen, wenn sie ihm nicht mal sagen konnte, warum?

Ihr Blick war auf den Verkehr auf der verschneiten France Avenue gerichtet, und während sie probte, was sie niemals sagen würde, war sie so abgelenkt, dass sie ihn fast übersehen hätte, den Streifenwagen, der vor der Notaufnahme hielt.

Und dann sah sie, dass es Arn war, der riesige Arn mit der fetten Wampe in Polizeiuniform stieg aus dem Wagen. Richtete sich auf, auf diese langsame, geübte, absichtlich einschüchternde Art, die er an sich hatte.

Lucy stand auf, lief einen Flur entlang. Zwang sich zur Ruhe, obwohl sie rennen wollte. Sie war minderjährig – sie kannte den Ablauf. Arn würde sie in Obhut nehmen, und man würde sie zwingen, mit ihm zu gehen. Schlimmer, ihr irgendein Beruhigungsmittel in die Venen jagen, wenn sie Widerstand leistete. Sie bog links ab an einem Schild – *Onkologie* –, durchquerte einen Wartebereich, in dem Patienten saßen, ein grauenhafter Mann mit einem schwarzen Kreuz auf der Stirn – und eine Frau ohne Nase.

Unter schrecklichem Herzklopfen lief sie mit großen Schritten weiter, rang um Fassung, bis zum Hinterausgang des Krankenhauses und raus auf einen Parkplatz, war geschockt von Wind und Schnee, rannte zwischen den Wagen hindurch, eine Hupe plärrte los, und sie wandte sich nach rechts, auf die Nebenstraße, schlug Haken durch den Verkehr, rauf auf die France Avenue, blieb an der Kreuzung stehen, die Ampel war rot, stand bis zu den Knöcheln in Schneematsch und glitschigem Dreck.

Noch bei Rot flitzte sie über die Kreuzung, viel zu sichtbar, und da fuhr ein anderer Streifenwagen vorbei, der Polizist bemerkte sie, war überrascht und wendete abrupt, Blaulicht an, Sirene an, blieb jedoch im Gegenverkehr stecken und setzte das Megafon ein: »Stopp! Hier spricht die Polizei. Bleib sofort –«

Sie schlitterte Hals über Kopf eine schneebedeckte Böschung hinunter, die versehrte Hand an den Bauch gepresst, vor ihr das Southdale Shoppingcenter, hier war sie mit ihrer Mutter gewesen, sie rappelte sich auf, stürmte rein, Frauen in schicken Kostümen und Männer in Dreiteilern tranken Kaffee im Foodcourt, umgeben von großblättrigen Ficuspflanzen und Kakteen.

Sie rutschte an der Tür noch einmal aus, eine Frau schaute von ihrem Teller auf, Lucy schüttelte den Kopf. *Nein, nicht. Nicht helfen.*

Sie verließ das Shoppingcenter durch den Südeingang, rannte wieder, auf ein anderes, noch edleres Einkaufszentrum zu. Sah sich um nach etwas, das sie über ihren pinken Hoodie ziehen konnte.

Und da war Arn, rechts von ihr in der großen Mittelhalle. Arn und zwei weitere Polizisten, die von Arn links und rechts in die Gänge geschickt wurden, und Arn kam direkt auf sie zu, hatte sie aber noch nicht entdeckt. Ein Ständer mit Mänteln versperrte ihm die Sicht, und als Arn in ein Geschäft ging, nahm sie einen Mantel vom Bügel und riss den Diebstahlschutz ab.

Zog den Mantel an und die pelzbesetzte Kapuze über ihren Kopf und verließ das Shoppingcenter.

Lief mit großen Schritten. Weiter, nur weiter.

Vor ihr lag ein Parkplatz. Ein Automeer.

Ein Bus schnaufte auf der France Avenue in Richtung Norden, bremste zischend an einer Haltestelle, und sie sprintete hin, stieg ein und hielt sich an zwei Stangen fest, sodass der Rücken des geklauten Mantels Arn zugewandt war, dessen Spiegelbild sie in der Scheibe sah, als er auf den abfahrenden Bus zurannte und an die Tür hämmerte.

Viele Haltestellen später stieg sie aus. Lief in eine Wohnanlage aus den Fünfzigern hinein. Hörte Sirenen und rannte in einen Hof, im Haus bellte ein Hund, sprang an den Gardinen hoch.

Sie zog ihr Handy heraus. Die Nummer war im Speicher. Sie drückte auf Wiederwahl.

»Ja?«, sagte Buck. »Wo bist du?«

»In Edina. In einem Hinterhof.«

»Sind sie hinter dir her?«

Sie spürte ein Schluchzen. Sie konnte nicht anders. Und ihr Finger pochte ganz furchtbar.

»Okay. Lucy?«

»Was?!«

»Kannst du zuhören?«

Sie konnte nicht sprechen. »Schon okay«, sagte Buck, »du stehst unter Schock und bist unterkühlt.«

»Woher willst du das wissen?«, brach es aus ihr heraus.

Und er erwiderte: »Ich weiß *vieles*. Und wag es ja nicht, jetzt einfach aufzugeben, Lucy. Nicht jetzt. Wir sind hier noch nicht fertig. Sag: ›Ich bin erst fertig, wenn es vorbei ist‹. Kannst du das sagen?«

»Ich bin noch nicht fertig«, sagte sie.

»Nein. Sag es, jetzt, den ganzen Satz. Und so, dass du ihn *meinst*. ›Ich bin erst fertig, wenn es vorbei ist.‹ Sag es.«

»*Ich bin erst fertig, wenn es vorbei ist*«, sagte sie und spürte, dass sich in ihr etwas festigte, und es war ihrer Stimme anzuhören.

»Gut. Okay. Also. Du gehst jetzt in Richtung Norden. Da ist ein Restaurant, das heißt Convention Grill. Da gehst du rein und lässt dich von der älteren Kellnerin mit dem Dutt in eine Nische ganz hinten setzen.«

»Wie heißt sie?«, fragte sie.

»Ruth. Und was sagst du dir jetzt?«

»Ich bin erst fertig, wenn es vorbei ist«, antwortete Lucy.

Erst als sie im Convention Grill an ihrem Tisch saß, umgeben von Menschen, die Mittagspause machten, hörte sie langsam auf zu zittern. Als Ruth erfuhr, dass Buck sie hergeschickt hatte, hatte sie sich sofort um sie gekümmert, ihr einen Becher Kaffee hingestellt, an dem sie sich die Hände wärmte, der Schmerz in ihrem Finger nur noch ein dumpfer, ferner Reiz. Als zwei Polizisten hereinkamen und sich den Schnee von den Schuhen stapften, sagte Ruth: »Nein, so jemand war nicht hier. Wenn ihr kurz wartet, mache ich euch hinten einen Tisch frei«, und sie räumte Lucys Tisch ab, nahm sie am Arm, als wollte sie ihr zeigen, wo die Toiletten lagen, und schob sie in eine kleine Besenkammer hinein, in der ein Mopp in einem Eimer mit grauem Seifenwasser stand.

Durch einen Lüftungsschlitz konnte sie die Polizisten beobachten, die jetzt in genau der Nische saßen, in der sie gesessen hatte, die Köpfe abgeschnitten.

Dicke Finger um weiße Becher. Sie redeten über irgendein Verfahren, bekamen ihr Essen vorgesetzt.

»Ja, Laird, würde man meinen, was?«, sagte der Cop mit dem klobigen Siegelring.

»Jetzt guck dir den Idioten da an, an der Kasse, ist gerade reingekommen. Bewaffnet. Siehst du das Ding unter seiner Jacke?«

»Volltrottel.«

»Wenn wir Glück haben, will er den Laden ausrauben. Um diese Uhrzeit muss ganz schön was in der Kasse sein.«

»Okay. Geht los. Er redet mit der Kellnerin. Flüstert irgendwas.« Der Polizist legte die Hand an seine Hüfte. Öffnete das Holster. Zog die Waffe heraus, hielt sie neben seinen Oberschenkel.

»Hey, wollt ihr einen Nachschlag?« Die Kaffeekanne schwebte über den Bechern der beiden in der Luft, Ruth schenkte nach.

»Gibt's Ärger?«, fragte der Cop mit der Waffe.

»Nein. Das ist unser Hausmeister, der kommt immer nach dem Frühstück. Zwischen seinen Uni-Kursen.«

Gegrummel. Sekunden später wurde die Besenkammertür geöffnet. Booker legte den Zeigefinger auf seine Lippen, nahm eine Schürze von einem Haken, zog sie über und machte hinter dem Rücken eine Schleife. Er schnitt eine Grimasse, rollte den Eimer raus und schloss die Tür.

Sie hörte das Klappern des Eimers, sah den Mopp über den Boden wischen. Die Cops standen auf. Sie sah nur die Beine, blaue Hosen über schwarzen Schuhen mit dicken Sohlen, abgenutzt, aber geputzt.

»Hey, Kid«, sagte der Cop mit der Waffe, die er immer noch neben dem Bein hielt. »Hast du eine Erlaubnis für das Ding?«

»Wie bitte, Officer?«

»Ich hab gesagt«, wiederholte er, »hast du eine Erlaubnis?«

»Sie haben keinen Grund, die Waffe auf mich zu richten«, sagte Booker, seine Timberlands standen jetzt vor den schwarzen Polizistenschuhen.

»Lass deine Hände da, wo wir sie sehen können. Nein, höher, wie ich dir gesagt hab, Boy.«

»Was ist das?«, fragte der andere.

»Ein Quittungsbuch«, sagte Booker.

»Für Drogengeld?«

»Ich liefere Medikamente aus – das ist mein Quittungsbuch. Da liegen auch Kundenschecks drin, die lasse ich nie im Auto. Wenn Sie mir nicht glauben, rufen Sie da an.«

Es folgte einiges Hin und Her, der eine Polizist stapfte davon, kam zurück und warf einen Geldschein auf den Tisch.

»Die sagen, er arbeitet für sie.«

»Tut mir leid«, sagte der Cop mit der Waffe, aber es klang nicht danach.

Minuten später öffnete Booker wieder die Besenkammertür.

»Wir gehen hinten raus«, sagte er, nahm ihren Arm und zog sie hinaus in den Flur.

33
Buck

Buck stand in der Werkstatt am Tisch, vor sich der geöffnete Kasten. Das Maschinengewehr war zusammengesetzt. Während er darauf wartete, dass endlich sein Handy klingelte, hatte er die Waffe auseinandergenommen und penibel gereinigt und geölt, sodass es in der Werkstatt nach Maschinenöl roch.

Immer noch kein Anruf.

Er schulterte das Maschinengewehr, ein M249. Der Schaft fühlte sich nur zu vertraut an. Er zielte am Lauf entlang. Er besaß Gurte mit Stahlpatronen, die illegal waren. Die ein Auto, einen Truck, sogar zentimeterdicke Panzerplatten durchschlagen konnten. Wie beim letzten Einsatz.

Das Handy klingelte, er zog es aus der Tasche. Atmete auf. Lucy.

»Ja?«

»Ich hab sie«, sagte Booker. Als Buck nichts erwiderte, fügte Booker hinzu: »Und was machen wir jetzt?«

»Setz sie in der Nähe der Polizeiwache ab und fahr zur Arbeit zurück, du darfst nicht mit ihr gesehen werden.« Buck schaute auf die Uhr. »Ihr Dad hat gleich Dienstschluss, dann kann sie mit ihm nach Hause fahren.« Gedämpfte Geräusche am anderen Ende. Gemurmel, dann meldete sich Lucy.

»Buck?«

»Was?«

»Was soll ich ihm sagen?«

»Sag ihm, du traust Arn nicht. Du hast doch schauspielerisches Talent, oder? Sag ihm, mit Arn stimmt was nicht.«

»Ja«, sagte Lucy fast hämisch, »und gut, dass du Booker geschickt hast, um mich zu holen. Jetzt haben sie Booker gesehen, vielen Dank auch.«

»Sie haben ihn *nicht* gesehen. Nicht wirklich. Cops wie die? Die haben bloß irgendeinen unwichtigen schwarzen Hausmeister gesehen.«

Wieder ein Moment der Stille. »Fick dich«, sagte Lucy. »Was weißt du denn schon?«

»Du siehst *mich* auch noch nicht.«

»Was?«

»Vergiss es.« Er hätte das nicht sagen sollen. »Sag deinem Dad, als du gemerkt hast, dass Arn dich abholen wollte, hast du den Bus genommen. Und dann machst du alles wie immer. Gehst zur Schule, aber zusammen mit den anderen Kids. Und bleibst danach im Trailer.«

»Darf ich Auto fahren?«

»Nicht allein.«

»Wie soll das gehen? Mein Vater wird es seltsam finden, wenn plötzlich jeden Morgen Ryan und Booker rüberkommen.«

»Sag ihm, Ryan würde dich vor der Schule fit machen für irgendeinen Mathe- oder Schachwettbewerb. Und Booker auch, okay? Ich melde mich«, sagte er und steckte das Handy zurück in die Tasche. Hob das M249 wieder hoch.

Zielte am blauschwarzen Lauf entlang. Es würde reichen. Es musste reichen.

34
Lucy

Die Fahrt vom Revier nach Hause verlief in düsterer Stimmung, ihr Vater wütend am Steuer, aber er hielt etwas zurück, etwas, das ihn erst die Stirn in Falten ziehen ließ, dann summen, dann lächeln, dann wieder wütend machte. Aber im Trailer, nachdem sie ein Abendessen aus Spaghetti und Salat zubereitet hatte – ein bisschen schwierig mit einer Hand –, und als sie dann zusammen gegessen hatten und alles so machten wie an jedem Abend, und später dann noch ein Football-Spiel im Fernsehen, während Lucy den Abwasch erledigte, und alles in großer Distanz zu dem, was gerade alles passiert war, ihre Selbstverstümmelung – da überraschte ihr Vater sie.

»Also, Bebbe Gurl«, sagte er in seinem Sessel sitzend und schaute auf. »Ich weiß, ich hab dir gesagt, Maureen würde dich abholen. Das hätte ich nicht tun sollen.«

Lucy sah ihn von der Spüle aus an, ihr geschienter Finger pochte wieder. Eine andere Entschuldigung würde sie nicht bekommen. Aber es klang wie einstudiert.

»Danke, Daddy«, sagte sie.

Er nickte. »Aber in Zukunft läufst du nicht einfach weg, klar? Du rufst mich an, und wir reden darüber. Du musst mir versprechen, dass du so was nicht noch mal machst, weil … Wenn ich sage: ›Bleib da, ich kümmere mich drum‹, dann will ich, dass du auf mich hörst. Versprichst du mir das?«

Sie hielt sich den pochenden Finger an die Hüfte. »Ja, Daddy«, säuselte sie, »versprochen.«

»Und da du jetzt älter bist, ist es nicht mehr angemessen, dass Arn einfach so vorbeikommt und nach dir sieht, wie früher …

nachdem … okay? Also wird er nur noch dann herkommen, wenn ich auch da bin. Sind wir uns da einig?«

Blinzelnd und ein bisschen erschrocken dachte sie: Ja, *nachdem* ihre Mutter getötet worden war.

»Bebbe Gurl?«

»Ja«, erwiderte sie.

»Also, ich sag's dir jetzt, damit du Bescheid weißt, Arn kommt demnächst her, wir müssen ein paar Dinge erledigen. Er hat mir bei der Arbeit das hier hingelegt, okay?« Er griff in seine Brusttasche.

Hielt einen Weihnachtsbrief mit einem Tannenbaum hoch.

Sie hörte auf, den Soßentopf zu schrubben, und ihr Herz setzte kurz aus.

»Was steht da?« Ihre Stimme klang heiser.

Ihr Vater zuckte die Achseln, zwinkerte dann. Und sie dachte, worum kann es da bloß gehen?

»Es ist was Gutes!«

»Als da wäre?«

Jetzt klang ihre Stimme wirklich falsch, so falsch wie seine, wenn er sie aus dem Trailer lockte, um irgendwas zu erledigen oder einzukaufen, und sie dann auf dem Rückweg ganz zufällig beim Zahnarzt hielten.

Ihr Vater erhob sich aus seinem Sessel und schwenkte den Brief wie einen Preis.

»Bebbe Gurl, wir fahren in den Urlaub!«

»Wohin?«

»Wohin?!« Die Augen ihres Vaters wurden schmal. »Ich dachte, du würdest dir ein Loch in den Bauch freuen, und –«

»Oh, Daddy«, rief sie und setzte ein Lächeln auf, das sie viel, sehr viel kostete. »Ich freu mich doch! Wirklich!« Sie warf sich in seine Arme, damit er ihr Gesicht nicht sehen konnte. Und was, wenn er es hätte sehen können?

Glück. Welche Erinnerung würde Glück in ihr Gesicht zaubern? Anstatt Panik. Als ihre Mutter ihr das Fahrradfahren beigebracht hatte? Aber bei dieser Erinnerung musste sie fast weinen, weil sie auch schmerzte.

Lächelnd löste sie sich von ihm. »Ich dachte, du müsstest über die Weihnachtsferien arbeiten?«

Er hob die Hände. »Ich bin zu Chief Burgess ins Büro gegangen, und er hat gesagt: ›Du hast in letzter Zeit so viele Doppelschichten geschoben, du hast Urlaub verdient.‹ Wir fahren in den Norden, wie ich es dir versprochen habe, Bebbe Gurl!« Er strahlte sie regelrecht an. So glücklich, wirklich glücklich hatte sie ihn nicht mehr gesehen, seit … sie wusste es nicht. Oder war er einfach aufgedreht?

Trotzdem, die Röte in seinem Gesicht verriet ihr, dass er ihr irgendwas verschwieg.

»Gibt es irgendeinen Haken?«

Er zuckte die Achseln. »Eigentlich wollten wir unsere Jahresabschlussbesprechung hier machen, aber jetzt machen wie sie da oben im Norden.« Er hielt den Brief hoch. »Im Pearson's, nahe Grand Marais. Ich habe dir davon erzählt. Deine Mom wollte da immer mit uns hinfahren.«

Sie schaffte es kaum, ihn nicht entsetzt anzustarren. Sie würden sie irgendwo im Wald aus dem Weg räumen. Sie töten und vergraben. Oder sie im Lake Superior versenken.

»Während wir die Besprechung machen, kannst du, keine Ahnung, in der Hütte chillen, Filme gucken oder so?«

Sie runzelte die Stirn. An der Spüle stehend. Als wäre ihr gerade irgendein Grund eingefallen, warum das nicht klappen würde, wie schade.

Vielleicht wäre ja die ganze Truppe der Scheißperversen da oben? Vielleicht war es … Wie hatte ihr Lehrer, Mr. Brimley, so eine Situation genannt? Ein fait accompli, eine bereits beschlossene

Sache. Nein. Sie würde Ryan bitten, sich in den Revierdienstplan für die kommenden Wochen zu hacken. Genau so würde sie es machen. Um zu sehen, wer an den Tagen freihatte und wer mitfahren würde.

Sie würde sie kriegen, und zwar genau da, wo sie im Leben nicht damit rechneten.

»Daddy, bist du sicher, dass ich euch nicht im Weg wäre?«, fragte sie. Sie musste sichergehen, dass er sie mitnahm.

»Wenn du damit leben kannst, dass ich noch ein bisschen arbeiten muss, Bebbe Gurl, dann ist das kein Problem. Was meinst du?«

Er grinste fast verlegen, und sie tat so, als würde sie vor Vorfreude jubeln.

Herr im Himmel. Arn und die anderen würden es wirklich tun. Zumindest versuchen. Sie hatten – und wer konnte ahnen, wie sie es angestellt hatten – ihren Vater geködert, mitzufahren. Aber es könnte ihr in die Hände spielen.

Buck würde ihr helfen. Da oben. Wo es keine Überwachungskameras gab, keine Zeugen, gar nichts.

Sie lächelte so breit wie möglich. »Daddy!«, sprudelte sie, »das ist wunderbar! Ich bin …«

»Was?«, fragte ihr Vater.

»Ich bin einfach so glücklich, Daddy«, sagte sie. »So, so glücklich!« Und es war die Wahrheit – sie war glücklich.

Glücklich, dass jetzt das unausweichliche, blutige Ende bevorstand.

35
Buck

Der Anruf kam gegen neun Uhr abends. Lucy an einer Tankstelle, wo sie von Ryan aus hingelaufen war, und sie redete atemlos und panisch von irgendwas im Norden. »Die wollen uns da umbringen«, sagte sie, »das ist dienstlich, mein Vater muss also mit, aber die stellen es wie eine Art Urlaub dar, verstehst du, bezahlt und alles, und, klar, wie könnte er da Nein sagen?«

Sie tat ihm so leid, und obwohl er kurz überlegte, ihr Gequassel zu unterbrechen, weil es nur wenig Sinn ergab, hörte er sich das ganze gehetzte, manchmal halb erstickte Chaos dann doch an.

Als sie Minuten später endlich erschöpft innehielt, sagte er: »Ich komme mit.«

»Nein, deswegen rufe ich nicht an.«

»Nicht?«

»Nein«, sagte sie. »Sondern weil die hinter dir her sind. Und zwar genau jetzt. Weil sie jetzt alles vorbereiten, und sie werden zuerst hier aufräumen.«

»Geh zurück zu Ryan«, sagte er. »Und lauf nicht mehr allein durch die Dunkelheit, um von irgendwoher anzurufen – wo bist du?«

»Herrgott! Im Ernst? Hast du irgendwas von dem gehört, was ich dir gesagt habe?«

»Jedes Wort«, sagte er, »und hey, Lucy, danke.«

Am nächsten Morgen bat er seinen Nachbarn Jerry um einen Gefallen. Er wollte prüfen, ob die Bedrohung, vor der Lucy ihn gewarnt hatte, real oder eingebildet war.

Außerdem bestand so die Chance, vielleicht rauszufinden, wer alles dazugehörte – um ihn zu verfolgen, mussten sie sich aus der Deckung wagen.

»Du musst nur eine Ladung Holz abholen«, sagte er zu Jerry. »Die Fahrt dauert keine Stunde. Leif hat alles vorbereitet. Könntest du mir den Gefallen tun? Ich warte hier auf eine Lieferung.«

Und dann tat er so, als würde ihm noch was einfallen.

»Ach ja, könnte ich kurz dein Auto nehmen? Ein paar Minuten? Ich muss einkaufen – der Kühlschrank ist komplett leer.«

Jerry nickte. Aber bevor er den Truck übergab, stellte Buck die Heizung ab. Was nicht schwer war, er lockerte eine Schraube und zog ein Kabel raus. Jerry würde das Kabel schon finden und sich darum kümmern. Schließlich hatte der Truck im Fluss gelegen, ein paar Dinge funktionierten noch nicht wieder ganz.

Und da es kalt war und die Heizung nicht lief, riet er Jerry, sich besser warm anzuziehen. Stiefel. Winterparka. Handschuhe.

»Nimm meine«, sagte Buck. »Bessere gibt es nicht, ehrlich.« Er besaß alles für Arbeiten im Freien bei Minustemperaturen.

Jerry zog Bucks Sachen an, setzte sich derart ausstaffiert in den Truck und fuhr los. Und sah hinter dem Steuer aus wie Buck, die Kapuze des Parkas hatte er sich über den Kopf gezogen.

Gut, Jerry würde vielleicht in Gefahr geraten, aber im Ernstfall wäre er in der Nähe, um Schlimmeres zu verhindern.

Vor dem Haus stehend zündete sich Buck eine Zigarette an und schaute blinzelnd in die tief stehende Sonne, deren Ring kälteres Wetter und Schnee ankündigte.

Er ließ Jerry einen gewissen Vorsprung. Um zu Leif zu fahren, nahm man erst den Highway 13, dann den 5, und ganz sicher würden sie Jerry nicht mitten im Verkehr auflauern, aber bestimmt waren sie schon auf dem Weg, und er hoffte, einen Blick auf sie erhaschen zu können.

Er zerdrückte die Kippe unter seinem Stiefel, stieg in Jerrys

Wagen und fuhr auf den Highway. Als er seinen Truck entdeckte, folgte er ihm mit einigem Abstand. Es herrschte immer noch morgendlicher Berufsverkehr.

Als Jerry auf den Highway 5 abbog, verlor Buck ihn aus den Augen und fand ihn erst wieder, als Jerry die Ausfahrt nahm. Ein Transporter folgte ihm. Ein typischer Drängler. Wo waren bloß die Verfolger? Falls sie sich im Team abwechselten, waren sie kaum aufzuspüren. Doch dann entdeckte er sie, eindeutig. Ein Saturn SUV setzte sich vor einen weißen Subaru, um dichter an seinen Truck heranzukommen.

Nur dass er selbst jetzt zu nah dran war, also bog er scharf rechts ab, nahm die Westumgehung mit ihren Einkaufsmeilen und kleinen Firmen und schwenkte da auf den 5 zurück, wo er sich mit dem Highway 7 schnitt.

Nach einer Meile in Richtung Westen war der Saturn von einem Zivilstreifenwagen ersetzt worden.

Clever? Oder nicht?

Er nahm die linke Spur, raste los, überholte den Zivilwagen und betrachtete im Rückspiegel den Fahrer. Und bekam einen Schock. Lucys Vater. Da, am Steuer, mit einer verspiegelten Sonnenbrille.

Lucy hatte ihm ein Foto gezeigt, damit er Bescheid wusste, falls ihr Vater mitkriegen sollte, wo sie sich nachmittags rumtrieb, und sie suchen käme.

An einer Kreuzung tauchte wieder der Saturn auf und setzte sich hinter den Truck, und er hielt zwei Autolängen Abstand, während Lucys Vater in dem Zivilwagen links abbog und in Richtung Shakopee zurückfuhr.

Als Polizist konnte er die Kennzeichen der Wagen, die Jerry verfolgten, im Computer nachsehen – oder gehörte er dazu? Zu Arn und Burgess und –

Aber jetzt – WAS ZUM TEUFEL?! – bog Jerry auf eine Seitenstraße ab, und sie folgten ihm ein gutes Stück bis zu einem Spirituosenladen.

Als Jerry langsamer wurde, um auf den Parkplatz zu fahren, schoss der Saturn los und rammte den Truck, sodass er von der Straße geschoben wurde und nach ein paar Hopsern stehen blieb.

»Nicht, Jerry, nicht – steig *bloß* nicht aus, verdammt noch mal!«, sagte er und raste eine Parallelstraße entlang, bis er auf gleicher Höhe war.

An einer freien Fläche, auf der keine Bäume standen, zog er die Handbremse an, sodass der Wagen schlitternd eine Hundertachtzig-Grad-Drehung machte, bevor er zum Stehen kam. Sprang raus, zog die .38er aus dem Holster, rannte querfeldein, feuerte eine Salve, dann noch eine, das Seitenfenster des Trucks zersplitterte, und Jerry trat aufs Gaspedal und fuhr los, während der Fahrer des Saturn aus dem Fenster schoss.

Jerry raste quer über ein Stoppelfeld, bis er eine Verbindungsstraße erreichte, und verschwand.

Buck kehrte auf den Highway 5 zurück, Minuten später rief Jerry an.

»Ich stehe an einer Tankstelle.«

»Gibt es ein Problem?«

»Irgendwer hat gerade auf mich geschossen!«

»Das gibt's ja nicht, so mitten auf der Straße. Bestimmt ein Verkehrsrowdy, war er vorher in dich reingefahren?«

Eine Pause. »Herrgott. Ich hätte nie gedacht – ja, ich war langsamer geworden wegen jemandem vor mir, und er ist in mich reingeknallt. Ich wollte anhalten, aber dann hat er das Rückfenster zerballert.«

»Du hast aber nicht angehalten?«

»Bist du irre?«

»Hast du dir das Kennzeichen gemerkt?«

»HAB ICH MIR DAS KENNZEICHEN GEMERKT? NEIN,

ICH HAB MIR DAS KENNZEICHEN NICHT GEMERKT. ICH BIN UM MEIN LEBEN GEFAHREN UND –«

»Beruhig dich, Jerry. Das war nur irgendein Idiot. Okay? Dir geht's doch gut, oder?«, fragte er.

»Willst du das Holz haben?«

Jetzt klang *er* überrascht. »Das Holz?«

»Ich bin fast da. Willst du es haben oder nicht?«

»Klar will ich es haben.« Er überlegte schnell. »Hör zu, ich bin bei Kowalski's, wie wäre es, wenn du einfach bei Leif bleibst. Okay? Ich kaufe schnell ein und komme rüber und fahre meinen Truck nach Hause.«

»Danke«, sagte Jerry.

In Minutenschnelle war er bei Kowalski's rein und mit Einkaufstüten wieder raus und auf dem Weg zu Leif. Er dachte daran, Lucy anzurufen. Aber was sollte er ihr sagen? Dass ihr Vater irgendwas Komisches trieb?

Außerdem hatte Booker ihnen noch nicht die Prepaid-Handys besorgt, um die er ihn gebeten hatte, und bis dahin war es keine gute Idee, Lucy anzurufen. Doch dann ging ihm auf, dass er es tun musste.

»Ja?«, sagte sie mit wachsamem Unterton in der Stimme, als würde sie sich bereits wappnen für das, was sie gleich hören würde.

»Es wäre besser, wenn du erst mal nicht rausgehst, die warten nämlich nicht länger«, sagte Buck. »Ich bin gerade mit ihnen zusammengerasselt.«

»Wo?«

Er bog auf Leifs Hof ab. Auf dem Dach lagen mindestens dreißig Zentimeter Schnee, sein Truck war vorwärts eingeparkt, Einschusslöcher in der Hintertür, das Seitenfenster kaputt, und die hintere Stoßstange an zwei Stellen verbogen, nach dem früheren Zusammenstoß und dem von heute.

»Du bist bewaffnet, ja? Du hast eine Waffe im Haus. Sollte irgendwer anders als dein Vater oder Ryan durch die Tür kommen, schießt du, verstanden?«

36
Lucy

Während sie in der Küchennische saß und versuchte, sich auf ihr Biologiebuch zu konzentrieren, hatte sie sich alle Fingernägel abgekaut. Jemand klopfte an die Tür, sie hob die Glock.

»Vergiss den ganzen Hollywood-Mist mit Durchladen und so«, hatte ihr Vater ihr beigebracht. »Wenn du die Waffe rausholst, muss sie einsatzbereit sein. Die Kugel in der Kammer und entsichert.«

»Wer ist da?«, rief sie. Sie zielte auf die Stelle, wo sich hinter der Tür der Oberkörper befinden musste.

»Die Brust bietet die größte Zielfläche. Tief atmen, Bebbe Gurl, den Abzug drücken, nicht reißen.«

Wenn die Tür sich nur einen Millimeter bewegte, würde sie schießen. Sie war fest entschlossen. Nur einen Millimeter.

»Es ist kalt hier draußen!«, rief Ryan.

Ryan. Herrgott. Sie schob sich um den Tisch herum, der Stoff ihrer Hose blieb an dem kaputten Aluminiumrand hängen. Der ganze Trailer war aus Billigpappe, hatte ihr Vater gesagt, selbst zum Verbrennen zu schade.

»Komm rein«, sagte Lucy. Als Ryan durch die Tür kam, packte sie ihn an der Jacke und schob ihn mit Schwung hinter den Küchentisch. Trat gegen die Tür, die zuflog, und schloss ab. Ryan starrte die Glock an, sie legte sie hinter den Toaster.

Sie setzte sich ihm gegenüber, und er zog ein Blatt Papier aus der Tasche.

»Ich hab den Dienstplan«, sagte er.

Sie nahm ihn und hielt ihn ans Licht. Arn hatte am Wochenende frei. Das hatte sie vermutet. Und Chief Burgess. Aber Jackson und Tibbits? Es war schließlich Weihnachten.

»Hier«, sagte Ryan, legte seinen Rucksack auf den Tisch und zog einen Stapel Papier heraus.

»E-Mails zwischen Arn und«, er blinzelte, erst mit dem linken Auge, dann mit dem rechten, seltsamer Kerl, »den anderen.«

Er hielt die Seiten hoch wie eine Trophäe, aber sie musste es mit eigenen Augen sehen. Sie überflog das erste Blatt, so viele Codes und Zahlen und Überschriften, dass die E-Mails dazwischen kaum zu finden waren, und als sie sie entdeckte, war sie kein Stück schlauer:

HTT für P Jack, 14Tib und *Bestätigung, A. A fährt? Hot 1 für Cheese Burg.*

Sie blätterte durch die restlichen Seiten. Legte sie auf den Tisch. Das war alles wie verschlüsselt.

Enttäuscht blickte sie auf und sagte: »Ryan, das nutzt uns gar nichts.«

Ryan kam um den Tisch herum und stellte sich hinter sie. »Sieh hin«, sagte er und zeigte auf eine Zeile auf der ersten Seite. Tippte mit dem Zeigefinger darauf. »Sie haben nicht mal einen richtigen Code benutzt, das sind alles nur *Abkürzungen.* Jackson, Tibbits, Arn. Verstehst du?«

»Ryan – wenn *Jack* für Jackson steht und *Tib* für Tibbits, wieso für Arn der Vorname?« Sie stützte den Kopf in die Hände.

»Arn ist nicht sein Vorname. Er heißt James. Arnold ist der Nachname, er wird nur Arn genannt. Und *Burg* steht nicht für Burger, sondern Burgess.«

Da richtete sie sich auf, dachte aber gleich: *Was bringt das?* Damit ließ sich nichts anfangen. Damit konnten sie keinen von denen drankriegen. Und dann brach alles über sie herein, die Aussichtslosigkeit und der ganze Horror ihrer Lage.

»Ryan«, sagte sie, »das beweist überhaupt nichts. Die sind vorsichtig. Was steht denn hier schon? Das wusste ich alles schon längst – und jetzt weißt du es auch.«

»Aber du erkennst das Muster?«

»Klar, das ist alles kryptischer Blödsinn. Damit kann man nichts beweisen. Das ist alles bloß – «

»Buchstabensalat?«

Ryan grinste und stieß sie mit der Hüfte an, und sie rückte beiseite. Er sortierte die Seiten. Zeigte auf die Buchstaben *NGF KapP* auf der ersten. Sie hätte mit den Schultern gezuckt, war aber selbst dafür zu entmutigt. Auf der zweiten Seite wieder drei Zeilen mit *KapP,* ebenso auf allen anderen.

Sie runzelte die Stirn, etwas machte Klick in ihr. Ein Bild entstand wie aus dem Nebel. Das Muster.

»Alle antworten ihm. Meinst du das?« *ER.* Konnte das sein? Der, mit dem alles angefangen hatte. Sie zog Ryan die Seiten weg.

Und fühlte sich wieder elend. Weil sie so nah dran war, und doch so weit weg von dem, was sie brauchte.

»Gott, Ryan«, sagte sie und ließ ihren Kopf auf den Tisch sinken. »Ich habe keine Ahnung, wer das ist oder wo er ist oder sonst irgendwas. Wozu soll das gut sein? Was bringt das, wenn wir ihn nicht finden können?«

»Sagt wer?«

»Tja, ich weiß, wo Arn, der Wichser, zu finden ist, aber die anderen? Also? Wie soll uns das helfen?«

»Sieh doch mal hin, die haben alle Mails an KapP geschickt, und ich habe seine IP-Adresse nach St. Peter's zurückverfolgt, die offizielle Mailadresse. Von der aus er aber nie antwortet, als ob das alles bloß Spam wäre, verstehst du? Aber wenn wir *ihn* kriegen, die Verbindung rausbekommen, und es muss ja eine geben, dann kriegen wir sie alle.«

Lucy hob den Kopf ein kleines Stück. Sie war oft in der St. Peter's Church gewesen. Alle Katholiken aus dem Reservat gingen da hin. Aber dann dachte sie, nein. Pater Burgine war nie so gewesen. Sie mochte Pater Burgine.

Ryan legte den Kopf seitlich auf den Tisch, um ihr in die Augen zu sehen. »KapP. Lucy, der wäre nie so blöd, als er selbst online zu gehen. Also – für wen gibt er sich aus?«

Und da begriff sie. O MEIN GOTT. Was Ryan ihr gebracht hatte. Was er ihr in den Schoß gelegt hatte.

»Genau«, sagte Ryan. »Er muss vor Ort sein, körperlich anwesend, um online zu gehen. Um zu antworten. In der Kirche, in St. Peter's. Wenn er richtig dumm ist, arbeitet er sogar da. Und wenn du dir die Zeitangaben anguckst, dann ist er immer am ersten und dritten Donnerstag im Monat da.«

Lucy richtete sich auf, schüttelte sich. Die Kamikaze-Idee leuchtete in ihrem Kopf auf, hell wie der Tag.

Sie sah sich selbst im dunklen, nur durch das Sonnenlicht erhellte Kirchenschiff von St. Peter's, und *Er* kam durch die Tür, über seinem Kopf die Fensterrose. Sie würde sagen: »Hallo, ich bin's, Lucy, erinnerst du dich an mich?«

Ryan sagte: »Das, was du gerade denkst, kannst du nicht machen.«

»Wieso nicht?«

»Weil da noch andere sind wie Arn, und auch wie du. Viel mehr«, sagte er, »siehst du?« Und er zeigte es ihr.

Sie zog angeekelt die Stirn in Falten. Und als sie Ryan ansah, hatte er nichts Albernes oder Lustiges mehr an sich.

»Einfach abknallen, wie Ratten in einem Fass«, sagte sie. »Nur dass man sie erst dazu kriegen muss, in das Fass zu kriechen.«

37
Buck

Während er in einem von grellen Neonröhren erleuchteten Supermarkt und im Baumarkt Einkäufe erledigte, auf dem Parkplatz und im morgendlichen Stau stand und dann noch in einem Laden für Autozubehör vorbeischaute, wo er Scheibenwischerflüssigkeit, Öl und neue Birnen für den Blinker und das Rücklicht hinten links besorgte, die auf Jerrys Fahrt zu Leif zerschossen worden waren, schien ihm das Handy, das Booker ihm gebracht hatte, ein Loch in die Tasche zu brennen.

Die Cops sollten ihn nicht wegen eines kaputten Rücklichts drankriegen. Booker hatte ihm ausgemalt, dass sie ihn unter irgendeinem Vorwand anhalten und Meldung machen könnten. Und wenn er »Widerstand leistete«, würden sie ihn abknallen.

»Also, wie lautet der Plan?«, hatte er Booker gefragt.

»Plan?«, sagte er. »Du trägst das Prepaid bei dir, und wenn Ryan seine IT-Genie-Nummer abgezogen hat, wird Lucy dich anrufen. Und dir mitteilen, wer dazugehört, zumindest von der Polizei.«

Bisher hatte sie nicht angerufen, und das machte ihm Sorgen. Zu Hause angekommen, parkte er vor dem Garagentor, und als er die Werkstatt betrat, saß Lucy am Anreißtisch.

Es war nach fünfzehn Uhr, er hatte die Zeit vergessen. Wie so oft zurzeit, und gegessen hatte er auch nichts.

Er zog einen Hocker heran und setzte sich neben sie. »Also«, sagte er, »dann zeig mir mal, was Ryan rausbekommen hat.«

Sie zog einen Stapel verknitterter Seiten mit unterstrichenen Zeilen aus der Tasche und gab sie ihm. E-Mails zwischen Arn und den anderen – an den Rand hatte sie Kommentare geschrieben.

Sie erläuterte. Und er begriff sofort, wie sich alles zusammenfügte, sah den Plan – wenn sie es schafften, diesen KapP aus der Deckung zu locken, müsste er funktionieren.

»Hier ist was. Alle schreiben Mails an ihn, aber hier, das eine Mal, schickt er eine Rundmail an Arn, Burgess, Tibbits und Jackson.« Sie zeigte darauf, die Stelle war eingekreist:

SsJLLF?

»Und das Datum.« Er sah sie an. »Das war, als – «

»Der Tag, bevor Jean gestorben ist, und ein paar Tage, bevor sie versucht haben, dich im Fluss zu ertränken.«

SsJLLF. J – Jean, L – Lucy, LF – Lucys Freundin? Er hatte so was schon mal gesehen, nur früher auf Zetteln, zwischen Kalenderseiten gelegt und weitergereicht, um nach dem Lesen sofort vernichtet zu werden.

»Was hast du sonst noch?«

Sie zeigte ihm den Dienstplan mit den Urlaubstagen. Erklärte ihm alles. Das Hotel, in dem sie sich treffen wollten. Ein Dienstausflug, abgerundet durch »ein bisschen Schneemobil fahren«.

»Wir wissen immer noch nicht, wer KapP ist, aber er fädelt das Ganze ein«, sagte sie, »und es sind noch mehr beteiligt als Arn und …«

Buck wollte es nicht sagen, musste aber. »Das läuft alles nach Schema F.«

»Wer macht so was?«

»Berufsverbrecher, sonst wären sie nicht so organisiert.«

»Also?«

»Dein Freund Ryan soll sich tiefer in die Verbindungen zwischen Arn und Burgess und den anderen reinwühlen, dieser KapP muss doch irgendwo auftauchen, unter irgendeinem Namen. Schließlich kommunizieren die, und zwar in beide Richtungen. Ganz sicher. Nur sehen wir nicht, wie. Noch nicht. Und wir müssen rausfinden, wer genau beteiligt ist, bevor wir weitere Schritte unternehmen, weil das diejenigen sind, die Jagd auf uns machen werden.«

»Uns?«, fragte sie.

»Genau«, sagte er, »und wir müssen das Kanu – *dein* Kanu, meine ich – fertigbauen, und zwar jetzt.«

38
Lucy

»Na, Bebbe Gurl, was gibt's zum Abendessen?«, fragte ihr Vater, als er in Uniform durch die Tür kam. Er drückte sie an sich und warf seine Mütze in die Sitzecke hinter dem Tisch, seltsam übermütig.

»Hattest du einen schönen Tag? Waren sie in der Schule nett zu dir?« Er lächelte und machte ihr dann ein Kompliment. »Ach, warum frage ich überhaupt. Du bist in allem großartig. Du weißt, dass ich stolz auf dich bin, ja?«

Sie runzelte die Stirn. Es war zu viel, er trug zu dick auf. Aber warum?

»Tja, heute ist Freitag, das hast du hoffentlich nicht vergessen«, sagte er und ging in Richtung Flur.

»Natürlich nicht, Daddy.« Freitags aßen sie kein Fleisch. Wie gute Katholiken, sagte ihr Vater dazu. Irgendwie fühlte es sich richtig an. Aber vor allem ging es um seinen Sinn für Ordnung, und sie tat ihm den Gefallen.

Sie ging achselzuckend zum Herd. Die Schiene am Finger scheuerte an ihrer Hand, und das Gelenk pochte immer noch.

Sie beugte sich über die Töpfe und Pfannen. Hob einen Deckel hoch, hinten rechts: Rosenkohl mit Käse. Hinten links: Kartoffelbrei. Vorn rechts – dank ihrer Mutter, die für den Unsinn mit Fischstäbchen nichts übrig gehabt hatte, bäh! – brutzelte ein Pfund Krabbenfleisch in Butter, ein ganzer Block, vielen Dank, Julia Child!

Es klopfte an der Tür, ihr Herz schlug heftig.

»Daddy?«

»Ja, Bebbe Gurl?«, rief er aus seinem Zimmer hinten im Trailer zurück.

»Wenn ich an die Tür gehe, verbrennt hier auf dem Herd alles, kannst du bitte aufmachen?«

»Komme!«, rief er zurück.

Sie zog die rechte Schublade auf, holte die Glock heraus, entsicherte sie. Legte sie hinter den Toaster und ein Geschirrhandtuch obendrauf. Wer immer da rein wollte, klopfte noch mal, drängender, ein regelrechtes Hämmern.

»Hey, Lee!«, brüllte Arn und stapfte auf der Treppenstufe mit den Füßen, sein Gewicht brachte den Trailer ins Wackeln. »Bist du da?«

Er hämmerte ein drittes Mal an die Tür, und ihr Vater ging – während er sich das Hemd zuknöpfte – durch den Flur und öffnete.

»Willst du ein Bier?«, fragte er und ließ Arn herein. Er öffnete den Kühlschrank, drückte ihm ein Bier in die Hand. »Hast du Zeit zum Essen?«

»Danke, nein«, sagte Arn, auf seinen dicken Beinen schwankend, eine schwarze Tasche hing über seine Schulter. »Hab schon gegessen.«

Aufgedunsen, Hängebacken, geäderte, breite Arme, und die Beine so fett, dass beim Gehen die Schenkel aneinander rieben. Er sah aus wie ein riesiger blauer Frosch. Dass er seine Finger in sie reingesteckt hatte, alles Mögliche mit ihr gemacht hatte, hing zwischen ihnen. Aber das Schlimmste war die schreckliche letzte Sache.

Sie lächelten sich starr an, die Glock lag direkt hinter dem Toaster.

»Also«, sagte ihr Vater auf eine Art, bei der ihr die Haare zu Berge standen, »schauen wir uns mal die Karte an.«

»Daddy?«, sagte Lucy, das Herz schlug ihr bis zum Hals, »das Essen ist gleich fertig. Können wir dann? Bitte?«

»Ja, Lee«, sagte Arn, »wie deine Süße sagt, müssen wir uns das jetzt ansehen?«

»Na ja, da wir da oben unsere Besprechung abhalten werden, möchte ich schon wissen, wo genau, und wie lange das dauern wird. Weil Lucy und ich auch was unternehmen wollen. Das habe ich ihr versprochen, also, Arn, wie sieht es aus?«

Ihr Vater lächelte, aber auf die selbstgefällige Weise, die ihre Mutter als *feixen* bezeichnet hatte.

Sie griff nach dem Handtuch und der Glock darunter, den Finger am Abzug, stand wie erstarrt hinter ihrem Vater.

»Du hast doch die Karte mit«, sagte ihr Vater. »Leg sie da auf den Tisch und zeig mir, wie es da aussieht.«

Arn nickte, holte sie aus der Tasche, faltete sie auseinander und breitete sie auf dem Tisch auf. Ihr Vater beugte sich darüber.

Arn zeichnete mit einem roten Stift eine Strecke ein, trat zurück und zwinkerte wie ein Spielshowmoderator.

»Ganz einfach, mit dem Schneemobil vierzig Minuten.«

»Da lang?«

»Gerade Strecke, Lee, du fährst raus und bist im Nu wieder zurück bei Lucy.« Er drehte sich tatsächlich um und nickte ihr zu.

»Das wird euch gefallen da draußen«, fügte er hinzu, »wunderschöne Landschaft, alles Kiefern und Tannen. Dann ist also alles klar?«

Arn drehte sich um und stellte sein Bier auf die Arbeitsfläche, und ihr Vater schlug ihm auf die Schulter.

»Oh«, sagte Arn, »der Scheck für die Anzahlung?«

Ihr Vater stellte einen Scheck aus, gab ihn Arn mit einer theatralischen Geste, Arn verschwand durch die Tür, und Lucy starrte ihm finster nach.

Was für eine bodenlose Frechheit! Herrgott! Und Arn glaubte, er würde mit allem einfach davonkommen. Tja, dem würde sie es zeigen.

»Hey, Luce.« Ihr Vater blickte zwischen ihr und der Tür, die gerade hinter Arn zugegangen war, hin und her. »Was ist los?«

»Nichts«, erwiderte sie, setzte wieder ihre Miene auf und machte sich dann an den Töpfen auf dem Herd zu schaffen.

»Nach Nichts hat es aber nicht ausgesehen.«

Achselzuckend drehte sie sich um zu ihm, er stand mit den Händen in den Hüften erwartungsvoll da, sie sagte: »Können wir jetzt endlich essen?«

Sie hatte die Glock in die Schublade zurückgelegt, zitterte aber. Sie stellte die Teller auf den Tisch. Setzte sich ihm gegenüber.

»Probier mal die Krabben, Daddy«, sagte sie.

Er tat es, sein Blick wurde weicher. »Na, du bist eine rich-ti-ge Köchin, weißt du das, und deine Mutter wäre auch stolz auf dich.«

»Danke, Daddy«, sagte sie und stopfte sich eine Gabel Kartoffelbrei in den Mund, von dem ihr übel wurde.

Schließlich schwamm er in Butter. Genau wie dieser Ausflug, den sie und ihr Vater machen würden.

Viel zu viel Butter.

39
Buck

Sie trafen sich in einer Raststätte, Buck, Lucy, Booker und Ryan. Lucy war mit irgendwas auf ihrem Handy beschäftigt, Ryan ebenfalls, nur Booker saß wirklich mit ihm am Tisch.

Lucy hatte ihn von dem Prepaid aus angerufen, das Booker ihr besorgt hatte, und das Treffen einberufen.

»Also«, sagte Booker und stupste Lucy an, »soll *ich* es ihm sagen?«

Lucy nickte.

»Na, was ist so wichtig?«, fragte Buck und gab ihr einen Stoß mit dem Ellbogen, um ihre Tipperei zu unterbrechen.

»Ich verpasse ganze Schultage, ich muss jemanden beauftragen, für mich mitzuschreiben.«

»Echt jetzt?«

Sie schaute auf. »Na ja, es würde seltsam aussehen, wenn ich das nicht tue und einfach verschwinde. Meinst du nicht?«

In einer Sitznische in der Nähe saßen zwei Polizisten, der eine wandte ihnen den Rücken zu, der andere schaute weg. Buck nickte fragend in ihre Richtung.

»Nein, der nicht«, sagte Lucy. »Und der andere …« Draußen war es dunkel, die Fensterscheibe zum Parkplatz fungierte als Spiegel. Sie beugte sich hin und her, um das Gesicht zu erkennen. »Ich kann ihn nicht richtig sehen – aber die Cops kommen im Dienst immer her. Es liegt auf ihrer Route.«

»Bist du sicher?«

»Klar bin ich sicher. Ich bin mit meinem Dad hier gewesen, deswegen hab ich es ja ausgesucht, okay? Hier ist es sicher. Und das sind bloß Rekruten. Burgess oder höhere Ränge kommen nie her.«

»Diese ganze Geschichte«, sagte Booker zu Buck, »dass Lucy mit ihrem Dad und den Cops nach Norden fährt? Sie hat Ryan nachforschen lassen und rausgefunden, dass die Idee, daraus einen Winterurlaub zu machen, von ihrem Vater stammt, samt hohoho und dem ganzen Mist.« Er verzog das Gesicht. »Und weißt du was? Er kam mit dem Vorschlag direkt nachdem Lucys Freundin Jean gestorben war.«

Lucy legte ihr Handy auf den Tisch und sah Buck an. Ließ sacken, was das bedeutete.

»Ryan?«, sagte sie, und Ryan schaute auf.

»Lucys Dad«, sagte er, »hat am Ende jener Woche Chief Burgess eine Nachricht geschrieben, und Burgess hat sie an Arn weitergeleitet – « Er warf einen Blick auf seine Textnachrichten, zuckte die Achseln und ließ die Daumen wieder über die Tastatur fliegen. »– und Arn hat die Orga erledigt, die Hütten gebucht und so.«

Buck lehnte sich zurück, seine Gedanken waren verworren. Also war Lucys Vater denen wirklich auf der Spur.

Ihr Plan, seiner und Lucys, würde immer noch funktionieren, allerdings mussten sie verhindern, dass Lucys Dad dazwischenfunkte.

Darum würde Lucy sich kümmern müssen – indem sie mit ihrem Vater zusammen hochfuhr, damit Arn und die anderen ihnen auch wirklich folgten. Und hoffentlich würde dann dieser KapP, der Kopf der ganzen Bande, auftauchen.

»Also«, sagte Booker und schaute Ryan über die Schulter. »Was machst du da, Mr. Daumentippse?«

Ryan antwortete mit gesenktem Kopf: »Deine Klischeebemerkung ist daneben, Booker. Dein Namensvetter würde sie auch nicht gut finden. Das ist unter deinem Niveau.«

»War nicht böse gemeint«, sagte Booker. »Also?«

Ryan lächelte halb. »Dann bin ich nicht böse.« Sein Handy piepte. Booker fragte: »Was war das?«

»Eine SMS.« Er schaute kurz nach und sagte achselzuckend: »Von meiner Mom.«

»Oha«, erwiderte Booker, »und was schreibt sie dir, Einstein? Sie hat dir Milch und Cookies hingestellt und wartet, dass du heimkommst, und in der Glotze läuft *Das magische Königreich?*«

Ryan sah sie stirnrunzelnd der Reihe nach an, Buck, Booker, Lucy. »Booker, du musst gehen«, sagte er.

»Wie bitte?«

»Hinten raus. Jetzt.«

»Aaaach. Echt jetzt? Wieso? Weil ich einen blöden Witz gemacht habe?«

Lucy reckte den Hals und sah sich im Restaurant um. Alle taten normale Dinge, aßen, redeten, alles wirkte beruhigend alltäglich. Aber auf Bookers erhobene Stimme hin hoben sich Köpfe.

Ryans Daumen flogen wieder. Er nickte. »Geh zur Hintertür raus, und zwar sofort«, sagte er. »Arn kommt gerade an. Ein 10-14 ist reingekommen, Jedermann-Festnahmerecht.« Ryan sah grimmig auf. »Ich habe meine Mutter beauftragt, die Einsatz-Website zu überwachen, bevor ich gegangen bin. Tja, bist du froh darüber? Einer von den beiden«, er nickte den beiden Polizisten zu, »hat wohl Meldung gemacht. Wenn die dich in die Finger kriegen, dann – «

»Booker?«, sagte Buck. Stellte sich vor ihn und begleitete ihn zur Hintertür, sagte ihm, was er zu tun hatte.

»Ja, sollte klappen«, sagte Booker. »Aber ihr müsst euch die Aufnahmen der Sicherheitskamera aus dem Büro besorgen, sonst sind wir am Arsch.«

Daran hatte er nicht gedacht. Er kehrte an den Tisch zurück, die anderen Gäste sahen mit gelangweilten Mienen auf. Er zog seine Jacke an.

»Muss aufs Klo«, sagte er laut, »und wenn ihr hier fertig seid«, Lucy war aufgestanden und starrte durch die Fensterscheibe in die Dunkelheit, »nehmt ihr beide meinen Truck, und ich fahre mit eurem Freund los, klar?« Er warf einen Zwanziger auf den Tisch.

»Alles klar«, sagte Lucy. Sie hatte begriffen, was er vorhatte, und fügte hinzu: »Also nehmt ihr meinen Wagen, den roten Toyota«, und sie tauschten die Schlüssel.

In Lucys kleinem Auto zog er den Remotedrive der Sicherheitskamera aus dem Restaurant aus der Tasche und warf ihn auf die Rückbank. Auf dem Parkplatz standen etwa zwanzig Fahrzeuge, die meisten davon SUVs und ein paar ältere Limousinen.

Arn bog vom Highway 13 ab, erkannte Lucys Toyota und rollte hinter einen Escalade, aus seinem Auspuff stieg eine Rauchwolke auf. Er nahm etwas vom Armaturenbrett – ein Handy – und wartete.

Buck fuhr auf den Highway, Arn folgte ihm mit einigem Abstand und ließ sich hin und wieder zurückfallen. Nach etwa einer Meile bog Buck ins Reservat ab und raste in Richtung Mystic Lake Casino, wo gerade ein Konzert stattfand, überall Leute und Autos, die mehrere Blocks entfernt vom Eingang schon alles zuparkten, viele Paare, die Arm in Arm verdrossen durch den Schnee stapften.

Arn hing an seiner Stoßstange. Stellte das Blaulicht an. Dann die Sirene. *Ja,* dachte Buck, *mach das nur,* und hielt an. Die Konzertbesucher drehten sich um, wollten sehen, was hier los war.

Auf dem Casinoschild stand: »Barry Manilow, I Sing the Songs«. *Herrgott!* Es würde zu ihm passen, ausgerechnet hier erschossen zu werden, unter dem Dauergrinsen von Barry Manilow.

»Steigen Sie mit erhobenen Händen aus dem Wagen«, bellte Arn aus dem Megafon.

Arn stieg aus dem Streifenwagen, öffnete das Holster an seiner Hüfte und zog die Pistole.

Buck kletterte aus Lucys Kleinwagen und kam sich ein wenig wie ein Zirkusclown vor. Arn winkte ihn mit der Pistole auf den schneebedeckten Gehweg, wo die Menge Platz gemacht hatte, aber das Geschehen beobachtete. Arn kam auf den Toyota zu. Als er ihn erreichte, duckte er sich, riss die Tür auf, richtete die Waffe auf die Rückbank, suchte Booker und erstarrte, ein Inbild der Überraschung. Stand schussbereit da, die Pistole in beiden Händen.

Als er in sich zusammensackte und sich Resignation auf seiner Miene ausbreitete, sagte Buck: »Officer, suchen Sie irgendwas?«

Fast hätte Buck gegrinst. Sie wussten beide, was hier ablief, und Arn konnte ihn nicht einfach hier zwischen den Konzertgästen abknallen.

»Ihr Rücklicht geht nicht«, schnauzte Arn. Er trat zurück und steckte die Waffe ins Holster. »Lassen Sie das reparieren, sonst bekommen Sie Ärger. Beim nächsten Mal gibt's eine Verwarnung.«

»Alles klar«, erwiderte Buck, und Arn setzte sich mit finsterem Blick wieder in den Streifenwagen, wendete wütend und raste zurück auf den Highway 13.

Aber Booker, Lucy und Ryan waren schon lange weg, wie Buck wusste.

40
Lucy

Sie war wieder da, um am Kanu zu arbeiten, und er zeigte ihr, wie man den Süllrand mit Schraubzwingen befestigte. Klar wusste er, dass sie beobachtet wurden, sagte er.

Das, nachdem sie ihm erzählt hatte, dass die beiden Cops im Restaurant zwei ehemalige Armeekumpels ihres Vaters gewesen waren, die eigentlich im benachbarten Vorort arbeiteten, in Burnsville. Aber woher hätte Lucy das wissen sollen?

Ryan hatte sich die Einheit von Lucys Vater angesehen und herausgefunden, dass sie alle zusammen gedient hatten. Hatte ihr ein Foto gezeigt.

Lucys Vater, Arn und die beiden anderen Cops waren dekorierte Afghanistan-Veteranen. Ranger. Aber ihr Vater stand ein Stück von den anderen entfernt, offensichtlich gab es Unstimmigkeiten zwischen den Männern.

Und während sie über all das nachdachten, arbeiteten sie, mit den Schraubzwingen und mit Leim. Stundenlang, Seite an Seite.

Sie beobachtete fasziniert, wie er mit dem Holz umging. Er arbeitete so konzentriert und entschlossen, dass er in die alte Sprache verfiel.

»Gimikwendan ina?«, fragte er und nickte in Richtung Tür. »Miskwaawaak, eh?« Kannst du noch was von der roten Zeder reinholen?

»Daga«, erwiderte sie. Echt? »Aaniin ezhiwebak agwajiing?« Wie kalt ist es?

Er beugte sich vor das Thermometer im Fenster. »Gisinaa eh noodin!« Kalt! Er lachte und wollte zum Fichtenholz greifen, aber auch davon war nichts mehr da. »Aaniin endaso-diba' iganed?« Und Fichtenholz auch. Sie ging raus, kam mit dem gewünschten Holz zurück, schaute auf ihre Uhr. »Gichigigzheh.« Noch früh.

»Gibichiita?« Pause machen?

Sie hielt eine der mitgebrachten Fichtenholzlatten flach hin, und Buck befestigte sie mit einer Messingschraube, die er einsenkte und abdeckte, sodass sie fast unsichtbar war. Der letzte Schliff.

»Makademashkikiwaaboo?« Kaffee?

»Eya«, sagte sie, klar, und er ging ins Haus und kam Minuten später mit zwei dampfenden Bechern zurück.

»Nimbakade?« Hungrig?

Sie zuckte die Achseln, »Nindanokii«, ich brauche nichts, und er nickte, sagte: »Ondass«, komm her, und gab ihr einen Becher, erzählte einen Witz über einen verrückten Hund, lachte, es war ein Nehmen und Geben, sie hatten gemeinsame Bekannte, Lucy gab etwas über ihren inzhishenh, ihren Onkel mütterlicherseits, zum Besten, Zozed, ein echtes Schlitzohr, ein liebenswerter Betrüger. Oh, die wawiyahzh Sachen, die er gemacht hatte, hatte Buck davon gehört? Total irre!

Und dann strömte alles aus ihr heraus, das sie zurückgehalten hatte, weil ihre Mutter darin vorkam, aber jetzt nicht, nicht mit Buck, der lachte.

Irgendwann lachten sie beide so sehr, dass sie fast weinten, und dann sagte Buck, sie sollten nicht lachen, weil das alles überhaupt nicht witzig wäre, und sie lachten noch mehr. Bekamen vor lauter Lachen kaum noch Luft.

Und dann sagten sie beide nichts mehr, und die Werkstatt war erfüllt von einem fast greifbaren Schweigen.

»Ich kenne nicht mal deinen Namen«, sagte sie. Als er sich abwandte, die Lippen zusammengepresst, sagte sie: »Gage' bineh«, Ewiger Vogel. »Aaniin ezhinikaazoyan?« Und wie heißt du?

»Miskwa' doden«, erwiderte er. Roter Hirsch.

»Miigwech«, sagte Lucy, danke dir, und er nickte bloß, und sie widmeten sich wieder dem Kanu.

Etwas war jetzt anders zwischen ihnen. Größer als sie, mit einem Eigenleben. Sie arbeiteten Seite an Seite, sagten schweigend alles, ließen das Ausmaß der Bedrohung sacken.

Arn, indem er Booker nachgejagt war, hatte ihnen gezeigt, wie weit die gehen würden, wie verzweifelt sie waren.

Sie bauten die Bug- und Heckplatten an, strichen eine dicke Leimschicht auf das Furnier an Bug und Heck und waren fertig.

Lucy dachte, es würde »einfach trocknen«, aber er schüttelte den Kopf und holte Infrarotlampen und Ventilatoren hervor.

»Ich muss nach Hause«, sagte sie, wenn auch angesichts der schrecklichen Lage scherzhaft. Es war das, was sie immer sagte.

Ihr Vater hatte Spätschicht. Er würde um elf zurück sein, erwartete aber etwas zu essen.

Buck verließ die Werkstatt, kam mit drei Aluschüsseln zurück. Hühnchen. Reis. Irgendwas mit grünen Bohnen.

»Nimm, ich habe genug für eine ganze Armee gekocht«, sagte er, was überhaupt keinen Sinn ergab.

Für wen machte er das ganze Essen? Und dann begriff sie. So dünn, wie er geworden war, machte er es für sie.

Als sie zwei Tage später wiederkam, nähte er gerade in der Küche einen Flicken auf eine Jacke, zwischen seinen Zähnen steckte eine Nadel. Er ließ sie mit einem Nicken herein, setzte sich wieder an den Tisch, das Nadelkissen auf den Knien, zog den Faden durch die tarnfarbengrüne Jacke, machte einen fachmännischen Doppelknoten und wendete die Jacke von innen nach außen. Die Zahl *273* auf einem Stoffaufnäher.

»Die Einheit deines alten Herrn«, sagte er. »Geht das durch?«, fragte er und hielt die Jacke zur Begutachtung hoch. Sie war größer, sah aber ansonsten genauso aus wie die ihres Vaters.

»Ja«, sagte sie.

»Dann los«, sagte er, und sie gingen rüber in die Werkstatt. Sie nahm den Bug, er das Heck, gemeinsam drehten sie das Kanu um, sodass der Rumpf nach oben schaute, wie während des Bauens. Er reichte ihr eine Schwingschleifmaschine.

»Fang mit der sechziger Körnung an.«

Dort, wo der Leim rausgequollen war, hatten sich Linien gebildet. Die sollte sie zuerst abschleifen. Er müsste die Jacke fertig machen und ein paar Anrufe erledigen, sagte er, und ließ sie mit der Schleifmaschine allein. Sie schob den Schleifer über die Nähte im Bootsrumpf, die Maschine rutschte, hüpfte, tanzte. Ihre Hände wurden taub, und wenn sie den Schleifschuh zu steil ansetzte, hinterließ das hässliche Zickzacklinien auf dem Rumpf, furchtbar. Hatte sie bis ins Holz hineingeschliffen? Sie beugte sich vor und schaute nach. Nein, zum Glück nicht.

Das Holz war so wunderschön, sie hatte Angst, es jetzt noch zu beschädigen, und es roch nach Myrrhe, wie in St. Peter's, das war es, und eine solch hoffnungsvolle Erinnerung an früher, bevor all das fast Unaussprechliche passiert war.

Breitbeinig stehend, die Schleifmaschine fest in beiden Händen haltend, ging sie die hässlichen Zickzacklinien an, löschte sie mit rhythmischen Bewegungen aus, ebenso die Leimspuren, und als die entfernt waren, tauschte sie das Sandpapier aus, wie er gesagt hatte. Sie legte die Hunderterkörnung ein und bearbeitete den Bootsrumpf vom Bug bis zum Heck, widmete den Rillen zwischen den Latten besondere Aufmerksamkeit, ging hin und her, kämpfte mit der Schleifmaschine, die mit jeder Bewegung schwerer und unhandlicher zu werden schien.

Als er zurück in die Werkstatt kam, war sie fast fertig und in Schweiß gebadet – ihre Arme waren schwer, ihre Beine zitterten. Wie schaffte er das? Sie hatte gerade mal eine Stunde gearbeitet und war völlig k. o.

»Was?«, sagte er, die Hände in die Hüften gestemmt, riesige, kräftige Hände, die Arme von Muskeln durchzogen.

»Sieht das okay aus?«, fragte sie.

»Miika'waadendaag«, sagte er, ganz wunderbar, und dabei strich er mit der Hand über den abgerundeten Bootskörper, die Finger ausgestreckt, und das Holz war ganz weich, und sie spürte überrascht, dass sie rot wurde.

Weil sie bisher nicht, zumindest nicht bewusst, *so* an ihn gedacht hatte, er war ja viel älter – aber so war es jetzt.

»Hier«, sagte er, gab ihr ein Sandwich von einem Tablett, und nahm sich auch eins.

Sie aßen vornübergebeugt, die Sandwiches waren in Küchenpapier eingewickelt, Mayonnaise quoll heraus, und sie hatte zuerst das seltsame Gefühl, nicht essen zu können, es war plötzlich zu eng in der Werkstatt geworden, und dann hatte sie einen Riesenhunger und aß, und Buck lächelte sie erfreut an.

»Und, bist du bereit für den nächsten Schritt?«

»Mhmh«, erwiderte sie und wurde wieder rot. Herrgott noch mal! Aber, nein – er wollte etwas sagen.

»Wir passen die Spanten ein. Okay? Und bauen die Sitze ein.« Die Nähe fühlte sich irgendwie komisch an, aber auch gut.

»Ashwii?«, fragte er, bereit? Und als sie antwortete: »Enh!«, ja, waren sie im Nu wieder an diesem anderen Ort. Ihrem Reich.

Als sie nach Hause kam, sah sie sich um, die Hände auf den Hüften, irgendwie erleichtert, im Trailer zu sein – Arn war auf der Herfahrt im Streifenwagen hinter ihr aufgetaucht, aber an der Abfahrt zum Trailer in eine andere Richtung abgebogen –, auch wenn hier totales Chaos herrschte, wie sie sah. Überall lag Zeug rum, Schmutzwäsche, dreckiges Geschirr in der Spüle und auf dem Küchentisch die Waffenreinigungsutensilien ihres Dad. Wieso säuberte er schon wieder seine Waffen? Sie drehte das Thermostat hoch: gerade mal elf Grad hier drinnen. Fast konnte sie ihren Atem dampfen sehen. Ihr Vater wollte, dass sie, wenn sie zu Hause war, die Temperatur auf maximal siebzehn Grad stellte. Sie drehte auf zweiundzwanzig Grad hoch, und als der Ofen laut zündete, regelte sie ihn mit schlechtem Gewissen wieder runter. Bei siebzehn Grad musste sie immer einen Pulli anziehen und die Mukluks, die ihre Mutter ihr gekauft hatte, und sie ging in ihr Zimmer, schlüpfte hinein und kehrte in die Küche zurück.

Sie schaute abwechselnd Herd und Spüle an. Was zuerst, abwaschen oder mit dem Abendessen anfangen? Sie dachte an ihre Mutter, die immer alles im Griff gehabt hatte, aber dann schmerzte es zu sehr, an sie zu denken.

Wenn sie es doch tat, hatte sie das Gefühl, verrückt zu werden. Oder war da etwas anderes? Ein Gefühl kroch ihr ins Rückenmark, sie spürte, dass irgendetwas nicht stimmte. Der Trailer wirkte zu still.

In ihrem Rucksack ratterte es. Sie hatte das Handy auf Vibration gestellt.

Booker? Sie holte das Prepaid aus dem Rucksack, schaute nach, wer angerufen hatte, tatsächlich Booker. Sie schrieb:

Bist du zu Hause? Sie zählte fünf Atemzüge, versuchte, ruhig zu bleiben, dann leuchtete das Handy auf:

Versuch dich schon seit 20 m zu erreichen.

Wieso?

Ryan hat das hier geschickt.

Auf ihrem Bildschirm erschien ein Emoji, ein Bandido mit Schnurrbart und Pistolen, darunter, *An Lucy geschickt, keine Antwort.* Aber Ryan benutzte keine Handy-Emojis. Oder nur welche, die er selbst gestaltet hatte. Da war er sehr eigen, was bei ihr und ihm oft zu Frust führte. »Was bringt das, Ryan, wenn ich nicht weiß, was das bedeuten soll?«, sagte sie dann, und er erklärte, als wäre sie dämlich: »Das ist ein Akritirianer aus dem

Delta-Quadranten«, gefolgt von einem entnervten Seufzen, der seine ganze Enttäuschung und Einsamkeit enthielt. »Aus *Star Trek,* Folge – «

Aber diesmal hatte er etwas Albernes geschickt, und sie hatte keine Ahnung, was er damit sagen wollte. Sie hatte die Nachricht ebenfalls bekommen, vor einer guten halben Stunde, als sie auf der Heimfahrt gewesen war. Die Pistolen mussten etwas zu bedeuten haben.

Geh nachsehen, was da los ist, schrieb Booker.

Jetzt?

Nein, morgen. Er fügte ein Emoji ein, ein finster blickendes Gesicht. *Nimm ne Wumme von deinem Dad mit.*

Wird gemacht, schrieb sie zurück.

Sie schob das Handy in die Tasche. Zog ihre Jacke an und holte die Glock aus der Schublade. Dann fiel ihr ein, was ihr Vater ihr beigebracht hatte: »Handwaffen sind in engen Räumen nutzlos«, hatte er gesagt. »Wenn dein Gegenüber sie dir aus der Hand schlägt oder irgendwie packt? Das war's. Kurze Pumpgun. Hier, so.« Er hatte es ihr gezeigt. »Die legst du irgendwohin, wo du rankommst, so wie hier, und wenn jemand eindringt und du ›Opfer spielst‹, hast du Back-up.« Sie hing an einem Halter hinter dem Feuerlöscher. »Sie ist geladen und entsichert. Damit wirfst du dich auf den Boden und feuerst von unten, dann kannst du jeden ausschalten, auch den Terminator. Kannste mir glauben. Ich hab's getan.«

Sie holte die Kurze vom Halter. Legte die Glock in die Schublade. Überlegte es sich anders und versteckte sie hinter dem Brotkasten.

Draußen war es bitterkalt. Und dunkel. Irgendwer hatte das Licht in der Einfahrt kaputtgemacht. Sie ging an der Reihe baufälliger Trailer entlang. Darin Licht, Familien vorm Fernseher. Alles in der Dunkelheit wirkte schroff und gefroren und bedrohlich. Die alten Bäume am Flussufer reckten sich in alle Richtungen, und überall zusammengehämmerte und -geschraubte und -geklebte Autos. Sie erreichte Ryans Trailer. Ein hässliches Aluminiumding aus den Fünfzigern mit bescheuerten Flügeln an der Seite, wie bei ihrem, aber dunkelrot, wie Blut. Das Flackern des Fernsehers hätte zu sehen sein müssen, blaues Licht hinter der Gardine rechts neben der Tür. So wusste sie immer, dass Ryans Mutter eingepennt war. Am blauen Mattscheibengeflacker hinter der Gardine. Da jetzt nichts flackerte, schlich sie leise um den Trailer herum.

Hinten lag ein Haufen Müll, auf den Ryan immer draufkletterte, wenn er nachts aus dem Fenster stieg. So musste er nicht an seiner Mutter vorbei. Lucy krabbelte auf den rutschigen, emaillierten Deckel der Waschmaschine, die sie schon lange zur Müllhalde hatten bringen wollen. Zog das Fenster hoch. Wer immer da drinnen war, hier war er nicht reingekommen. Sie nahm das Fliegengitter ab und kletterte über das Fensterbrett hinein. Vor ihr ein Wimmern.

Sie stolperte über Ryans *Star-Trek*-Figuren, das Plastik zerbrach, sie erstarrte.

»Du mach das nicht«, sagte Ryans Mutter und wimmerte und weinte hysterisch.

»Verdammtes Schlitzauge«, erklang eine zweite Stimme in deutlichem Südstaatendialekt. »Bring deinen Mongo dazu, die anderen herzuholen, oder – «

»Aber er geschickt, was du willst? Niemand kommen!«

Wieder überkam sie dieses Zuschauergefühl, sie sah sich wie aus weiter Ferne. Sie horchte. Ihr Herz hämmerte. Lautes Klatschen. Das musste einer von denen sein. Aber nicht Arn. Auch nicht Tibbits oder Jackson, der hier – wer immer er war – stammte aus dem Süden. Also auch nicht Burgess. Und nicht *Er.* Sie erkannte die Stimme nicht, aber er war wütend, und sie tippte darauf, dass sie jemanden von außerhalb gerufen hatten, weil er keine Ahnung zu haben schien, wer Ryan und seine Mutter waren oder wer da kommen sollte.

Was also war das? Oder was *sollte* es sein? Ein aus dem Ruder gelaufener Einbruch? Und wen würde es kümmern? Nicht die Polizei. Und bei dem Gedanken, wie entbehrlich sie alle waren, überschritt sie eine Grenze. Wurde jemand anders. Schon wieder.

Sie, die immer alles schaffte, hatte das überlebt, was Arn und die anderen, was *Er* ihr angetan hatten.

Und jetzt war ihr otchit bei ihr und sagte: Gib keinen Laut von dir. Langsam. Konzentrier dich.

Greif an. Ohne zu zögern.

Sie stand hinter Ryans Zimmertür – schwang die Pumpgun nach vorn, entsicherte sie mit dem Daumen, atmete tief ein, stieß die Tür auf und trat in den Flur, seitlich abgewandt. Um die Waffe zu verbergen.

Scheiß Charles Manson, dachte sie. Im Wohnzimmer. Er stand über Ryans Mutter, deren Augen von seinen Schlägen fast zugeschwollen waren.

»Bebbe Gurl«, erklang die Stimme ihres Vaters in ihrem Kopf, »agieren ist IMMER besser als reagieren, also – du schlägst *zuerst* zu, und zwar *hart.*«

Aber das tat sie nicht. Sie stand da, das Herz hämmerte in ihrer Brust. Und ihr Vater hatte recht gehabt. Jetzt war alles falsch, einfach alles.

»Ach nee«, sagte Manson grinsend wie ein Halloweenkürbis und richtete seine Automatik auf sie. »Deine kleine Freun'in is ja doch gekommen, wa!« Er zog die Nase kraus. »Und du, Prinzessin, gehs' jetz' da rüber zum Tresen und hols' das Handy und rufst deinen Schwarzen Boy an, klar? Und dann feie'n wie hier, du bis' so 'ne Hübsche, und deine Freunde hier guck'n zu. Das macht es noch aufregender, weißte?«

Er deutete auf das Telefon auf dem Tresen, und sie bewegte sich darauf zu, geschockt und zugleich angewidert von sich selbst. Dort am Tresen wäre es unmöglich, die Pumpgun anzulegen.

Vor allem konnte er sich dahinter zu Boden werfen – und sobald er sich bückte, konnte sie nicht schießen.

»ZIEL NIEMALS AUF DEN KOPF«, hatte ihr Vater gesagt, »der ist zu klein, und wenn du nicht triffst, bist du tot.«

Mrs. Chen lag wimmernd auf dem Boden. Lucy trat in die Küchenzeile, die Kurze hinter sich haltend.

»Also, Prinzessin, du nimms' jetzt das Steinzeithandy da, wie ich gesagt hab, und rufst an, aber so, dass ich dich hör'n kann, und sags' deinem Schwarzen Boy, er soll rüberkomm'n, sonst passiert seiner Prinzessin was, klar?«

Er war dabei, die Geduld zu verlieren, wenn er je welche gehabt hatte, riss die Augen auf, fuchtelte mit der Waffe.

Sie nahm das Telefon in die linke Hand, und als sie zu ihrem Entsetzen begriff, dass sie mit der Kurzen in der rechten nicht wählen konnte, erstarrte sie. Wieder.

Sie wechselte einen Blick mit Ryans Mutter, die nickte und dann noch lauter schluchzte. Ryan, neben Manson an die Wand gedrückt. Das war auch nicht gut. Selbst wenn sie es schaffte zu schießen, würde sie vielleicht Ryan treffen.

»Worauf warteste?«, sagte Manson. »Wenn du die Nummer vergess'n has', gib' Mongo hier sie dir bestimmt gern.«

Und da war SIE, das andere Mädchen, die Macherin, und ihr otchit ermahnte sie: Ruhig. Langsam. Du weißt, was zu tun ist.

»Ryan«, sagte sie, »wie lautet die Nummer?«, und Ryan beugte sich über sein Handy, woraufhin Manson ihn ansah, und sie warf Ryans Mutter die Pumpgun zu, die sie auffing und an ihre Schulter legte.

»Ach je, warum haste das denn gemacht, ihr wart doch alle so brav?« Manson sah Ryans Mutter grinsend an. »Und du, alte Fickfresse, das is' ne Pumpgun, die musste durchladen«, sagte er, »wenn du die Donnerbüchse da abfeue'n willst, und wenn du das machs', knall ich dich ab, klar? Weil ich den Finge' am Abzug hab, kapiert?«

Mrs. Chen drückte ab, riss ihn von den Beinen und schleuderte ihn gegen den Esstisch, Ryan wand sich mit aufgerissenen Augen unter ihm, und der Meth-Junkie, Bauchschuss, aber alles andere als tot, nahm Ryans Kopf in den Schwitzkasten, und Ryans Mutter sprang wie der Teufel in der Kiste vom Boden auf, lud durch, schoss und blies ihm den Kopf weg, Blut sprühte wie ein Heiligenschein auf die Wand, und Ryan besudelt.

In die schockierte Stille hinein sagte Ryans Mutter: »Selber Fickfresse«, und spuckte auf seine Überreste.

Sie wandte sich Lucy zu. Lucy hatte in all der Zeit, seit sie sich, na ja, kannten, kaum zwei ganze Sätze mit ihr gewechselt. *Hallo* und *Tschüss* und *Wird langsam spät.*

»Ich behalte Pumpgun«, sagte sie. »Ich nehme dir ab. Du nicht schießen. Ich töte ihn, nur meine Verantwortung.«

Lucy war zu verblüfft, um zu antworten. Ryans Mutter nickte Ryan zu. »Ruf Polizei. Story ist: Ich schieße. Lucy hier zum Lernen. Hat Pumpgun mit, weil im Dunkeln herkommen. Alles wahr, ja? Alles wahr.«

»Ja«, sagte Lucy. Aber warum – nach all dem – hatte sie ihn nicht selbst erschossen? Sobald sie ins Wohnzimmer gekommen war?

Vor allem würde ihr Vater wissen wollen, was passiert war. In allen Einzelheiten. Und wie Mrs. Chen, Ryans Mutter, die Kurze in die Hände bekommen hatte. Er würde unerbittlich sein.

»Es tut mir leid«, sagte Lucy, ihre Art, sich dafür zu entschuldigen, dass sie Mrs. Chen immer ignoriert hatte, was ihr jetzt peinlich war.

»Wofür? Du kommst zu richtige Zeit. Hast uns gerettet.«

Ryan nahm das Telefon, und von dem autistischen Jungen war nichts mehr zu sehen, was sie schockierte. So viel von seinem

Verhalten in der Schule und mit ihr, das begriff sie jetzt, war reine Verstellung gewesen.

»Ja«, sagte er, gab die Adresse an und fügte in einem Ton, den sie noch nie gehört hatte, hinzu: »Ja, Officer. Ich möchte eine Schießerei melden. Ja, Officer, ein Toter, Schussverletzung. Meine Mutter, Sir. Ja, Sir, das ist richtig.«

»Es tut mir leid«, sagte Lucy, während Ryan telefonierte, »aber ich weiß Ihren Namen nicht.«

»Kitty«, erwiderte Ryans Mutter.

Eine Blase hyänenartigen, hysterischen Gelächters blubberte in ihr hoch, aus reiner, alberner, blödsinniger Erleichterung heraus – Kitty, Ryans Mutter, hatte einen tätowierten Meth-Süchtigen erschossen.

Der lag da in der Ecke, der halbe Kopf weggeschossen, und grinste sie an.

»Es tut mir leid.«

»Schon wieder? Immer leid für alles. Klar, du lachen. Alte Frau kann schießen, hm? Du denken das lustig?« Also hatte sie kapiert. Wie seltsam das alles wirkte.

»Nein«, wehrte Lucy ab. »Aber Ihr *Gesicht.*« Sie hielt die Hand an ihr eigenes. »Das muss wehtun.«

»Ha«, sagte Kitty. »Ihr Amis. So sicher.«

Ryan legte auf. Sah von einer zur anderen, sagte etwas zu seiner Mutter in –

»Ist das Mandarin?«

»Kantonesisch«, sagte Kitty und wackelte mit dem Finger. »Du Ryan nie gefragt, warum wir hier?«

Wieder, inmitten all dessen, was geschehen war, ein Moment der Verlegenheit, weil sie das tatsächlich nie getan hatte.

»Was, wenn die uns nicht glauben?«, sagte Lucy.

Kittys Gesicht war schmerzverzerrt, maskenhaft. Ryan sagte etwas, sie nickte.

»Danke«, sagte sie. »Für Kommen. Und jetzt wir schulden dir unser Leben. Also, wer hat genommen die Waffe?«
»Sie«, erwiderte Lucy.

Ihr Vater kam zusammen mit den anderen Cops, Blaulicht blinkte hell auf den Dächern der Streifenwagen, dahinter ein Fahrzeug von KSTP News. Es war ein verdammtes Spektakel, und ihr Vater legte den Arm um sie und führte sie durch die Menschenmenge. Licht in ihrem Gesicht. Mikrofone. Die Arschlöcher von Journalisten drehten das Ganze zu einem True-Crime-Melodrama um, und ihre Stimme wie die von einem Zombie. Gleich als Erstes hatte ihr Vater ihr ins Ohr geflüstert: »Nur die Fakten, und wenn du kannst, weine.«
Und während sie die Geschichte erzählte, die Kitty angeordnet hatte, machte sie sich Sorgen. Wegen ihres Vaters, weil, auch wenn er aufrichtig entsetzt reagierte, klar war, dass er nicht wollte, dass die Polizei das untersuchte, was die Detectives einen »aus dem Ruder gelaufenen Meth-Junkie-Einbruch« nannten, wie er es ihnen souffliert hatte, und ihr Vater, die Hände auf den Gürtel gestützt, wiederholte die Worte immer wieder.
»Das war ganz einfach Notwehr, nichts anderes«, sagte er zu einem Reporter, aber sie und ihr Vater wussten beide, dass etwas ganz anderes passiert war.

Um zehn schauten Lucy und ihr Vater zusammen die Nachrichten auf KSTP 9, Lucy in eine Decke gewickelt und still. Die Cops waren immer noch in Ryans Trailer. Gelbes Flatterband und alles. Durch die Gardine konnte man das Blaulicht flackern sehen.
Lucy saß auf einem der Stühle mit Lederlehne am Küchentisch und starrte den Fernseher an, und als das Handy ihres Vaters ertönte, der Klingelton ein kläffender Hund, ging ihr Vater nach draußen.

Etwas später kam er zurück, rieb sich die kalten Hände und stellte sich vor die Heizung.

»Herrgott. Dieser Drecksack war ein Hinterwäldler aus Louisiana.«

»Gut«, sagte Lucy.

»Gut?« Ihr Vater lief auf und ab. »Also, wieso gerade jetzt?«

Sie lächelte, stellte sich dumm.

»Was soll das Grinsen? Das ist ernst. Wir wissen nicht, ob er allein hergekommen ist. Und weil der Fall für die Polizei abgeschlossen ist, muss ich jetzt rausfinden, was er vorhatte, verstehst du? Also, was hat er zu euch gesagt, was du mir nicht verraten willst, Bebbe Gurl?« Und da war sie, die erschreckende Kälte, ihr Netter-Kumpel-Vater verschwunden, zum Vorschein kam dieser andere Mensch, den sie hasste. Aber zu sehr konnte sie ihn auch nicht hassen, denn sie wusste nur zu gut, dass er seine Gründe hatte.

Und die hatten mit dem zu tun, da war sie jetzt sicher, was damals geschehen war. Wann genau, wusste sie nicht.

»Nichts!«, sagte sie.

»Ja, nichts, am Arsch. War er allein?« Er war an den Küchentresen getreten und stand drohend vor ihr.

Sie wollte sagen: Er wollte mich vergewaltigen, das hat er gesagt, und natürlich war er nicht allein. Das weißt du. Und ich auch.

Aber sie musste ihre Rolle spielen, oder nicht?

»Was hatte er ausgefressen?«, fragte sie.

»Sexualstraftäter. Hatte fünf Jahre bekommen. Wegen guter Führung vorzeitig entlassen.«

Natürlich. Und sie hatte schon gehofft, er wäre irgendein Außenseiter gewesen, aber nein, er war einer von denen. Wie *Er*, Arn und die anderen. Dass es die auch da unten in Louisiana gab, machte alles noch schlimmer.

Sie lächelte – na ja, eigentlich nicht schlimmer. Nein. Sondern viel, viel einfacher.

Sie hatte das Richtige getan, als sie den Reportern und der Polizei nicht gesagt hatte, worum es hier eigentlich ging. Weil, mit solchen Leuten, tja, mit denen wurde man nur auf eine Art fertig.

41
Buck

Dass die ganze Scheiße bis in den Süden reichte, überraschte ihn nicht. Um halb elf abends hatte Lucy ihm eine Nachricht geschrieben:

Typ kam aus Louisiana. Sexstraftäter. Wegen guter Führung entlassen.

Die Nachrichten auf KSTP 9 hatte er mit Skepsis verfolgt – er durchschaute das Lügenmärchen. Die Polizei hatte keine Einzelheiten über den Einbrecher bekannt gegeben, ein Wiederholungstäter aus Louisiana, aber ein altes Verbrecherfoto veröffentlicht. Darauf sah er noch halbwegs zurechnungsfähig aus, wenn auch von der Sucht gezeichnet: hohle Wangen, lange Zähne, schorfige Haut und eingesunkene Augen. Und dass Ryans Mutter ihn erschossen hatte, überraschte ihn ebenso wenig. Ihr strenger Topfschnitt und die Augen, die nicht wegschauten. Der Blick ins Leere eines Menschen, der zu viel erlebt hatte.

Er antwortete Lucy auf dem Prepaid: *Bleib da. Sag nichts. Komm her, wenn du kannst.* Schaltete den Fernseher im Wohnzimmer aus und nahm das Handy mit in die Küche.

Starrte sich im Fenster über der Spüle in die Augen wie in einen Spiegel. Der Blick nur zu vertraut. Sein Baseball-Trainer hatte das früher als Chief-Killer-Blick bezeichnet.

Was hatte Seraphim gesagt? *Das Leben, dein Schicksal zwingt dich, Nein zu sagen, bis du einwilligst zu sterben.* Und dass sein »Leben schwer sein würde« und es ein Liebesdienst wäre, ihm das zu sagen.

»Michael«, hatte sie ihn angefahren, »was sind die Früchte des Heiligen Geistes?«

»Ja, Schwester, die Früchte des Heiligen Geistes sind Liebe, Freude, Friede, Langmut, Freundlichkeit, Güte, Treue, Sanftmut und Selbstbeherrschung.«

»Sehr gut, Michael, und was sind die Gaben des Heiligen Geistes?«

»Ja, Schwester. Die Gaben des Heiligen Geistes sind Weisheit, Einsicht, Rat, Erkenntnis, Stärke, Frömmigkeit und Gottesfurcht.«

»Und, Michael, was sind die Sieben Großväter?«

»Ja, Schwester, Weisheit, Ehrlichkeit, Wahrheit, Mut, Respekt, Demut, Liebe.«

Er schenkte sich ein Glas Wasser ein, betrachtete sein Gesicht im Fenster und trank das Wasser wie ein Versprechen. An Lucy. Und an Seraphim, seine einstige Peinigerin und spätere Verbündete und Retterin in St. Mary's. Seraphim, die durch das Einbeziehen der Sieben Großväter in ihre Morgenrezitationen eine sonst unüberwindbare Kluft überbrückt hatte.

Und ihm damit zu verstehen gegeben hatte, dass sie mit den gleichen Schwierigkeiten lebten.

Die ihn auch jetzt immer wieder in großer Zahl einholten.

Als er daran dachte, Gygs Trinknapf aufzufüllen, fiel ihm auf, dass er die Katze seit Tagen nicht gesehen hatte. Vielleicht hatte sie ein anderes Zuhause gefunden? Doch er machte sich Sorgen. Ein Chinook-Wind blies, draußen waren es zwei Grad.

Um – er hob die Hand, die Uhr zeigte 22:35 – und kurz vor Weihnachten.

Seltsam. Wieder lag ein Gefühl von Schicksal in der Luft, als er nach draußen in den Hof trat. Die Wolken hingen tief und schienen ihn zu erdrücken. Er musste an einen Morgen vor langer Zeit denken, als sein Bruder erschossen wurde. Etwas hatte die Luft getränkt, als würde er darin schwimmen.

Ein Unfall, zumindest hatte man das behauptet, als er seinen Bruder, entstellt und blutend, zum Flugzeug getragen hatte, und die sinnlose Eile und der Lärm und das Bemühen, bis zu dem Moment, als der Arzt ins Wartezimmer kam und es vorbei war, und etwas in ihm starb, etwas, auf das er nicht verzichten konnte.

Herrje. Die Katze war wieder da. Schaute ihn aus der Dunkelheit heraus an. Armes Ding. Wie hatte er sie vergessen können?

Na ja, er war nicht da gewesen, deswegen. Wie viele Tage lang? *Ausreden*, dachte er. Wenn er Futter und Wasser hingestellt hätte – aber auch die Katze spürte, dass etwas nicht stimmte. Tiere wussten so etwas immer.

Irgendetwas ... lauerte da. Im Hof oder ganz in der Nähe. Und mittendrin kauerte die Katze.

Er war nicht da gewesen, jemand musste die Katze also gefüttert haben – sein Nachbar Jerry? Er streckte die Hand aus, die Katze kam. Er kraulte sie am Kinn, sie drehte den Kopf.

Er hob die Katze hoch. Drückte sie an seine Brust. Was sie nie mit sich hatte machen lassen. Bis Lucy gekommen war. Die Katze klammerte sich an ihn, er spürte ihre Rippen unter dem Fell. Eine Schwellung am Bein.

»Hey, was ist das denn?«, sagte er zu der Katze, und in dem Moment fühlte er etwas Kaltes im Nacken.

»Keine Bewegung«, sagte eine Stimme.

In einem Herzschlag wurde ihm alles klar. Eine Sekunde, die alles schockierend scharf stellte. Sie hatten die Katze gefangen gehalten und sie ausgehungert, damit sie zu ihm rannte und er abgelenkt sein würde. Es war die Katze, die alles änderte. Und als er das dachte, trat hinter der Werkstatt ein zweiter Mann aus der Dunkelheit.

»Bleib da stehen«, sagte der und kam mit Kabelbindern in der Hand auf ihn zu, »rühr dich nicht, sonst – «

Buck schmiss ihm die Katze entgegen, die kreischend die Krallen ausfuhr. Als sie auf ihm landete, schlug er sie weg, gleichzeitig machte Buck eine scharfe Kopfbewegung nach hinten und brach dem hinter ihm stehenden Mann die Nase. Fuhr herum, packte ihn an der Kehle, zerdrückte seine Luftröhre, hob ihn von den Füßen und schwang ihn durch die Luft.

In dieser einen chaotischen Sekunde der Verwirrung stürmte Buck los, den Körper des ersten Mannes als Schild nutzend. Warf Kabelbindermann um, und sie landeten auf dem Boden. Ein Knie traf Buck an der Schulter. Er schlug zu – ein harter Knöchelschlag gegen die Schläfe, die Augen rollten in den Kopf zurück. Der erste Mann lag bereits bewusstlos auf dem Bauch, nachdem Buck ihm die Kehle zerquetscht hatte.

Er fesselte die Hände der beiden. Dass sie die Taschen mit Kabelbindern vollgestopft hatten, verhieß nichts Gutes.

Ein paar Minuten später sahen sich die beiden Männer benommen in der Werkstatt um. Die Katze hatte gefressen und war auf das Regal geklettert, auf dem Buck ihr ein Lager bereitet hatte. Sie beobachtete alles wachsam aus goldenen Augen und putzte sich sorgfältig. Er hatte sich Drohungen gespart. Fragen ebenso. Schweigen reichte. Er machte sich an den Werkzeugen zu schaffen. Den Kleineren der beiden Männer, der hinter der Garage hervorgetreten war, hatte er an Händen und Füßen auf den Anreißtisch gefesselt. Daneben lagen Handsäge und Hobel.

»Wenn wir nicht auftauchen, kommen die uns suchen«, warnte der Kleine.

Der Größere, Hängewangen und rotrandige Schweinsäuglein, war auf den Stuhl gefesselt, auf dem sonst Lucy immer saß.

»Earl«, sagte der Kleinere, »sag ihm, was Sache ist.«

»Halt die Schnauze«, sagte Earl.

»Wenn du mir nichts tust und uns gehen lässt – « Der Kleinere brach ab und warf dem Großen einen Blick zu.

»Dann was?«, sagte Buck.

Er beugte sich über den Kleinen auf dem Tisch. Der stank nach saurem Schweiß und hatte sich eingepisst. Er trug einen grünen, verdreckten Mechaniker-Overall, auf der Tasche war rot Robert E. Jr. aufgestickt.

»Kommst du aus dem Süden, Bobby?«, fragte Buck. »Ein Junge aus Louisiana, wie der Typ in den Nachrichten?«

»Was geht dich das an?«

»Der Kerl, der den Jungen und seine Mutter angegriffen hat. War das dein Freund? Wahrscheinlich schon, oder?«

Er schaute den Größeren an, der eine grüne Armeejacke und eine Stoffhose trug, die Stiefel waren gewachst und gut gepflegt. Earl, Manager von irgendeiner Scheißautowerkstatt unten in Louisiana.

»Halt die Klappe, Bobby«, sagte Earl. »Noch ein Wort, und die machen dich – « Er brach ab. Wandte sich an Buck. »Also, hör zu.«

»Ich höre.« Buck traf weiter seine Vorbereitungen.

Er ließ Wasser in einen Eimer laufen. Öffnete den Wandschrank und holte Wischlappen heraus. Das Gewebe war etwas zu dicht, würde aber das Wasser halten, und das war es, was er brauchte. Und war gleichzeitig durchlässig genug – auch das war wichtig.

Er warf die Lappen in den Eimer und stellte ihn neben den Tisch.

»Spart euch die Einzelheiten«, sagte Buck. »Ich will nur wissen, wer euch hergeschickt hat. Den Namen.«

Er bückte sich, zog einen triefenden Lappen aus dem Eimer, klatschte ihn dem kleineren Mann aufs Gesicht und hielt ihn hinter dem Kopf fest. Sofort begann Bobby Jr. sich zu winden, bog den Rücken durch, schrie.

Als er kaum noch atmete, nahm Buck den Lappen weg. Schlug ihm auf die Wangen.

»Wach auf«, sagte er.

»Fick dich«, gab Bobby zurück, und Buck tauchte den Lappen in den Eimer, hob ihn hoch und hielt ihn über Bobbys Gesicht.

»Nein, nicht.«

Als nichts weiter kam, legte er den Lappen wieder auf Bobbys Gesicht, und Bobby kämpfte. Keuchte, als er ihn wegnahm.

»Wir sind schon spät dran. Die kommen bald«, sagte er drohend.

»Nein, tun sie nicht. Niemand wird kommen. Es ist keiner da. Die sind auf dem Weg nach Norden, stimmt's?« Buck schaute auf seine Uhr. »Kurz nach Mitternacht. Wir haben also jede Menge Zeit.« Er wandte sich dem Großen zu. »Wie lautete der Plan? Solltet ihr mich irgendwo vergraben? Nachdem ich die anderen herbestellt hatte?«

Er warf Bobby den Lappen übers Gesicht und nahm ihn erst wieder weg, als Bobby fast erstickt war.

»Mich kriegst du nicht auf den Tisch da drauf«, sagte der Große, als wäre sein Gewicht ein Hindernis. »Und ich hab Herzprobleme.«

»Was hattet ihr vor, Earl? Du heißt doch Earl, stimmt's?«

Der Große sah sich um. Buck behandelte Bobby Jr. wieder mit dem Lappen. Diesmal wurde es schlimmer.

»Das kannst du dir sparen, der weiß nichts«, sagte Earl angewidert, und Buck nahm den Lappen weg.

»Also, wer steckt dahinter?«

Earl sah ihn finster an. Er würde es nicht verraten – aus dem einfachen Grund, dass er keine Ahnung hatte, wer dahintersteckte. Natürlich nicht. Mehr brauchte Buck nicht zu wissen, jetzt ging es ihm nur noch um die Provokation.

»Also, dann – *wer* hat euch hergeschickt?«

»Das kannst du bei mir nicht machen« – Earl nickte in Richtung Bobby Jr. – »solange ich aufrecht sitze. Auf dem Stuhl hier.«

»Ah, verstehe. Ich soll den Stuhl umkippen, sodass du auf dem Rücken liegst, stimmt's? Das willst du doch? Damit du die Beine freibekommen und auf mich losgehen kannst – mit deinen ganzen hundertdreißig Kilo, stellst du dir das so vor?«

Als Earls Augen schmal wurden, hob Buck den Eimer hoch, zwinkerte Earl zu, sagte: »Du hast gemerkt, dass der Stuhl aus Metall ist, ja?«

Earl schaute nach unten, zog die Augenbrauen zusammen, und Buck kippte den Wassereimer über ihm aus. Rollte das Schweißgerät um den Tisch herum zum Stuhl. Brachte eine Kupferklemme am Stuhl an, die andere an Earls nasser Jacke.

»Rechte Schulter«, sagte Buck. »Bringt dich nicht um. Es sei denn, du hast wirklich Herzprobleme.«

Als Earl nichts sagte, sich nur auf dem Stuhl wand, zwinkerte Buck wieder. »Hab ich's mir doch gedacht.«

Bobby Jr. lag reglos auf dem Anreißtisch. Er ging zu ihm. »Er lebt. Ist bloß ohnmächtig.«

Er kehrte zu Earl zurück.

»Wer hat euch geschickt. Mehr will ich nicht wissen, Earl.«

»Fick dich.«

»Ganz genau. Mach ich.« Er schwang den roten Kasten des Schweißgeräts herum. Drehte an den Einstellungen herum.

»Den Unterschied zwischen Volt und Ampere kennst du? Klar kennst du den. Du hast ja eine Werkstatt. Kleine Amperezahl und sagen wir vierzigtausend Volt. Wollen wir damit anfangen?«

Er ließ ihm keine Zeit für eine Antwort, legte den großen Kippschalter um, und Earl stieß einen Schrei aus.

An. Aus. An. Aus.

»Auftragen, polieren«, sagte Buck, noch weit davon entfernt, ihn zu brechen. »Hast du den Film gesehen?«

Als er bekommen hatte, was er wollte, oder zumindest alles, was zu kriegen war, und beide Männer nassen Lappen glichen, klebte er Isolierband über die Kabelbinder an den Händen und Füßen der beiden. Reine Effekthascherei, das würde sich auf den Fotos gut machen. Auch die Münder klebte er zu. Bobby Jr. bekam er mit

Leichtigkeit in den Truck, Earl musste er über eine Planke auf die Ladefläche schieben. Es war kurz nach drei Uhr. Tiefe Nacht. Er fuhr in die Nähe der Shakopee Polizeiwache. Knackte dort einen alten Honda. Ein Automatik. Neu genug, um schon mit Airbags ausgestattet zu sein. Die waren wichtig. Schönes älteres Auto. Gut gepflegt. Es tat ihm leid darum, aber es ließ sich nicht ändern.

Er hievte Bobby Jr. und Earl auf die Rückbank des Honda. Beide hatten allem Anschein nach resigniert, aber das war nur Show. Natürlich würden sie irgendeinen letzten Versuch starten wollen.

Er würde sie irgendwohin fahren, dachten sie, und während er am Steuer saß, würde Earl die Arme über die Kopfstütze und seinen Kopf schlingen und ihm das Genick brechen.

»Alles schon gesehen«, sagte er zu Earl und band ihre Hände und Füße zusammen, wobei sie versuchten, ihn zu treten.

Als er sicher war, dass sie sich nicht auf ihn werfen konnten – sie saßen nebeneinander auf der Rückbank und mühten sich, die Köpfe zu heben – bestimmt dachten sie, er würde den Wagen in Brand stecken –, setzte er sich ans Steuer, und beide Männer sackten erleichtert in sich zusammen. Er schloss den Motor kurz und fuhr auf den Hügel vor der Polizeiwache. Dort unten kreuzten sich drei Straßen, hinter dem Revier lag der Fluss.

Da er Handschuhe trug, brauchte er das Lenkrad nicht abzuwischen. Aber er musste es fixieren – der Wagen durfte nicht ausscheren, dann würden sie am Ende vielleicht noch irgendwie entkommen oder im Fluss landen und ertrinken, deswegen band er es mit dem bewährten Isolierband fest.

Als alles bereit war, stieg er aus. In der Wache brannte Licht, die Cops waren bei der Arbeit.

Er beugte sich noch einmal in den Wagen hinein. »Festhalten«, sagte er, startete den Motor und klemmte den in Minnesota allgegenwärtigen langstieligen Eiskratzer zwischen Fahrersitz und

Gaspedal, bis die Drehzahl etwa zweitausendsiebenhundert erreichte, dann sah er beiden in die Augen, erst Bobby Jr., dann Earl.

»Grüßt mir den Wichser«, sagte er, legte *Drive* ein, trat zurück und schlug die Tür zu.

Der Honda rollte hügelabwärts, wurde schneller, immer schneller, bis er über die Kreuzung fuhr, den Weg zur Polizeiwache hochjagte und mit dem Kühlergrill wie ein Hammer gegen die Tür knallte. Glassplitter flogen in alle Richtungen, ein Alarm jaulte los, in die stille Nacht hinein, und die Polizisten schossen aus der Wache wie Hornissen.

Als er wieder zu Hause war, ging er nach oben, duschte, trocknete sich ab und zog sich an. Fünf Uhr. Immer noch früh. Aber vielleicht nicht *zu* früh. Er holte das Prepaid und schrieb an Booker.

Alles, was ihr über einen J.T. Haney rausfinden könnt. Er tippte die Telefonnummer ein, die Earl ihm genannt hatte.

Mehr hatten sie nicht. Entweder hatte J.T. keine Ahnung, was jemand wie Ryan mit einer Telefonnummer anstellen konnte, dann hätten sie Glück und würden was finden, oder aber sie würden mit leeren Händen dastehen.

Ein Emoji erschien auf dem Bildschirm. Ein lächelnder grüner Frosch mit einem Zylinder. Er erwiderte: *Gib Lucy Bescheid.*

Die Katze hockte auf der Sofalehne, während er die Frühnachrichten schaute. Auf KSTP 9 wurde gezeigt, wie ein Honda in den Eingang der Polizeiwache rauschte. Sie wiederholten es fünfmal. Der Wagen tauchte bedrohlich aus der Dunkelheit auf, raste den Hügel hinunter, krachte in die Tür, Glassplitter flogen. Man ginge von einem Scherz aus, hieß es. Kein Wort über die beiden Männer im Wagen.

Was bedeutete: Botschaft erhalten.

Zweifellos würde die Polizei Himmel und Hölle in Bewegung

setzen, um rauszufinden, warum zwei gefesselte Männer in die Wache gekracht waren, denn von Bobby Jr. und Earl würden sie kein Sterbenswörtchen erfahren.

Wir sind euch auf der Spur, hatte er wie durch ein Megafon kundgetan, dir, KapP, und deiner ganzen perversen Truppe. Kommt und holt uns.

Er schaltete den Fernseher aus. Kreuzte die Füße in den Stiefeln auf dem Sofatisch.

Als das Handy summte, hatte er tief und fest geschlafen. Er sah sich um, war überrascht, auf dem Sofa vor dem Fernseher zu sitzen, durch das Fenster drang graues Morgenlicht herein. Er nahm das Handy vom Sofatisch.

Nummer gehört J.T. Haney. Verstorben.

Typisch Ryan, keine Begrüßung, kein Wort darüber, wie er an die Information gekommen war oder ob mehr dahintersteckte. Dennoch – *verstorben.* Aus dem Spiel. Und nicht der, den sie zu finden versuchten.

Hatte Earl ihm auf diese Weise den Stinkefinger gezeigt? Mit einem erfundenen Namen?

Mit müden Augen legte er das Handy wieder auf den Tisch und rieb sich das Gesicht, um wach zu werden. Tja, so viel dazu. Er verspürte nach der letzten Nacht eine Art leichten Kater – so was wie Übelkeit, ein tief sitzender Ekel. Und außerdem eine dumpfe Anspannung. Lucys Vater hatte irgendwas vor. Könnte er ihre Pläne durchkreuzen? Alles kaputt machen? Nein, dachte er, oben im Norden würden sie ihn zu seiner eigenen Sicherheit ausbooten, und damit stellte er die Füße auf den Boden.

Die Ellbogen auf die Knie gestützt, die Stirn in den Händen, starrte er das auf dem Tisch liegende Handy an.

Etwas ploppte auf, ein Viereck mit einem nach rechts zeigenden Pfeil, es sah aus wie eine alte Floppy Disk. Er tippte auf den Pfeil, eine Textzeile erschien. Die in dem Moment, als er sich darüber beugte, schon verschwunden war. Eins von fünf, hatte da gestanden, jetzt war ein Foto zu sehen.

Naomi. In grüner OP-Kleidung. Im Haus. Durch ein beschlagenes Fenster aufgenommen – die Heizung darunter entlüftete immer, wenn der Druck zu hoch wurde.

Er tippte auf das zweite Icon. Noch ein Foto. Naomi, in grüner Kleidung, aus der Hintertür des Fairview Hospital kommend. Nacht. Schnee. Allein. Und da, ein drittes Foto, Naomi an ihrem Auto, eine braune Einkaufstüte an die Brust gedrückt, während sie versuchte, den Schlüssel ins Schloss zu stecken. Wieder Nacht.

Er hatte sie immer wieder gebeten, niemals allein im Dunkeln auf einen Parkplatz zu gehen, weil, na ja – da lauerte doch Gefahr, oder nicht?

Er fürchtete sich davor, das vierte Foto zu öffnen. Tat es dennoch und rief: »Ach – verdammt!«

Booker. Mit Lucy. An ihrem Wagen. Hinter einem … Er erkannte ein Neonschild: *Van's*. Irgendein Laden. Gab es eine Zeitangabe? Ja. Aufgenommen vor einer Stunde.

Und das fünfte Foto? Als er auf das Icon tippte und sich über den kleinen Bildschirm beugte, zuckte er zusammen. Ryan. Durch einen Spalt in der gelben Gardine aufgenommen. Mit dem Laptop am Küchentisch.

Er schrieb: Ryan. *Ist deine Mutter da?* Sekunden später kam die Antwort: Draußen. *Macht ein Foto von unserem Fotografen.*

Er sprang vom Sofa auf. Rief Lucy mit dem Prepaid an.

»Ja?«

»Du wirst verfolgt«, sagte er. »Jemand hat ein Foto von dir und Booker gemacht.« Ein scharrendes Geräusch, Lucy raschelte mit ihrem Telefon. »Lucy?«

»Was's los?« Booker war dran.

»Sie haben ein Foto von euch geschossen, Booker. Ryan hat mir ein Foto von euch geschickt, ihr seid bei –«

»Van's. Ja. Aber schau hin, ich gebe ihr eine Tüte, als würde sie was aus der Apotheke holen. Mehr is nicht, siehste? Klar, die haben mich gesehen, aber die Aufmerksamkeit war auf Lucy gerichtet. Ich hatte Schichtende, bin nebenan in die Autowäscherei gegangen, sie ist durchgefahren und hat mich danach eingesammelt. Und ich hab den Kopf unten. Hab mir sogar eine Jacke von Ryan über den Kopf gezogen, damit die mich nicht bei Lucy im Auto sehen.«

»Nach der Nummer in der Raststätte hatte ich gedacht, wir wären uns einig, dass ihr niemals zusammen gesehen werden dürft? Was davon hast du nicht kapiert? Und welchen Teil von ›bleib da‹ hast du nicht verstanden?«

»Ja, tja, bevor da oben im Norden die ganze Kacke ins Dampfen kommt, wollte Lucy noch einem Bauchgefühl folgen, und ich würd ja meinen, du hättest selber genug um die Ohren, nach den Fotos, die Ryan gerade geschickt hat, also dann mal los, wa?«

»Booker«, sagte er und wollte zu einer wütenden Standpauke ansetzen, aber da hatte Booker schon aufgelegt.

Vierzig Minuten später hielt er in kaltem Schweiß gebadet vor Naomis Haus in St. Paul. Schlich ums Haus rum und klopfte an die Hintertür. Dann noch mal, Knöchel auf Holz, eher ein Hämmern. Er nahm Bewegungen wahr, tapsende Schritte, oben wurde eine Tür geschlossen, und er wusste, dass sie nicht allein war.

Kurz darauf wurde der Vorhang beiseitegeschoben. Ein Mondgesicht, ein Gesicht, das er liebte. Naomis. Sie verschränkte die Arme unter den Brüsten, was angesichts des dünnen Stoffs ihres Nachthemds wenig der Fantasie überließ.

Sie drehte den Kopf – sprach sie mit jemandem auf der Treppe hinter ihr?

»Könntest du bitte – die Tür öffnen?«, sagte er.

Sie tat es, hielt sie mit dem Fuß auf, der in einem aquamarinfarbenen Hausschuh steckte, eine Farbe, die sie hasste.

Also, wer war er? Er schüttelte sich, verdammt, er hatte sich geschworen, nicht armselig zu wirken.

»Was?«, sagte sie, ohne wie früher so oft hinzuzufügen: »Und hoffentlich ist es was Gutes«, weil es das ganz sicher nicht war.

»Du musst aus dem Haus raus«, sagte er.

Sie starrte in den Garten, ihr Blick drückte größtmögliche Frustration aus – sie hatte genug. Vor Jahren, als das Chaos mit seiner Tochter bei ihnen gelandet war, hatte er ihr das Gleiche sagen müssen. Sie griff nach ihrem Handy, das auf der Arbeitsfläche an der Steckdose hing. Hielt es ihm mit finsterer Miene hin. Ein Foto von einem Polizeiwagen am Bordstein, ein Zivilfahrzeug, und darin ein Gesicht, blau beleuchtet von einem Bildschirm.

Arn. Sogar in Uniform. Es kam ihm vor, als wäre eine Münze in einen Spielautomaten gefallen und lauter Siebenen wären aufgetaucht. Dass Arn hierhergekommen war, sprach Bände.

»Wegen dem? Ist er das Problem?«

»Nicht nur.«

»Also, um was geht es?«

»Wann hast du das aufgenommen?«

»Es geht um das Mädchen, das hier war, deine Assistentin, ›Becky‹«, sagte sie. »Stimmt's? Sie ist dein neues Projekt. Und er ist –«

»Naomi«, es ließ sich nicht auf nette Weise ausdrücken, »verlass das Haus. Und ruf auf keinen Fall die Polizei. Du verstehst, warum, oder? Also raus hier, und bleib weg.«

»Bis wann?«

»Nur bis nach den Feiertagen«, erwiderte er und wandte sich mit einem Nicken zum Gehen, hielt aber noch einmal inne.

»Es tut mir leid«, sagte er. Und meinte es ehrlich. Es bezog sich auf das, was gerade passierte, deckte aber alles ab.

42
Lucy

Lucy hatte eine Karte auf den Knien liegen, Booker fuhr, und Arn war gute drei Blocks vor ihnen im Verkehr. Sie waren ihm von der Polizeiwache bis zum Casino gefolgt, dann weiter in die Flussebene, wo er seine Runde drehte – hier und da langsamer wurde, manchmal auch anhielt, was es schwierig machte, außer Sichtweite zu bleiben. Jetzt stoppte er vor der alten Siedlung, nichts als Teerpappeschuppen, kaputte Autos und verrostete Landwirtschaftsgeräte.

»Fahr hinter den Silo da«, sagte Lucy an dem alten Burlington-Northern-Nebengleis, über ihnen ragte ein bröckelnder Zementsilo in die Höhe.

Booker gehorchte, die Reifen knirschten über die Scherben von Bierflaschen und Zementscherben. Lucy stieg aus, ging um den Silo herum und behielt Arn mit Bookers Fernglas im Blick.

»Scheiße«, sagte sie.

Arn saß in seinem Streifenwagen und aß irgendetwas, tippte dann auf dem am Armaturenbrett befestigten Computer herum, die Fensterscheiben beschlugen.

Sie hatte Ryan beauftragt, Arn eine Mail von KapP zu schicken, *Müssen uns treffen, dringend,* und als Arn sofort das Casino verlassen hatte, obwohl er sonst stundenlang dort rumhing, hatten sie gedacht, er wäre auf den Trick reingefallen.

»Versprich mir, dass du dich an den Plan hältst«, hatte Buck gesagt, »geht das? Halt die Füße still und überlass mir das Ganze, ich kümmere mich darum.«

Sie hatte es versprochen, aber sich nicht daran gehalten. In dem

Moment rief er an. »Wir haben ein Problem«, sagte er. Da sie nicht wusste, was sie sagen sollte, schwieg sie.

»Arn war vor Naomis Haus«, sagte er.

»Ist sie weg?«

»Ich hab ihr gesagt, dass sie das Haus verlassen muss«, erwiderte er. »Sie packt gerade ihre Sachen.« Sie hörte ihm die Verwirrung an. Wieso fragte sie eigentlich nach Naomi? »Also ich bleibe hier, bis …«

»… sie in Sicherheit ist«, sagte sie.

»Na ja, wenn Arn nicht mehr in der Nähe ist, werde ich –«

»Arn«, unterbrach ihn Lucy, »wird so schnell nicht da auftauchen, glaub mir.« Sie wand sich, wollte es nicht beichten, musste aber, wie sollte er ihr sonst glauben?

»Er sitzt direkt vor meinen Augen im Wagen«, sagte sie, »neben den alten Burlington-Northern-Silos im Reservat.«

Während Booker ihr winkend zu verstehen gab, dass sie zum Wagen zurückkommen sollte, hoffte sie, dass er ihr auch diesmal vergeben würde.

»Lucy? Unternimm nichts!«

»Muss los. Ich melde mich«, sagte sie und legte auf.

Arn war wieder in Bewegung, und Booker kam bereits angefahren und stieß die Tür auf.

Auf der River Road waren sie direkt hinter Arn. »Langsam, Booker!«, sagte Lucy mit Panik in der Stimme.

Booker lenkte nach links und setzte sich hinter einen grauenhaft nach Diesel stinkenden Bus. »Okay«, sagte er, »was jetzt?«

Sie waren an der Grenze des Reservats, fuhren an dem alten Schild mit SIE VERLASSEN JETZT HEILIGEN BODEN vorbei und nach Shakopee hinein, die Räder ratterten über das Kopfsteinpflaster. Arn bog auf die Sinclair-Tankstelle ab und hielt hinter dem Maskottchen, einer grünen Dinosaurier-Figur aus Beton.

»Stell dich irgendwo hin«, sagte Lucy, »von wo wir ihn sehen können, okay?«

Er fuhr in eine Seitenstraße hinein und einen Hügel hinauf, auf dem viktorianische Villen und Painted Ladies standen. Shakopee hatte sich in den letzten Jahren zu einer Touristenattraktion entwickelt. Booker parkte, ließ Motor und Heizung laufen, in der Ferne der Kirchturm von St. Peter's – ein weißer Finger, der aus den schwarzen, mit Teerpappe gedeckten Dächern der Umgebung herausstach.

Lucy sah durch das Fernglas, dass sich Arn den Mund vollstopfte.

»Ja, in etwa so spannend, wie Farbe beim Trocknen zuzugucken, heißt es nicht so?«, sagte Booker. »Lass mich mal sehen.« Sie gab ihm das Fernglas.

Lucy wärmte sich die Hände zwischen den Knien und spürte, dass sie immer mehr den Mut verlor. Sie war davon ausgegangen, dass Arn auf eine Mail von KapP hin sofort loseilen würde.

Es war kalt und dunkel und hatte wieder geschneit, alles lag unter einer weißen Decke. St. Peter's gehörte zum Zuständigkeitsbereich der Polizeiwache von Shakopee, natürlich schaute Arn irgendwann während seiner Schicht dort vorbei. Wie alle Cops. Und dass er jetzt Pause machte und aß? Hatte nichts zu sagen.

Ihr Vater hatte oft gemeckert, dass St. Peter's zu weit entfernt lag, zu viel Fahrerei erforderte. Nach seiner Rückkehr aus »Stan«, wie er Afghanistan nannte, hatte er etwa ein Jahr lang mehrmals die Woche dort an Gesprächsgruppen teilgenommen, wie auch später wieder, nachdem ihre Mutter getötet worden und er so richtig auseinandergefallen war.

Danach hatten sie sonntags den Gottesdienst besucht, um den Leuten vom Jugendamt zu beweisen, dass er sich bemühte, sein Leben in den Griff zu kriegen.

»Können wir los?«, fragte Lucy fast verbittert.

»Besser nicht. Arn wirkt ziemlich nervös.«

»Ja, wie wir alle«, gab sie niedergeschlagen zurück und spürte wieder den Druck des Ganzen auf ihr lasten.

»Nein«, sagte Booker, »wo ich herkomme, hat ›nervös‹ eine ganz andere Bedeutung.«

»Welche denn?«

»Der Typ sitzt auf heißen Kohlen. Der ist total mit den Nerven runter, oder wie meine Mom sagen würde, er macht den Zitteraal. Der hat keinen Hunger, der stopft sich einfach nur mit Scheiße voll.« Er redete weiter. Sie hatte das Kinn in die Hand gestützt, im Auto war es warm, sie nickte ein.

»Yo, Luce! Wach auf«, sagte Booker und schüttelte sie. Sie fuhren so schnell, dass ihr in ihrer Schlaftrunkenheit fast schlecht wurde, alles sauste vorbei, Bäume, Straßen, und ihr Magen drehte sich, und das Auto fuhr einen Hügel hinauf. Rechts unter ihnen stand St. Peter's.

Gerade hielt Arns Streifenwagen davor. Er wartete mehrere Minuten, eilte dann in die Kirche, den Motor des Streifenwagens ließ er laufen.

Booker hatte auf dem Hügel hinter der Kirche auf einem Parkplatz gehalten. »Okay«, sagte er, »sollten wir nicht runtergehen und nachsehen, was Arn da drinnen treibt?«

Die Sonne zeigte sich nach fast zwei Wochen zum ersten Mal wieder, und der Schnee ließ alles heller wirken. St. Peter's war eine wunderschöne Kirche im neugotischen Stil, umgeben von alten, jetzt kahlen Bäumen, in der Ferne der Fluss, ein breites, blaugraues Band.

Booker hatte das Fernglas vor den Augen.

»Was steht auf dem Schild davor?«, fragte Lucy.

»›Nehmet auf euch mein Joch und lernet von mir, denn‹ –«, sagte Booker, und Lucy hob die Hand.

»– ›mein Joch ist sanft, und meine Last ist leicht.‹«

»Und darunter stehen Gottesdienste und Zeiten und so 'n Kram.« Booker wandte sich ihr zu. »Was?«, fragte er.

»Wer hält sie ab?«

Booker hielt wieder das Fernglas hoch. »Ein Pater Delmonico.«

Lucy zog das Prepaid aus der Tasche. Wählte Ryans Nummer und hielt es sich ans Ohr.

»Ryan?« Sie sagte ihm, was sie wollte, und er erwiderte: »Mach ich. Etwa zehn, fünfzehn Minuten, okay?«

Sie legte auf. Booker saß schweigend da, unter ihnen St. Peter's, eine Abgaswolke aus Arns Auspuff, Booker hatte die Arme verschränkt und starrte ins Leere.

Ein schwarzer Rabe flog mit einem Knochen im Schnabel über den Parkplatz, landete in einer Ulme, versuchte, das Knochenmark herauszupicken.

»Scheiß drauf«, sagte Booker und löste den Sicherheitsgurt. »Ich geh da rein.«

»Booker, nicht«, sagte Lucy, aber er war bereits aus dem Wagen gesprungen. »Booker«, schrie sie und rannte ihm nach. »Nicht!«

»Du willst doch wissen, was er da macht? Ich finde es raus.«

»Steig. In. Den Wagen.«

»Wir sind so weit gekommen und haben schon so viel Scheiße erlebt. Ich werde rausfinden, was der Typ da treibt.«

»Booker.«

»Du bleibst hier. Ich gehe.«

»Wie willst du da reinkommen? Der einzige Weg ist die Vordertür. Bist du verrückt geworden?«

»Ja, weil ich die Schnauze voll habe von all dem Scheiß. Soll ich vor so einem Riesenarschloch Angst haben?« Booker stand vor ihr. »Sag mir nicht, dass ich das lassen soll, ich habe echt die Nase voll. Seitdem ich gesehen hab, was das Arschloch mit dir gemacht hat, steht es mir bis hier. ›Mein Joch ist sanft‹, am Arsch! Den Spruch hab ich schon immer gehasst. Mir gefällt der hier: ›Ist Gott für uns, wer mag wider uns sein?‹ Und: ›Welche er aber berufen hat, die hat er auch gerecht gemacht‹. *So* ist das. Also stellt sich nur die Frage, ob wir im Recht sind? Sind wir die Gerechten?«

Lucy brachte die Antwort nicht über die Lippen.

»Sag es«, forderte Booker.

»Ja.«

»Na bitte«, sagte Booker, »dann gib mir jetzt deinen Hoodie. Mach schon.«

»Booker …«

»Ich geh da rein, auf jeden Fall.« Er hielt sein Handy hoch. »Bilder sagen mehr als Worte, stimmt's? Ich besorge Fotos von dem, was die da treiben.« Er streckte die Hand aus. »Los, zieh aus.«

Sie gab ihm ihren Hoodie, er zog ihn an und gab ihr seine Jacke.

»Das sieht scheiße aus«, sagte Lucy. »Du siehst aus wie ein Penner.«

Booker lächelte. »Das ist genau meine Absicht.«

»Booker – «

»Hey, irgendwer muss endlich mal was unternehmen, okay?« Er nickte in Richtung Auto. »Also, du steigst in den Wagen und hältst dich bereit, im Notfall wie der Teufel loszubrettern. Lass den Motor laufen.«

Während er die Treppe runtersprang, die Hand am Geländer, setzte sie sich wieder in den Wagen und ließ den Motor an.

Sie öffnete das Fenster einen Spalt, kalte Luft strömte herein, die Sonne fiel schräg durch die Scheibe, sie musste blinzeln. Ein zweiter Rabe war auf dem Baum gelandet, die beiden hatten sich in den Federn und kämpften um den Knochen. Sie kratzte an einem eingetrockneten Kaffeering auf dem Armaturenbrett. Pulte an ihren Fingernägeln, riss sich einen Nietnagel und steckte den – salzigen, dreckigen – Finger in den Mund, um ihn abzubeißen. Toll. Jetzt blutete es und brannte. Sie griff zu ihrem Prepaid. Von Ryan: *Delmonico 0.* Mist.

Die Raben wurden plötzlich lauter, flatterten aus dem Baum auf. Vögel machten so was nicht einfach so – da kam jemand unter den Bäumen hervor. Geduckt. Lief auf den Eingang der Kirche zu, stämmig, breite Brust. Breite Schultern. In Uniform. Arn. Er war aus dem Hinterausgang gekommen, den man vom Parkplatz aus nicht sehen konnte.

Sie wollte schon die Tür aufreißen und Booker warnen, öffnete dann aber das Handschuhfach. In dem die Glock ihres Vaters lag. Nahm sie, lud durch und sprang aus dem Wagen. Diesmal – schwor sie sich – würde sie schießen, auch wenn Arn ein Cop war.

Booker trat aus der großen Tür von St. Peter's, sah sich in beide Richtungen um und überquerte den Vorplatz. Arn stürmte von hinten auf ihn zu.

»Booker!«, kreischte Lucy, und Booker blickte auf, sah sie, warf einen Blick über seine Schulter und rannte los.

Bis zum Parkplatz war es ein gutes Stück, und als Arn, dessen dicke Wampe auf und ab schwabbelte, klar wurde, dass er Booker nicht einholen würde, blieb er stehen und zog seine Waffe, und Lucy schoss – in die Anschlagtafel hinein, Glas splitterte, dann stellte sie sich so auf, wie ihr Vater es ihr beigebracht hatte, zielte und schoss immer wieder, die Kugeln schlugen in den Gehweg ein und lösten kleine Eiswolken aus, immer näher auf Arn zu, und er sprang seitlich in den Schnee und duckte sich, wich aber nicht zurück.

Booker erreichte den Fuß der Treppe und sah sich um. Um zum Auto zu gelangen, würde er die Treppe hochlaufen müssen, wo es keine Deckung gab. Vierzehn Kugeln in der Glock. Wie viele hatte sie verschossen? Sieben? Acht?

Arn schaute hoch zu ihr und versuchte zu entscheiden, ob sie ihn erschießen würde oder nicht. Booker, am Fuß der Treppe erstarrt, stellte sich dieselbe Frage.

Arn stürmte los, und Booker sprang in großen Sätzen die Treppe hinauf, zog sich am Geländer voran, und Arn schoss.

Lucy feuerte breitflächig in Arns Bewegungslinie hinein, sodass Arn im Zickzack laufen musste, was Booker wertvolle Sekunden verschaffte.

Auf dem Parkplatz angekommen, stieß er sie in den Wagen, kletterte über sie hinweg und bog schlingernd, weil die Reifen auf dem Eis durchdrehten, auf die Straße ab, genau in dem Moment, als Arn auf den Parkplatz gestolpert kam.

Lucy zog ihr Handy heraus, vergrößerte Arns Bild mit den Fingern. Drückte den Auslöser.

43
Buck

Er brachte in der Werkstatt gerade eine Leiste an der Bugplatte des Kanus an, die Katze saß im Regal und putzte sich, als sein Handy klingelte.

»Ja?«

»Wir kommen«, sagte Booker.

»Bin da«, erwiderte Buck und steckte das Handy wieder ein.

Er warf einen letzten Blick auf das Kanu. Es war blutrot, lang, flach und schlank. Er packte den Süllrand auf beiden Seiten und drehte es um. Richtig herum. Das Kanu war bereit. Er und Lucy hatten in dicken Schichten Urethan auf den Bootskörper gesprüht, was nach dem Trocknen den perfekten Glanz ergab.

Fertig. Mit Lucys Hilfe. Und die Schrauben, mit denen er die Spanten an der Innenseite des Rumpfs befestigt hatte, waren versenkt und mit roter Zeder überdeckt.

Selbst in der tiefsten Dämmerung wirkte das Kanu wie ein Lichtstrahl, wäre meilenweit sichtbar. Nicht zu übersehen. Das war Teil des Plans.

Er strich mit der Hand über den Rumpf. Wie poliert. Unter den Schichten aus Fiberglas und Urethan die dichte Holzfaser – Windungen und eine Art Narbe und gemustert wie Haut.

Er ging zu der Duluth-Tasche, die er gepackt hatte. Darin genug Sprengstoff, um eine Armee-Einheit in die Luft zu jagen. Denn genau das waren sie, wie Ryan herausgefunden hatte. Da das Mobilfunknetz im Norden große Löcher aufwies, würde er die Bombe auf altmodische Weise zünden.

Alles hing davon ab, ob es ihnen gelingen würde, Arn und seine

Truppe dazu zu bringen, ihm am Ufer entlang zu folgen, bis zu einer ganz bestimmten Stelle.

Etwas Dunkles huschte am Fenster der Seitentür vorbei, er griff zu seiner .38er und stellte sich neben den Aktenschrank.

Es klopfte. »Buck?« Lucys Stimme, durch die Tür gedämpft.

»Wer ist bei dir?«

»Booker.«

Er sagte nichts. Wartete.

»Nur Booker.«

Er machte die Tür auf, und Lucy trat in die Werkstatt. Sie trug eine schwarz-silberne Raiders-Jacke, die mindestens drei Größen zu groß war – wie ein Gangster. Booker folgte in Lucys pinkem Hoodie, der ihm fünf Nummern zu klein war.

»Wollt ihr zum Fasching?«, fragte Buck. »Bisschen spät für Halloween, oder?«

»Wir haben da was«, sagte Booker und hielt ihm sein Handy mit einem Foto hin. »Hier«, sagte er.

Buck nahm das Handy. Eine Kirche neben – was war das? Einem Fluss. Am Ufer Gebäude. Alte Getreidesilos und Backsteinspeicher und Kopfsteinpflaster. St. Peter's.

Lucy hatte die Katze auf den Arm genommen, die sie verzaubert anstarrte. Ein Mädchen mit einer Katze.

»Also, warum sehe ich mir das an?«

»Wisch weiter. Eins nach dem anderen«, sagte Booker. »Ein paar habe ich gemacht, ein paar Lucy, und Ryan hat sie zusammengesetzt, sodass sie Sinn ergeben.«

»Welchen?«

»Guck sie dir einfach an, okay?«

Er betrachtete eins nach dem anderen, drei von Arn in einer Kirchenbank, hinter ihm Kirchenfenster, dann Arn auf einer Wendeltreppe.

»Ich bin Arn da runter gefolgt.« Booker machte eine kreisförmige Bewegung mit dem Zeigefinger. Leere Räume. Zu dunkel, um viel zu erkennen. Ein weiterer Gang. Namensschilder an Türen. Und da: Ein Monster von einem Heizofen, Rippenschläuche und Rohre. Arn, der aus schmalen Augen über seine Schulter schaute, der Körper halb gedreht.

»Was macht er da?«

»Lockt mich tiefer rein«, sagte Booker, es klang höhnisch, »weil er geahnt hat, dass ich ihm nachgehe.«

Lucy rieb ihre Nase am Katzenfell und schaute sie abwechselnd an.

»Und er ...«

»Hat nichts gemacht, sich irgendwann umgedreht und mich verfolgt, und ich hab's kaum zurück zu Lucy geschafft.«

»Und was habt ihr in der Hand?«

»Geh noch mal zurück«, sagte Booker grinsend und lachte. »Ja, noch weiter, bis zu den Bildern, die ich im Dunkeln aufgenommen hab. In dem Gang. Man kann fast nichts erkennen. Aber Ryan hat es hingekriegt.«

Buck wischte zurück, über das Handy gebeugt.

»Da, die Schilder an den Türen, da steht *Lager* und so Sachen drauf, *Wäsche, Putzmittel.* Ja, noch eins weiter.«

Auf dem letzten wandte sich Arn einer Tür zu, auf deren Schild *Hausmeister* stand. Ging daran vorbei.

»Ryan hat sich angesehen, wer den Raum benutzt«, sagte Booker.

»Bestimmt Arn, wie man hier sieht, oder vielleicht der Geist von Papst Johannes Paul?«

»J.T. Haney«, sagte Booker und fügte mit einem Nicken hinzu, »nur dass Haney keine sechs Monate lang Hausmeister war und an einem Herzinfarkt gestorben ist, und die Kirche hat sein Telefon und seinen Computer weiterlaufen lassen. Und irgendwer benutzt jetzt J.T.s altes Mailkonto, allerdings meint Ryan, da wäre nur harmloses Zeug zu finden. Kirchenkram. Zumindest auf den ersten Blick, verstehst du?«

Herrgott. Endlich. Die Verbindung. Sogar ein Büro. Wer hatte Zugang dazu?

Sein Prepaid klingelte, er ging dran, stellte sich an die Tür und schaute in den Hof.

»Die sind Booker und Lucy bis zu dir gefolgt und haben Fotos gemacht«, kam Ryans Stimme aus dem Hörer. »Ich bin in Arns E-Mails drin.«

»Und?«

»Die wissen jetzt von der Verbindung zwischen euch.«

»Wem arbeitet Arn zu?«

»Keine Ahnung. Das ist verschlüsselt. Aber sie suchen Booker, sie wollen ihn in die Finger kriegen, es ist bloß eine Frage der Zeit.«

»Ryan«, sagte er, »grab dich tiefer in den Computer des Hausmeisters rein, okay? Wem er schreibt, wo er sich rumtreibt.«

»Bin schon dabei«, erwiderte Ryan.

Er legte auf. Buck, Booker und Lucy sahen sich an. Lucy drückte die Katze an sich, die – mit einem Gespür für die Schrecklichkeit des Ganzen – fliehen wollte. Sie kletterte an Lucys Hose nach unten und zog mit den Krallen kleine Fäden aus dem Stoff.

»Hilfst du mir, Booker?«, fragte er. »Ich hab eine letzte Bitte, bevor wir uns auf den Weg nach Norden machen.«

Sie standen vor einem Einkaufszentrum, in einem Wagen, den Buck sich »ausgeliehen« hatte, indem er ihn geknackt und kurzgeschlossen hatte. Buck am Steuer, Lucy neben ihm, es schneite leicht, Menschen eilten aus ihren Autos in die umliegenden Geschäfte.

Er hatte Booker am Radio Shack abgesetzt, einem Elektronikmarkt, und Booker versuchte zu besorgen, was Buck ihm aufgetragen hatte. Er brauchte etwas mit Reichweite, die war entscheidend.

Während sie warteten, spielte Lucy am Radio herum. Und hatte sich an einem anderen Thema festgebissen.

»Und wenn Naomi das Haus verlässt, ist sie dann wirklich in Sicherheit?«, fragte sie. »Während wir alle da oben im Norden sind?«

»Naomi?«, sagte Buck. »Du hast ja keine Ahnung. Und ich habe dir gesagt und sage es noch einmal, ein ›wir‹ wird es nicht geben, sobald du den Teil mit dem Kanu erledigt hast. Verstanden?«

Sie war verstimmt, ließ das Radio in Ruhe und sah ihn an.

»Und wieso nicht?«, gab er die Antwort auf ihre unausgesprochene Frage. »Weil du wieder im Hotel sein wirst. Du redest mit der Rezeption, verbringst die Nacht im Zimmer. Und mit dem Alibi bist du aus dem Schneider.«

»Tja, ja, das weiß ich alles, aber davon habe ich nicht gesprochen«, sagte sie. »Sondern von ihr.«

Er beobachtete Booker an der Kasse des Radio Shack. Lucy bemühte sich, die Dinge so hinzubiegen, dass zwischen ihm und Naomi alles wieder in Ordnung kam, sie sah Naomis Wut als klares Anzeichen dafür, dass sie immer noch Gefühle für ihn hatte. »Kapierst du das nicht?«, fragte sie, und an ihr war diese Art Naivität liebenswert, und weil er so lange schon jegliche Unschuld und den Glauben an ein Happy End verloren hatte, war es auch herzzerreißend.

»Behaupte nicht, dass du sie nicht mehr liebst«, sagte sie, »und wenn du nur endlich was tun oder was sagen würdest …«

»Mhm«, machte er, während er an Bookers schiefgelegtem Kopf zu erkennen versuchte, ob der Verkäufer Probleme machte. Aber warum sollte er, wenn doch unter Bookers Arm eine Packung Pampers klemmte und er mit der anderen Hand Feuchttücher und Babykleidung festhielt?

Wieso sollte ein junger Vater keinen Babymonitor kaufen wollen?

»Meinst du nicht?«, fragte Lucy.

»Was?«

»Dass Naomi dich zurücknehmen würde, wenn du sie nur richtig fragen würdest? Hast du das getan? Hast du sie gefragt?«

Booker war seit fast zwanzig Minuten im Laden, und Buck wurde langsam unruhig. Ryan hatte ihm eine Nachricht geschickt: UNBEDINGT ANGUCKEN. Und ihm Leifs Adresse geschickt.

Ein schwarzer Zivilwagen der Polizei hielt hinter ihnen. Das Standlicht blieb an. Also auch der Motor.

Der Polizist darin tippte auf dem Monitor herum, der am Armaturenbrett angebracht war und sein Gesicht blau erleuchtete.

»Du willst nicht antworten«, sagte Lucy.

Er warf ihr einen Blick zu. Sie zwirbelte an einer Haarsträhne über dem Ohr. »Ich behalte Booker im Blick«, sagte er, »und es läuft anscheinend – «

»Es läuft *nicht* schief«, sagte Lucy leicht entnervt. »Siehst du, wie er da am Tresen lehnt, total gechillt?« Er sah es. »Die Ellbogen abgestützt, und er guckt nach oben?« Sie grinste. »Booker macht auf Agent J, darauf steigt jeder ein, klar?«

Sie legte den Kopf schief und sagte mit tiefer Stimme: »›Wissen Sie, was der Unterschied zwischen uns beiden ist? An mir sieht das Outfit cool aus.‹«

Buck starrte sie an und fragte: »Was um alles in der Welt ist in dich gefahren?«

»Will Smith«, sagte sie, »das ist – Herrgott, im Ernst jetzt? Agent J aus *Men in Black?* Der Film?« Als sie merkte, dass er immer noch auf dem Schlauch stand, sagte sie: »Der Verkäufer steht da genauso vorgebeugt wie Booker. Siehst du?«

Er drehte den Kopf nach hinten, um zu sehen, was der Cop trieb – der hatte ein Clipboard vor sich und schrieb irgendwas –, wandte sich dann wieder um, beobachtete Booker und versuchte, seine Verärgerung nicht zu zeigen.

»Na und?«

»Das ist *Spiegelung*«, sagte Lucy. »Wenn es nicht gut laufen würde, würde der Verkäufer aufrecht stehen. Auf Distanz. Aber er stützt genau wie Booker einen Ellbogen ab und erklärt ihm, wie das Ding funktioniert.«

Sie setzte sich in den Schneidersitz, wie Mädchen es machen. Es war zu eng im Auto, er fühlte sich unwohl.

»Naomi hat gesagt, du hättest so was wie einen ›Retterkomplex‹, sie meinte, ich soll darüber nachdenken, was mit solchen Leuten passiert. Und dass du ein Heiliger bist, und ich soll überlegen, was das für mich bedeutet.«

Verdammt, er wollte hier weg, raus dem Auto, weg vom Parkplatz, zurück nach Hause, und das Ganze hinter sich lassen.

»Lucy«, erwiderte er, »hör zu, ich weiß, du willst nur helfen, aber lass es, okay?« Schließlich war er so auch in Naomis Leben getreten.

Wie Seraphim gesagt hatte: *Es gibt keine Liebe, die nicht zu Hilfe wird.* Und jetzt tat Lucy ihr Bestes.

»Sie hat angedeutet, du hättest irgendein riesiges stinkendes schwärendes Zombiegeheimnis, das euch beide krank machen würde.«

»Ach, nur eins?«, stellte er richtig. »Das hat Naomi gesagt? Oder erfindest du den ganzen Mist bloß?«

»Na ja, nicht *genau* so.«

»Na super«, sagte Buck.

»Sie hat gesagt, sie ›würde es nicht noch mal machen‹. *Was* meint sie damit? Was würde sie nicht noch mal machen?«

Er wollte sie nicht anlügen und behaupten, da wäre nichts gewesen.

Sie sah ihn an. »Du hast es ihr nie gesagt, stimmt's? *Warum* du getan hast, was du getan hast, richtig?«

»Lucy«, erwiderte er, »darüber reden wir jetzt nicht.«

Keine Chance. Er hatte nie darüber gesprochen und würde es auch jetzt nicht tun, mit niemandem. Drei können ein Geheimnis bewahren, wenn zwei tot sind, dachte er. Und das waren sie.

Lucy wandte sich schmollend ab. »Du bist echt total scheiße, wie Naomi gesagt hat.«

Buck zuckte die Achseln. »Scheiße?«

»Na ja, *das* hat sie nicht gesagt, aber«, Lucy wedelte mit der Hand, »sie hat gesagt, du hast ihr eine Scheißangst eingejagt.«

Buck reagierte nicht. Er zählte die Sekunden, bis Booker aus dem Laden kommen würde und wieder im Auto wäre, der Polizist hinter ihnen setzte jetzt zurück und fuhr um sie herum, mit einem Nicken.

»Bevor, du weißt schon«, sagte Lucy, »all das passiert ist – mit *Ihm* und Arn – bin ich mit meinem Dad zu so Treffen gegangen. AA und Aggressionsbewältigung, und ich hab ein bisschen was gelernt.«

»Was, bist du jetzt unter die Psychiater gegangen?«

»Nein«, sagte sie.

Booker und der Verkäufer waren zu einem Schaukasten weiter hinten im Laden gegangen, und der Cop hielt vor ihnen an. Jemand betrat den Laden, ein großer, massiger Typ in einer armeegrünen Jacke. Er hatte das Handy am Ohr, als würde er telefonieren, aber wandte sich Booker zu, um ein Foto von ihm zu machen, ganz aus der Nähe.

Buck legte den Gang ein, in seinem Kopf heulten alle Alarmsirenen zugleich los.

»Man ist nur so krank wie seine Geheimnisse, das sagen sie einem da«, zitierte Lucy, »hast du das schon mal gehört?«

Sie hatte sich ihm zugewandt, die Arme vor der Brust verschränkt, ein unwilliger, beleidigter Ausdruck im Gesicht.

Booker, Pampers und Feuchttücher unter dem Arm und mit

einer Tüte am rechten Handgelenk, kam aus dem Radio Shack gelaufen, rannte, als hätte er einen Football in den Armen.

»Lucy«, sagte er, »setz dich nach hinten.«

Sie gehorchte, schlang die Arme um den Sitz, sagte: »Mann, warum denn plötzlich die Eile?« Aber jetzt sah sie ihn auch, den Cop im Wagen, der Booker verfolgte.

»Scheiße!«, sagte Buck, setzte zurück und fuhr um die Wagenreihe vor ihnen herum.

Er bremste schlitternd ab, nahm die parallele Fahrbahn, froh, einen schnellen Flitzer geklaut zu haben, trat aufs Gas und flog fast um die Ecke des Einkaufszentrums herum, und Booker rannte um sein Leben, Blaulicht und Sirenen kamen immer näher.

Nein. Er würde nicht zulassen, dass die Cops die Sache hier beendeten, auf einem Mall-Parkplatz.

An der Tankstelle, die sie für den Fall, dass irgendetwas schiefgehen sollte, als Treffpunkt festgelegt hatten, hielt er mit quietschenden Bremsen an. Booker sprang mit einem Satz auf den Beifahrersitz.

»YO!«, sagte Booker, »GIB GUMMI, BOSS!« Und sah sich nach hinten um.

Buck bog auf die Nebenfahrbahn ab und fuhr neben einem Bus her, dann auf den Highway, wo er sich vor einen Sattelschlepper setzte.

Sie warteten darauf, Sirenen zu hören oder Blaulicht zu sehen.

Als Minuten vergangen waren, in denen Lucy und Buck kein Wort gesagt hatten, lachte Booker auf.

»Hey, gut gemacht, vielen Dank, Booker!«, sagte er. »Und was is los, hat euch jemand ins Bett geschissen, oder habt ihr euch in den Haaren darüber, wer den Ketchup zu den Fritten kriegt?«

»Danke, Booker«, sagten Buck und Lucy fast gleichzeitig.

»Schon besser.« Booker machte seine übliche Boxbewegung. »Und ja, die waren im Laden. Aber ich musste ja für Rambo hier einen *Deluxe Audio Baby Monitor* mit Talkback und allen Finessen besorgen, wie Ryan gesagt hat, und mir noch den ganzen Kram über X5-QJ-MPB und so anhören.«

Lucy runzelte die Stirn. »Was ist das?«

»Eigenschaften und so«, sagte Booker. »Ryan hat mir 'ne ganze Liste mit was auch immer gegeben, damit das Ding auch ja genug Power hat. Zwei Komma vier Gigahertz, dreihundert Meter Reichweite, wie klingt das, Boss? Reicht das, um deine Babys zu rufen?«

»Es reicht«, sagte Buck und fuhr auf den Highway 5, in Richtung Westen, schaute dann nach rechts.

Nickte Booker zu, der, den Blick abwendend, das Nicken erwiderte.

Etwas später beugte sich Lucy vor und legte die Arme auf beide Rückenlehnen. »Wohin fahren wir?«

Der Verkehr wurde schwächer, Buck hatte lässig eine Hand auf dem Lenkrad liegen, Booker saß entspannt neben ihm, das Radio lief. Auf dem Highway räumten die Schneepflüge den Schnee beiseite.

»Zu Leif«, sagte Buck.

»Weswegen?«

»Nicht wegen was, wegen wem.« Er fummelte an der Heizung herum, die Armaturen geknackter Autos waren ihm immer ein Rätsel. »Lucy?«

»Was?«

»Du kommst doch klar auf dem Wasser, ja?« Es folgte bedenkliches Schweigen.

»Lucy«, hakte Buck nach, »was habe ich gerade gesagt?«

»Na ja, mit Schwimmweste und so klar.«

Er drehte den Kopf zur Seite, die Stirn in Falten, war verwirrt, und sie lehnte sich auf der Rückbank zurück.

»Ich hab's dir gesagt«, sagte sie, »damals an dem Nachmittag, als wir am Kanu gearbeitet haben, erinnerst du dich?«

»Was?«

»Ich kann nicht schwimmen.«

Buck lachte, aber als sie nicht mitlachte, fing er im Rückspiegel ihren Blick auf.

»Du machst Witze, stimmt's?«

Sie sah ihn wütend an. Schaute aus dem Seitenfenster, legte den Kopf schief und zuckte die Achseln.

»Tja, das klingt witzig, weil, na ja, wegen allem, aber, nein, es ist kein Witz.« Sie runzelte die Stirn. »Und wieso ist das jetzt überhaupt so wichtig? Um in einem Scheißkanu zu sitzen, muss man nicht schwimmen können, oder? Ein Paddel kann ich halten.«

Er bog links auf eine Landstraße ab. Farmgebäude umgeben von Pappeln, hier und da ein Teich, Kinder liefen Schlittschuh.

»Hast du schon mal in einem Kanu gesessen?«, fragte er.

»Nein.«

»Nicht mal mit deiner Mutter?«

»Gott, nein«, sagte Lucy. »Machst du Witze? Sie hat den ganzen Kram gemieden wie die Pest. Sie war durch und durch Stadt-Indian. Wir sind nur wegen meinem Vater wieder im Reservat gelandet – weil er nichts mehr auf die Reihe gekriegt hat. Die Sprache hab ich von meiner Mutter gelernt, klar, aber vor allem von meinen nimishomis. Enh?!«

»Hey«, sagte Booker, drehte sich um und sah Lucy aufmunternd an. »Ich hab auch noch nie in 'nem Kanu gesessen. Los, Fistbump!«

Sie schlugen die Fäuste aneinander.

»Aber du meinst, du kannst paddeln, ja?«, sagte Buck und warf wieder einen Blick in den Rückspiegel.

»Bekomm ich 'ne Schwimmweste?«, fragte Booker.

Buck musste fast lachen, es war einfach zu schrecklich. »Dich habe ich nicht gemeint, Booker. Tut mir leid, du kannst nicht im

Kanu sitzen, okay? Falsche Farbe.« Gott im Himmel. Das waren Kinder. Und es war zu viel verlangt, Lucy auch nur für ein paar Minuten mit raus auf den Lake Superior zu nehmen. »Sollten wir kentern und in den See fallen, sind wir in zwanzig Minuten tot, wenn wir es nicht ans Ufer schaffen.«

»Also«, sagte Booker, »wenn man mich nicht erkennen soll, verkleide ich mich eben und – «

»Kannst du dir überhaupt freinehmen?«, fragte Buck. Booker musste in der Stadt bleiben. Zu seiner eigenen Sicherheit.

»Was willst du damit sagen?«, fragte Booker mit einem defensiven und gekränkten Unterton.

»Und deine Mom, lässt die dich weg? Hat sie die Feiertage nicht verplant?«

Buck sah ihn an, was zugleich Warnung als auch Drohung war, und Booker schmollte. Er hatte ihn festgenagelt, gut so. Diesmal hatte er daran gedacht, sich die Freunde seines Problems – also Lucy – genauer anzusehen. Und vor allem deren Familien.

Das hatte Leif für ihn erledigt und rausgefunden, dass Booker als »notorischer Schulschwänzer« galt und dass seine Mutter vor Gericht gegangen war, um ihn von seinem Vater weg und zu sich zu holen.

Das war alles ziemlich hässlich gewesen, hatte Leif berichtet, aber wenn der Junge nicht gerade schwänzte, war er ein Musterschüler.

»Tja«, sagte Booker, »da wir jetzt schon fies und kleinkariert werden, wie wäre es, wenn ich Ryan und seine Mom im Auge behalte?« Er grinste, sein Pfeil hatte ins Schwarze getroffen.

»An die haste nicht gedacht, wa?«, sagte er.

Buck schaute Booker an, dann Lucy, dann wieder auf die Straße. Verkehr. Dachte, verdammt, er war so auf das fixiert gewesen, was ihnen da oben im Norden bevorstand, dass ihm das nicht mal in den Sinn gekommen war.

»Du, Booker, und Ryan und seine Mutter, ihr macht nur das, was ihr machen sollt, nämlich *euch raushalten.*«

»Na ja«, sagte Booker, »wir wissen ja jetzt, dass wir hier nicht sicher sind, wie wäre es daher, wenn wir mitfahren, aber du uns an irgendeinem Hotel absetzt? Und wir uns Schwimmflügel besorgen, schließlich bist du der einzige Scheißdelfin hier, und ich und Ryan und seine Mom planschen dann im Pool rum und singen ›Michael Row The Boat‹ und so, während ihr, du und Lucy, euer Rambo-Ding durchzieht. Klingt das wie ein erstklassiger Masterplan?«

»Booker?«, sagte Buck.

»Ja?«

»Halt die Klappe, okay?« Er warf ihm einen harten Blick zu, und plötzlich wurde es still im Wagen.

44
Lucy

Einer von Leifs Angestellten führte sie ins Firmenbüro, wo Ryan an einem Computer saß, während Leif mit verschränkten Armen hinter ihm stand, als würde er sich gegen einen Schlag schützen. Lucy wuschelte Ryan durch die Haare.

»Du bist hier«, sagte sie.

»Ich hab den Bus genommen, wie Buck mir gesagt hat.« Ryan lächelte sie an. »Telefonieren wäre zwecklos gewesen, weil das, was ich gefunden habe, das musst du dir mit eigenen Augen ansehen.«

»Ja, hallo, auch schön, dich zu sehen«, sagte Booker. »Was angucken?«

Leif und Buck wechselten einen Blick, und Lucy und Booker beugten sich über den Computer, um zu sehen, was Ryan gefunden hatte. Der Bildschirm war voll von unverständlichem grünem Code auf schwarzem Hintergrund.

Ryan hing mit der Nase nur Zentimeter davor und machte sich Notizen, anscheinend ebenfalls in Code.

»Sorg bloß dafür«, sagte Leif, »dass er mich nicht mit irgendwas verbindet, mit dem ich nicht verbunden sein will, okay?«

Er verließ das Büro, und Lucy beugte sich vor, als Ryan mit einem Knopfdruck eine neue Seite aufrief.

»Hey, Einstein, wo ist denn der andere Buchstabensalat hin?«, fragte Booker. »Was stand da alles?«

Ryan sah sich suchend nach Leif um. Nickte dann Lucy zu und lehnte sich zurück.

»Gut, jetzt ist er weg«, sagte er, »gebt mir eine Sekunde.«

Er bearbeitete die Tastatur, bis Booker sagte: »Mach hin, Einstein. Warum dauert das so lange?«

»Es ist versteckt. Und mit einem professionellen Verschlüsselungscode geschützt.«

»Bist du sicher, dass sich das nicht zu Leif rückverfolgen lässt?«, fragte Buck, und Ryan erwiderte mit einem Blick über die Schulter: »Nur, wenn er von der NSA oder der CIA gesucht wird. Wird er das?«

Ryans Finger flogen über die Tasten, unverständliches Zeichengewirr ratterte über den Bildschirm.

»Der Kasten ist echt alt«, sagte Ryan in missbilligendem Ton. »Und lahm. Und hat Tonnen von Spyware drauf.« Er klapperte kurz und beugte sich vor den Bildschirm.

»Okay, geknackt«, sagte er.

Sekunden später tauchte die Kreatur aus *Alien* auf dem Monitor auf, glänzend schwarzer Kopf, silbrige Zähne und Schleim, davor ein roter, durchgestrichener Kreis. Ein Signalhorn wie auf einem U-Boot ertönte. Dann ein Lärm wie das Kreischen eines Einbruchalarms, so schneidend, dass ihnen die Zähne wehtaten.

»Mach das weg, Ryan!«, schrie Lucy in den Radau hinein.

Ryan hämmerte auf die Tastatur ein, und der Krach hörte auf.

»Zeitgesteuerte Verschlüsselung«, sagte er. »Hab sie um«, er schaute auf den Bildschirm, »drei Sekunden geschlagen.«

»Und wenn nicht?«, fragte Booker.

»Wäre die Bombe hochgegangen«, sagte Ryan sachlich.

»Auf diesem Computer?«

»Ja.« Ryan nickte. »Alles gelöscht.«

»Tja«, sagte Booker, »erinner mich dran, dich nie an meine Sachen zu lassen, und falls doch, sitze ich dir im Nacken, damit du nicht – «

»Ryan?«, fragte Lucy. »Was ist das?«

Sie versuchte, in dem, was sie da vor sich sah, einen Sinn zu erkennen. Ein Gewirr aus Überschriften und kryptischen Nachrichten.

»Der Computer des Hausmeisters«, sagte Ryan. »Die lassen ihn an, deswegen habe ich von außen darauf zugegriffen und mich mal umgesehen. Und bingo!«

Er holte ein altes Firmungsfoto auf den Bildschirm, zu sehen waren Lucys Vater, Arn und etwa zwanzig Kinder, alle in weißen Roben, Jungen und Mädchen, viele hatte sie seit Jahren nicht mehr gesehen.

»St. Peter's«, sagte Ryan. »Deine Firmungsgruppe. Der Hausmeister hat eine Menge solcher Fotos, aber – «

Lucy beäugte das Bild. »Warum hat ein Hausmeister die?«

»Erkennst du außer deinem Dad und Arn noch irgendwen, Lucy?«, fragte Buck. »Den Priester da hinten vielleicht?«

»Nein«, sagte Lucy.

Ryan tippte kurz, und die Gesichter wurden von Kästen umrahmt. »Gesichtserkennung. Ich hab mir im Darknet eine NSA-Software besorgt.« Er tippte mit dem Finger auf den Bildschirm. »Diese Gesichter waren gemeinsam nur noch auf einem einzigen anderen Foto.« Tippen. »Da.«

Ein Foto der Armee-Einheit von Lucys Vater. Er, Arn, hinter ihnen ein dritter Mann, grinsend.

»Wer ist das?«, fragte Buck.

»Der Kaplan.«

Es war, als hätte es eine Fehlzündung gegeben. Eine Bombe, die nur *Pffft* machte. Sie warteten auf den großen Knall. Es lag vor ihrer Nase, aber sie verstanden es nicht.

»Also gibt's da einen Kaplan«, sagte Buck, »wo gibt es den nicht? Die wechseln ständig und kommen überall mal zum Einsatz. Und Arn und Lucys Dad haben zusammen gedient und besuchen seitdem dieselbe Kirche. Und dieser Kaplan ist auf Lucys Firmungsfoto zu sehen. Die sind alle katholisch, stimmt's? Also ist das bloß ein Zufall?«

»Neeeiiin«, erwiderte Ryan mit dem Tonfall eines Menschen, der schon viel ertragen musste.

Er holte einen Bericht auf den Monitor, über einen Priester, der sich Kirchensanktionen widersetzt hatte und zuerst unter die Aufsicht der Erzdiözese in Philadelphia gestellt worden war, später dann nach Washington, D.C., und zu guter Letzt nach Shakopee, auf den Posten im Reservat, versetzt worden war.

»Kaplan Prendergast«, sagte Ryan und zeigte auf ihn, als würde er ihn vorstellen. »Unser KapP. Auf dem Computer des Hausmeisters von St. Peter's. *J. T. Haney. Verstorben.* Aber alles andere als tot. Er hat diesen Computer benutzt, aber alles x-fach verschlüsselt in Unterprogrammen.«

»Allmächtiger«, sagte Buck. Jetzt lag vor ihren Augen, was so lange nicht sichtbar gewesen war.

Lucy zog unter ihrem Hoodie die beiden Ketten mit den Kreuzen hervor. Zeigte auf den Bildschirm, nur das Surren der Computerlüftung war im Raum zu hören.

Aber dann sprach Buck es aus. »Dass dieser Prendergast in St. Peter's ist, bringt uns aber nicht weiter, weil es keine konkrete Verbindung zwischen ihm und dem Ganzen gibt, oder?«

»Außer durch Haneys Computer?«, sagte Ryan. »Haney, der sich nicht mal schmutzige Bildchen angeguckt hat? Und Prendergast auch nicht, der hat nur Kirchenorga erledigt, unter seinem eigenen Namen. Alles sauber.«

»Mann, Ryan«, sagte Lucy.

»Aber«, fuhr Ryan fort und tippte wieder los, leuchtend grüner Code füllte den Bildschirm, »ich bin Prendergasts Unterprogrammen gefolgt – und zwar«, er hielt triumphierend den Zeigefinger hoch und drückte dann die Enter-Taste, »bis hierhin.«

Und da ging die Bombe hoch: Fotos von Mädchen – und von Jungs. Aus der Entfernung aufgenommen. Auf einem Parkplatz. Oder durch eine Gardine. Manche wurden missbraucht. Von hinten, von vorn oder beides. Außerdem Chats und Mails zwischen den Nutzern der Seite. Die die Kinder identifizierten. Sich gegenseitig mitteilten, wo die Kinder zu finden waren.

»Ryan?«, sagte Buck.

»Das ist ein ›Messageboard‹. Und klar, alles im Darknet. Man kann was posten oder sich umgucken, Informationen teilen oder Gleichgesinnte finden. Ihr solltet mal die Boards auf den Nazi-Seiten sehen.«

Auf vielen Fotos ein bärtiger Mann mit Strähnchen, sein Gesicht jedoch abgewandt.

»Wer postet da?«

»Jeder«, sagte Ryan, »der zum inneren Kreis gehört.« Er tippte mit dem Finger auf ein Foto des Bärtigen in der rechten unteren Ecke.

»Man sieht sein Gesicht nicht«, sagte Booker. »Auf keinem der Fotos. Ist das alles, was du hast?«

»Ja«, sagte Ryan, »das glaubt er auch. Und selbst als ich Prendergasts Threads gefolgt bin, konnte ich nicht beweisen, dass er irgendwas gepostet hatte, weil er sich immer als J.T. Haney ausgibt.«

»Das kann jeder gewesen sein«, sagte Buck. »Damit würde er sich rausreden.«

»Er hat immer von St. Peter's aus gepostet?«, fragte Booker.

»Ja«, erwiderte Ryan. »Kein einziger Thread bringt KapP mit irgendwas auf dem Computer in Verbindung. Und wer würde schon vermuten, dass aus St. Peter's Darknet-Zeug kommt, und dann noch von einem Toten?«

Ryan durchsuchte die Fotos, bis er eins fand, das in einem Hotelzimmer aufgenommen worden war. Blassgelbe Gardinen vor den Fenstern, durch die, wie Buck vermutete, das Licht eines Parkplatzes hereinfiel.

Derselbe bärtige Mann. Wie immer hielt er das Gesicht von der Kamera abgewandt. Seine Silhouette auf den blassgelben Vorhängen. Unter ihm ein junges Mädchen – aber sie hatte Brüste, wie Ryan anmerkte.

»Ryan«, sagte Lucy. »*Bitte.*«

»Nein«, sagte er. »Das ist wichtig. Guck.«

Er vergrößerte das Foto, bis der bärtige Mann und das Mädchen nicht länger auf dem Bildschirm waren. Eigentlich war gar nichts zu sehen. Ein riesiger Schreibtisch und ein Stuhl an der gegenüberliegenden Wand. Darauf eine billige Tischlampe. Rechts vom Tisch eine Schranktür mit einem großen Spiegel. In der oberen Ecke etwas, das für Lucy wie der Mond aussah.

»Seht ihr, er hat dicke Eier bekommen«, sagte Ryan, ohne zu merken, was er da sagte. »Seht ihr das?«

Buck, Lucy und Booker beugten sich vor.

»Keine Ahnung«, sagte Buck. »Was sehen wir da? Was ist das? Sieht aus wie –«

»Ein verschwommener Fleck? Ja. Da oben im Schrankspiegel, ja? Tja, Prendergast hat nicht gemerkt, dass die Schranktür oben aus dem Scharnier hing, also schief war. Seht ihr die Lücke zum Schrank?«

»Ja, alles klar, Sherlock«, sagte Booker, »also sehen wir im Schrankspiegel eine dreckige Socke?«

»Das bedeutet, dass die ganze Schranktür in einem Winkel von vielleicht zehn, fünfzehn Grad hängt. Und den Kommodenspiegel einfängt, seht ihr? In dem dann –«, Ryan zog einen Rahmen um den Fleck, eine unendliche Folge von Flecken. Stellte den Rahmen schärfer, vergrößerte ihn, bis da ein Gesicht war, direkt von vorn.

»Ein umgekehrtes Spiegelbild zu sehen ist – von dem im Schrankspiegel.« Sie starrten mit offenen Mündern.

»Herr im Himmel«, sagte Booker.

»Mitnichten«, sagte Ryan, »das ist KapP – Kaplan Prendergast. Sicher identifiziert, kein Zweifel mehr. Und er ist gerade mit diesem Mädchen zugange.«

Ryan holte das Foto vom Umzug der Kirche auf den Bildschirm. Positionierte es neben dem von Prendergast im Hotelzimmer. Schob seinen Stuhl ein Stück nach hinten, damit alle gut sehen konnten, und sagte mit einem Nicken: »Angeber. Konnte es nicht lassen, Fotos zu posten. Wohl aus Eitelkeit. Und das ist riskant. Was die anmacht. *Seht her, was ich getan habe.*« Er drückte eine Taste. »Prendy hier hat die Seite in den letzten sechs Jahren einhundertsiebenundvierzigmal besucht. Davor hatte er einen anderen Computer. Und«, wieder drückte er eine Taste und schaute auf, »dieses Foto hat er erst vor ein paar Wochen reingestellt.« Er sah Lucy an. »Es tut mir leid«, sagte er. »Wirklich leid.«

Lucy spürte einen Klumpen im Hals, bekam weiche Knie, sagte: »Es tut dir leid? Was denn?«

Ryan zog den Cursor nach unten, sodass das Gesicht des Mädchens den Bildschirm fast ausfüllte, und Lucy stockte der Atem.

Es war Jean.

45
Buck

Er legte auf dem Tisch in der Werkstatt unter dem Neonlicht alles bereit, es roch nach Öl und Leinwand, hinter ihm schnurrte Gyg, und er drehte sich um und streichelte die Katze auf ihrem Lager. Er hatte es mit einem alten Sweatshirt ausstaffiert, in dem die Beine der Katze versanken, sodass es aussah, als würde sie schweben.

»Was sagst du, Schmusekatze?«

Gygs Schnurren wurde tiefer, klang fast wie ein Brummen, und er dachte daran, dass er sie vermissen würde – was natürlich dumm war. Er war ziemlich sicher, dass er nach diesem Wochenende gar nichts mehr vermissen würde. Er hatte Jerry gebeten, die Katze übers Wochenende zu versorgen, und ihm die Schlüssel gegeben.

»Was, du willst jetzt mit dem Kanu raus?«, hatte Jerry gefragt. »Bei dem Wetter?«

Schnee war vorhergesagt, und danach Kälte, das übliche Muster. Nur schlimmer.

Er hatte Lucy gesagt, sie solle Freitagmorgen vorbeikommen, aber vorher anrufen. Nur dass er dann schon lange weg wäre, womit er alle Fragen nach *was, wenn* und *was dann* und die Verabschiedung glücklich umgangen hätte.

Und es war bereits besprochen, was Lucy zu tun hatte, wenn sie in Grand Marais und am Hotel ankam, warum also alles noch mal durchgehen? Damit der Plan aufging, musste er im Kanu vom Ufer lospaddeln und sie sichtbar in ihrem pinken Hoodie am Bug sitzen, und ihr Vater durfte nicht in der Nähe sein.

Und für den Fall, dass doch alles völlig danebengehen sollte, hatte er ihr eine Landkarte gegeben. Darauf war der Weg zum Haus seines Cousins eingezeichnet, etwa fünf Meilen entfernt, immer am Ufer lang.

»Sag ihm, ich habe dich geschickt«, sagte er, »mehr brauchst du nicht zu erklären, dann bringt er dich an einen Ort, wo sie dich nicht finden können.«

Das Telefon klingelte, das in der Werkstatt, nicht das Prepaid, und er nahm ab.

»Buck?« Es war Naomi.

»Womit habe ich das Vergnügen verdient?«, erwiderte er. Es klang fies, dabei wollte er eigentlich nur förmliche Distanz wahren.

»Damit, dass ich mein Haus verlassen musste.«

»Tut mir leid.«

»Das hast du schon gesagt, kommt da noch mehr?«

»Ich liebe dich immer noch. Mehr, als ich sagen kann. Das wollte ich nur noch mal gesagt haben. Bevor … na ja, was auch immer.«

Naomi seufzte.

»Ja, ich weiß«, sagte er. »Alles wie immer, wie? Wie läuft es da drüben in Fairview?«

»Gut.« Es war fast das gleiche Gespräch wie damals beim Abendessen, als ihnen klar geworden war, dass sie so nicht weitermachen konnten. »Hättest du nicht wenigstens mal so tun können, als ob dich ansatzweise kümmern würde, was du mir angetan hast? Weil du bist, wie du bist«, fragte sie.

Buck zog die Duluth-Tasche mit dem Sprengstoff zu sich heran, sie war klobig und schwer.

»Buck, bist du da?«

»Ja«, sagte er, »ich bin da.« Und darin eine Verzweiflung, die aus ihm herausbrach. »Naomi«, sagte er, »so war es nie. Dass es mich nicht gekümmert hätte. Ich habe nie aufgehört, mich zu kümmern, und das war das Problem, verstehst du?«

»Du meinst, um alle anderen, nur nicht um mich«, sagte sie, »denn wann habe ich mal an erster Stelle gestanden? Ich war nie Priorität für dich, Buck, immer kam irgendeine Scheiße dazwischen. Sag, dass es nicht so war.«

Als zu lange Schweigen zwischen ihnen geherrscht hatte, sagte er: »Hör zu, ich muss los, sonst bin ich –«

»Buck, bitte, tu nichts Überstürztes oder …«

Wieder angespannte Stille. Die einem Teil von ihm gefiel, einem Teil von sich, den er nie sehr gemocht hatte.

»Du könntest dich an die Behörden wenden, das musst du sogar. Und das Mädchen ist keine zugelaufene Katze. Sie wird Hilfe brauchen, und zwar jede Menge. Das ist dir klar, oder? Dass du diese Leute zur Rechenschaft ziehst, wird daran nichts ändern. Und sie ist noch ein Mädchen, Buck. Du kannst sie da nicht mit reinziehen.«

»Mache ich nicht.«

»Nicht?«

»Sie wird meilenweit entfernt sein.«

»Aber warum kannst du nicht dieses eine Mal einfach zur Polizei gehen? Weil ich das schreckliche Gefühl habe –«

»Die *sind* die Polizei, Naomi.«

Wieder die Stille. Und dann sprach Naomi es aus, ein Aufschrei voller Verzweiflung, aber vor allem voller Schmerz.

»Aber warum du? Warum musst immer du es sein?«

»Weil sie vom ersten Augenblick an, in dem sie mich gesehen hat, gespürt hat, dass ich die Art Mensch bin, die etwas unternimmt.«

»Also ist es Schicksal«, sagte Naomi, »meinst du das? Dass sie einfach so wie aus dem Nichts aufgetaucht ist?«

»Schicksal, Charakter, Zufall. Macht das einen Unterschied? Nenn es Gott, wenn du willst, ist mir egal.«

»Du kannst so nicht leben, Buck. Niemand kann das. Es ist alles einfach viel zu viel.«

»Hast du nicht gesagt: ›Das Böse triumphiert allein dadurch, dass gute Menschen nichts unternehmen‹?«

Sie fluchte. »Spar dir diesen scheinheiligen Gutmenschenscheiß.«

Er hatte das schon mal von ihr gehört, damals, als ihr gemeinsames Leben noch eine Richtung hatte.

»Tust du mir einen Gefallen?«, fragte er.

»Was?«

»Danach – sorgst du dafür, dass sie Hilfe bekommt?«

»Buck, verdammt noch mal.«

»Ja oder nein?«

»Ich rufe die Polizei, Buck.«

»Versprich mir, genau das nicht zu tun. Naomi? Versprich mir, dass du das nicht tust.« Rauschen im Hörer, und er fügte hinzu: »Was willst du ihnen denn sagen? Was weißt du denn? Woher willst du wissen, dass du nicht mit korrupten Cops redest?«

Als sie nichts erwiderte, sagte er: »Ich liebe dich, Naomi«, beendete das Telefonat und legte das Handy auf den Anreißtisch.

Minuten später begann es, auf Vibration gestellt, zu rattern und rutschte auf die Tischkante zu. Er stellte seinen Becher in den Weg, damit es nicht runterfiel.

Auf dem Tisch lagen das M249, die .38er und mehrere Patronenschachteln. Jetzt musste er nur noch alles einpacken und sich an den Plan halten. Lucy würde mit ihrem Vater zum Hotel hochfahren und dort bleiben. Irgendwann würden Arn und seine Kumpane zwei Menschen, die sie für Lucy und ihren Vater hielten, am Ufer entlang folgen.

Nur dass zu dem Zeitpunkt Lucy gemütlich in der Hotelhütte sitzen würde, weit, weit weg.

Ryan hatte ihm einen Lageplan des Hotels und der Umgebung ausgedruckt, darauf waren verschiedene Wanderrouten eingezeichnet, an der längsten lag eine Außenhütte, da konnte er im Notfall hin.

Den Gedanken, was er machen würde, falls Arn und seine Truppe ihm nicht folgten, verdrängte er.

Stattdessen begutachtete er die Dinge, die vor ihm ausgebreitet lagen. Schusswaffen. Neoprenanzüge. Outdoor-Kleidung. Stiefel. Handschuhe. Steigeisen und Seile und sein Eispickel und Eis-Spikes. Und ein etwa handtellergroßes Päckchen in Plastikfolie, darauf ein Indian Chief mit Federschmuck – Tabak.

Ein ganzer Berg an Ausrüstung, die man brauchte, um bei diesem Wetter die Eishöhlen am Nordufer des Lake Superior zu besichtigen, und alles würde gerade so ins Kanu passen.

Das draußen auf Leifs Truck verschnürt war.

Ein rotes Kanu. Nicht zu übersehen.

46
Lucy

»Bebbe Gurl«, sagte ihr Vater, während er den Wäschekorb durchwühlte, »wir müssen langsam los.«

Er war erst weit nach Mitternacht nach Hause gekommen, aber trotzdem um kurz nach fünf aufgestanden, hatte herumgeklappert und sie geweckt.

»Weißt du, wo mein Parka ist?«

Sie lag im Bett, bekam kaum die Augen auf, bemühte sich, wach zu werden. »Die Sachen sind alle hinten im Lagerraum. Da hab ich sie hin geräumt, als du nicht mit Arn auf Jagd gegangen bist. Du hast sie ja nicht gebraucht.«

»Danke«, sagte er, klonkerte weiter durch den Trailer und führte Selbstgespräche. Dann stand er vor ihr. »Komm schon, Lucy, steh auf.« Er schüttelte liebevoll ihre Schulter. »Ich hab dir Eier und Speck und sogar ein paar Brötchen gemacht.«

Sie stützte sich auf die Ellbogen. »Jetzt?« Ihr war übel vor Anspannung, sie fürchtete, aufs Klo rennen zu müssen. Da ging es schon los, sie sprang aus dem Bett und stürmte an ihm vorbei, »Muss pinkeln, Dad«, ins Badezimmer rein, und schloss die Tür.

Sie drehte die Dusche auf und erbrach sich in die Toilette. Zog sich aus, stellte sich unter das heiße Wasser, versuchte, sich zu beruhigen. Ihr Finger pochte und juckte. Und die Aluminiumschiene – die sie auf ärztliche Anordnung hin noch weitere drei Wochen tragen musste – wurde heiß und brannte auf der Haut.

Alles wirkte so alltäglich, sie konnte kaum glauben, dass Buck schon da oben war und – was machte er eigentlich?

Er hatte nur gesagt: »Du hältst dich einfach an den Plan, mehr musst du nicht tun. Und dann hältst du dich aus allem raus. Kriegst du das hin?« Sie hatte es ihm versprechen müssen, hatte aber nicht vor, ihr Versprechen zu halten.

Es klopfte an die Badezimmertür.

»Lass noch heißes Wasser übrig, Bebbe Gurl.«

Sie drehte die Dusche ab und zog ihren Schlafanzug an, sie würde erst packen und sich danach anziehen. Sie stand vor dem Spiegel, ihr Gesicht verriet nichts. Sie hatte jetzt Brüste. Was sie an Jean erinnerte.

Das gab den Ausschlag.

Sie putzte sich die Zähne. Schlurfte aus dem Bad, durch den Flur, in die Küche, wo ihr Vater am Frühstückstisch saß. Er stand auf, ging zum Herd, holte die Pfanne. Schob Eier, Speck und Brötchen auf ihren Teller.

»Wieso so viel Aufwand?«, fragte sie.

»Wir hatten nicht viel von Weihnachten, weil ich ja arbeiten musste, aber ich mache es wieder wett, okay?«, und da bekam sie Angst, er tippte mit dem Zeigefinger ihre Nasenspitze an, sagte: »Wir feiern im Norden nach! Na, ist das mal ein richtiges Geschenk mit roter Schleife?«

Seine Pupillen waren kaum sichtbar, klein wie Stecknadelköpfe, und sie begriff, dass er wieder auf Hochtouren lief. Beide schauspielerten sie jetzt, wie in einer miesen Fernsehshow. Das war der Beweis, dass ihr Vater irgendetwas vorhatte. Aber mal ehrlich, was konnte er schon wissen? Sicher nicht das, was sie wusste.

Als er ins Bad ging, schaute sie in der Schublade unter dem Toaster nach. Die Glock war weg. Natürlich.

Als ihr Vater zurückkam, saß sie vor ihrem Teller und schaufelte Eier in sich hinein.

»Drei Eier, Daddy?«, sagte sie.

»Wir müssen uns stärken, Lucy, da draußen ist es kalt.« Er beugte sich theatralisch vor das Fenster. Er war wirklich ein mieser

Schauspieler. Schaute auf das Thermometer. »Minus acht, da oben sind bestimmt minus achtzehn.« Er vollführte einen kleinen Freudentanz, er war tatsächlich ein guter Tänzer, hatte Rhythmusgefühl – aber das hier?

»Daddy?«

»Der Exploder ist vollgetankt.« Dass er scherzte, machte sie nur noch nervöser. Dann trickste er sie immer irgendwie aus.

»Seit wann?«

»Letzte Nacht. Ich dachte, dann müssen wir auf dem Weg nicht noch mal anhalten, sind früher da«, er hob die Hand, sah auf die Uhr, »und haben mehr Zeit für uns.«

Lucy lächelte. Es tat weh.

»Meinst du, du kannst in zwanzig Minuten abfahrbereit sein?«

Sie nickte. Aber im Stillen fragte sie sich, ob das, was sie da oben vorhatte, ganz einfach völlig falsch war. Doch dann dachte sie an Jean. Und alles in ihr wurde hart. *Nein.* Und natürlich hatte sie nicht vor, alles einfach Buck zu überlassen.

»Ja, Daddy«, sagte sie, und jetzt war ihr Grinsen echt. So hell wie das Leben selbst. »Ich bin bereit.«

47
Buck

Er paddelte auf dem Lake Superior, überwand mit einem J-Schlag einen Wellenkamm, ließ sich weitertragen, als würde er surfen. Steuerte mit dem Paddel. Schaute nach links, dort am Ufer lagen die Höhlen, derentwegen er hier war, in ihrer ganzen überirdischen Schönheit, fünfundvierzig Meter hoch, gletscherblaugrün und verziert mit Vorhängen aus herabhängendem Eis.

Überall Stalagmiten. Und Stalaktiten. Buckliges, gewelltes Eis, überzogen mit einem Kristallpelz aus Raureif.

In den Höhlen lag die Temperatur unter dem Gefrierpunkt, hier draußen auf dem Wasser war es wärmer. Er kam an einer alten Boje vorbei, gute viereinhalb Meter hoch, bei Sommergästen beliebt, ein guter Ankerplatz für die größeren Segeljachten auf dem Weg nach Norden. Er sah sich um. Hier war es. Oder? Der Ort, den er und Naomi vor langer Zeit zufällig entdeckt hatten? Ein Eisschelf ragte vom Ufer ins Wasser hinein, es wurde von Schneemobilen befahren, an vielen Stellen lagen verkohlte Überreste von Lagerfeuern, Totholzäste oder halb verbrannte Tierteile auf dem Eis herum. Er suchte den Himmel ab. Es war kurz nach sieben Uhr morgens, noch fast dunkel, und im Nordwesten Wolken, Vorboten eines aufziehenden Sturms.

Eine Welle schlug über das Kanu hinweg. Hinten. Buck war vorbereitet, er trug eine Spritzdecke. Und das Kanu war ein Traum, es fuhr ruhig geradeaus. Trotzdem durfte er nicht unvorsichtig werden. Er schaute auf die Uhr. Er musste die Stelle finden, und zwar bald.

Die Kälte war nicht das Problem, unter der Kleidung trug er seinen Neoprenanzug, aber alles wäre umsonst, wenn …

Er paddelte Richtung Norden. Immer der gleiche Anblick. Riesige graue Felswände, vereiste Bäume. Er verbrachte eine gute Stunde damit, das Kanu hoffnungsvoll zum Ufer zu lenken, nur um wieder enttäuscht zu werden. Jede Eishöhle war anders, wunderschön, aber nicht die, die er suchte.

Einen Moment lang überkam ihn Verzweiflung. Blöde Idee, dass er sie nach all den Jahren noch zu finden gehofft hatte. Die Stelle, an der er und Naomi einmal gepicknickt und das Eis bewundert hatten – glücklich.

Er war zurück an der Boje, suchte das Ufer ab und überlegte, auf seinen Notfallplan auszuweichen, was nicht gut war.

Klar, es ließ sich auch alles in der Außenhütte erledigen – er stopfte sich einen Energieriegel in den Mund, der angeblich nach Schokolade schmecken sollte, aber eher an Wachs erinnerte –, aber dann würde er nicht überleben.

Ein Stück Erdnuss blieb zwischen seinen Zähnen stecken, er pulte in seinem Mund herum und warf den Rest des Riegels aufs Eis, ekelhaftes Ding, vielleicht würde ein Vogel ihn sich holen.

Wie schafften die es überhaupt, in diesem Klima zu überleben? Noch während er sich das fragte, flitzte ein Eichelhäher über das Kanu hinweg, schnappte sich den Riegel und flog in eine Höhle.

Sekunden später flatterte der Vogel am Ufer in einen Baum und machte kurzen Prozess mit dem Riegel. Die Höhle hatte er nicht dort verlassen, wo er hineingeflogen war.

Er hockte auf der Kiefer und beobachtete ihn, wartete, ob da noch mehr kommen würde. Buck runzelte die Stirn, dann begriff er: Ein Vogel hatte ihm gerade das Leben gerettet.

Er stand am Eingang der Höhle unter einem hohen Eisbogen, das Kanu hatte er hinter sich auf den Eisschelf gezogen, Schneemobilspuren führten von hier in Richtung Süden.

Perfekt.

Als er die Höhle betrat, hielt er die Luft an. Das Eis unter seinen Füßen war klar wie Glas, etwa fünfzehn Zentimeter dick, darunter scheinbar bodenlose Tiefe, und an dieser Stelle sorgte eine wärmere Strömung für dünneres Eis, eine Art natürlicher Fluss, dem er folgte, immer weiter hinein, als würde er auf Wasser gehen. Eine Höhle nach der anderen, das Eis leuchtete im Morgenlicht, die Stalaktiten gewellt und spitz, wie in einer mystischen Kathedrale, zweifelsohne war die Höhle schon immer eine Attraktion gewesen.

Ganz hinten stand er unter dem, wonach er gesucht hatte, und empfand eine gewisse Erleichterung, aber auch Scheu.

Das Luftloch. Aus dem der Eichelhäher nach draußen geflogen war. In seiner Erinnerung war der Durchmesser größer gewesen. Er stand direkt darunter, holte seinen Eishammer und einen Eisnagel aus der Tasche. Entweder hielt das Eis – oder nicht.

Er hämmerte den Nagel ins Eis, und er hielt – gerade so. Als er sich mit seinem gesamten Gewicht daraufstellte, brach es auf.

»Mo«, sagte er, Scheiße.

Er versuchte es ein Stück höher, wo er gerade noch drankam. Besser. Der Nagel hielt. Entweder würde das Eis weiter oben noch fester werden – wie er sich einredete –, oder es würde poröser sein. Schlechter. Doch die Höhle war perfekt. Die Schneemobilfährte. Das Kanu, rot und sichtbar wie eine Signalfackel. Er würde die Duluth-Tasche reinholen und alles vorbereiten. Dann draußen auf Arn und die anderen warten. Reinlaufen, sobald sie auf ihren Schneemobilen um die Ecke bogen, nachdem sie das Kanu entdeckt hatten. Und während Arn und seine Kumpane in der Dunkelheit herumstolperten und Lucy und ihren Vater suchten – angeblich, um nur mit ihnen zu reden –, würde er hochklettern und durch das Luftloch nach draußen gelangen.

Und dann, sobald er sicher war, dass sich alle in der Höhle befanden, würde er die Sprengladung zünden. Und das Ganze beenden, auch das Eis unter ihren Füßen würde zerbrechen, und alles in der Höhle würde raus in den Lake Superior geschwemmt werden, das Wasser unter dem Schelf war über hundert Meter tief, und der See, so sagte man, gab seine Toten nie wieder frei.

Er legte den Kopf in den Nacken und betrachtete den Raureif am Rand des Luftlochs. Vielleicht würde er es schaffen, rechtzeitig wegzukommen. Bis zur Öffnung waren es nur etwa dreißig Meter. Er hob die Hand und schützte seine Augen vor dem Kreis aus blau-weißem Licht.

Der Eichelhäher stürzte sich durch das Loch in die Tiefe, die Flügel schlugen laut in der Luft, und schoss durch das Höhlentor nach draußen. Buck stand da, das Gesicht gehoben, die Augen geschlossen, sodass das Licht als violetter Schein durch seine Lider drang, und dachte:

Wenn er nur fliegen könnte.

48
Lucy

Sie machten Zwischenstopp in Hinckley, »um sich die Beine zu vertreten«, wie ihr Vater sagte, aber er ließ sich Zeit und bestand darauf, dass sie in der Raststätte die Infotafel über das Große Hinckley-Feuer las, eine Darstellung der Katastrophe in Bildern mit allem Drum und Dran, Männer mit Schaufeln, die die vierhundertachtzehn »Opfer des Feuers« in langen Massengräbern beisetzten, neben ihnen schwelten schwarze, verkohlte Bäume. Ihr Vater saß und trank Kaffee, die Beine übereinandergeschlagen, mit einem Fuß wippend, in einem fast implosiven Zustand der Anspannung, als würde er etwas schlucken, das ihm ganz und gar nicht schmeckte. Wieder und wieder sah er auf die Uhr, bis er schließlich nach draußen marschierte, um einen Anruf zu machen.

Als er zurückkam, fragte Lucy: »Mit wem hast du denn geredet?«

»Burgess.« Er verzog das Gesicht. »Musste nur sichergehen, dass alles nach Plan läuft.«

Lucy zuckte die Achseln, bemühte sich, desinteressiert zu wirken, dabei war ihr übel bei dem Gedanken, dass alles schiefgehen könnte.

»Lass uns weiterfahren, Daddy«, sagte sie, »wir wollen doch vor ihnen da ankommen, oder? Sonst will Chief Burgess wieder, dass du irgendwas für ihn erledigst. Und ich glaube, ich werde mich hinlegen müssen«, sie streckte sich und gähnte, »bevor wir wieder rausgehen.«

Er sah erneut auf die Uhr. Klopfte mit den Knöcheln auf den Tisch und sah sie grinsend an.

»Wie du möchtest, Bebbe Gurl«, sagte er, aus irgendeinem Grund froh über das, was sie gesagt hatte, und sie machten sich wieder auf den Weg.

Später, an einer Tankstelle in der Nähe von Duluth, zahlte ihr Vater drinnen gerade, als ein schwarzer Lincoln hinter einem Tanklaster hielt, darüber ein riesiges Schild auf Stelzen mit der Aufschrift: *Willkommen am Sky Harbor Airport und Wasserflugzeugbasis, Duluth,* darunter *Tor zu den Nördlichen Wäldern.* Flugzeuge mit Schwimmern und Rädern standen um den Tanklaster herum und wurden betankt. Ein Flieger holperte über den Runway hinter der Tankstelle und hob ab, drehte nach Süden in Richtung der Twin Cities bei.

Der Fahrer des Lincoln drehte gemächlich den Kopf und sah Lucy an. Booker. Er musste ihnen den ganzen Weg gefolgt sein und tauchte ausgerechnet jetzt auf.

Dann spürte sie etwas in sich weich werden, sie war gerührt, dass Booker das getan hatte. Er hatte versprochen, sie nicht allein zu lassen, und hier war er. *Nicht jetzt,* bedeutete sie ihm stumm, und ihr Vater legte ihr die Hand auf die Schulter.

»Hey«, sagte er, »hat dich jemand komisch angeguckt? Hast du jemanden gesehen, den du kennst?«

»Nur so ein Arschloch«, sagte sie. »Du weißt schon, mit diesem ›Solltet ihr Indianer nicht eigentlich ausgestorben sein‹-Blick.«

»Ich habe dir die Tüte Chips mitgebracht, die du haben wolltest«, sagte er.

»Danke, Daddy«, erwiderte sie.

Sie stiegen in den Explorer, und als ihr Vater über die Schulter schaute, bevor er sich in den Verkehr einfädelte, warf Lucy einen Blick nach rechts. Wenn er merkte, dass Booker ihnen folgte …

Aber der Lincoln war nicht zu sehen, nur ein verbeulter Minivan, in dem ein übergewichtiger Typ aufs Gaspedal trat.

Ihr Vater fuhr auf den Highway und stupste sie mit der Schulter an. »Warum so ernst?«

Irgendwie musste sie ihren Vater zum Anhalten bewegen, damit sie mit dem Prepaid Booker anrufen konnte. Um ihm zu sagen, dass er umkehren sollte.

Als sie vorhin telefoniert hatte, hatte er gefragt: »Mit wem redest du?«, und sie hatte schnippisch geantwortet: »Mit niemandem«, woraufhin er ihr das Handy abgenommen hatte. Das konnte sie kein zweites Mal riskieren.

Sie fuhren längere Zeit schweigend. »Isst du die Chips, oder sollen sie da einfach auf deinem Schoß liegen?«

Sie hatte nicht gemerkt, dass sie die Tüte regelrecht zerknautschte. Sie riss sie auf. Salt & Vinegar. Bäh! Sie hasste Essig, aber die Dinger waren supersalzig, und darum ging es.

»Darf ich?«, sagte ihr Vater.

»Tut mir leid, Daddy.« Sie hielt ihm die Tüte hin. »Ich hab gerade gedacht, wie schön es ist, dass wir mal was zusammen machen.« Eine schreckliche Lüge, aber halb wahr.

Sie reichten die Tüte hin und her, und irgendwann sagte ihr Vater scherzend: »Ein Penny für deine Gedanken.«

»Ich habe Durst, das denke ich«, sagte sie und lächelte, und dann lachten beide.

Sie hatte darüber nachgedacht, wie sie, nachdem erledigt war, worum Buck sie gebeten hatte, Arn aufsuchen und ihm eine Kugel in den Kopf schießen würde. Und zuerst Prendergast, wenn sie ihn finden konnte.

Sie betastete die Halsketten unter ihrem T-Shirt. Ihre und die von Jean. Legte die Hand auf ihre Tasche, um Bucks Messer zu spüren.

»Ist doch toll, dass wir in Urlaub fahren, Bebbe Gurl«, sagte ihr Vater. »Wird Zeit, dass wir mal wieder Spaß haben, oder?«

»Auf jeden Fall«, sagte sie und starrte geradeaus.

49
Buck

Buck stand auf einem Steilhang, der das Hotel unter ihm vor dem kräftigen Nordwestwind schützte, und hob das Fernglas. Er hielt Ausschau nach dem blauen Explorer von Lucys Vater.

Aber nichts, nur Schnee, der vom Wind aufgewirbelt wurde und sich über den Asphalt schlängelte.

In jedem Kampf war das Timing wichtig. Genauso wichtig war der äußere Anschein, denn die meisten Dinge waren nicht so, wie sie schienen. Das Kanu hatte er hinter eine der Hotelhütten gestellt. Wer würde sich dabei schon was denken? In Nord-Minnesota gab es kaum etwas, das weniger auffiel.

Nach ihrer Ankunft würden Lucy und ihr Vater erst mal auspacken und in der Hütte bleiben, um auf Arn und die anderen zu warten. Danach würde Lucy den Explorer neben die Hütte fahren, und erst dann würde er runtergehen, sich umziehen und das leuchtend rote Kanu auf den Wagen laden.

Er würde runter zum Anleger fahren, das Kanu ins Wasser setzen, die Duluth-Tasche zwischen den Sitzen verstauen. Arn konnte ihn dort nicht übersehen. Arn, der schon jetzt alles beobachtete. Arroganter Wichser, der er war, hatte er ganz offen auf der Moräne geparkt. Saß da in seinem gelben Kapuzenparka, überwachte das Hotel und rauchte dabei, und die Gläser seines Fernglases fingen das Sonnenlicht ein und blitzten.

Drüben in Afghanistan war er sicher eine Belastung gewesen. Bestimmt hatten seine Kameraden Verantwortung für ihn übernehmen müssen. Arn, das schwächste Glied. Auch jetzt zu eingebildet, um in Betracht zu ziehen, dass *er* der Gejagte sein könnte.

Buck legte die Hand auf seine neben ihm liegende .38er. Wenn er Arn nicht bräuchte, um an die anderen ranzukommen, hätte er ihn schon längst abgeknallt.

Wie Lucy von ihrem Vater erfahren hatte, sollte die Gruppe gegen Mittag eintreffen und die Hütten beziehen.

Arn war schon Stunden vorher aufgetaucht. War um das Hotel herumgekreist, um sicherzugehen, dass Lucy und ihr Vater noch nicht da waren, und dann zu seinem Ausguck gefahren, hatte geparkt und war mit dem Fernglas in der Hand ausgestiegen. Da hockte er immer noch. Und was sah er?

Buck drehte sich nach rechts und betrachtete das Hotelgelände. Zwischen den Bäumen Leifs Truck, der, wie Arn glauben musste, irgendeinem Rotwildjäger gehörte, der hier seine Ausrüstung stehengelassen hatte. Und Arn und die anderen würden wollen, dass andere Hotelgäste anwesend waren, oder irgendein Jäger, der bestätigen konnte, dass sie in ihren Hütten gewesen waren, während sie tatsächlich woanders waren und Dinge taten, die sie schon wer weiß wie lange trieben.

Tja, jetzt mussten nur noch Lucy und ihr Vater eintreffen, dann konnte es losgehen.

Ein Moment der Ruhe, bevor alles in Bewegung geriet. Bevor Arn da runterkam und die anderen auftauchten. Um einen netten kleinen Winterurlaub mit ehemaligen Armeekameraden anzutreten, die jetzt Polizeikollegen waren. Und KapP – Kaplan Prendergast, der die schutzlosen Kinder in seiner Gemeinde ausgesucht und das Grooming eingeleitet hatte – würde sie hoffentlich begleiten.

Es hatte eine Unwetterwarnung gegeben, die Menschen waren aufgefordert, nicht ins Freie zu gehen. Sinkende Temperaturen, ein Meter Neuschnee, starke Böen. *Perfekt*, dachte Buck. Genau das Zeitfenster, das er brauchte.

Ein Reh trabte hinunter an die Salzlecke, die der Hotelbetreiber zwischen den Kiefern aufgestellt hatte. Hob den Kopf.

War außer Arn noch jemand da draußen? Er suchte mit dem Fernglas den Wald um das Hotel herum ab. Ein Empfangsgebäude und sechs Hütten. Alle im Halbkreis angeordnet, der sich zum See hin öffnete.

Die Polizisten bewohnten die Hütten auf der einen Seite des Empfangsgebäudes, Lucys Vater die äußerste auf der anderen Seite, die Flitterwochen-Hütte.

Und da, zwischen dicht stehenden Kiefern fast nicht zu sehen, auf einem Pfad, der von der Hauptstraße abführte: ein schwarzer Lincoln. Er hätte ihn fast übersehen. Und, verdammt, jetzt bemerkte er auch die anderen. Drei Autos, sogar auf die Entfernung konnte er die Fahrer erkennen, keinen erkannte er.

Buck ließ das Fernglas fallen, sodass es ihm am Gurt um den Hals baumelte, und sah auf die Uhr.

In wenigen Minuten würde Lucy aktiv werden. Er zog ein Tabakpäckchen aus der Tasche, schüttete eine Portion in seine Hand. Streute einen Kreis aus Tabak um seine Füße herum, häufte oben, unten, rechts und links kleine Punkte auf.

Nord, Süd, Ost, West. Es war vollbracht. Er war bereit. Und möge wer oder was auch immer ihm beistehen.

50
Lucy

Beim Einchecken warnte man sie vor dem heranziehenden Unwetter. »Wenn Sie rausfahren wollen, dann am besten in den nächsten paar Stunden«, sagte der Manager, ein Typ mittleren Alters mit Halbglatze in einem grünen Sweatshirt, und gab ihrem Vater den Schlüssel. Sie stapften zu Hütte sechs, vor der Türschwelle lag ein Kiefernzweig.

Ihr Vater trat ihn beiseite, wie Buck vorhergesagt hatte. Bucks Willkommensgruß. Ihr Dad schenkte dem Zweig keine Beachtung. Drinnen war es kalt. Eine typische Hotelhütte. Helle Kiefernholzvertäfelung. Auf dem Schreibtisch stand ein Telefon, Lucy nahm den Hörer ab und hörte ein Freizeichen. Merkte sich die Nummer, die unter den Tasten stand, während ihr Vater die Tür abschloss und die Heizung aufdrehte. Sie ging ins Bad. Kein Handyempfang.

Sie notierte sich die Telefonnummer der Hütte auf einem Zettel und steckte ihn ein. Betätigte die Toilettenspülung, damit alles normal wirkte, beugte sich dann vor den Spiegel über dem Waschbecken.

Auf dem kleinen Regal darunter standen zwei eingeschweißte Becher, sie nahm sie mit ins Zimmer. »Schau mal, Daddy«, sagte sie. »Hygienisch verpackt, ist das nicht nett?« Sie entfernte die Folie. »Nach den Chips bin ich echt durstig!« Sie warf einen Blick in den in der Ecke stehenden Kühlschrank, er war mit Cola, Dr. Pepper und 7Up gefüllt, auch das hatte Buck vorhergesagt.

Ihr Vater stand am Fenster. Er zog die Gardine zurück, stand aber seitlich vom Fenster und war vor Blicken geschützt. Ja, er hatte irgendwas vor, das war offensichtlich, aber sie würde ihn daran hindern.

»Ich nehme mir Limonade, Daddy«, sagte sie, »mein Mund ist ganz trocken nach den salzigen Chips. Willst du auch was?« Sie hielt einen Becher hoch. Klebte sich ein Werbelächeln ins Gesicht.

»Was gibt's denn?«, fragte er.

»Ich nehme eine Dr. Pepper«, erwiderte sie und nickte, »die magst du ja nicht. Willst du die Cola?«

Die Kapsel steckte in ihrer Jackentasche. Ihr Vater liebte Cola.

»Kein Bier?«

»Nein, Daddy. Kein Bier. Tut mir leid.«

Er sah sie über die Schulter hinweg an. »Schenk mir irgendwas ein.«

Sie wandte ihm den Rücken zu und holte die Dosen aus dem Kühlschrank. Öffnete sie. Leerte die Kapsel in den Becher für ihren Vater und schenkte ein.

»Bitte sehr«, sagte sie und hielt ihm den Becher hin.

Er nahm ihn und trank einen vorsichtigen Schluck. Zuckte zusammen. Aber sie war optimistisch. Er würde die Cola noch austrinken.

»Wow. Die ist echt süß, aber ich hab einen Riesendurst.«

»Da in der Tüte sind noch Sandwiches, Daddy, die kannst du essen. Ich habe sie mit dem restlichen Hackbraten gemacht.« Damit war sie auf der sicheren Seite, denn wenn ihr Vater aß, trank er immer etwas dazu.

Und sie hatte extra viel Salz auf den Hackbraten gestreut.

»Aah, Bebbe Gurl«, sagte er, »du denkst wirklich an alles, ich weiß es zu schätzen.«

Sie setzte sich aufs Bett, lehnte sich gegen das Kopfteil, rückte die Kissen zurecht und täuschte ein Gähnen vor.

»Ich leg mich ein bisschen hin, Daddy, und später können wir dann was unternehmen, okay?«

Er stellte seinen Becher auf den Fernsehtisch. Kramte in der Tüte und holte die Sandwiches heraus. Kam zum Bett und gab ihr eins, ging wieder zum Fernseher und biss in seins.

»Mhm. Das ist genau das Richtige. Danke, Bebbe Gurl.«

»Danke dir, Daddy«, sagte sie. »Willst du dich nicht auch ausruhen? Warum setzt du dich mit der Cola nicht hin? Das Bett ist echt bequem.«

Die verdammte Cola. So, wie er da rumtigerte, würde er den Becher noch versehentlich umstoßen.

Eine seltsame Spannung hatte sich über den Raum gelegt – ihr Vater machte seinen PTBS-Tick. Reckte den Kopf in eine Richtung, dann in die andere. Und ihr Herz raste.

Ihr Vater lächelte und nahm den Becher – und sie dachte erleichtert: *Jetzt trink schon!* –, stellte ihn auf der Kommode ab und wandte sich ihr zu.

Schaute kurz auf die Uhr. »Du weißt, dass ich dich liebe, Bebbe Gurl«, sagte er.

»Ich liebe dich auch, Daddy.«

Er stand vor der Kommode und schien zu überlegen, wie er sagen sollte, was er ihr sagen musste.

»Es tut mir leid«, sagte er, »wegen diesem blöden Wintersturm muss ich mich heute schon mit den Jungs treffen, jetzt, weil die Außenhütte morgen nicht zu erreichen sein wird. Ich hatte nicht das Herz, dir schon in Hinckley zu sagen, dass wir heute leider nichts zusammen unternehmen können.«

Sie hatte das Gefühl, sich zu zerteilen, als würde alle Luft aus ihr entweichen, und ihre Augen schwammen in ihrem Kopf. Und ihr otchit, ihr Höheres Selbst, war wieder da, in diesem Schock. *Warte*, sagte es.

Ihr würde etwas einfallen. Musste.

»Aber«, er trank einen Schluck, verzog das Gesicht, stellte den Becher wieder auf die Kommode, »puh, Mann, ist das süß. Aber so ist es sogar besser. Dann haben wir morgen den ganzen Tag für uns. Okay?« Er zuckte die Achseln. »Wir schauen einfach mal, wie es läuft, ja?«

»Aber du hast es *versprochen*«, sagte Lucy. »Und – « Sie machte ihre Stimme hoch, als wäre sie gekränkt, und versuchte verzweifelt, sich irgendwas einfallen zu lassen, damit er in der Hütte blieb.

»Ach, Bebbe Gurl. Ist das so schlimm? Ob heute oder morgen, macht das einen Unterschied?«

In ihr war fast etwas Hysterisches, das herausbrechen wollte, aber selbst jetzt konnte sie es nicht sagen.

Ihm nichts erzählen. Weil sie sah, dass er »neben sich stand«, wie ihre Mutter es einst genannt hatte, und gefährlich war.

»Du kommst hier klar?«, fragte er.

»Warum sollte ich nicht?«

Sie sahen sich in die Augen, der Heizlüfter ratterte, beide warteten darauf, dass einer das Schweigen brach.

Es war in ihr, aber erstarb. *Daddy, die –*

Und er glaubte, es ginge nur um Jean, und vielleicht, vielleicht würde er was über Rose rausfinden, und dies war ihre Chance, ihm zu sagen, was sie ihm so lange verheimlicht hatte.

Die haben mir wehgetan, Daddy, wollte sie sagen, es war alles da, steckte ihr im Hals fest, sie schaffte es nicht.

Und als es nicht länger so weitergehen konnte, nickte ihr Vater und sagte: »Gut, also dann.«

Und machte sich gemäß seinem Soldatenmotto *Plane die Arbeit, arbeite den Plan ab* daran, seine Ausrüstung zurechtzulegen. Jacke, Mütze, Handschuhe. Die schwarze Tasche, die – wie sie wusste, weil sie nachgesehen hatte – das Gewehr und die Glock enthielt. Er warf sie sich über die Schulter, das Gesicht wie versteinert, eine Härte an ihm, die besagte: *Kommt mir nicht in die Quere.*

»Also, Luce?«, sagte er.

»Was?« Sie hatte die Beine an sich gezogen, umarmte sie, in ihrem Kopf nichts als entsetzte Leere.

»Ich werde mich jetzt um die Dinge kümmern, wie ich es dir versprochen habe, okay? Sobald ich raus bin, schließt du die Tür ab und legst die Kette davor. Und bleibst hier, wie du es mir versprochen hast. Haben wir uns verstanden?«

Als sie nicht antwortete und nur den Kopf abwandte, kam ihr Vater ans Bett und küsste sie auf die Wange.

»Es tut mir leid«, sagte er, »wirklich.« Mit einem Nicken trat er nach draußen, sagte, »Tschüs, Bebbe Gurl«, und zog die Tür zu.

Sie wartete eine gefühlte Ewigkeit, dann stand sie auf und schloss ab. Nahm den Becher von der Kommode und kippte die Cola ins Klo.

Er hatte sein Rasierzeug ausgepackt, als hätte er sich rasieren wollen, darin der Guttapercha-Griff der .38er. Sein Ersatzeisen.

Sie atmete scharf ein. Sie war verwirrt, aber die Waffe sagte alles.

Aus dem Spiegel starrte ihr Gesicht zurück.

Es klopfte an der Tür, sie fuhr herum. Griff nach der .38er.

Es war zu früh. Oder hatte Buck ihren Vater gehen sehen und war runtergekommen, um rauszufinden, was los war? Sie trat rechts neben das Fenster an der Tür und spähte durch einen schmalen Gardinenspalt.

Herrgott. Es war Booker. Und Ryan und seine Mutter?!

Sie legte die .38er auf die Kommode, schloss auf, nahm die Sicherheitskette ab, öffnete die Tür, packte Booker an der Jacke und zog so kräftig, dass er fast auf sie gefallen wäre.

»Steh da nicht rum, Ryan«, fauchte sie, »komm rein. Und Sie auch, Kitty, schnell.«

Ryan und seine Mutter traten ein.

»Hey«, sagte Booker, »du hast ja echt Nerven!« Er stand hinter ihr.

»Booker.« Sie baute sich vor ihm auf. »Was hast du dir dabei gedacht, auch noch die beiden – « Sie hob die Fäuste. »Macht die Scheißtür zu«, sagte sie, und Ryans Mutter gehorchte.

»Seid ihr TOTAL VERRÜCKT GEWORDEN?!«, fragte Lucy.

»Hey«, sagte Booker, »wer ist hier verrückt? Ich hab dir gesagt, dass einer der KapP-Komplizen bei Ryan und seiner Mom im Trailer aufkreuzen würde.« Booker hielt Lucy den ausgestreckten Zeigefinger ins Gesicht. »Und genau so war es. Nur dass Ryan angerufen hat, und ich hab sie da rausgeholt, bevor sie erschossen werden konnten, also blieb mir keine andere Wahl, als sie mitzubringen. Was hätte ich denn tun sollen? Außerdem findet Kitty, dass sie mit den Arschlöchern noch ein Hühnchen zu rupfen hat.«

Ryans Mutter, mit ihrem Topfhaarschnitt, sagte: »Wir helfen jetzt, gutes Timing.«

Lucy sah auf die Uhr. Wovon redete Ryans Mutter? Sie musste innerhalb der nächsten Minuten den Truck ihres Vaters umparken. Buck würde bald runterkommen, um das Kanu darauf zu laden.

Sie fuhr sich mit den Fingern durch die Haare, hielt ihren Kopf fest, murmelte: »Nein, nein, nein, nein!«

»Sag schon, Lucy«, sagte Booker, und sie tat es, und ihr anderes Selbst, mit dem ihr otchit redete, fuhr direkt in sie hinein.

Es war beängstigend, dass alles aus ihr herausbrach und ans Tageslicht kam.

»Hör zu«, sagte Booker, als sie endlich nicht länger wütete, »dass dein alter Herr allein in den Wald marschiert ist, ist kein Problem. Der Plan kann trotzdem funktionieren.«

»Wie?«, fragte sie.

»Lass an deiner Stelle Ryans Mom mit Buck im Kanu rausfahren. Das löst alles, oder?«

Ihr Hirn hatte sich verknotet. »Ach, komm, Booker, im Ernst? Kitty im Kanu?«

»Wieso nicht? Das war doch euer Plan, oder? Dass du mit Buck rausfährst, und sobald Arn und die anderen euch folgen, setzt Buck dich am Ufer ab. Dann läufst du hierher zurück und wartest ab, während dein alter Herr seinen Drogenrausch ausschläft. Stattdessen ist er jetzt da draußen unterwegs, bringt alles durcheinander und muss aufgehalten werden.«

»Booker«, sagte Lucy warnend.

»Nein«, sagte Booker, »es ist doch ganz einfach: Jemand muss deinem Vater nachgehen, und dafür kommst nur du infrage. Komm schon. Gib Mrs. Chen deine Sachen, deinen Hoodie und so, und alle werden denken, das bist du, die da im Kanu sitzt. Genau wie geplant, es wird also klappen. Und mal im Ernst«, fügte Booker hinzu, »der einzige Mensch, den dein Dad da draußen jetzt nicht abknallen würde, bist du, Lucy. Weil er Buck nicht kennt, ihn nie gesehen hat, verstehst du? Du bist die Einzige, die ihn zur Vernunft bringen kann, so sieht's aus.«

Lucy wandte sich an Ryans Mutter. »Können Sie paddeln?«

Sie bedachte Lucy mit einem herausfordernden Blick. Ihr Gesicht trug immer noch die Spuren des Angriffs vor mehreren Wochen.

»Sie muss nicht paddeln können«, sagte Ryan, »steuern tut der, der hinten sitzt, jedenfalls normalerweise.«

»Ja«, sagte Lucy, »genau, Daniel Boone.«

»Nein«, sagte Ryan, »ich hab's im Netz nachgelesen. Und – «

»Das reicht«, sagte Lucy und schaute wieder auf die Uhr. Gute fünfzehn Minuten waren vergangen.

Sie musste jetzt den Truck umparken, damit Buck runterkam. Sie holte den Koffer ihres Vaters hinter dem Bett hervor, den sie gepackt hatte. Zog seine Sachen heraus, einen grünen, gummibeschichteten Regenanzug. Stiefel. Handschuhe. Ein Sweatshirt und eine Daunenweste. An der Anlegestelle würde Buck die Armeejacke mit dem aufgenähten Abzeichen tragen – und Arn würde ihn aus der Ferne für ihren Vater halten.

Das war der heikelste Moment. Würde Arn Buck und Kitty am Kanu für sie und ihren Vater halten? Würde es funktionieren?

»Was ist mit dir, Ryan?«, fragte Lucy. »Was machst du, wenn deine Mutter mit Buck unterwegs ist?«

»Ich begleite dich.«

Herrgott. Was dachte er sich? »Ryan, nein«, sagte sie.

Sie ging nach draußen, fuhr den Explorer um die Ecke der Hütte und kam wieder rein. Alle drei, Booker, Ryan und Kitty, sahen sie an. »Ich kann deinen Dad finden«, sagte Ryan.

»Ryan.« Lucy hätte fast mit den Augen gerollt. »Dafür ist jetzt keine Zeit.« Booker und sie wechselten einen Blick.

Es klopfte, Lucy öffnete die Tür einen Spalt, die Kette lag noch vor.

»Sie kommen. Arn und Burgess und die anderen.« Buck beugte sich vor, sein Gesicht war direkt vor dem Türspalt. »Hey, was soll das, Lucy? Mach die Tür auf, okay? Dein Dad ist weg, stimmt's?«

»Ja, er ist draußen«, sagte Lucy, und als Bucks Augen schmal wurden, nahm sie die Kette ab und ließ ihn rein.

51
Buck

Wer das Hotel zum ersten Mal erblickte, sah nichts als Idylle. Malerisch gelegen. Das Empfangsgebäude aus Schwarzkieferstämmen war mit funkelnden Weihnachtslichterketten geschmückt, hinter den Gardinen leuchtete warmes Licht. Die sechs im Halbkreis angeordneten Hütten blickten auf den Lake Superior hinaus, ein Meer aus blaugrauem Wasser. Der Sturm war im Anzug, es war dunkel geworden und windstill, sodass der Rauch aus dem Schornstein des Bürogebäudes sich gerade in den Himmel erhob.

Und dann kam als Erster Arn in seinem Wagen, gefolgt von den anderen, Arn und Burgess zogen Anhänger mit Schneemobilen hinter sich her, und zuletzt, in einem schwarzen Cadillac, traf Prendergast ein.

Arn ging zum Empfang, um den Papierkram zu erledigen, und kam nach einer guten Viertelstunde wieder heraus. Ließ die Tür hinter sich zuklappen und betrachtete von der Vordertreppe aus den See. Buck, der sich an der Anlegestelle am Kanu zu schaffen machte, hob die Hand und winkte. Ryans Mutter, die in Lucys schmutzigpinkem Hoodie am Bug saß, winkte ebenfalls.

Und als Arn zum Ufer runter watschelte, um sie zu begrüßen, stieß Buck das Kanu ab. »Paddel, Kitty«, sagte er, und sie gehorchte.

Seit sie sich im Bad der Hütte umgezogen hatte und mit ihm rausgegangen war, hatte sie kein Wort mehr gesprochen.

Was Lucys Vater vorhatte, war verrückt, und er stiftete nur Chaos, aber wenn die Kacke richtig dampfte, ging sowieso immer alles schief, und dann blieb einem nur, das Chaos für sich zu nutzen, und Lucy und Ryan waren unterwegs, um ihren Vater zu suchen.

Aber zuerst hatte sie dem Manager Bescheid gesagt, dass sie und ihr Vater im Kanu rausfahren würden.

»Nur zu den Eishöhlen und wieder zurück«, hatte sie gesagt und auf Buck am Anleger gezeigt.

Arn rief ihnen nach. »Hey, Lee! Warte mal! Wo willst du hin?! Wir haben doch unsere Besprechung!«

Buck hob die Hand. Eine Art Fragezeichen, dann zeigte er mit dem Finger die Küste entlang.

Das war der entscheidende Moment. Entweder würde Arn begreifen, dass dieser Kanuausflug die perfekte Gelegenheit bot, Lee und Lucy ein für alle Mal loszuwerden. Oder eben nicht. Sogar bei gutem Wetter verschwanden regelmäßig Menschen auf dem Lake Superior, das war nicht ungewöhnlich. Wurden nie wieder gesehen, die Leichen nie gefunden. Buck warf einen Blick über die Schulter.

Arn lief auf seine plattfüßige Art zu den anderen. Seinen Schultern war Entschlossenheit anzusehen, und Burgess stieg aus seinem Wagen und – wer war da bei ihm?

Zwei Männer, die nicht auf den Fotos gewesen waren, die Ryan aus dem Internet geholt hatte. Aber Buck begriff sofort, mit wem er es zu tun hatte. Breite Schultern, die Hosenbeine in die Stiefel gesteckt.

Ex-Soldaten. Mit denen nicht zu spaßen war. Und Prendergast. Der aus dem Cadillac gestiegen war und Arn etwas zurief. Schwarzer Anzug, das weiße Kollar unter der Kehle, absichtlich als Priester gekleidet. Fast einen Kopf größer als die anderen.

Er hob die Arme, war mit irgendetwas nicht einverstanden.

Und dann fuhr das Kanu um eine Uferbiegung, und Buck wollte gerade sagen: »Eintauchen und durchziehen«, aber Kitty tat es bereits.

Bis zur Boje würden sie noch gute vierzig Minuten brauchen, der Wind nahm zu, und er duckte sich.

52
Lucy

Trotz des Neuschnees war ihr Vater schwer zu verfolgen. Und die Kiefern standen oft so dicht, dass er die trockene, nackte Erde darunter hatte nutzen können. Wohin er wollte, wusste sie nicht. Aber er hatte alle Tricks eingesetzt, die er auch ihr beigebracht hatte, um keine Spuren zu hinterlassen.

Such dir harten Untergrund. Nimm einen Kiefernzweig oder so was und verwische deine Spuren. Lauf auf unebenem Boden.

Etwa eine Meile lang waren sie ihm durch ein ausgetrocknetes Flussbett gefolgt, voller Steine, die zum Umknicken verführten. Ryan war zurückgefallen, damit hatte sie gerechnet, aber es machte die Verfolgung noch schwieriger, und an den schlimmsten Stellen ging sie ganz langsam, damit er sich nicht den Knöchel verstauchte.

Jetzt rief er hinter ihr: »Stopp!«

Sie hatte die Fährte ihres Vaters schon vor einer ganzen Weile verloren, suchte verzweifelt nach Zeichen und fand keine. *Nur eine Spur, bitte.* Aber an den Steinen war nichts abzulesen, und das Gelände vor ihr wirkte unberührt.

Sie sah sich um und keuchte entsetzt auf. Ryan war verschwunden. Sie sah nur das steile Flussbett, keinen Ryan. Also musste sie umkehren. Und hoffte, dass ihm nichts passiert war.

Ein Stück weiter unten saß Ryan auf einer Felsplatte, neben ihm lag sein Rucksack, er hatte den Laptop auf den Knien und das Handy in der Hand.

»Was um alles in der Welt machst du da?«, rief sie. Fast kamen ihr die Tränen, dann stolperte sie und fand gerade noch das Gleichgewicht wieder.

»Verdammt, Ryan!«, sagte sie.

Wenn sie ihren Vater nicht fanden, würde Buck sterben, aber Ryan war in seinem schlimmsten Asperger-Zustand.

Er hielt sich das Handy ans Gesicht, hob es dann am gestreckten Arm in die Höhe, als würde er ein Selfie machen wollen, wofür jetzt wirklich nicht –

»RYAN?!«

Er schaute sie blinzelnd an, nickte und hielt ihr das Handy hin. »Hier.«

»Hast du jetzt völlig den Verstand verloren?«, fragte sie. Da er sich nicht rührte, musste sie zu ihm runterklettern.

»Schau's dir einfach an«, sagte er, und ihr blieb nichts anderes übrig. Aus der Distanz erkannte sie auf dem Handy das Flussbett und darüber haufenweise Symbole und Dinge, die ihr nichts sagten.

»Und was genau sehe ich da, Ryan?« In ihrer Stimme ein Unterton, der ihr Angst machte – echte, totale Verzweiflung.

»Spurensignatur. Im Flussbett. Er ist da vorn rechts abgebogen.« Ryan zeigte auf eine Stelle. »Fast im rechten Winkel.«

Ihr fiel nichts anderes ein als: »Spurensignatur?«

Sie war wirklich am Ende. Ryans Abstrusität war zu viel des Guten. Viel zu viel. Er hielt das Handy höher. Auf dem Bildschirm um ein Bild von Ryans Stiefelsohle herum ein leuchtend roter Kreis – er hatte ein Bild von seiner Stiefelsohle gemacht?

»Oh – mein – Gott, Ryan.«

»Nein, siehst du?« Er holte ein anderes Foto auf den Bildschirm, das Flussbett war zu sehen, und darauf immer kleiner werdende orange Kreise, die an einer Stelle das Flussbett verließen und rechts auf das Ufer hinaufführten.

»Hier lang«, sagte Ryan und klappte den Laptop zu, den er, wie sie jetzt sah, an das Handy angeschlossen hatte.

Er schob den Computer in den Rucksack, den, mit dem er jeden verdammten Tag in die Schule kam, wandte sich nach rechts und marschierte über eine offene Fläche, die mit Blättern und Schnee bedeckt war.

Sie sprang ihm nach, packte ihn an der Jacke, die sich wie ein Segel mit Luft gefüllt hatte.

»Ryan. *Nein*«, sagte sie. Es war, als würde man mit seinem Hund reden.

»Doch«, sagte er.

Er hielt wieder das Handy vor sich, schwang es von rechts nach links, damit die Kamera den Boden vor ihnen aufnehmen konnte. Vier oder fünf rote Kreise erschienen im Bild, etwa eine Schrittlänge voneinander entfernt.

Mit dem Finger zog Ryan eine neongrün leuchtende Linie von einem zum anderen. Hoch und rechts zwischen den Bäumen durch.

»Das ist ein Muster. Es ist da, wir konnten es nur nicht sehen, die Stiefelabdrücke von deinem Vater. Wegen der Steine und so.« Er wollte ihr wieder das Handy hinhalten, sie winkte ab. »Das ist ein Programm, das die NSA erfunden hat, um Spuren zu verfolgen, wo der Boden nicht viel hergibt«, sagte er.

»Bis wohin?«, wollte sie wissen.

Er zeigte auf einen Felsvorsprung, darunter lag Geröll. »Da verlieren wir seine Spur wieder, aber wir können das wiederholen. Ich finde das Muster, und wir folgen ihm.«

Sie legte sich eine Faust an die Stirn. Sie hatte ihn falsch eingeschätzt. Schon wieder.

»Geh du vor«, sagte sie und schob ihn voran. Ryan stolperte mit dem Handy in der ausgestreckten Hand los.

»Und, Ryan?«

»Was?«

»Das hast du gut gemacht«, sagte sie, und plötzlich stolperte er so gut wie gar nicht mehr.

53
Buck

Der Gegenwind war inzwischen kaum noch zu bewältigen, der Wellengang auf dem Lake Superior wurde immer schlimmer, und aus den dichten, dunklen Wolken fegte Schneehagel herab, der auf der Haut brannte. Mit einem langen Paddelschlag lenkte er das Kanu in Richtung des offenen, riesigen Sees – damit der Bug senkrecht zu den Wellen stand, denn sonst würden sie kentern. Er drehte sich um und suchte das Ufer ab, hielt verzweifelt Ausschau nach der Boje, fand sie nicht.

Kitty zog das Kanu mit einem Paddelschlag in Position, als es abzutreiben drohte.

Hatten sie die Boje etwa verpasst? Aber er war sicher, dass das Uferstück vor ihnen südlich davon lag.

Sie hatten viel länger gebraucht als geplant – was beunruhigend war, weil Arn und Burgess und Prendergast und die anderen auf den Schneemobilen sie auf keinen Fall einholen durften – und immer noch war die Boje nicht zu sehen.

In Wahrheit hätte er es ohne Kitty am Bug gar nicht bis hierher geschafft. Sie saß tief vornübergebeugt, paddelte wie eine Maschine und hatte sich seinen Respekt erarbeitet. Er hatte seine Schläge ihren angepasst, damit das Kanu geradeaus fuhr, aber sie hatte schnell gelernt. Allerdings wurden die Wellen jetzt minütlich größer und waren schon fast auf Kopfhöhe. Und weil sie zu zweit im Kanu saßen, konnte er die Spritzdecke nicht benutzen, sodass sie eisverkrustet waren, denn die Temperatur war sturzartig gefallen. Er hatte ein Geräusch gehört, das wie das Dröhnen eines Schneemobils klang, aber es war von Norden gekommen. Seinen

Neoprenanzug hatte er Kitty überlassen, in der Annahme, sie würde ihn mehr brauchen als er. Das Regenzeug von Lucys Vater half, war aber nicht atmungsaktiv, sodass er in Schweiß gebadet und durchgefroren war. Egal. Er würde Kitty ans Ufer bringen, das auf jeden Fall, und in der Höhle alles Notwendige erledigen, und er drehte das Kanu um, und Kitty paddelte, und mit vereinten Kräften schafften sie es um den nächsten Ufervorsprung herum, wo der Wind sie erst richtig erwischte, Kitty gab keine Sekunde nach, und seine Armmuskeln brannten.

Aber da war die Boje, und er rief Kitty zu: »Rechts, kräftig paddeln!«

Sie näherten sich dem Ufer und glitten schließlich auf den Eisschelf. Kitty stieg aus, rutschte und wäre fast hingefallen, er packte sie am Arm, zog sie hoch und schubste sie vorwärts. Zog das Kanu aufs Eis, holte die Duluth-Tasche heraus und stellte sie in den Schnee. Holte auch das Maschinengewehr heraus. Setzte es zusammen und hängte es sich vor die Brust.

Er bückte sich, schob seine Arme durch die Gurte der Tasche und hob sie hoch, trug das ganze Gewicht auf seinen Schultern.

»Wir gehen jetzt?«, fragte Kitty.

»Du«, sagte er und zeigte aufs Ufer, »gehst da lang. Folge einfach dem Ufer Richtung Süden bis zum Hotel.«

Sie verzog die Miene – was war das, Angst? Zumindest las er es so. Hatte sie zu viel Angst, um durch den Wald zurückzugehen? Wo sie doch auf dem Wasser so furchtlos gewesen war?

Er stand vor ihr, fast wie betäubt, sein Verstand arbeitete langsam. Das war die Kälte.

»Hör zu, Kitty«, sagte er, »im Wald droht dir keine Gefahr, okay? Das sind alles nur Märchen und –«

»Nein«, sagte sie.

Er hätte fast gelacht. Dachte sie etwa, sie würde sich verlaufen? Oder in Gefahr geraten?

Er musste schnellstens in die Höhle und den Sprengstoff vorbereiten. Was würde sie tun? Er musste sie dazu bringen, zum Hotel zurückzukehren, aber jetzt war es erst mal besser, sie mit in die Höhle zu nehmen.

Er nickte, und Kitty, die zu verstehen schien, ging vor ihm her auf den Eingang der Höhle zu.

Trat vorsichtig unter dem vereisten Bogen hindurch und in das blaue Licht der Vorkammer hinein, alles leer, dann war Kitty gute acht, neun Meter vor ihm, wo es viel dunkler war, sie streckte wachsam die Hände aus, kein Laut, kein Flüstern, nichts regte sich, und bei seinem ersten Schritt in die Höhle spürte er einen Schlag und fiel in ein großes, dunkles Nichts.

54
Lucy

Sie folgten einer gut erkennbaren Spur durch einen dichten Kiefernwald auf einen Höhenzug; hier war ihr Vater zweifellos entlanggegangen. Sie mussten hochsteigen und den Gipfel überqueren, das Gehen war anstrengend, der Pfad steil und glatt und gewunden, und auf dem nackten Fels lag Eis.

Ab und zu standen die Kiefern so dicht, dass der Pfad fast trocken war, aber dann rutschten die rostfarbenen Kiefernnadeln unter ihren Schritten über das darunterliegende Eis. Ryan ging hinter ihr und stolperte immer wieder, sodass sie oft auf ihn warten musste, auch jetzt wieder.

Er stapfte keuchend auf sie zu, seine Füße wirkten beim Klettern noch platter.

»Ryan?«

»Wir sind hundertzweiundachtzig Meter in die Vertikale gegangen«, erwiderte er, den Kopf über sein Handy gebeugt.

»Hier ist null Empfang. Wie funktioniert das überhaupt, was du da machst?«

»Oh«, sagte er und überlegte, wie er es ihr erklären könnte. Stirnrunzelnd zwischen zwei schneebeladenen Kiefernästen stehend, hätte er ein gutes Fotomotiv abgegeben. Wenn dies eine normale Wanderung wäre. Nicht der Versuch, ihren Vater einzuholen.

»Satelliten«, sagte Ryan, als wäre damit alles klar.

»Satelliten?«

»Ich hab den ganzen Kram aus dem Darknet gezogen, kommt alles vom Militär. Nur manchmal gibt es Lücken, weil – « Sie hatte nicht mal gewusst, dass es so was überhaupt gab. »Na ja, sie kreisen oben in der Umlaufbahn, und man muss warten, bis – «

»Ryan«, sagte sie, und zur Abwechslung verstand er und nickte.

»Unten am Ufer, da unter uns, da ist was, das man ›Kahlfläche‹ nennt, und von da überblickt man die Küste, etwa«, er schaute auf sein Handy, »bis zu der Eishöhle, wo – « Er zuckte die Achseln. »Das stand alles auf der Hotelwebsite. Du weißt schon, ›Äußerst sehenswert‹, die habe ich mir angeguckt, und – hier ist es.«

Er hielt ihr das Handy hin, darauf ein winziges, grün leuchtendes Quadrat, als könnte sie aus der Entfernung irgendwas erkennen.

»Du kannst telefonieren?«

»Ja, mit allen, die sich in diesem«, er machte Anführungszeichen mit den Fingern, »Empfangsgebiet befinden. Sonst nicht. Oder wenn sie im Festnetz sind. Da komme ich auch ran.«

»Ruf Booker an«, sagte Lucy, und als Ryan die Stirn runzelte, gab sie ihm die Nummer des Hüttentelefons, die sie sich aufgeschrieben hatte, und im Nu hatte Ryan ihn an der Strippe und gab Lucy das Handy.

»Was macht er?« Sie meinte Prendergast.

»Was machen *die,* meinst du. Es sind insgesamt acht Männer angekommen, das Arschloch Arn mitgezählt. Und Prendy, der alte Wichser, hat alle angeschrien wie bei ’ner Brandschutzübung oder so, dass sie Buck und Kitty auf den Fersen bleiben sollen. Lucy«, fuhr er fort, »du darfst denen auf keinen Fall in die Quere kommen, die meinen es ernst. Sie haben Gewehre mit Zielfernrohren und AKs und anderen Mist und sind hier losgerast wie die Irren. Rotwildjagd, am Arsch. Und Prendergast hat sie rumkommandiert wie General Patton persönlich.«

»Haben sie unsere Hütte durchsucht?«

»Ich bin raus, bevor sie reingekommen sind, und hab gewartet, bis sie wieder weg waren.«

»Du musst da verschwinden, Booker. Nimm den Wagen, mit dem du gekommen bist, und hau ab.«

»Wie rufst du mich eigentlich an?«, sagte Booker. »Hier gibt's doch kein Handynetz.«

Sie hörte weiter unter ein Geräusch. Rutschendes Geröll. »Muss auflegen«, sagte sie, tat es und gab Ryan das Handy.

Links von ihnen standen Kiefern. Sie zerrte Ryan vom Pfad runter und tief in den Wald hinein.

Sekunden später kam Prendergast mit leisen Schritten den Pfad hoch. Er trug einen riesigen schwarzen Daunenmantel und atmete schwer. Aber er ging so leise, so geübt, so leichtfüßig vorbei, dass sie sich wunderte, dass sie ihn überhaupt bemerkt hatte, und erschrak bei dem Gedanken, was sonst geschehen wäre.

Wenn er auf dem Geröll nicht ausgerutscht wäre, wenn sie Booker aufmerksamer zugehört hätte.

55
Buck

Als er zu sich kam, saß er mit dem Rücken an einer Eismauer, die der hereingewehte Schnee gebildet hatte. Die Hände hinter dem Rücken gefesselt, durchgefroren, und ein Hämmern in seinem Kopf. Sie waren tief in der Höhle, von hohen Eiswänden umgeben, das Luftloch hinter ihnen – wie er dem bitterkalten Luftstrom entnahm –, und einer der Männer trat auf Kitty ein, die im Licht einer Gaslampe zusammengerollt auf dem Eis lag.

»Verdammtes Schlitzauge, hättest da bleiben sollen, wo du hergekommen bist«, sagte der Treter.

Sein dicker Bauch spannte unter dem Schneemobilanzug. Buck erkannte Burgess, den Polizeichef. Er hielt eine Handfeuerwaffe, vermutlich eine Desert Eagle, deren langer Lauf zum Problem werden konnte für jemanden, der nicht oft damit schoss.

Kitty lag auf der Seite und sah Buck an, in ihren glänzenden Augen lag Trotz, aber auch ein Vorwurf.

Hier war das Eis besonders dünn. Und glasklar. Unter ihm schwamm gemächlich ein Fisch hindurch. Eine Armeslänge entfernt, kräftig, metallisch grün. Das Maul mit einem Durchmesser wie eine Kaffeedose, ein Hecht. Er stupste das Eis unter den Stiefelpaaren der drei Männer an und tauchte ab in die Dunkelheit.

Ein Schwarm Barsche machte Jagd auf kleine Fische, die als silberne Welle wendeten, und der Hecht schoss mitten in sie hinein und verschwand mit einem kräftigen Flossenschlag wieder in der Tiefe.

»Hey, Burgess«, sagte einer der Männer, stämmig und breitschultrig, »wenn du sie umbringst, bevor wir aus ihr rauskriegen, was wir wissen müssen, gibt's für dich keinen Knastköder mehr.«

»Ist doch egal.« Er sah auf die Uhr. »Wenn wir fertig sind, sind die sowieso tot.«

»Ich glaub, du machst dich nicht richtig verständlich«, sagte der Mann hinter Burgess, der größte der drei. »Oder vielleicht spricht sie nur Schlitzäugisch?«

Der Stämmige trat um Burgess herum, kniete sich vor Kitty hin und sah sie drohend an. »Gocka guka tschuki?«, sagte er. Dann stand er auf, trat ihr in den Bauch, sodass sie laut stöhnte, und stemmte die Hände in die Hüften.

»Wir müssen an ihren Sohn ran, Jackson, schließlich hat der sich bei uns reingehackt«, sagte er. »Wer braucht schon diese alte Kröte hier?«

»Wir, Tibbits«, erwiderte Jackson. »Außerdem wird Prendergast sie haben wollen. Also halt dich zurück.« Er hatte aus einiger Entfernung zugesehen und ging jetzt zu den anderen.

Wo war Arn?

»Glaubst du etwa, du kriegst sie zum Reden?«, sagte Tibbits. »Ich schlage vor, wir schmeißen die beiden in den See – spart uns 'ne Menge Mühe.«

»Wir müssen erst den Mongo herlocken«, gab Jackson zurück, »damit er uns zeigt, was er hat. Und der Niggerboy muss auch abgeknallt werden. Der sich da in der Hütte verkrochen hat, der Vollidiot.«

Jackson beugte sich zu Kitty hinunter. »Wo ist denn dein Kleiner, Süße?«

Kitty schüttelte den Kopf. Jackson verzog das Gesicht und tätschelte dann ihre Schulter, als meinte er es gut mit ihr.

»Tja, wie wäre es, wenn wir ihr einen Finger abschneiden«, sagte Jackson und nickte Burgess zu. »Den zeigen wir dann dem Mongo, und um sie freizukriegen, verrät er uns, was er weiß, und«, er tätschelte wieder Kittys Schulter, »alles ist paletti, stimmt's, Süße?«

Sie diskutierten über die Vorteile dieses Plans. Ihr einen Finger abschneiden? Tja, warum nicht die Nase, würde das dem »Mongo« nicht noch mehr Angst machen?

Ihre Stimmen wurden von der Höhle verschluckt. Schließlich beschlossen sie, noch mehr Druck auf Kitty auszuüben, um rauszukriegen, was sie wusste.

Es war so kalt geworden, dass sich in der feuchten Luft Schneekristalle bildeten und wie feine Asche herabrieselten. Kitty war davon bedeckt, und als Burgess ihr einen weiteren Tritt in den Bauch gab, wirbelten die Kristalle auf und glitzerten.

»Gefällt dir das?«, fragte er in singendem Tonfall. »Wie der gute Tibbits hier gesagt hat: ›Gutschie tscha-tschi‹?« Die drei lachten.

»Warum schneiden wir nicht ein Stück von ihren Titten ab und wickeln es ein wie ein Chicken McNugget«, sagte Tibbits. »Dann schauen wir mal, was das Kid dazu sagt, wie wäre das? Das würde Mongo aufscheuchen.«

Burgess und Tibbits beugten sich kichernd über Kitty. Redeten mit ihr. Was sie sagten, konnte Buck nicht hören.

Jackson, ein Stück links von ihnen stehend, zündete sich eine Zigarette an und betrachtete die anderen kopfschüttelnd. Sie hatten die Tasche durchsucht, den Sprengstoff gefunden und ihn in die Nähe von Kittys Füßen gelegt, obendrauf das Maschinengewehr, das M249.

Jackson zertrat die Kippe, gesellte sich zu Burgess und Tibbits und ging wieder vor Kitty in die Knie.

Mit dem war nicht zu spaßen. Kantiges Gesicht. Harter Blick.

»Ach, das ist alles so unnötig, stimmt's?«, sagte er. »Oder?« Er zog ein rotes Tuch aus der Tasche. Schnäuzte sich, wischte sich die Nase ab und lächelte Kitty an. Sie wimmerte.

»Klingt wie ein Köter«, sagte Tibbits, »nur dass man für das alte Schlitzauge keinen einbeinigen Chihuahua mehr kriegen würde.«

Jackson stopfte Kitty das Taschentuch in den Mund, und sie riss die Augen auf, wand sich, keuchte, versuchte, durch die Nase zu atmen, und als sie wieder Luft bekam, hielt ihr Jackson die Nase zu, und sie trat wild um sich, und weil sie dabei über das Eis rutschte, kniete sich Jackson auf sie.

Als er ihre Nase losließ, kreischte sie durch das Taschentuch hindurch unverständliches Zeug.

Jackson zog ihr das Tuch aus dem Mund, und sie keuchte: »Ich reden, okay? Okay, ich jetzt reden? Bitte, ich reden?«

Buck sah angewidert zu. Das Ganze war so jämmerlich. Fast peinlich. Er würde ihnen den Gefallen nicht tun. Kitty wimmerte und weinte, schlimmer noch, sie bettelte geradezu.

»Bitte. Bitte, nicht mehr. Ich sagen alles«, flehte sie. »Wo Zeug zu finden. Alles Zeug. Ihr gehen da und finden alles. Ja?«

Die drei standen über sie gebeugt, versuchten zu verstehen, was sie redete, waren ratlos.

»Verdammtes Schlitzauge. Jackson, Tibbits, versteht ihr irgendwas?«, sagte Burgess und richtete sich auf. »Was zum Teufel plappert die da?«

Jackson, immer noch auf einem Knie, schaute auf. »Kannst du nicht einfach mal die Fresse halten, Burgess? Damit ich was hören kann?«

»Ja, du«, sagte Tibbits. »Du bist das große Sprachgenie, du und dein Farsi, damit du – «

Jackson sah ihn wütend an und beugte sich noch tiefer über Kitty, sein Ohr an ihrem Mund.

»Was war das?«, fragte er.

Während sich alle drei über Kitty lehnten und ihr zuhörten, wand sich Buck wie eine Schlange, holte sein Messer aus der Hosentasche, zerschnitt mit einer raschen Bewegung nach oben den

Kabelbinder, und seine Hände, wenn auch vor Kälte fast taub, waren frei.

Das Maschinengewehr lag auf der Duluth-Tasche, etwa fünf Meter entfernt, aber als er sich zum Sprung bereit machte, warf Jackson ihm einen Blick zu, und er sackte in sich zusammen, die Hände hinter dem Rücken haltend.

Die Männer standen um Kitty herum, die hysterisch weinte und immer noch unverständliches Zeug redete, das bruchstückhaft Sinn ergab, dann wieder nicht, Kitty sprach – Chinesisch, oder was war das? Jetzt verfiel sie in panisches Geflüster.

»In Trailer, gehen, wo ich sagen, ihr bekommen Code, er kennen alle Codes, CJMQ 85 Zugang-Code, und rein und er wollen senden! Ich sagen ihm, nein, nein, nicht machen, aber er machen, was er will, ich sagen nein, er nicht können senden an Zeitung, sie hinter uns her. Also nicht senden. Ihr können alles löschen, ja? Alles, was er vorbereiten, um an Reporter von Zeitungen zu schicken, ganze Links zu Server, und es nicht gehen raus, wenn –«

Sie plärrte, jetzt leiser, und bettelte und dann, als sie alle drei genau über ihr waren –

Jackson stopfte ihr wieder das Taschentuch in den Mund, und als sie Luft bekam, stieß sie einen Schluchzer aus.

»Oh, ihr MIR WEHTUN! Oh, ihr mir so wehtun«, weinte sie und trat um sich, als hätte sie einen Krampf bekommen, traf die Duluth-Tasche mit dem Maschinengewehr, die in langsamen Kreisen über das Eis glitt.

Sie fing Bucks Blick auf. Und hatte keine einzige Träne im Auge. Ihr Blick klar und kalt. Dann nickte sie.

Sprang auf, lachte ein hässliches, seltsames Lachen, in der Hand ein Teppichmesser, das sie Jackson quer durch das Gesicht zog, sodass er blind nach hinten taumelte, dann stach sie Tibbits in den Bauch und zog die Klinge scharf nach oben, weidete ihn aus, wandte sich Burgess zu, der mit dem Hintern auf dem Eis sitzend versuchte, von ihr wegzurutschen, und an seiner Desert Eagle zerrte, deren überlanger Lauf im Holster festhing.

Er glitt hinter eine Wand aus Stalagmiten, die anderen folgten, krabbelnd und rollend und scharrend.

Buck legte das M249 auf seine Schulter. Blies das Eis weg. Schnitt Burgess in zwei Teile, traf dann Jackson, der zu tanzen schien. Stanzte Tibbits eine Reihe Kugeln in die Brust, und Tibbits kippte nach vorn.

Oben zitterte ein Stalaktit, brach ab und fiel, zersplitterte vor Tibbits' Füßen, die Fragmente schlitterten in alle Richtungen.

Und dann war es bis auf das Zischen der Gaslaterne still, und er und Kitty wechselten einen Blick. Entweder würden sie jetzt kommen oder nicht, die anderen, die er vorhin zwischen den Bäumen hatte parken sehen.

In der Ferne jaulte ein Schneemobil. Sie hatten die Schüsse gehört. Dann noch eins und noch eins.

Buck holte die Kletterausrüstung aus der Duluth-Tasche. Seil. Krampen. Eisnägel. Karabinerhaken. Er verbarg die Tasche hinter der Eismauer, an die sie ihn gesetzt hatten, und lief zu Kitty. Packte sie unter den Armen und trug sie durch die Höhle bis unter das Luftloch. Bückte sich, um die Krampen an seinen Schuhen zu befestigen.

Ihnen blieben nur Minuten, um hoch zum Luftloch zu klettern. Sonst würden sie nicht entkommen.

Kitty schaute nach oben, ihr Mund eine harte, skeptische Linie. Er würde sie im Stich lassen, ging ihr wahrscheinlich durch den Kopf, während er einen Nagel ins Eis schlug, sich daran sicherte, das Seil hinter sich herlaufen ließ.

»Steig drauf«, sagte er, und sie tat es. Er wickelte ihr eine Seilschlaufe um die Hüfte und zog sie zusammen.

»Halt dich fest«, sagte er und begann zu klettern, setzte die

Eisaxt ein, hievte sich immer höher auf das Luftloch zu, und das Eis hielt gerade so.

An einer Eisbeule schlug er über seinem Kopf einen Nagel ein, befestigte sich daran, zur Sicherheit, dachte dann, was bringt das? Er ließ das Sicherheitsseil fallen und kletterte mit Kitty auf dem Rücken über den Huckel drüber, hatte es gerade geschafft, als unten Schüsse fielen, und die Männer, voll ausgerüstet, kletterten ihnen nach, aber Buck war schon ziemlich weit oben.

Unter einem Eisvorsprung sagte er: »Rauf!«, packte Kitty unter den Armen und schob sie über seine Schultern auf den Vorsprung, und über ihnen lag der glitzernde Kreis des Ausgangs, so nah, dass man ihn, wenn man sich streckte, fast berühren konnte.

So nah, und doch viel zu fern.

Auch Buck kletterte jetzt auf den Eisvorsprung, und als unten wieder geschossen wurde, wandte er sich Kitty zu.

»Steig auf meine Schultern, dann kommst du raus«, sagte er und wollte sie packen, aber sie wich zurück.

Er schaute auf in den Himmel über ihnen. Er würde Kitty hier rausbringen, und das wäre dann das Letzte, das er sehen würde, dicke Schneeflocken, die ihm kalt auf das Gesicht fielen.

Eine Gestalt beugte sich über das Luftloch, ließ ein Seil herab, rief krächzend: »Festhalten.«

Lucys Vater. Sie hatte ihn also gefunden.

Kitty packte das Seil, wickelte es um ihre Hüften, zog einmal, und als sie nach oben flog, packte sie mit beiden Händen die Kapuze von Bucks Parka, und er wurde mit ihr durch das Loch gezogen, raus ins Freie, auf die raue, schneebedeckte Kahlfläche, wo sie liegen blieben.

Prendergast mit einer Waffe in der Hand.

Er hätte das M249 rumschwingen können, aber Prendergast unterband diese Möglichkeit mit einem Wort.

»Nein.«

Im Loch erschien schwankend das Ende einer Faltleiter und stieß gegen die Seite. Die Holme zitterten, jemand kletterte nach oben.

»Nehmen Sie das ab«, sagte Prendergast, er meinte das Maschinengewehr, und Buck zog den Gurt über seinen Kopf und ließ das M249 in den Schnee fallen. »Schieben Sie es her«, sagte Prendergast, »zu mir«, und er gehorchte.

Als Prendergast das Gewehr aufhob und im Luftloch ein Kopf auftauchte, hielt Buck das Babyfon hoch. Prendergast riss die Augen auf, und Buck drückte auf den Knopf.

Ein KAWUMM folgte, das den Boden erzittern ließ, dann schoss eine Flamme aus dem Loch. Die Druckwelle fegte sie um, sie wurden von Eisstücken getroffen wie von Kugeln. In der erstaunten Stille danach rollte eine Schockwelle wie Donner am Ufer entlang und hallte nach.

Prendergast, auf allen vieren, schüttelte sich, das M249 lag zwischen ihm und Buck. Prendergast krabbelte darauf zu, griff danach, verzog blinzelnd das Gesicht, entschlossen, den neuerlichen Vorteil zu nutzen.

Aus dem Luftloch drang ein wellenartiges Grollen nach oben. Alle drei wappneten sich, wussten nicht, ob sich die Eisschicht auf der Kahlfläche lösen würde – und sie mitreißen würde, entweder in die Reste der Höhle hinein oder über die wenige Meter entfernte Klippe in den Abgrund.

Als sich nichts mehr bewegte und nur noch der Wind zu hören war und der Schnee wie Asche fiel, sagte Prendergast mit unterdrückter Wut: »Das werden Sie büßen. Kriechen Sie da hoch, nach rechts. Auf allen vieren. Sonst werde ich –«

Buck wollte sich weigern, aber Kitty warf ihm einen seltsamen Blick zu – *mach es einfach* –, und er krabbelte auf Händen und Knien nach rechts.

»Weiter!«, bellte Prendergast, und er gehorchte, und Prendergast schüttelte den Kopf. »Nein, noch weiter. Ganz nach oben«, und er kroch noch weiter, bis er so weit weg war, dass er die Distanz nicht mehr ohne Weiteres überwinden konnte.

Prendergast ging auf Kitty zu und stellte sich drohend vor sie, und einen Moment lang fürchtete Buck, sich nicht mehr im Griff zu haben. Ein Angriff auf Prendergast wäre Selbstmord, aber er war bereit dazu.

»Und jetzt«, sagte Prendergast vor Wut bebend, »warten wir auf Ihre kleinen Freunde. Und dann werden Sie mir helfen, das Chaos zu beseitigen, das Sie angerichtet haben. Verstanden?«

Als er nichts erwiderte, sagte Prendergast: »Ich hab gesagt, *Waldnigger*, wenn sie hier sind, wirst du mir helfen – «

»Ich hab's gehört«, schnitt ihm Buck das Wort ab. »Ich hab's genau gehört.«

56
Lucy

Sie entdeckten ihren Vater auf einem Grat, er lag mit gespreizten Beinen hinter seiner .30-06, das Auge ans Zielfernrohr gepresst.

Es hatte eine ohrenbetäubende Explosion gegeben, die den Boden hatte beben lassen und den Schnee von den Kiefern geschüttelt hatte. Unterhalb ihres Vaters saßen Buck und Kitty ein paar Meter entfernt voneinander auf der Kahlfläche, die zum See hin abrupt abbrach. Prendergast kniete hinter Kitty.

Prendergast blickte am Ufer entlang Richtung Hotel, dann in die Gegenrichtung, sagte irgendwas, und Lucy musste gegen den Impuls ankämpfen, runter zu ihrem Vater zu laufen oder ihn zu rufen – weil er das Gewehr angelegt hatte, und der Finger am Abzug lag.

Dass er Prendergast noch nicht erschossen hatte, zeigte, dass er nicht wusste, was er von Buck halten sollte. Aber Kitty kannte er, also beobachtete er das Ganze und versuchte, sich einen Reim darauf zu machen. Lucy hatte schon Rehe aus größerer Entfernung geschossen.

Als sie es nicht mehr aushielt, sagte sie zu Ryan und Booker, der sie inzwischen am Ufer entlang eingeholt hatte: »Bleibt hier«, und machte sich an den Abstieg. Booker wollte sie an der Jacke festhalten, sie schüttelte ihn ab, rutschte und wäre fast gefallen, stand nach vorn gebeugt auf dem vereisten Untergrund, der keine Trittsicherheit bot.

Sie schlitterte zu ihrem Vater hinunter, bis sie fast auf ihm landete, und sagte: »Daddy, nicht.«

Er erstarrte. Und Ryan, der hinterhergerutscht war, flüsterte leise: »Wir sind's nur, Mr. Walters.«

Er drehte den Kopf nach hinten, hatte die Glock aus der Jacke gezogen und hielt sie unter sich.

Lucy kniete sich neben ihn und wisperte: »Daddy, das da unten ist anders, als du denkst.«

57
Buck

Prendergast drehte Kitty mit der Waffe in der Hand den Arm um und drohte, ihn zu brechen. Kitty stöhnte vor Schmerz. Buck schob sich auf sie zu, aber Prendergast bemerkte es. »Ich kann dich erschießen«, sagte er und nickte bekräftigend, »weil ich dich nicht brauche, also lass es lieber.« Er wandte sich an Kitty.

»Dein Junge wird mir sagen, wie er die Website gefunden hat, was mich verraten hat, und dann wird er dafür sorgen, dass das nicht mehr passieren kann. ›Wir sehen dich.‹ Hältst du das für schlau? Ihn so was schreiben zu lassen?« Er zog kräftig an ihrem Arm, hätte ihr fast die Schulter ausgekugelt – eine geübte Bewegung, die die gewünschte Wirkung erzielte, nämlich Kitty, die die Zähne zusammenbiss, Schmerzen zuzufügen.

Bucks Verstand arbeitete auf eine Weise, die gefährlich war, wie er wusste. Er hatte die Linie bereits überschritten, hinter der nichts anderes mehr zählte als an Prendergast heranzukommen.

Kitty würde nichts passieren, weil man sich gegen einen Frontalangriff nur auf eine Art wehren konnte.

Er würde dabei verletzt oder sogar erschossen werden, und als er sich gerade mit dieser sich ausweitenden Zeitlosigkeit abgefunden hatte, hörte er hinter sich ein Geräusch. Schnee knirschte.

Drei Stiefelschritte und eine fast tödlich heitere Stimme, die sagte: »Du lässt sie jetzt los, Padre, und legst die Waffe weg, und ich warne dich, denk nicht mal dran, irgendeinen Blödsinn zu machen, weil ich deinen Kopf am liebsten auf einen Pfahl spießen würde, damit du dir zur Abwechslung deine eigene Perversität angucken kannst, verstanden?«

Prendergast wandte sich um, und da war er, Lucys Vater, und dann kamen auch Lucy und Booker und Ryan. Er ließ die Waffe sinken.

Das Gesicht von Lucys Vater sprach Bände, er hatte ihnen befohlen, hinten zu bleiben, und sie hatten nicht auf ihn gehört.

Prendergast ließ Kittys Arm los und legte die Waffe auf den Boden. Kitty kroch unter Schmerzen durch den Schnee, richtete sich auf und humpelte in großem Bogen hinter Lucys Vater, der zu Buck sagte: »Dank Ihnen ist meine Tochter noch am Leben, also – freut mich, Sie kennenzulernen.«

Sie betrachteten Prendergast, der eine arrogante Miene aufgesetzt hatte, nichts als Verachtung darin.

»Ihr könnt mich nicht töten.« Er versuchte immer noch, sie zu kontrollieren, zu manipulieren, »nicht vor den Kindern, das wäre nicht richtig. Und was ist mit den anderen, die dabei waren? Wenn ihr die finden wollt, braucht ihr mich, also hört mir gut zu.«

»Padre, Padre«, sagte Lee und lachte. »Das ist ein starkes Stück. Ich soll dir zuhören?« Er warf Buck einen Blick zu. »Ist das nicht ein starkes Stück?«

»Lassen Sie mich mit ihm reden«, sagte Buck, »bevor noch was passiert.« Was eine Lüge war, aber na und?

Als niemand sich rührte, sagte er zu Lucy: »Gib mir die Halsketten, die du umhast.«

Lee nickte. »Bebbe Gurl, tu, was er sagt.«

Sie zog die Ketten unter ihrer Jacke hervor, an denen die Kreuze baumelten – das von Jean und ihr eigenes.

Sie legte sie in Bucks ausgestreckte Hand, und dann gingen er und Lee auf Prendergast zu, stellten sich dicht vor ihn. Buck hielt die Ketten in die Höhe.

»Erzähl mal, wieso hast du den Mädchen die Ketten gegeben?«

Prendergast sah ihn wütend an. »Welchen Mädchen?«

»Jean«, er hielt Prendergast die Ketten vors Gesicht, »und Lucy – und wem sonst noch, dann lasse ich dich am Leben.«

Prendergast schnaubte, natürlich würde er nichts sagen, nichts zugeben, würde wieder davonkommen, sich die Freiheit erschachern, wie früher schon. Als Buck das begriff, nahm er Prendergasts Kiefer zwischen zwei Finger und drückte zu, sodass dessen Mund aufklappte, und dann stopfte er ihm die Ketten in den Hals. Prendergast, von dieser Brutalität geschockt, würgte, und Buck packte ihn und schleppte ihn an die Kante der Kahlfläche. Prendergast, kurz vor dem Ersticken, versuchte den Sturz in den Tod mit aller Kraft abzuwehren, trat und boxte um sich, und etwas schlug in Buck ein, wie ein Faustschlag, ein Brennen im Rücken. Er hörte den Knall, das Echo, und wurde wieder und wieder getroffen, und Arn, der geschossen hatte, tauchte rechts auf dem Pfad auf.

Lee ging mit der Waffe in der Hand auf Arn zu, sagte: »Hey, Arn, alter Freund!«, und schoss ihm in die Brust, drei Kugeln hintereinander, pop-pop-pop!

Buck, der Prendergast gepackt hielt, fiel über die Kante und spürte einen Moment lang, dass er schwebte.

58
Lucy

In die Stille und Unfassbarkeit dessen, was gerade geschehen war, schnatterte ein Schwarzkopf-Phoebetyrann hinein, der mit anderen auf einem Baum hockte.

Ryan, Kitty und Booker starrten Lucy an. Dann ihren Vater, der die Pistole in das Holster an seinem Gürtel zurücksteckte.

»Bebbe Gurl«, sagte er warnend.

»Ich gehe runter«, sagte Lucy, und als ihr Vater versuchte, ihr den Weg abzuschneiden, entwischte sie ihm.

Schlitterte den Pfad runter, den Arn hochgekommen war, die Füße rutschten unter ihr weg, sie schluchzte. *Nein, nein, nein, nein, nein,* und nur die Zweige der Bäume boten Halt.

Am Ufer rannte sie erst in die eine Richtung, dann in die andere. Draußen im See lag Bucks Kopf auf Prendergast, dessen dicker Daunenmantel die Luft hielt und in den Wellen schaukelte.

Es war nur eine Frage der Zeit, bis sie untergehen würden. Die Explosion hatte den gesamten Eisschelf abgetrennt, der wie eine weiße Insel im See trieb.

Ihr Vater und die anderen hatten sie jetzt eingeholt. Buck tauchte auf und verschwand wieder. Sie schaute nach links, nichts als offenes Wasser und bewaldetes Ufer.

Wandte sich nach rechts und entdeckte das rote Kanu. In einer Felsspalte eingekeilt, in die es getrieben war. Und obwohl ihr Vater brüllte: »Nicht, Lucy!«, sprang sie ins Wasser. Lief platschend zum Kanu und kletterte hinein. Nahm das am Heck liegende Paddel und drehte das Kanu herum.

Paddelte verzweifelt auf Buck zu, und als sie ihn erreichte, zog sie seinen Kopf aus dem Wasser und klemmte ihn unter ihrem Knie am Süllrand fest. Prendergast riss die Augen auf und hielt sich am Kanu fest, und Lucy schlug mit dem Paddel auf ihn ein. Prendergast, den Mund immer noch mit den Halsketten verstopft, sah sie finster an und keuchte, und Lucy schlug wieder zu. Er versuchte, ins Kanu zu klettern, brachte es ins Schwanken, einmal, wieder, und als er sich zum dritten Mal hochziehen wollte, griff sie in ihre Tasche, zog das Messer heraus, drückte den Knopf, und die Klinge schoss hervor.

Prendergast lag jetzt fast auf ihr, sie zog den Arm nach oben durch – und stach ihm das Messer ins Herz.

Er fiel zurück ins Wasser, sie bekam seinen Arm zu fassen, zog ihn neben das Kanu und stach in seine Brust, damit die Luft aus dem Daunenmantel entweichen konnte, und dann hieb sie in rasender Wut auf ihn ein.

Bis ihre Hand klebte vor warmem, stinkendem Blut und Prendergasts Mantel zerfetzt war.

Sie stieß ihn weg – er trieb auf dem Rücken, die Augen leer. Versank in der Dunkelheit, Blutschlieren hinter sich herziehend.

Buck lag immer noch unter ihrem Knie eingeklemmt, sie paddelte los, zog mit aller Kraft rechts durch.

Dann war sie fast am Ufer und kletterte aus dem Boot. Das Wasser reichte ihr bis zu den Oberschenkeln. Sie zog Buck an der Kapuze seiner Jacke an Land.

In der Hütte nahm sie Ryans Handy. Sie war so erschöpft, so am Ende, dass nur noch eins wichtig war.

»Naomi«, sagte sie, »hier ist Becky. Ja. Genau. Oder wie auch immer ich heiße. Bucks ›Assistentin‹. Er ist angeschossen worden, und zwar richtig schlimm, und wir können ihn hier oben in kein Krankenhaus bringen, er darf mit dem hier nicht in Verbindung gebracht werden.«

Zuerst herrschte Wieso-rufst-du-mich-an-Schweigen an Naomis Ende der Leitung. »Du meinst«, sagte Naomi dann, »du darfst damit nicht in Verbindung gebracht werden.«

Sie wollte sagen *Fick dich,* tat es aber nicht. Sagte stattdessen: »Wir bringen ihn in einer Stunde vorbei. Am Hintereingang. Lassen Sie sich was einfallen, oder lassen Sie es sein.« Sie wollte auflegen, aber sie war jetzt in Fahrt. »Nein, Sie werden sich darum kümmern«, sagte sie drohend, »sonst werden Sie was erleben, das Sie sich nicht mal vorstellen können, so wahr mir Gott helfe.«

59
Buck

Er kam zu sich. Wo war er? Er war geflogen oder – da war doch ein Flugzeug gewesen, oder hatte er sich das eingebildet? Etwas war – jemand war bei ihm gewesen. Und eine Hitze in seiner Brust, wie Feuer. Oder im Rücken? Er konnte kaum atmen, es brannte grauenhaft. Und er war müde. Fiel ins Nichts, ließ es geschehen, als sein Körper auf etwas Flaches gelegt wurde, er irgendwohin gerollt wurde, Geräusche um ihn herum, jemand rief: »SCHUSSVERLETZUNG KOMMT REIN!«, »KATHETER VORBEREITEN«, er spürte einen Stich im Arm, »OP 6, NOTFALL, SCHIEBT IHN SOFORT REIN!«, und eine Frau lief neben ihm her, sie roch nach Rosen, wie das Leben, und sie nahm seine Hand, drückte so fest, dass er nicht mehr abtauchen konnte.

Als er eine Sekunde lang den Kopf hob und versuchte, sich umzusehen, beugte sich Naomi über ihn.

»Du Mistkerl!«, flüsterte sie mit einem Schluchzen. »Wag es ja nicht zu sterben, sonst bring ich dich eigenhändig um.«

Und Buck, froh, endlich loslassen zu können, fiel auf die Trage zurück, und Dunkelheit legte sich über ihn.

60
Lucy

Am Morgen danach standen Lucy und ihr Vater spät auf. Er machte in der Hütte Kaffee, sie tranken eine Tasse, stapften dann gut sichtbar durch die Schneewehen zum Speisesaal im Empfangsgebäude und bestellten Frühstück. Durch das Panoramafenster war das schneebedeckte Ufer zu sehen.

Der Manager in seinem grünen Sweatshirt lungerte an ihrem Tisch herum, auf ein Gespräch erpicht.

Zwei Spuren führten von Hütte 6 zum Empfangsgebäude, und als der Manager ihnen Kaffee einschenkte, bemerkte er sie, genau wie Lucys Vater geplant hatte.

»Ihren Spuren nach«, sagte er, »muss über Nacht ein guter Meter Neuschnee gefallen sein.«

»Mindestens«, erwiderte Lucys Vater. Er lächelte den Manager an, dann Lucy.

»Was sagst du, Bebbe Gurl, hatte dein alter Herr recht oder nicht? Wäre schlimm geworden. Wenn wir nicht schnell zurückgekommen wären, wären wir da draußen stecken geblieben, wie die anderen. Wie kalt ist es?«

Der Manager beugte sich vor das Thermometer am Fenster. »Minus sechsundzwanzig«, erwiderte er, »und dann kommt noch der Wind dazu. Der weht ganz schön heftig. Ich frage mich, wie es der Kirchengruppe geht. Aber so, wie die ausgerüstet waren, müssten die eigentlich durchkommen.«

»Schnee isoliert, wenn man ihn zu nutzen weiß«, sagte ihr Vater im Plauderton. »Trotzdem ist es hier drinnen auf jeden Fall wärmer.«

Eine Klingel machte *ding!*, der Manager eilte davon und kehrte mit ihren Tellern zurück. Mit allem, was dazugehörte. Lucy machte sich über ihr Frühstück her, Speck, Eier, Steak. Futterte wie ein Scheunendrescher. Genau, was sie tun sollte – so fiel es ihr leichter, den Mund zu halten.

Der Manager stand währenddessen an ihrem Tisch und schaute in den dramatischen Sturm hinaus, und ihr Vater zeigte fröhlich mit der Gabel auf sie. »Guck da mal raus, Bebbe Gurl.« Steckte sich ein Stück Steak in den Mund, lehnte sich über den Tisch. »Bist du jetzt froh, dass wir hiergeblieben sind? Schau dir das an.«

Der Manager nickte. »Angeblich ist gestern noch irgendein Flugzeug losgeflogen, als der Sturm schon tobte, aber das ist wahrscheinlich bloß Gerede, die Buschpiloten erfinden immer irgendwelche Geschichten.«

»Wer so dumm ist, muss schon ein erstklassiger Flieger sein«, erwiderte ihr Vater. »Oder was meinst du, Luce?«

Auch sie schaute jetzt nach draußen. Es war wunderschön und furchtbar. Der treibende Schnee und der Wind.

»Ja, Daddy«, sagte sie, als hätten sie gestern Abend über nichts anderes geredet. Anstatt Buck schnellstmöglich zum Flughafen zu bringen und zurückzukommen, um mitten im Schneesturm vor der Hütte herumzustapfen.

Ihr Vater und der Manager sprachen über die Rotwildjagd. Der Manager war Bogenjäger. »Beeindruckend«, sagte Lucys Vater lachend und zwinkerte Lucy zu.

»Was meinst du, Bebbe Gurl, möchtest du das mal ausprobieren?«

Sie zuckte die Achseln. Das war nicht ihr Gespräch. Nicht ihre Aufgabe, dem Manager ihren Zeitplan einzuimpfen. Und weil man den Manager später fragen würde, zeigte ihr Vater auf die Uhr an der Wand.

»Hab so fest geschlafen, ich hab nichts mehr mitgekriegt«, sagte er, »und die Kleine war auch kaum aus dem Bett zu kriegen, das können Sie mir glauben.«

Es war weit nach neun. Ihr Vater hatte seine Armeejacke mit Whiskey beträufelt, sodass er danach roch.

Sie wechselte einen Blick mit dem Manager. Der verstand und grinste. Sie sagte: »Danke für das Frühstück.«

Lucys Vater nickte nur.

»Tja, dann lassen Sie es sich mal schmecken«, sagte der Manager, wandte sich ab und beschäftigte sich mit anderen Dingen.

Bis ihm etwas einfiel und er sagte: »Der Typ, der das rote Kanu mitgebracht hatte, sind Sie dem zufällig über den Weg gelaufen?«

»Nein.«

»Na, bei solchem Wetter will man nicht auf dem Wasser sein. Glaub kaum, dass er überhaupt rausgefahren ist. Oder wissen Sie irgendwas?«

Lucys Vater zuckte die Achseln. »Lucy?«

»Keine Ahnung, Daddy«, sagte sie. »Aber ich hab das rote Kanu gestern da liegen sehen, auch später am Abend noch, hab es erst mit unserem verwechselt, aber dann gesehen, dass es eins von den Plastikdingern war.«

»Kevlar«, sagte der Manager. »Wahrscheinlich hatte er ein Einsehen und ist nach Hause gefahren, bevor der Sturm kam.«

Lucy lächelte. »Wie lange soll es denn schneien?«

»Drei Tage«, sagte der Manager, »bis in den Montag rein, aber bestimmt sehen wir den Priester und die anderen Sonntagabend wieder hier.«

»Drei Tage.« Lucy nickte. »Das sieht bestimmt toll aus, wenn der Sturm abzieht und die Sonne rauskommt.«

FRÜHLING

61
Buck

Die Kugeln hatten ihm eine Rippe gebrochen und den rechten Lungenflügel punktiert, und dass er auf dem Flug in die Twin Cities nicht verblutet war, kam, wie ihm Naomi später sagte, einem Wunder gleich.

Und bei dem Wort *Wunder* hatte er wieder an Seraphim gedacht, obwohl Naomi das nicht ahnen konnte.

Sie hatte es so hingedreht, als wären seine Schusswunden Folgen irgendeines Bandenkriegs gewesen, und es wurden keine Fragen gestellt. Routine. Am nächsten Morgen schlich sich Buck im Krankenhauspyjama aus der Hintertür des Hospitals.

»Ich nenn dich ab jetzt ›das Phantom‹«, sagte Booker scherzend, als er Buck besuchte, um nach ihm zu sehen.

Wenig später wurde in den Nachrichten über das Verschwinden von Prendergast und seiner Kirchengruppe berichtet. Man suchte noch wochenlang nach ihnen, aber das Wetter vereitelte die Bemühungen. Im Februar trat eine unerwartete Schneeschmelze ein, der See riss früher auf als in den vergangenen Jahren und ließ die Eisfläche abtreiben, und die Polizei fand nichts – nur die Überreste einer Eishöhle, sonst ein Touristenmagnet, die vermutlich bei einer Propangasexplosion eingestürzt war, was plausibel klang.

Die Männer hatten dort Schutz gesucht und waren durch einen defekten Gasheizer getötet worden.

Für die Familien der toten Polizisten wurde gesammelt. Allesamt Helden, verdiente Kriegsveteranen und engagierte Polizisten. Ein Nachruf auf Prendergast, der ihn als wahrer Engel beschrieb.

Im Mai schickte Ryan Links zu Kaplan Prendergasts Trophäen-Webseite an sechs verschiedene Medien.

Und, wie Booker es ausdrückte: »Den Mächtigen wurde die Wahrheit gesagt, und die Jungs in Blau wurden zur Sau, und die Kirche gleich mit.«

Danach wurde der *Mann mit dem roten Kanu* zum großen Mysterium. Hatte er etwas mit dem Verschwinden von Kaplan Prendergast zu tun, den eigentlich die Kirche zur Rechenschaft hätte ziehen müssen, aber es nicht getan hatte? Ein Kanu. Außer mit einem Schneemobil hatte man nur damit zu der Eishöhle gelangen können, und zu Prendergast und seiner »Kirchengruppe«, jetzt ironisch gemeint.

War der Mann mit dem roten Kanu der Vater eines der missbrauchten Mädchen?

Oder war seine Anwesenheit im Hotel reiner Zufall gewesen und stand in keinerlei Verbindung zu den Ereignissen? Es war die Art Rätsel, das die Öffentlichkeit in Atem hielt, und die Presse quetschte es aus bis zum Äußersten, was bedeutete, Buck musste die Hufe stillhalten, solange das FBI versuchte, die »Aktivitäten« der Männer in Prendergasts Gruppe zu ermitteln, bis zu ihrer, wie jetzt vermutet wurde, Ermordung. Und es tauchte sogar ein ehemals berühmter Singer/Songwriter wieder auf, bärtig und hager, und sang im Fernsehen einen alten Song, der dreißig Jahre zuvor beliebt gewesen war, »The Wreck of the Edmund Fitzgerald«, und man bekam den Ohrwurm nicht mehr aus Kopf.

Es war also an der Zeit, das Kanu abzuholen, sagte Buck, als er Lucy an einem warmen Tag im Mai anrief.

Schließlich gehörte es ihr. Wollte sie nicht vorbeikommen?

Am Freitag tauchte sie am frühen Nachmittag auf seiner Einfahrt auf. Er hatte Sandwiches gemacht und saß auf einem Sägebock in der Sonne vor seiner Werkstatt, in der eine Küche Gestalt annahm.

»Hey, Lucy«, rief er, aber sie hörte jetzt auf ninamuch, wie er sie am Telefon genannt hatte. Liebling.

Sie kam die Einfahrt hinauf, nicht mehr in dem dreckigen pinken Hoodie, sondern in einem langärmligen T-Shirt, und war zur Frau geworden.

»Zeigst du mir noch, wie man mit dem Ding umgeht«, sagte sie, »bevor ich einfach damit losfahre?«

»Das habe ich doch versprochen. Wir könnten über die Seen in der Stadt paddeln. Oder wo auch immer. Entscheide du«, sagte er und fügte hinzu: »Und wenn es wärmer wird, machst du einen Schwimmkurs.«

Sie zuckte die Achseln. »Kann Booker mitkommen?«

»Klar. Oder vielleicht fahrt ihr beide einfach allein raus? Wenn du willst, kannst du den Truck nehmen, ich hab noch zu tun.«

Sie sah ihn an.

»Gut«, sagte er. »Das kann warten.«

Sie lächelte, und es war wunderschön. Ihr Haar glänzte und schimmerte schwarzblau, und ihre Haut war viel reiner geworden. Auch ihr Gesicht hatte sich verwandelt. Sie hatte etwas von einem Schwan.

Er stieg vom Sägebock, öffnete die Arme weit, und sie lief hinein und legte ihr Kinn auf seine Schulter.

»Miigwech«, sagte er, danke.

»Enh«, erwiderte sie, wofür? Dann löste sie sich aus seiner Umarmung und wandte schüchtern den Blick ab. »Naomi hat mich überredet, in eine Therapiegruppe zu gehen.«

»Hat mir das Leben gerettet. Bringt es dir was?«

Sie zuckte die Achseln. »Schon.«

»Sandwich?«

Sie nahm es, nickte, setzte sich auf einen Sägebock und hielt das Gesicht in die Sonne, es war fast Sommer und warm, und er zog den anderen Sägebock daneben, und sie aßen gemeinsam. Das rote

Kanu lag auf dem Truck an der Straße, und die Katze kam hinter dem Haus hervor, setzte sich Lucy zu Füßen, hob den Kopf, und Lucy warf ihr ein Stück Fleisch aus ihrem Sandwich zu, die Katze fraß geräuschvoll und sah von ihm zu ihr, und die Sonne fiel durch die Blätter der Bäume.

DANKSAGUNG

Der Autor möchte folgenden Personen für ihre unschätzbare Unterstützung, Inspiration und Ermutigung danken:

Lektorin Chantelle Aimée Osman; Agent (und Lektor) Madison Smartt Bell; Heather Levy; Makwa (Bear), John Buck, Patrick DesJarlait, Nodin, Odinigun, Delbert; mein opichi – du weißt, wer du bist; Kimberley Kaufman, Nathalie L. Johnson und speziell Heather Row; Jane, Jim, Frank, Sonny, Julian; Jery, Benn, Gail, Kevin; Dr. Wayne D. und Nathalie L. Johnson Sr.

Alle, die ich nicht erwähnt habe: Ihr seid nicht vergessen. Die Liste ist endlos …

Miigwech.

Danke!

Retterkomplex

Ein Nachwort von Jon Bassoff

Es ist völlig logisch, dass Buck – der brutale, aber im Grunde gutmeinende Protagonist in Wayne Johnsons spannendem Roman *Das rote Kanu* – ausgerechnet Tischler ist. Sein Retterkomplex wird schon auf den ersten Seiten offenbar, und auch wenn er kein biblischer Messias ist, so bringt er doch Rettung in blutigem Stil. Ob mit dem Messer oder der Schusswaffe, im Auto oder im Kanu, Buck ist ein echter Haudegen. Gut, er greift zu Gewalt, aber welcher romantische Held tut das nicht? Mit seinem unerbittlichen Schweigen und seinem Gleichmut wirkt er so rätselhaft wie Batman, oder vielleicht wäre Clint Eastwoods Fremder ohne Namen ein besserer Vergleich. Schließlich erfahren wir ebenso wenig über Bucks Vergangenheit. Anscheinend war er früher ein erfolgreicher Baseballspieler, aber wie lange? Seine Expertise im Nahkampf lässt vermuten, dass er irgendwann für die Regierung gearbeitet hat, aber was genau, bleibt reine Spekulation. Sein älterer Bruder wurde erschossen. Wir wissen, dass er eine Tochter hat, die irgendwann in »Schwierigkeiten« geraten ist. Wir wissen auch, dass er verheiratet war und dass sie ihn nicht mehr erträgt. Wieso? Schwer zu sagen. Sie drückt es so aus: »Deine Art zu leben macht mir Angst.« Was das bedeuten mag, bleibt im Dunkeln, allerdings bekommen wir eine Ahnung, sobald er zu seinem Sturmgewehr greift. Wenn es sein muss, wird er zur Tötungsmaschine. Wieder der Retterkomplex.

Aber als wir Buck zum ersten Mal begegnen, wirkt er weder wie ein Held noch wie ein Anti-Held, sondern ganz einfach lebensmüde. Um zu entscheiden, ob er sich das Hirn wegschießen soll, wirft er eine Münze. Kopf, Leben. Zahl, Tod. Also wirft er. Und wieder und wieder und wieder. Jedes Mal Kopf. Das kann nicht nur Glück sein, oder? Schützt hier der Vater seinen Heiligen Sohn? Buck wirkt nicht wie einer, der besonders gottesfürchtig wäre – kein »Mein Gott, warum hast du mich verlassen?«. Er vertraut sein Schicksal eher einer Münze als einem unsichtbaren Beschützer an. Trotzdem fragt man sich …

Nachdem ihm die Münze (Gott) das Leben gerettet hat, gibt ihm das Mädchen, Lucy, einen Grund zum Weiterleben. Sie erscheint durch den Nebel wie ein Engel, wenn auch ein zerrupfter, in ihrem »Lass-mich-mit-deinem-Scheiß-in-Ruhe-pinken Hoodie«, mit den »Stacheldrahttattoos auf ihren Händen« und »den zerfetzten Löchern an den Knien ihrer Jeans«. Schwer zu sagen, warum sie ihn aufsucht, was sie in ihm sieht, aber vielleicht ist auch hier göttliche Vorsehung im Spiel. Sie brauchen einander. Sie braucht ihn zum Schutz gegen das Schlimmste und Böseste, das vorstellbar ist, und er braucht sie als Grund zum Leben. Was wäre ohne die Menschheit aus Jesus geworden? Er bemerkt sofort den Blutfleck zwischen ihren Oberschenkeln und weiß, dass sie in Schwierigkeiten steckt. Aber er fragt nicht nach. Weder ist er sofort auf Rache aus noch spielt er gleich den Retter. Stattdessen wartet er geduldig ab, bis sie ihm erzählt, wer ihr was angetan hat. Er baut Vertrauen auf. Er lässt sich auf eine Beziehung ein.

Buck und Lucy sind in vieler Hinsicht genaue Gegensätze. Da ist zunächst das Offensichtliche: Buck ist ein erwachsener Mann, Lucy noch ein Mädchen. Dann ihr Charakter: Buck ist stoisch, handelt kontrolliert und methodisch. Lucy ist emotional, impulsiv und waghalsig. Er bittet sie immer wieder, zu warten und sich auf ihn zu verlassen, aber sie weigert sich. Und kann man es ihr übel nehmen? Wer derart traumatisiert wurde wie sie, dem fällt es schwer, still zu sitzen und darauf zu warten, dass alles von allein wieder gut wird. Nichts zeigt ihre Impulsivität drastischer als die Szene, in der sie sich den eigenen Finger abhackt. Was für ein Schock! Hätte sie nicht mit ihrem Vater reden und ihm die Situation erklären können, ihm klarmachen können, dass die bösen Männer sie beide umbringen wollen? Vielleicht. Aber sie weiß um die Traumata, die ihren Vater umtreiben, und dann ist da noch dieses unausgesprochene Dilemma: Was, wenn er ihr nicht glaubt? Ja, er ist ihr Vater, aber er ist auch ein Mann. Und ein Mann ist eher geneigt, einem anderen Mann Glauben zu schenken, selbst wenn das Opfer die eigene Tochter ist.

Die zweite Hälfte des Buchs ist dann ein wahrer Actionthriller inklusive Verfolgungsjagden, Schießereien und Folterszenen, die aber niemals die gleiche emotionale Wirkung entfalten würden, wenn Johnson uns die Charaktere im ersten Teil nicht so nahegebracht hätte. Buck bleibt ein Rätsel, aber seine Gefühle sind echt. Selbst seine Kritiker – in erster Linie seine Frau – sehen ihn als guten Menschen, als jemand, der sein eigenes Leben opfert, um eine Unschuldige zu retten. Lucy ist, wie Kris Kristofferson einst sang, »a walking contradiction«, ein lebender Widerspruch. Das erlittene Trauma, die furchtbaren Vergewaltigungen durch die Kollegen ihres Vaters, ersticken sie, trotzdem ist sie unglaublich mutig und clever. Das Abhacken des Fingers habe ich schon erwähnt. Aber das ist nicht alles. Sie bewaffnet sich mit einer Pistole. Sie spioniert die korrupten Polizisten aus. Sie beschützt ihren Vater und ihre Freunde. Und diese, nämlich Booker und Ryan, bringen Leben und Leichtigkeit in die Geschichte. Geht Johnson ein Risiko ein, wenn er mit Stereotypen spielt (der asiatische Streber, der coole Schwarze)? Vielleicht. Aber im Laufe des Romans stellen sich die beiden als klug und mutig heraus, sie sind die besten Freunde, die man haben kann. Man kann die Diversität ihrer Herkunft nicht übersehen: ein Asiate, ein Schwarzer und eine Native American. Die korrupten Polizisten und Kirchenmänner repräsentieren die dominante und brutale weiße Kultur, Lucy und ihre Freunde die Marginalisierten unter uns. Auch Buck gehört einer Minderheit an, er ist ebenfalls Native, er kennt das. Zu den berührendsten Szenen des Romans gehören die, in denen er und Lucy durch ihre Muttersprache in Verbindung treten. Eine geheime Sprache. Ein geheimer Bund. Und dann ist da natürlich noch das rote Kanu. Es lockt nicht nur die Verbrecherbande in die Höhle, er erinnert uns auch an Lucys und Bucks Wurzeln. Schon früher haben sich die Natives gegen ihre Peiniger gewehrt. Lucy und Buck tun es jetzt.

Das Böse, dem sich Buck und Lucy in diesem Roman entgegenstellen, ist deshalb so erschreckend, weil es so menschlich ist. Ja, der beiläufige Rassismus. Ja, der Frauenhass. Aber am fürchterlichsten sind Missbrauch und Pädophilie. Und dass die Täter genau die Leute sind, denen wir eigentlich vertrauen sollten – Polizei und Klerus –, macht alles noch schrecklicher. Die einzigen Menschen, auf die Lucy zählen kann, sind ihre Freunde. Lehrern, Priestern oder Polizisten kann sie sich nicht anvertrauen. Deswegen braucht sie Buck. Sie braucht einen Erwachsenen, der Macht hat. Nicht Macht im politischen Sinn, sondern die Macht eines Erwachsenen. Er wird ein ersehnter moralischer Kompass in einer scheinbar völlig unmoralischen Welt.

Das ist keine leichte Geschichte, aber Wayne Johnson versteht sein Handwerk. Alles ist untertrieben. Alles fühlt sich real an. Wo es Lyrik braucht, setzt er sie ein. Beispielsweise in diesem Absatz gegen Ende des Romans: »Das Eis unter seinen Füßen war klar wie Glas, etwa fünfzehn Zentimeter dick, darunter scheinbar bodenlose Tiefe, und an dieser Stelle sorgte eine wärmere Strömung für dünneres Eis, eine Art natürlicher Fluss, dem er folgte, immer weiter hinein, als würde er auf Wasser gehen. Eine Höhle nach der anderen, das Eis leuchtete im Morgenlicht, die Stalaktiten gewellt und spitz, wie in einer mystischen Kathedrale, zweifelsohne war die Höhle schon immer eine Attraktion gewesen.« So düster die

Geschichte auch ist – und sie ist sehr düster -, Johnson bringt uns dazu, weiterzulesen, weil uns die Charaktere ans Herz gewachsen sind, weil uns die Handlung fasziniert und weil uns die Sprache berührt.

Eine Figur habe ich noch nicht erwähnt: Gyg, die Katze. Leben. Sie wandert durch Bucks Leben, kommt dann zu ihm, wenn sie gefüttert oder gestreichelt werden will. Sie braucht Buck, genau wie Lucy ihn braucht. Und Lucy mag sie auch. Am Ende des Romans kehrt sie zurück und »sah von ihm zu ihr, und die Sonne fiel durch die Blätter der Bäume.«

Ein wunderbares Ende für dieses Buch: Die Katze erinnert uns daran, dass das Leben weitergeht, selbst für diejenigen unter uns, die Traumata erlitten haben.